海漄　怪奇　故事集

海漄————著　新星出版社　NEW STAR PRESS

图书在版编目（CIP）数据

海漄怪奇故事集 / 海漄著 . -- 北京：新星出版社，2024.2
ISBN 978-7-5133-5383-0

Ⅰ . ①海… Ⅱ . ①海… Ⅲ . ①幻想小说 – 小说集 – 中国 – 当代 Ⅳ . ① I247.7

中国国家版本馆 CIP 数据核字 (2023) 第 248322 号

光分科幻文库

海漄怪奇故事集

海漄 著

责任编辑	施 然	监 制	黄 艳
责任校对	刘 义	责任印制	李珊珊
封面设计	冷暖儿		

出 版 人　马汝军
出版发行　新星出版社
　　　　　（北京市西城区车公庄大街丙 3 号楼 8001　100044）
网　　址　www.newstarpress.com
法律顾问　北京市岳成律师事务所
印　　刷　北京天恒嘉业印刷有限公司
开　　本　910mm×1230mm　1/32
印　　张　11.125
字　　数　288 千字
版　　次　2024 年 2 月第 1 版　　2024 年 2 月第 1 次印刷
书　　号　ISBN 978-7-5133-5383-0
定　　价　56.00 元

版权专有，侵权必究。如有印装错误，请与出版社联系。
总机：010-88310888　传真：010-65270449　销售中心：010-88310811

对，我们正需要这样的通俗小说

张 冉

这本书要让抱着猎奇心理购书的读者失望了。

你或许以为会看到十篇非常奇怪的小说，但翻到最后一页，你会发现这些故事比市面上大多数科幻小说正经得多。在书里你找不到银河帝国、量子飞舟、外星来客和五维生物，只有日升月落，古今奔流，人们终其一生也无法离开这颗星球。你甚至在整本书中找不到"纪元"两个字，要知道在如今的科幻出版物里，人类通常在第二页前半段就进入了威慑纪元。

这本书无疑是古典主义的。我把书中收录的小说大致分为三类：AIB探案小说（《血灾》《极北之地》《时空画师》）、技术惊险小说（《愿时间在此停留》《诡城》《土楼外的春天》）和历史科幻（《龙骸》《尽化塔》《走蛟》《江之怒》）。悬疑、技术灾难、历史——海漄喜欢的创作主题并不怪奇，他只是一名在未来、现实和历史的时空夹缝中捕捉异常现象的观察者。有些作家勇于改天换地，有些作家善于提出真实中微小虚构的可能，每种品质都是可贵的，正如海漄在访谈中提到的那样："大刘用他的才华为中国科幻打造了一个巨大的、舒适的摇篮。即使其他道路很艰难，但我们迟早也要走出去。"

这些小说令我想起《江湖奇侠传》、倪匡、梁羽生，以及二十世纪六七十年代的公安小说和科学小说。作者并不太注重小说的文学性，或者说，作者更喜欢用白描的手法将情节递交给读者，带领读者完成情绪的化学反应。这种古典主义的写作方法在当代科幻作家中相当罕见。约四百年前冯梦龙在《古今小说》序言中写道:"大抵唐人选言,入于文心;宋人通俗,谐于里耳。天下之文心少而里耳多,则小说之资于选言者少,而资于通俗者多。"通俗绝非贬义词,而是为了普罗大众阅读习惯而做出的取舍。

让我们提出一个问题:现在的读者需要什么样的科幻小说?

玛丽·雪莱开创科幻小说源流后两百年,中国清末始创科幻作品后一百年,1953年首届雨果奖颁发之后七十年,《三体》获得雨果奖后第八年,科幻的类型早已穷尽,软硬分野模糊不清,拨开中国科幻热潮这层轻薄的假象,我们发现真正捧起书本阅读的只有两类读者:一群不断寻找那些想象雄奇、哲理通神的作品以缓解自己对未知世界饥渴的核心科幻迷,以及许多购买了《三体》又任其在书柜中蒙尘、站在书店畅销书柜台翻阅诸多科幻书籍然后慨叹科幻难懂的平常人。

我在大学工作。观察身边的年轻人,会发现他们其中大多数并不读书,少数浅尝辄止,因为比起抖音和蛋仔派对,读书太累。2022年中国图书零售市场总规模871亿元,2022年双十一李佳琪直播一天带货215亿元,他们有理由轻视一切传统,丢弃效率低下的阅读方式,用短视频替代任何知识来源。

那么现在来回答问题。在这个美丽新世界里,以文学、硬核和哲思为调性的科幻小说只被少数读者喜欢。应该有一类科幻作品,用直白的叙述、紧凑的情节、诱人的悬念和恰到好处的科幻感,描写一个有趣的故事,填满一名年轻读者的半小时空闲,让他在夜深人静时,熄灭屏幕后,倦意泛起,入梦之前,脑中闪过一环有关历史和未来的涟漪。

海漄做到了。

发明神道之不诬,转变为俳谐逞才。海漄的故事是东方的,是中国的。

更是返璞归真、大巧不工,反而更适合当代年轻读者的。

对,我们正需要这样的通俗小说。

目　录

龙　骸 … 1
江之怒 … 39
愿时间在此停留 … 73
诡　城 … 103
土楼外的春天 … 129
血　灾 … 165
时空画师 … 197
尽化塔 … 235
极北之地 … 255
走　蛟 … 283

龙　骸

The Dragon's Skeleton

2020年5月，发表于《银河边缘006：X生物》

插画/阿荼

本作为修订版，相较初次发表新增7000余字。

一

海天之间渐渐亮了起来。

太阳像一只刚刚煎熟、红彤彤的蛋黄，从远处的海平线上慢慢探出。夜色中如固态般的铅灰色海水被染成金色，变得柔和，轻柔地拍击着巡洋舰锐利的船身，化为一堆堆斑斓的泡沫。冰冷刺骨的西北风此时竟带上了一丝暖意，为甲板上老人略微僵硬的四肢注入了些许活力，他挺直了背。在老人身后的桅杆上，德意志帝国海军的旗帜迎风飘扬，猎猎作响。

"早上好，齐柏林[1]先生。"船舱里走出一个年轻人。

"早上好，谢。"齐柏林回头对年轻人笑笑，又把目光投向了大海。四十多年的军旅生涯已经夺走了他曾经强健的体魄，这也许是他最后一次远行了。再过几个小时，"奥古斯塔皇后号"就将抵达此行的终点，德意志帝国在远东新开辟的唯一殖民地——胶州湾。

自1897年11月狄特立克斯少将率军登陆胶州湾以来，远东舰队终于获得了梦寐以求的港口。尽管各国在德国外交部和海军部不断地斡旋及暗示下对占领行动的发生已然心照不宣，但皇帝陛下仍然下令火速增援，以防干涉事件重演。只不过这一次，抢先在大清这块肥肉上咬上一口的换成了德国人。除了大肆增兵外，胶州湾沿岸还需要修筑炮台要塞，建设港口码头，斐迪南·冯·齐柏林伯爵作为"奥古斯塔皇后号"防护巡洋舰的随军工程师，就这样踏上了前往这个古老东方国度的旅途。对于年近六旬的齐柏林来说，年轻时梦想周游世界的

---

1. 斐迪南·冯·齐柏林伯爵（1838—1917），德国贵族、工程师，大型硬式飞艇的发明者。

豪情壮志早已烟消云散，此刻的他只想早日完成任务返回康斯坦茨的庄园安享晚年，殊不知自己的命运和整个历史都已悄然改变。

与齐柏林一道的年轻人是他在香港时寻得的助手。"奥古斯塔皇后号"途经香港补给时，齐柏林出于好奇便在这座东西方风情交融的城市里转了转。不承想稍未留意，竟在鳞次栉比的建筑群中迷失了方向。齐柏林从军多年，世界上许多地方都留下了他的足迹，见多识广的他却在最后一次任务中迷了路，还不知会被船上那帮不知天高地厚的浑小子笑话成什么样呢。他接连拦住几个行人问路，可当地华人虽对他毕恭毕敬，却听不懂他说的德语，实在爱莫能助。无奈之下，齐柏林只得四处乱逛，随意走进了街边一家杂货铺。此时店内已无客人，只有一个文弱秀气的年轻人站在货架前，一手拨弄算盘，一手提笔演算，并未注意到面前的不速之客。齐柏林略微一看，注意力就被这个年轻人吸引了，在自己进店这短短的时间内，年轻人竟已将店内货品库存进出、钱财收支核算完毕，并梳理得井井有条，运算之快连齐柏林都自叹不如。只是到了最后，年轻人却突然停了下来。片刻后，年轻人发现了问题所在，正要更改，而齐柏林也指着他账簿的一处地方，几乎同时说道："是这里，这里算错了。"

"您是德国人？"年轻人这才注意到齐柏林，用德语礼貌地问道。

两人就这样阴差阳错地相识了。眼见天色已晚，年轻人便好心收留齐柏林共进晚餐。席间齐柏林了解到，年轻人名叫谢缵泰[1]，本是澳洲华侨，随母亲来到香港，读书之余帮助长辈打理家中产业。几番交谈下来，齐柏林发现，谢缵泰是这个保守愚昧的国度里难得一见的聪明能干之人，不但精通多国语言，更在数学、机械方面具有极高造诣。接下来几天，由谢缵泰充当向导，齐柏林饶有兴致地游览了香港的大

---

[1]. 谢缵泰（1871—1938），字重安，工程师。曾参加广州起义和惠州起义，同时也是中国近代时事漫画杰作《时局图》的作者。

街小巷,亦不时向谢缵泰介绍和讲解西方先进的机械技术。两人亦师亦友,一见如故。

不久后,"奥古斯塔皇后号"补给完毕,即将起航,齐柏林想到此行路途遥远,语言不通,便邀请谢缵泰作为助手同行。起初谢缵泰并不愿意登上德国军舰,但齐柏林一再保证"奥古斯塔皇后号"此行只是为了给清廷施压,督促其尽快破获近日发生在山东的德国传教士被杀一案,绝不会轻启战端。谢缵泰见他语气诚恳不似作伪,加之正想见识外面世界广阔的天地,便接受了邀请。

待到正午时分,"奥古斯塔皇后号"驶入一环山海湾,就此进入胶澳海域,风浪被阻挡在外,湾内水面宽阔,风平浪静,实在是不可多得的天然良港。四面山势陡峭,易守难攻,北面的山坡上,一门黑黝黝的克虏伯大炮居高临下,扼守海口航道,看来,这便是大名鼎鼎的俾斯麦炮台了。据说,清军数年前便已在此布防,设置炮台,安放重炮,但狄特立克斯率军登陆时,清军虽占尽地利却一炮未发,不战而退,在登陆部队中传为笑谈。

这些愚蠢懦弱的东方人!齐柏林微微一笑,轻蔑地想道。却见一旁的谢缵泰目光炯炯,死死盯着黑洞洞的炮口,就像猎人毫不畏惧地和野兽对视一般。

二

随着"奥古斯塔皇后号"的到来,在胶澳地区与登陆部队对峙的清军开始撤退。三年前黄海一战,购自伏尔铿造船厂的经远舰以一敌四,遭日舰猛轰十余炮仍死战不退。自此,德制军舰在清廷上下大受赞赏,如今比经远舰更大、更先进的"奥古斯塔皇后号"他们又如何敢惹?到第二年初,海军军营建立,占领之势日益稳固,接下来,便是外交部的事了。"

　　这几个月来，齐柏林一直忙于港口工程的营建工作，测绘地形、丈量水深、安装机器等等，而谢缵泰则寸步不离地跟在他身边，除了任劳任怨地做些携带工具、搬运设备的体力活外，还在齐柏林的指导下负责收集数据、绘制草图的工作，兢兢业业的态度令齐柏林非常满意。只是偶尔，谢缵泰会看着新绘制的港口图纸若有所思，当齐柏林与他目光相接时，他却总是欲言又止。随着日子一天天过去，谢缵泰走神的次数越来越多，这天晚餐过后，谢缵泰约齐柏林一起去青岛山——也就是德国人口中的俾斯麦山上走走。当天的工作已经结束了，青岛山上暂时也没有需要营建的工程，齐柏林有些诧异，但还是毫不迟疑地答应了。

　　齐柏林对谢缵泰的才学颇为欣赏，谢缵泰同样也将齐柏林视为良师益友，两人之间早有默契，不约而同地在一处山崖边停下了脚步。举目望去，不远处的海岸灯火通明，港口已经初具雏形。

　　"谢，你有什么想和我说的吗？"齐柏林问道。

　　"是的，先生，从第一次见到港口的设计图纸我就想问您了。"谢缵泰愣愣地看着山下的海港，轻声说道。

　　"哦？那是好几个月之前的事了吧。"齐柏林点点头，示意谢缵泰继续。

　　"你们，并不仅仅是为了那两个传教士而来的，对吧？即使抓到凶手，你们也不会离开这里了，是吗？"谢缵泰直视齐柏林，冷冷地问道。

　　"对，这没什么好隐瞒的，我们在这里建立的港口、防波堤都是永久设施，我们的海军在远东需要一个储煤站，一座属于自己的基地。这不过是我们帮助你们讨回辽东的小小报酬而已！"齐柏林语带不屑地答道。

　　"小小报酬？先生，你们想要的，恐怕远不止胶澳一地吧！你们在港口修建的铁路，早就预留了向内地延伸的轨道，沿途的地形地貌也已经被你们摸得一清二楚！你们是不是还想要济南，还想要整个山东？"谢缵泰按捺着愤怒，恨恨地说道。

面对谢缵泰的质问，齐柏林一时竟无言以对。自己还是低估了这个年轻人，没想到他仅仅凭借几张铁路设计草图，便推测出了殖民军通过铁路将整个山东纳入势力范围的计划。齐柏林沉默良久，终于叹道："谢，你生于澳洲，长于香港，我原以为你和其他守旧迂腐的华人有所不同。你要知道，当今世界弱肉强食，只有强权，才是唯一的真理！"说完，齐柏林对谢缵泰指了指停泊在港口的军舰。

"好！我定当谨记您今日之言！总有一天，我会向您证明，我们也可以自强于世界！"谢缵泰目光如炬，一口气说完，转身离去。

看着他在山路中渐渐消失的背影，齐柏林突然感觉，自己对这个年轻人，对这个民族，了解得还远远不够。

接下来几天，谢缵泰将自己锁在房间里，再不出现。缺少了他的协助，齐柏林手头上工作的进度也慢了下来，不过齐柏林并不想勉强他，齐柏林相信年轻的谢缵泰只不过是一时热血，现实很快会让他低下骄傲的头颅。

三

谢缵泰早早醒来，披上外套走到窗前，军舰和货船静静地停泊在码头内，随着海浪缓缓起伏着。微弱的晨光从阴沉的乌云缝隙中透出，并不发散，像是给乌云染上了一道道碎裂的金边。风停了，往日喧嚣的海鸟早已不见踪影，天地间突然格外的寂静，看来马上就有一场大风暴要来了。谢缵泰关紧书桌前的窗户，慢慢坐下，愣愣地发着呆。确如齐柏林所料，他的内心是矛盾而无奈的，他曾经天真地相信了齐柏林关于德国人胶澳之行目的的说辞,却没想到传教士事件正是他们求之不得的借口。从德国人在胶澳地区的经营和规划建设来看,他们非但没有离开的打算,野心恐怕也远未得到满足。那天齐柏林的话也破灭了他心中最后一丝幻想。他不得不痛苦地承认,所谓外交,所谓道义,在坚船利炮面前是那样苍白无力。当下他唯一能做的就是继续跟在齐柏林身边,或许有朝一日可以"师夷长技以制夷",但他又实在厌恶这种为虎作伥的感觉。

谢缵泰正迷茫着,窗户忽然一紧,骤起的大风带动窗框将插销顶得来回摇晃,豆大的雨滴也随风而至,密集地击打在玻璃上,发出爆豆似的脆响。雨水还没来得及流走,又被新的雨滴覆盖,视野很快便模糊起来。透过窗户,只能隐约看到外面水天一线,什么都看不分明,只有港口的引航灯像萤火虫一般,忽明忽暗地闪烁着。

"看!那是什么……"

"上帝啊……"

"是约尔曼冈德[1]!"

"闭嘴,蠢货!约尔曼冈德怎么会飞?"

"行了,别吵了,快看,它钻到云里面去了!"

"这边!它又钻出来了!"

这样恶劣的天气,外面却喧闹了起来,谢缵泰不禁有些好奇,但从德国人断断续续的争论中也听不出个所以然。他索性披上雨衣,走了出去。没想到的是,甲板上已经挤满了人,人们在风雨中举步维艰,却都不肯离去,所有人都齐刷刷地望向天边一片厚厚的乌云,议论纷纷。

到底发生了什么?眼前的一切让谢缵泰一头雾水,这些德国人莫不是吃饱了撑的,顶着风暴出来就为了看朵云?

---

1. 北欧神话中的尘世巨蟒,头尾相衔,环绕着整个世界。

"轰！"一道闪电就像急速生长并分叉的树枝，从众人注目的乌云中劈出，雷鸣声滚滚而来，人群中传出一阵惊呼，却不是被吓到，而是因为那片被闪电照亮的乌云中呈现出的异象。只见云层中猛然浮现出一条巨大的黑影，不住地盘旋穿梭，一会儿加速直行，一会儿又扭转翻腾，忽而隐于云雾之中，片刻后又在另一片云层中出现。蓦地，那巨大的黑影破云而出，空中传来一声汽笛般的长鸣，悠远浑厚，在电闪雷鸣中竟是那样清晰。

谢缵泰从身边一个德国士兵手里抢过望远镜，不顾对方的咒骂将镜头擦了擦，然后对准了云层中的怪兽。被雨水反复冲刷的镜片极为清晰，他看到那怪兽有着形似蟒蛇却大上数十倍的庞大身躯，上面覆盖着鳞片，鳞片起伏波动，其下喷出一股股气流，引得云气缭绕，仿佛是在吞云吐雾。它的头颅既像马，又像鹿，布满鲤鱼似的胡须，其脑后长有两只V字形的长长的犄角，而在躯干两端下侧，还各生有一对遒劲的利爪！

"哈哈！"谢缵泰看得有些痴了，随即迎风大笑，胶澳之行，不枉此生！它哪里是什么约尔曼冈德？正所谓神龙见首不见尾，那云层中的怪兽，分明就是龙啊！

龙！龙！在越来越猛烈的狂风暴雨中，谢缵泰兴奋地手舞足蹈，但身旁的德国人听不懂他的话，纷纷避让，只有齐柏林挤了过来，一把拉住他的肩膀，问道："谢，你说什么？龙？那怪物就是你们传说中的龙吗？"

"没错！今天我知道了，龙并不是编造出来的图腾，它是真实存在于这个世界上的生物！"谢缵泰指着空中翻云覆雨的巨龙，大声答道。

闪电越来越密集，几乎是一道连着一道，到最后已经分不清雷声来自哪个方向。空中的巨龙变得十分亢奋，腾云驾雾，飞得极快，似乎正在追逐那些骇人的闪电，却总是差之毫厘。盘旋了一阵，巨龙突然猛地掉头扑向天边另一朵透着亮光的乌云，刹那间，一道闪电从乌云的亮光中划出，狠狠地击在了龙身之上！

强忍着炫目的闪光对眼睛造成的刺痛，谢缵泰透过望远镜看去，只见雷击下的巨龙周身鳞片张开，统统立了起来，强大的电流似乎被禁锢在了龙身上，在它互相平行竖起的鳞片之间，时不时闪现出一片电火花。巨龙好像被闪电定格了，就这样悬停在半空中一动不动，也许只有短短几秒，但谢缵泰却觉得像几个世纪那样漫长。直到巨龙的鳞片合上，空中传来滋——的一声怪响，它僵直的身躯才开始重新活动。不可思议的是，随着巨龙的扭动，它原本就硕大无朋的身躯，居然像气球一样迅速地膨胀起来。龙难道是在借助闪电完成某种蜕变？谢缵泰的心绪随着这条神奇的巨龙起起伏伏，可还没等他高兴起来，变故陡生。

承受住雷电的轰击后，巨龙仿佛将这天地间的洪荒伟力都吸收了，虽无羽翼，却更加气势磅礴地向高空爬升。眼看就要直冲云霄之际，巨龙靠近尾部的一段身躯却猛地一阵抽搐，幽蓝色的火焰突然从它体内窜出，迎着风雨向上剧烈地燃烧起来，并产生连续的爆响。顷刻间，烈焰从龙的尾部一路蔓延，巨龙发出震耳欲聋的悲鸣，终于支撑不住，向下坠去。

"也许，它会坠落在胶澳海域！"目瞪口呆的齐柏林在心中默算了巨龙大致的飞行高度和坠落轨迹，自言自语道。他随即反应过来，一跺脚，用德语向岸上围观的水兵大声嚷嚷了起来。

"谢！我们立刻出海！跟我一起去吧！"齐柏林一边向谢缵泰大声喊道，一边飞快地向港口跑去，仿佛一下子变回了几十年前那个身姿矫健的年轻人。

谢缵泰低下头，犹豫片刻，咬咬牙追了上去。虽然不愿再和这群侵略者为伍，但这次与神话中的龙近距离接触的机会，他无论如何也不能错过！

四

风雨渐弱,"奥古斯塔皇后号"以二十一节[1]的航速全速航行,很快便赶到了胶澳海域与外海的交界处,齐柏林对自己的推算颇为自信,那条龙一定就坠落在这附近!果然,经过一番搜寻,水手们发现了成片的死鱼,其中夹杂着许多硕大的鳞片,应该是巨龙重坠之时震落的。鳞片被打捞上来,足有成人手掌大小,谢缵泰接过一片轻轻抚摸,上面还略带余温,显然经受了烈火烧灼。即便如此,它却完好无损,透着奇异的金属质感,与寻常鱼鳞截然不同。

四周散落的鳞片越来越多,瞭望塔上的水兵随即在前方发现了数处仍在燃烧的火苗,抵近一看,正是那条巨龙尚未沉入海底的尸体!此刻这庞然大物已经完全没有了生命的迹象,但这丝毫不影响它所带来的震撼——仅仅只是漂浮在海面上的部分,就足有数十米长,整条龙尸的长度恐怕与"奥古斯塔皇后号"相差无几!齐柏林与舰长来不及惊叹,这里距外海仅一步之遥,商船往来频繁,随时可能出现英、日、俄等国军舰。为掩人耳目,他们派出十余名船员携带绳索驾驶数艘小艇靠近龙尸,将绳索分别缠绕捆绑在龙角、龙爪等处,再用"奥古斯塔皇后号"将其拖走,一切等回港再说。

谢缵泰在甲板上看着船员们驾驶小艇不断往返于巡洋舰与龙尸之间,在龙尸附近有条不紊地聚散忙碌,渺小得像一群分食巨兽尸体的蚂蚁,心中不禁凄然。这个国家又何尝不是如此呢?曾经威风凛凛,不可一世,但现在却只能任人宰割。也许,这些古老的事物,都会有所谓的劫数吧?这条巨龙是不是就是因为渡劫失败,被天雷击中,才

---

[1] 1节约等于1.8千米/小时。

殒命坠落的？可是，他明明记得，当时那条巨龙是自己主动迎向闪电的，难道这中间出了什么差错？在瓢泼大雨下，那诡异的蓝色火焰又是如何燃起的呢？

百思不得其解之际，德国人已经一丝不苟地将龙尸与"奥古斯塔皇后号"牵引连接完毕，只待小艇上的水手上船后便可返航。谢缵泰随意一瞥，却猛地睁大双眼，目光被牢牢定住：远处海面之下，一条蛇形黑影正疾速潜行上浮，距离那几艘小艇已不足百米！

"快跑！快散开！"谢缵泰大声示警，齐柏林也注意到了水下的黑影，急忙与他一起使劲呼喊。直到这时，小艇上的船员们才意识到迫在眉睫的危险，慌乱地分头逃散。可是为时已晚，那黑影的骨质背鳍像牛排刀一样刺出水面，划开一道巨大的分水线，顷刻间便掀翻了几艘小艇，落水的船员们惊慌失措，唯有拼命游向"奥古斯塔皇后号"。在舰长的指挥下，"奥古斯塔皇后号"几度试图以舰炮攻击水面下的怪物，但那怪物虽然体形庞大，在水下却异常灵活，速度极快，根本来不及瞄准，加之距离太近，担心误伤落水船员，投鼠忌器之下，众人只得眼睁睁看着幸存者被一个个卷入水下，片刻后便有大片血水涌上海面。

幸存者们的惨叫很快就消失了，只余下一些残肢断体随波逐流。怪兽仍不罢休，绕着"奥古斯塔皇后号"转圈徘徊，时不时还在水下拱起龙尸，发出阵阵悲鸣，似乎想将其夺走。

舰上的船员们早已惊骇得肝胆俱裂，只想尽快离开。谁知水下怪兽见"奥古斯塔皇后号"就要拉走龙尸，几番拖拽不成后竟突然跃出海面，直扑战舰甲板，亏得德国水兵训练有素、操纵娴熟，千钧一发之际及时转舵，避开了怪兽大半身躯，但怪兽身体前端的两只利爪仍扣住了左舷甲板。众人被剧烈的颠簸震得东倒西歪，一直潜藏在水面下的怪兽露出了真容——虽然体形略小，角也纤细许多，但一看便知，它也是一条龙！难怪它要与巡洋舰争夺巨龙尸体，它与那死去的巨龙，分明就是一对伴侣！一名士兵逃跑时不慎滑倒，不偏不倚正对上巨龙腥臭的血盆大口，那名士兵亦是勇悍之辈，绝望下竟掏出手枪朝龙头连开数枪，只是子弹打在龙头上却只溅起几点火星，反而激怒了龙。谢缵泰见势不妙，一把将齐柏林扑倒，从龙口中喷出的火舌堪堪从他们头顶擦过，瞬间就将开枪的士兵和同一直线上的其他几人化为焦炭。

"撤！所有人撤出甲板，快进船舱！右满舵，全速前进！"巡洋舰"奥古斯塔皇后号"全体船员自德意志本土远道而来，踌躇满志地以为可以在远东大展拳脚，为帝国争得一份荣耀，万万没想到此刻一仗未打便已伤亡惨重。舰长目眦尽裂，冒着军舰倾覆的危险咆哮着下达了命令。燃煤锅炉骤然满负荷运转，烟囱喷出浓烈的黑烟，在铁与火撞击的轰鸣声中，巡洋舰保持高速的同时向右急转。这次舰长赌赢了，左舷的巨龙与船尾龙尸的重量止住了"奥古斯塔皇后号"侧翻的势头，而只有一小部分身体攀上了甲板的巨龙无处借力，被军舰产生的离心力抛了出去，只在甲板上留下了数道触目惊心的爪痕。

好不容易从巨龙爪下挣脱的"奥古斯塔皇后号"无心恋战，朝着母港方向落荒而逃，而被甩到海里的巨龙则跟在军舰后穷追不舍。好在龙尸虽然庞大，重量却轻得出奇，并未过于拖累船速，双方始终保持着微小的距离。在这个距离上，舰上主炮施展不开，舰长只好指挥炮手以舰尾副炮射击，但那巨龙极为狡猾通灵，时浮时潜，炮弹虽然在海面上激起一束束壮观的水柱，却未能伤它分毫，唯一的用处便是迫使巨龙不敢再次扑上甲板。

军舰就这样与巨龙僵持着且战且逃，大部分船员只能躲在船舱里束手无策，连甲板上同伴的尸体都无法收殓。正当众人的精神即将在这场惊心动魄的追击中崩溃时，海岸线总算在远方出现了。在齐柏林和谢缵泰的连声提醒下，绷紧到几乎只剩下战斗本能的舰长恢复了理智，用旗语向岸上发出了求救信号。或许是求救内容过于匪夷所思，港口过了好一会儿才派出了几艘军舰前来接应。双方会合后，"奥古斯塔皇后号"的船员们不禁欢呼雀跃，一时竟忘了危险，纷纷走上甲板向友舰脱帽致意，巨龙此刻也不见了踪影，想来已经知难而退了。

"该死的海怪，见鬼去吧！"一名船员忘乎所以，冲到船舷边骂骂咧咧地朝海里吐了一口唾沫，却没注意到海面突然卷起的旋涡。巨龙在水下猛地转身，龙尾以雷霆万钧之势从甲板上横扫而过，不但将那名船员击飞，还卷走了数人，他们像破碎的洋娃娃一样被扔到半空后跌落，很快就悄无声息地沉入了海底。原来巨龙根本没有离开，只是潜行在水下等待机会给予人类致命一击！即使身处险境，谢缵泰也不得不惊叹于龙的智慧，它们到底是一种怎样的神奇生物？

这时，炮声响了，不是军舰上的舰炮，而是青岛山上的岸炮。巨龙终归只是野兽，全力与军舰缠斗却忽视了人类在陆地上的威胁，这一炮虽然没有直接命中，但显然伤到了它，巨龙发出一声痛嚎，潜入水中，再不出现。当天晚上，港口周围再次传来巨龙的悲鸣，如泣如诉，似乎在呼唤死去的伴侣。德国人不敢掉以轻心，派出大批军舰彻夜巡逻警戒，直到第二天一早，海面上泛起了大片血迹，蜿蜒着向外海延伸，他们才确信，这次巨龙真的已经离开了。

钢铁巨舰与神话生物间持续一天一夜的战斗落下了帷幕。是役，德国远东舰队死伤数十人，另有多人失踪，巡洋舰"奥古斯塔皇后号"甲板毁损严重，可谓出师不利。因德皇计划将胶澳地区建设为其在远东的"模范殖民地"，为防士气受损、引来各方觊觎，殖民当局将此战消息严密封锁，并将拖回的龙尸运回海军基地，秘密加以研究。

五

  自从跟齐柏林在青岛山上摊牌之后，谢缵泰早有离去之意，却不想就在这当口居然亲历了坠龙斗龙的千古奇事。"奥古斯塔皇后号"回港后，正逢青岛山炮台筹备建设地下指挥所，前期工程已经在山体中挖出了数个巨大空洞，刚好用于储存龙尸。谢缵泰素来博学，对历史典籍和神话传说中的龙颇为好奇，如今得以观其真身，自然心痒难耐，就此打消了离开的念头。但德国人疑心其华人身份，只是从部队中遴选了军医及工程师开展龙尸研究，谢缵泰并无太多机会接触研究。好在天无绝人之路，齐柏林既是工程师，又出身贵族，还同为坠龙斗龙事件的目击者，自然入选。他考虑龙自古以来便是中国神话传说中的生物，学贯中西的谢缵泰无疑将对研究产生极大帮助，加之感念谢缵泰多次出手相救，便力排众议，为谢缵泰争取到了参与龙尸研究的机会。就这样，两人在争执与决裂后，再度携手合作。

  当谢缵泰通过层层检查终于走进那巨大的地下空间后，尽管已经有了心理准备，他仍然感叹于德国人严谨高效的作风，并再次确认了他们野心勃勃。坚固的花岗岩山体已经几乎被掏空，虽然只是前期的土方挖掘，但看得出来，大洞套小洞，洞洞相连，多处同时进行的地下工程构成了一个复杂但有序的整体，不少地方还看到了预留铁轨和电线的痕迹，等到这里最终建成之时，进可攻退可守，绝对是远东地区首屈一指的要塞！而庞大的龙尸就被安置在炮台正下方预备用于建造弹药库的最大空洞内，德国人利用陡峭的山体巧妙设计，虽处于地下，空气依然凉爽干燥，龙尸虽腥味极大，但保存尚好，暂未腐败。

  说来奇怪，在历代典籍中，越往古代，关于坠龙的记载越是屡见不鲜；但越到近代，此类现象出现的频率却大大降低。谢缵泰原以为龙不过是寄托先民某种崇拜的化身,随着近百年来科学昌明,民智渐开,神话传说自然便少了;但事实也许是龙这种生物在上古时期曾繁盛一时,甚至与华夏先民有过极其密切的接触,只是在时光流逝中它们的种群逐渐消亡,现如今恐怕只余下了少数孑遗。对于龙这种生物,谢缵泰尚且一知半解,德国人想要研究更是不知从何入手,况且军队中又没有专研生物的学者,他们只得让军医摸索着将龙尸解剖,由工程师记录绘制它的身体构造,并推测其飞行原理及死因。除了运送器械工具、清理现场的工人外,此次参与龙尸解剖研究的人员共有十余人。在他们到来之前,工人们已对龙尸做了些简单的防腐处理,并安装了许多滑轮牵引和起吊装置,方便研究者们在解剖过程中随时挪动它。

万事俱备,众人便硬着头皮开始了对这未知生物的解剖。谁知行动刚一开始,便遇到了棘手的麻烦。龙的周身覆盖着无数硕大坚硬的鳞片,虽然在被雷击坠海时掉落了不少,但剩余部分生长排列得仍十分错落紧致。如果不破开龙体表的鳞片,解剖就无法继续进行,但若一味蛮干,又怕会破坏这具珍贵的尸体,操刀的军医一时陷入了两难。谢缵泰正在一旁观察,回想起目睹巨龙的场景,他灵机一动,巨龙是因为雷击自燃而坠海的啊!它身上最初的起火点,不就是打开这身致密铠甲的缺口吗?他将自己的想法告诉了几位军医,那几人听后连连点头,随即依据谢缵泰的回忆,果真在龙尾附近找到了一处伤口。

相比于龙巨大的体形,这伤口并不起眼,只有碗口大小,又隐藏在龙尾关节处,如不仔细检查确实极难发现,实在无法想象龙居然是死于这样一处微不足道的创伤。但将伤口处理干净后大家才发现:它虽不大,却很深,几乎洞穿了整个龙躯,伤口边缘处不但鳞片缺失,连龙皮肌肉都被烧焦了,足见当时雷击威力之大。谢缵泰心中疑惑稍解,但一时又说不出来还有哪里不对。

众人商议后决定从这处伤口着手，先沿着它将四周破损的鳞片去除，再顺着鳞片生长的方向扩展，一步步将较大的鳞片全部剥下，待到柔软的表皮完全暴露后再进行下一步肌肉、骨骼、内脏的解剖。随着鳞片被一片片拔除，谢缵泰心中异样的感觉越来越强烈，龙鳞的排列似乎有某种规律，闭合时彼此契合相连、严丝合缝，正因为如此，最初解剖时大家才会无从入手。但他们很快发现，大多数龙鳞其实是活动的，能够各自张开竖立，在将它们剥离的过程中，从龙的皮下体腔内还带出了一些纤维状的组织，就像树木被推倒后露出地面的树根一样。研究者们面面相觑，谁也没在其他生物身上见过类似的组织，一名年长的军医猜测，龙身上这些能张开的鳞片可能用于散热，而这些纤维可以传导热量、固定鳞片，也许还能像鸟类羽毛毛囊那样起到供给养分的作用。包括齐柏林在内的其他人都认为这一推测很有道理，唯独谢缵泰仍然疑虑重重。

那天目击龙殒的人虽然不少，但因为天气和距离的原因，实际上看得并不真切，只有他通过望远镜将龙飞行的每个姿态和细节都看得明明白白。他永远也不会忘记龙在云雨雷电中穿梭腾飞的壮观景象，当时龙的鳞片确实有节奏地闭合又张开，就像波浪一样在龙身上翻滚起伏，而且鳞片下还喷出了气流，难道这就是龙将体内热量排出时的现象？或者和鲸鱼一样，这也是龙在换气？

但他清楚地记得，只有在雷击时，龙身上所有鳞片才是张开并竖起的……等等，雷击！谢缵泰心中一震，终于发现了让自己一直感觉奇怪的地方！那条龙不断穿越雷雨云，分明就是在寻雷，它是主动让闪电击中那些竖起的鳞片的，就像在迎接雷击，所以除了散热，龙鳞一定还有更重要的用途！龙刚被雷击中时安然无恙，是在雷击结束后，闭合鳞片时才自燃坠落的。对了！他突然又想起，龙承受雷击的部位在身体前半部分，但导致它坠落的起火点却在龙尾，也就是说，这处伤口并不是由雷击直接造成的。

谢缵泰反应过来后连忙去检查龙尾处的鳞片，但为时已晚，这部分的鳞片已经被清除，看不出任何异常了。谢缵泰懊恼不已，不甘心地在祖露的龙尾上寻找着蛛丝马迹，果不其然，他发现了几道不易察觉且已经快愈合的伤痕，它们呈撕裂状分布在龙尾肌肉上，最后交会于龙尾自燃点的伤口处。看到这里，谢缵泰恍然大悟，这处伤口显然在遭受雷击前就已经形成了，伤痕的形态很像是抓伤，有可能是这条巨龙遭遇天敌或是与同类相斗时所留下的。从龙鳞下肌肉受创的程度看，这处损伤原本并不致命，但很可能将巨龙此处的鳞片给破坏了；而龙鳞，极有可能在引雷过程中起着非常关键的作用，正是因为这处龙鳞的缺失，才导致巨龙最终引雷失败，自燃坠海！

为了验证自己的推测，谢缵泰取了一片龙鳞和一块龙鳞下的表皮送往化验室检测。不出所料，检测的结果显示：龙鳞具有极好的导电性，而龙皮则是优质的绝缘体。毫无疑问，谢缵泰对龙鳞作用的推测比那位年长军医做出的判断更加接近事实的真相，但龙主动引雷的目的又是什么呢？谢缵泰联想到了民间巨蟒飞天、引雷渡劫从而化身为龙的传说，一度怀疑龙就是由某些巨蟒在特殊条件下突变而来的新物种。难道说，它冒险引雷就是为了自身下一步的提升和进化？

谢缵泰从龙的死因研究到龙鳞的作用，最后竟发展到追寻龙的起源与进化。正当他冥思苦想之际，齐柏林却对其做法不以为然，齐柏林认为龙的死因毫无争议，不值得深究，重要的是知晓如此巨大的生物是凭借什么原理实现飞行的。他将研究重点放在了龙鳞下纤维状组织生长出来的肌肉及龙的体腔内。在解剖过程中，齐柏林敏锐地发现，龙的身体正在缓慢地干瘪缩小，而这似乎不是尸体腐败造成的。剖开龙身表层极富弹性的肌肉后，齐柏林有了新的发现，这些肌肉包裹着一个个较小的囊泡，纤维状组织从小囊泡中穿过，深入体腔内相连的大囊泡中。龙体内许多囊泡已经破裂了，一些无色无味的气体正从中泄漏出来，于是造成了龙尸干瘪缩小的现象。

齐柏林和几名军医小心翼翼地划开龙身上每一块肌肉，好不容易剥离出了一些完好的囊泡。这些囊泡表面覆盖着一层筋膜，与肌肉粘连在一起，大小各异，有的鼓胀，有的干瘪。所有囊泡被清理出来后，齐柏林发现了一个有趣的现象，囊泡自动分为三类：一类最小，是从靠近体表的部位发现的，外层与肌肉及表皮紧密相连，将它拿起后放手，飘浮一阵后便缓慢落地；第二类大小居中，重量最重，其内明显有液体存在；第三类囊泡体积最大，重量却最轻，分布在龙的体腔深处，骨骼与内脏之间，脱离龙体后便迅速上浮，若在开阔地带早已随风飘走。

早在"奥古斯塔皇后号"打捞龙尸遭到另一条龙攻击时，齐柏林就确信，龙这种生物虽然能飞，但大部分时间应该是生活在海洋中的。它的身体构造完美地适应海洋环境，也只有浩渺丰饶的大海，才能供养如此巨大的生物。而通过解剖，齐柏林认为它们之所以能飞，很可能就是因为那些能够悬浮上升的囊泡，结合那条龙曾经口吐烈焰吞噬船员，齐柏林几乎已经猜到囊泡中的气体是什么了！完整的囊泡已经所剩无几，但为了验证其内部的成分，齐柏林不得不在三类囊泡中各挑出了一个用于检测。

检测结果很快就出来了，因为这三个囊泡中都是极其常见的物质，第一类囊泡中的气体就是普通的空气；第二类囊泡中的神秘液体不过是水；而第三类囊泡中的气体则是氢气。除了第二类囊泡中的不明液体居然是水有些出乎意料外，其他两类囊泡中的气体成分完全证实了齐柏林的猜想：龙就是靠体内的巨量氢气实现浮升的，而那些小囊泡中的空气，除了可以带走体内多余的热量，更能起到调节身体相对密度的作用，当龙在飞行中需要爬升时，它就会排出小囊泡中的空气，龙身变轻则上升。而在下降时，小囊泡吸入空气，龙身变重则下沉。这也是小囊泡生在体表附近的原因，它的外层与表皮相连，能随时吸入或喷出空气，空气被加压后喷射，配合龙身在空中做出的复杂摆动，又形成了推力。

简而言之，氢气囊泡提供升力，空气囊泡提供推力，这便是龙翱翔天际的奥秘！至于第二类囊泡，齐柏林在检测前原以为里面是某种特殊的组织液，是氢气的生发器官，但现在看来，它可能仅仅只是龙在海洋中生活时的"压舱物"而已——因为体内氢气的存在，龙需要不断吸水储存在体内，以免身体不受控制地漂浮在海面上。

齐柏林提出的这一套理论逻辑缜密，与检测结果又相互验证，尽管还有一些细节未明，但大家普遍认为已经足以揭开龙身上的谜团。齐柏林一方面感慨造物主之伟大，在自然界中竟然存在如此神奇的生物，一方面又欣喜若狂，他在龙身上得到了巨大的启发，仿佛看到一个全新时代的大门正朝自己缓缓开启。

六

解剖工作进行到了尾声，大家已经在地下待了很长时间，整天在弥漫着浓烈腥臭味的空气里呼吸，都感到头昏脑涨。齐柏林的研究取得突破后，众人迫不及待地想要尽快结束这项任务，去外面接触下新鲜空气。只有谢缵泰保持着高昂的热情，孜孜不倦地继续研究，不放过任何一处细节。齐柏林看在眼里，心中对这个年轻人的欣赏又多了一分。他甚至向谢缵泰提出，龙尸解剖结束后他就要回国，希望谢缵泰也能一同前往德国，两人携手开创一番事业。

谢缵泰当然明白齐柏林所说的事业是指什么，他很佩服齐柏林在科技运用上超前的眼光，更清楚这邀请意味着什么。他只要点点头，未来就能一展所学，荣华富贵将唾手可得，更有可能名扬世界。但他低头沉思了片刻后，委婉地拒绝了齐柏林的提议，"先生，龙身上还有不少未解之谜没能解开。您有没有想过龙体内的氢气是从何而来？龙又为何要冒着莫大的危险去主动引雷？这两者间是否有什么关联？这些问题尚未得到合理的解释，就此参照龙的飞行原理研制大型飞艇还为时过早。"

"谢，你知不知道自己放弃了一个千载难逢的机会？"齐柏林对谢缵泰的回答有些难以置信，恼怒之余讽刺道，"我不明白你再追查那些虚无缥缈的问题有什么意义？大型飞艇必须马上投入生产，只有这样才能快速积累资本，有了钱，研究才能继续进行。你们中国人不是常说要经世致用吗？但你们的行为却恰恰相反，也许这就是你们落后的原因！"

齐柏林口不择言的一番话再度让两人间充满了火药味，谢缵泰不甘示弱，回击道："先生，请你听好，经世致用不代表不求甚解，再说你敢保证大型飞艇生产出来后，你们不会用它占领更多地方？"

"这……大型飞艇的商业前景不可估量，我当然只想投入民用！"

"是吗？鸦片最初也只是一味药材，但到了豺狼手中，就变成了残害民众的毒物！"

两人各执己见，谁也说服不了谁，最终不欢而散。

这次争吵后，齐柏林便马不停蹄地开始了大型飞艇的设计工作。他详细记录了龙尸的长度、重量、身体构造特别是骨骼等方面的数据，建立了数个模型，以此为参考，绘制出了多幅大型飞艇的设计草图。另一头，谢缵泰仍沉浸在龙与雷电的关系中不能自拔，每当夜深人静之时，脑海中总是不自觉地闪现出当日巨龙引雷的画面，却一直不得要领。一筹莫展之际，谢缵泰突然想到，自然界中，除了龙，还有其他生物利用电的情形吗？或许能提供一些线索呢？循着这个思路，谢缵泰还真想到了一种生物，那就是在南美洲大名鼎鼎的电鳗。

与龙依赖天气追逐雷电不同的是，电鳗靠自身就可以产生可观的电流，不但能击毙体型较小的鱼类，甚至还能将涉水过河的野牛电晕。其发电器生长在身体两侧的肌肉里，尾部为正极，头部为负极，电流自尾部沿身体向头部传导并逐步增强直至释放。谢缵泰猜测，虽然体形相差巨大，但龙与电鳗在体态上颇有相似之处，长条形的身体，不但利于在海中游动，同样也适合电流传导。与之相对应的，龙身体的正负极情况或许与电鳗正好相反。电鳗放电用于捕猎或御敌，龙反其道而行之，通过触雷将电流引入体内，为的是什么呢？如此巨量的电能，又被龙用到了哪里？

带着这些疑问，他更加细致地解剖了龙的体表肌肉，试图找到电流传导的痕迹，以此推测电流的去向及用途。原本只是抱着另辟蹊径的想法试上一试，结果却歪打正着，在龙体内几乎相同的位置，谢缵泰竟然发现了与电鳗极为相似但功率显然要大上许多的发电器，正负极的方向也与电鳗完全一致。这直接推翻了他之前的设想，表明龙不仅能依靠自身放电，体内电流也并非只有单一的流向，而是存在着一个远比想象中更为复杂的电路系统。山重水复疑无路，柳暗花明又一村。新的发现让谢缵泰欣喜若狂，他从龙尾一路推进，想要弄清电能传导并最终释放的全过程。然而事实再次与设想大相径庭，龙尾产生的电流并没有传导至龙头，更没有被释放，而是直接导入了龙体内深处。

谢缵泰对龙身上层出不穷的神奇之处早已习以为常，思索片刻便想通了其中的关键：龙体形庞大，爪牙锋利，在海中也必定是横行无忌的霸主，完全不需要像电鳗一样大费周折放电捕猎。但他同样坚信，任何生物都遵循着进化的规律，龙既然能产生巨大的电能，也一定会有相应的作用，只是自己暂时还未发现其中的奥妙罢了。而此刻他心中隐隐有种感觉，自己距离揭开最后的谜底，已经不远了。

最终，谢缵泰顺着龙体内的发电器认定，电流的终点恰恰是早先齐柏林发现的那些生长在龙体腔深处的囊泡，这些囊泡内充满水，又与含有氢气的囊泡相连。如果说谢缵泰之前的研究好比是在黑暗中顺着唯一一道光线艰难摸索，那么现在，他终于找到了漏出这道光线的天窗，推开它，一切皆在眼前豁然开朗——自然界的广袤多姿竟造就了如此鬼斧神工的杰作，因为直流发电机的发明，直到不足三十年前才被人类大规模应用的电解水制氢法，居然早已在龙身上实现了！

至此，谢缵泰已经能够依据这些线索再加上一点儿想象大致还原出龙这种神奇生物波澜壮阔的一生了。根据龙尸的解剖结果，龙的四肢保留了一些两栖动物的特征，但体表的鳞片，用肺呼吸的方式，又表明它更接近于爬行动物，应该是介于两者之间的过渡物种。它的繁殖方式尚不明确，但极有可能为卵生，且具有洄游的习性——即成年体在繁殖期自入海口逆流而上，在江河湖泊中产卵，幼体孵化并发育成熟后又返回大海。这一过程在漫长的历史中不断重复，被亚洲东部延绵数千年的文明目睹并记载了下来，形成了独特的神话传说。

生存和繁衍是生物最基本的需求，龙也不例外。龙成年后在海中生活，既无须担心食物来源，又没有天敌威胁，那么它们通过放电将体内的水电解成氢气毫无疑问就是为了繁殖。它们平日潜行在海底，捕食之余不断电解水，将生成的氢气一点点储存在体内囊泡中，达到一定程度后再将体内多余的水分排空，在某些特殊条件下，例如风暴来临之际，借助肌肉力量冲出海面后就能实现飞行。可以肯定的是，尽管飞行原理并不复杂，但对于龙而言，飞行仍然是一项极具难度、风险巨大的技能，只有足够成熟、强壮的个体才能游刃有余地施展。而对于繁殖期的雄性而言，还有什么是比这更好的在雌性面前展示自己的方式呢？

但如果有两条甚至更多的雄性同时完成了飞天的壮举，那么一番惨烈的争斗就不可避免了。而胶澳海域坠落的这条龙，它身上的伤痕，很可能就是它的竞争者留下的，在被人们目击之前，它已经经历了至少一场生死搏杀。谢缵泰无从想象它获胜的细节，但可以合理推测的是，在激烈的搏斗中，为了躲避对方的攻击，它一定需要急速下降，而这又不是仅靠吸入空气就能立竿见影的。它只得将体内宝贵的氢气一并排出，或许还能造成出其不意的杀伤——这一点，袭击"奥古斯塔皇后号"的那条龙已经演示过了。

在这种情况下，它想要维持飞行状态甚至再次爬升，就不得不使用一些极端但快速的方法来补充氢气。云层中饱含水汽，龙只要钻入其中，龙鳞下的空气囊泡就能在呼吸之间吞噬和过滤大量水分，并将它们输送到更深层的囊泡中。虽然轻而易举地获得了原料，但龙依靠自身放电缓慢电解水生成氢气的效率在这危急时刻就过于低效了，它需要更强大、更快捷的能量来源！谢缵泰是唯一一个清晰观察到那条巨龙引雷触雷每个细节的目击者，龙在引雷触雷前后鳞片的不同形态令他印象深刻，这也是他一直固执地认为龙是主动被雷电击中的原因。尽管他之前已经证实龙鳞与龙皮分别是优良的导体和绝缘体，但一直无从探寻这背后的深意。直到现在，他从电鳗身上得到启发，又在解剖中一步步推导出了龙通过放电电解水生成氢气的全过程，反而推之才恍然大悟——龙主动触雷，是在给自己充电！

作为一种操纵电能的生物，龙必然对电极为敏感，甚至于它的每一片鳞片、每一根触须都能感应到游离在空气中的微弱电荷，这样它就能在千里之外预知正在聚集生成的雷雨云。当龙冲入雷雨云后，它就开始了在天地刀尖之上的舞蹈，它将周身鳞片竖直张开，被闪电击中后，互不相连的鳞片之间便形成了简易的电容，汹涌澎湃的自然巨力就这样被龙用同样狂暴壮烈的方式暂时降伏了。龙如同一节容量惊人的蓄电池，不断从自然界中吸收电能，直至达到自身的储能上限。这时它便合上鳞片，带电的鳞片彼此相连，阻绝的电能重新流动，在鳞片上连通后经由鳞片下的纤维组织导入充满水的囊泡中，再次完成电解水的反应。闪电所蕴含的能量比龙自行产生的要高上几个数量级，龙几乎在瞬间就可以重获足够它继续飞行的氢气，能量与物质的转化就这样在它身上形成了完美的闭环。

可惜的是，即使最精密的机器也会发生故障。出现在胶澳海域上空的那条巨龙，在同类相争中脱颖而出，却敌不过大自然。它在搏斗中负伤，原本并不致命，但被损坏的鳞片成了它的阿喀琉斯之踵。在引雷充电时，剩余的鳞片还能继续发挥作用，可缺损的鳞片在连通放电时只会导致一个灾难性的后果，那就是短路。强大而不受约束的电流在鳞片缺失的部位击穿了它的身体，引燃了它体内的氢气，最终导致了不可逆转的坠落。而在大海中等待它凯旋的伴侣，迎来的只能是一具残缺不全的尸体和如同嗜血苍蝇般尾随而来的人类。

龙尸的解剖和研究结束了，众人从山体要塞中走出，都有一种恍如隔世的感觉。

"谢，请接受我的歉意。"天下无不散之宴席，或许意识到了这一点，齐柏林低声说道。

"不必了，先生。这几个月承蒙您指点，我应该谢您才是。"谢缵泰淡然一笑。

"谢，你无须自谦！你的研究完全是开创性的工作，而我只是做了一个工程师该做的，仅凭这点你就远胜于我。咱们一起去德国开创飞艇空中运输的黄金时代吧！"齐柏林有些激动，紧紧地握住了谢缵泰的手。

"辜负您的好意，我很抱歉。"谢缵泰这次的回答更快，更坚定。

"大清当前的境况，有谁会重视你？在这里你永远不可能造出飞艇！"

"您说得没错。但比技术更重要的，是人心。如果民智不被开启，技术再先进又有什么用呢？"

见谢缵泰心意已决，齐柏林尽管惋惜也只得放弃。他临走时，谢缵泰前来送行，也许感怀于齐柏林对自己的欣赏，又或者是因为巨龙引雷失败的惨剧造成的冲击过于深刻，谢缵泰最后劝道："先生，建造大型飞艇用于运输确实是技术应用上的创举，但那条龙的结局您也看到了，还请您务必重视飞艇的防雷性能，否则迟早要酿成大祸。而且我还听说有英国人在用硫酸处理沥青铀矿时，制成了一种不活泼的气体[1]，虽然浮力略小于氢气，但安全性要好得多，您不妨考虑考虑。"

"好，我会认真考虑的，但当务之急还是把飞艇先造出来……"齐柏林的回答有些漫不经心，与谢缵泰握手道别后，他登上了返回德国的轮船。随着汽笛响起，轮船缓缓驶离了码头。两人渐行渐远，再无交集。

齐柏林踏上了归途，这段短暂的东方之旅彻底改变了他的命运。回国的轮船上，在摇曳不定的船舱里，回忆像从海面下冒出的气泡一样泛起。那还是1863年的一天，齐柏林受邀登上了北方联军的气球。随着气球缓缓升空，辽阔的平原犹如画卷一般在他眼前徐徐展开，战场硝烟散尽，南北双方的阵地犬牙交错，在空中一览无余。那一刻，他心中的某个地方被触动了，悄悄种下了一颗种子。三十多年过去了，如果按照原有的人生轨迹，这颗种子也许永远也等不到萌芽的一天。但现在，它不但破土而出，还让齐柏林看到了它成长为一棵参天大树的可能。

1899年，齐柏林回到了阔别已久的故乡。此时安逸静谧的庄园已经容不下他蓬勃躁动的心了，他索性来到附近的博登湖畔，买下一艘老旧的驳船后，便热火朝天地开始将自己的梦想付诸行动。他拆除了船上一切多余的机器，仅保留了最基本的动力及转向设备，又搭建了硕大的顶棚。很快，驳船就被改装成了一个巨大的浮动厂房。在开工时，先将这座"产房"按风向摆好，即使突起大风，它也可以随风转向，这样既节约了土地，又能让正在进行的建造工作免遭大风侵扰，

---

1. 此处指1895年一位英国化学家制成的氦气。

无须再重新摆正飞艇的位置。以往的飞艇，大多依靠气囊内的气压维持飞艇形状，这一设计虽然简便省事，对建造工艺的要求也不高，但导致飞艇体积严格受限，稍有突破，其稳定性和安全性就得不到保障。正因为如此，飞艇更多是作为冒险家们热衷的玩具而存在的，而齐柏林的目标，就是突破飞艇体积的限制，大大提升它的运载量和航程，将飞艇运输变成一门有利可图的生意。胶澳海域坠落的巨龙为何能以庞大的身躯在空中飞行？就是因为它通过骨骼及附着其上的肌肉维持了身体的刚性，从而在体内储存了巨量的氢气。齐柏林受此启发，为自己的飞艇设计了一条纵向的龙骨，以龙骨为轴，又安装了二十四根长杵和十六个框架，之间采用大量纵向和横向拉线，增强了结构强度。沿龙骨还装有一组滑轮，通过滑轮悬挂的铅块前后滑动配重来控制仰俯。"骨架"完工后，在它的空隙中，齐柏林安放了十七个以牛肠衣制成、充满氢气的气囊。这也是从龙身上学到的，多气囊的设计极大地提高了飞艇的安全性，即使部分气囊破损失效，也能在较长时间内维持稳定飞行。最后，再铺上防水布制成的蒙皮，齐柏林的第一件作品——LZ-1就大功告成了。这是人类历史上第一艘硬式飞艇，它能产生多达十三吨的浮力，是当时流行的软式飞艇的五到六倍。

1900年7月2日，在博登湖畔的腓特烈港，这艘飞艇完成了短暂的首飞。尽管在这次试航中暴露了种种问题，但齐柏林对自己的设计仍然充满了信心，因为这些问题多半是工艺及经验上的缺陷，只要加以改进，飞艇的性能还有很大的提升空间。在这之后，齐柏林夜以继日地投入到了改进飞艇的工作中。1906年，第二艘飞艇LZ-2试飞，它的骨架被设计成了三角形，进一步提升了整体强度，又使用更加简洁的升降舵替代了滑轮铅块装置。谁知，齐柏林苦心孤诣的改进并没有起到多少作用，LZ-2的试飞效果仍不理想。这种情况直到LZ-3才有所改善，齐柏林被逼无奈，只得放下架子四处周旋活动，好不容易才让政府将信将疑地买下了它。数年来不顾一切地投入让齐柏林原本殷实的家境日益捉襟见肘，他就像一个输红了眼的赌徒，急于翻盘。1908年，他将自己仅剩的财产全部投入，制造了世界上最大的飞艇LZ-4，并亲自驾驶它从德国飞越阿尔卑斯山，抵达瑞士后顺利返航。这一赔上自己身家性命的举动终于打动了政府，他们承诺，如果齐柏林能证明飞艇续航时间超过二十四小时，政府就会出资继续购买他的产品，并支付所有的研发费用。齐柏林大受鼓舞，精心策划了一场有众多政府要员参观的飞行展示，期待飞艇用亮眼的表现搞定这笔大额订单。然而天不遂人愿，这次LZ-4升空不久后引擎就出现了故障，只得中途下锚维修，修理尚未完毕又突遇大风，锚绳被吹断后飞艇失去了控制，最终在撞上一片树丛后坠毁。齐柏林赶到现场后不久，飞艇坠毁时泄漏的氢气被气囊摩擦产生的静电引燃，他就这样眼睁睁地看着自己孤注一掷的成果湮没在大火中，最后只留下一副空荡荡的骨架。

走投无路之际，齐柏林幸运地遇到了他飞艇事业中的第二个重要伙伴——雨果·埃克纳博士。埃克纳通过报纸，将齐柏林的事迹大肆宣扬，而彼时的德国正在工业技术的浪潮中突飞猛进，人们普遍对新技术和大机器抱有极高的热情，在埃克纳的鼓动下，捐款源源不断地涌入，很快便达到了六百万马克。利用这笔从天而降的巨款，齐柏林重整旗鼓，又陆续建造了数艘飞艇，并在实践中不断改进。

到了1909年，飞艇的设计已经基本成熟，订单也逐渐多了起来，齐柏林与埃克纳一道，创立了德意志飞艇运输公司，它也成了世界上第一家航空公司。齐柏林攻于机械，对技术的应用极具前瞻性，埃克纳则在商业运营方面更胜一筹。在两人的苦心经营下，飞艇运输公司蒸蒸日上，他们甚至开始畅想建造更大的飞艇以开辟洲际客运航线。可惜命运弄人，齐柏林没能等到计划实现的那天。他是如此幸运，在六十岁时开启了新的人生，但又如此遗憾，留给他的时间实在太短。

在生命的最后几天里,他将公司账目、合同、印鉴、最新的飞艇设计图以及一只精美的木匣一并托付给了老伙计埃克纳,随后便陷入了迷乱的呓语中:"谢,你失约了……龙……闪电……"1917年3月8日,这位人类航空史上的先驱与世长辞。

埃克纳与齐柏林相知相交多年,作为公司的合伙人,齐柏林交予的那些公司资料他基本上心中有数,却从未见过那只神秘的木匣。埃克纳好奇地打开了它,呈现在他眼前的,是一片手掌大小、半透明的奇异薄片,看不出是什么材料制造的,也不知是什么用途。埃克纳凑近观察,闻到了一股淡淡的腥味,想到齐柏林曾经去过中国,他释然了,这也许是齐柏林在远东收集的某种药材吧!他将薄片放回木匣重新锁好,在公司失去齐柏林后陷入的忙乱中,很快便将它抛诸脑后。

七

当齐柏林在风起云涌的欧洲开创历史时,那个曾经胸怀远大的年轻人又在做些什么呢?他是否已经被磨平了棱角,沦为一个庸碌懦弱的普通人?

不,他没有。相反,谢缵泰进展神速,在齐柏林刚刚返回故乡、还未厘清头绪时,他已经完成了飞艇的全部设计。为了能在与齐柏林的竞争中取得领先,也为了早日实现自己的抱负,谢缵泰当年便带上飞艇设计图纸,开列了制造飞艇的材料及费用清单前往京城。清廷虽然腐朽,但它此刻仍代表国家行使着权力,若要将飞艇制造出来并进行推广,借此强国富民,谢缵泰只得选择与它合作。出于说服保守权贵的考量,谢缵泰甚至将设计更改,缩小了飞艇尺寸,在材料选取上也务求低廉实用,尽可能地降低飞艇的制造成本。适逢山东义和拳之势如野火燎原,拳民围攻教堂、杀害传教士之事屡见不鲜,列强多有不满，朝廷却态度暧昧。经历了胶澳事变，目睹清军一味避战的谢缵泰敏锐地察觉到了此次朝廷态度的变化。若不出他所料，此时朝中主战派兴许已经占据上风，与列强一战恐怕不可避免。遥想当年甲午一役，倘若有飞艇助阵，于空中侦测敌情、运输兵员物资，何至于一败涂地？值此危难之际，正是一展所学、保家卫国的良机！事不宜迟，他果断放下了对清廷的芥蒂，连夜将飞艇设计图呈上，随后便开始了焦急地等待。起初，他信心满满地以为内忧外患的朝廷会紧紧抓住这根救命稻草。谁知几个月过去，他的这番心血却如石沉大海一般，杳无回音。此时京城已经被战争的阴云笼罩，谢缵泰眼见局势崩坏却无能为力，愈发焦虑不安。情急之下，他不顾危险，效仿已经失势的维新党人多次上书，竭力阐述飞艇在军事及民生上的巨大价值，但依然未能激起一丝波澜。为他传递书信的驿馆小吏看不下去，好意提醒他，直言当今朝廷哪有人重视这些科学技术，几年前洋务也曾兴盛一时，但还不是被挪了钱粮去修那御花园，如今可还有半点声响？

　　一语惊醒梦中人，谢缵泰尽管愤懑，但仍不甘心。好在此次来京，他随身带有一笔不小的资金，这本是他变卖家产准备投入飞艇制造中的启动资金，谁知却派上了见不得人的用场。多番打点后，他终于得到了一个面见庄亲王载勋的机会。载勋是朝廷主战派的核心人物之一，正因为如此，谢缵泰才费尽力气接近他，希望能以飞艇在战争中的作用获取他的支持。这天，他将精心绘制的飞艇设计图小心地装入锦盒，提上备好的礼物来到了庄亲王府。但始料未及的是，甫一迈入王府，谢缵泰就被缭绕的香火味狠狠地呛到了。只见王府门厅前的空地上立着一只硕大的香炉，数名头裹红巾、身着短衣的义和拳民围在香炉四周，一边咿咿呀呀地念着谁也听不懂的咒语，一边将鬼画符似的黄纸投入香炉中。这匪夷所思的一幕竟在朝中重臣的府邸中上演，谢缵泰的心情也渐渐沉到了谷底。正当他错愕时，同样一身拳民打扮的载勋在管家的陪同下从内院走了出来。

"大胆！见到王爷，还不下跪！"管家像只年老的公鸡，陡然发出一阵尖细的长音。

"在下谢缵泰，拜见王爷。"谢缵泰不为所动，只是向载勋躬身行礼。

载勋脸上怒色一闪而逝，看在礼物的分上，暂未发作，皮笑肉不笑道："无妨。你求见本王，所为何事？"

"王爷可知，近来多国租界内的洋人屡有异动，港口附近军舰出没也日益频繁。列强早已沉瀣一气，现今大战一触即发，国家危矣，百姓危矣！"谢缵泰不卑不亢，直入主题。

"哼，区区宵小，何足挂齿？这些洋人不怀好意，若不是前些年朝廷听信谗言，大办洋务，本王早欲除之！"面对谢缵泰的警言，载勋倒是坦率，毫不掩饰与列强一战的决心，但他狂妄无知的态度又不由得让谢缵泰暗自摇头。

"甲午一战，我朝水师损失殆尽，再无拱卫之力。一旦开战，列强必以军舰自海上直取京津要地。洋人枪炮犀利，我军唯有依据地形层层阻截，伺机破袭敌军补给方有胜机。但战场形势瞬息万变，此方略对情报侦察、兵员调度要求极高，稍有延误，便满盘皆输。在下此番前来，正是希望为国效命，特向王爷呈上一件利器！"谢缵泰打开锦盒，将飞艇设计图展开，双手奉上。

"唔……"载勋正有样学样地摆着拳架，漫不经心地往图上瞄了一眼。

"王爷请看，这是我设计的飞艇。此飞艇以氢气浮空，与西洋飞艇不同，我舍弃了传统的升降舵，纯以螺旋桨推进操控。艇面上安装了三个螺旋桨，艇首和艇尾也各有一个螺旋桨，五个螺旋桨通过齿轮与发动机相连，仿照钟表原理进行传动和变矩。如此一来，飞艇便可实现自如地前后进退和垂直起降，飞行性能较之西洋飞艇还要略胜一筹。

"还有这儿,它是我专门设计用以启动发动机的电机,在减小设备体积和重量的同时,还增加了飞艇的运载量。我已测算无误,即使满载兵员与武器,在大风条件下,飞艇也能以六十至一百英里的时速[1]飞行……"

在一个个不眠不休的夜晚,谢缵泰早已将飞艇的每一处构造、每一个部件记得滚瓜烂熟,也曾无数次畅想飞艇大功告成、造福国家的场景。如今他总算获得了一个将自己苦心钻研的成果展示给朝廷权力中枢的机会,如何能不激动万分、滔滔不绝?但他丝毫没注意到一旁载勋逐渐铁青的脸色。

"够了!闭嘴!"还未等谢缵泰说完,载勋勃然大怒,一把将飞艇设计图打落在地。

"本王还当是什么了不得的神兵利器,原来又是洋务那一套掏空国库、祸乱纲常的东西!"

庄亲王固执守旧,谢缵泰早有耳闻,但也未曾料到他竟如此冥顽不灵,忙捡起图纸解释道:"王爷息怒。飞艇最初虽由洋人发明,但我的设计已经突破原有桎梏,绝不是简单无用的仿制——"

"仿制也好,突破也罢,我堂堂大清不需要这些奇技淫巧的玩意儿!滚,快给我滚!"载勋气急败坏,将礼物交予管家后便向谢缵泰合身扑来,夺过飞艇设计图,狠狠地将它撕成了碎片。

"不!"谢缵泰目眦尽裂,徒劳地试图抓住四散飘洒的碎片,却被一拥而上的家丁和拳民打倒在地,拖出了庄亲王府。

雨水噼里啪啦地落在地面,变天了,正如他此刻晦暗的心境。已然一无所有的谢缵泰如同木雕一般,在庄亲王府肮脏的后巷呆坐了许久。从最初抑制不住的愤怒,到最后心如死灰的绝望,他终于明白,自己对清廷的幻想是多么的幼稚。一个如此愚昧无知的朝廷,完全无

---

1. 1英里约等于1.6千米。

法托起强国富民的重任，在即将到来的战争中，它必败无疑，可怜受苦的却是无辜的黎民百姓。

一切努力已经失去了意义，谢缵泰只得落寞地离开京城返回香港。只恨生不逢时，在这场与齐柏林并不平等的较量中，他从一开始就注定了失败的结局。随着战争的临近，京城四处弥漫着亢奋而混乱的气息，返程路上也不太平。为防不测，临行前，他凭着记忆重新绘制了飞艇设计图，连同最新想到的一处改进方案汇集成册，寄给了国内几家知名报社。他相信，自己的成就总有一天会得到世人的认可，而这个国家，也必将迎来希望。

既然无法寄希望于清廷，那就靠自己吧！一晃十年过去，回到香港的谢缵泰在近乎弹尽粮绝的困境中坚持着飞艇的设计和制造。终于，在不懈地努力和好友的资助下，他总算亲手将飞艇从图纸变成了实物，并将其命名为"中国号"。在"中国号"上，谢缵泰一反使用密封性良好的防水布作为飞艇蒙皮的主流设计，运用最新的强度及刚度理论进行了测算，在尽可能不牺牲飞艇体积的前提下，选取了延展性极佳的铝合金材料作为蒙皮。尽管这一设计导致成本直线上升，差点断送了"中国号"制造成功的希望，但谢缵泰却不肯做出半点妥协，令协助他的友人大惑不解，问起缘由，谢缵泰又总是笑而不语。

"中国号"完工后不久，谢缵泰就做好了试飞的计划和准备。他将最宝贵的十年光阴和足以支持自己快活一生的财富尽数凝聚到了这艘飞艇上。如今，他再也无力继续负担飞艇庞大的开销。对他而言，这次试飞是给自己追梦一场的交代，也是一曲刚刚开始就要结束的绝唱，于国于己，他都已问心无愧。那么，就让这一切从哪里开始，就在哪里结束吧，谢缵泰选定了此次试飞的目的地——胶州湾。一来，香港至胶州湾直线距离超过一千公里，足以检验"中国号"的飞行性能；二来，谢缵泰也没有忘记制造飞艇的初衷，凭借飞艇，他可以绘制一幅胶澳地区的德军布防图。他相信，在不远的将来，这幅图一定能派上用场，国人终将夺回祖先留下的土地。

在一个雾气氤氲的清晨，谢缵泰驾驶"中国号"缓缓升空，开始了这场颇具传奇性的宿命之旅。当年登上"奥古斯塔皇后号"的一切还历历在目，但与那时不同，他现在真正成为自己命运的主宰。

星夜兼程后，谢缵泰顺利飞抵了胶州湾上空，其间"中国号"速度极快且飞行平稳，未出现任何故障。仅凭这些，"中国号"已将同时代的其他竞争者抛在了身后。

故地重游，谢缵泰很快发现自己多年前的预言已经成为现实。自空中俯瞰，只见经过十余年的经营建设，胶澳海域大鲍岛北面的大港、小港和船渠港均已完工，无论商船、军舰，均可从容停靠。而在陆地上，从青岛山到孤山，孤山再到浮山，德军已经构建了一条完整的防线，其间，炮台、堡垒、兵营星罗棋布，可说是固若金汤。谢缵泰越看越惊，一面目不转睛地透过望远镜仔细观察，一面收拾工具，争分夺秒地将观察到的一切按比例缩小绘图，再整理成要塞情报。

忙了一阵，谢缵泰基本将德军的布防情况侦察完毕，便直起身子活动筋骨。谁知他刚一抬头，就见不远处驶来两艘飞艇，看飞艇涂装，正是隶属于德国殖民军。这些年，谢缵泰通过报纸，对齐柏林的飞艇制造进度也多有了解，但也没想到胶澳地区的德军这么快就装备了它。此行的目的已经达到，谢缵泰不愿多生事端，于是想要避开两艘德国飞艇，向南返航。但两艘德国飞艇显然不打算就此作罢，它们分头行动，一左一右逼近"中国号"。看架势，它们似乎想要将"中国号"迫降。

"好，你们不是齐柏林设计的吗？我就陪你们玩玩！"谢缵泰原以为与齐柏林的较量在自己离开京城时就已经结束了，没想到现在会通过这种方式得以延续，顿时打起了十二分的精神。两艘德国飞艇速度本就不及"中国号"，使用的又是老式的升降舵和方向舵，升降需控制仰俯，转向先得掉头。而"中国号"艇面的三面螺旋桨使得它能实现垂直升降，首尾两个螺旋桨又让飞艇能够轻易变换方向而无须掉头。它就像一条灵活的飞鱼，在两个庞然大物的夹击下游刃有余地穿梭着。德国飞艇的驾驶员显然意识到自己被戏弄了，恼羞成怒地横冲直撞，试图发挥自己体积较大的优势，直接撞落"中国号"，谁知却根本没法靠近它。双方从早晨斗到傍晚，德国飞艇虽然威胁不到"中国号"，但德国飞艇体积较大，续航能力更强，对"中国号"来说，一直这么耗下去也不是办法。就在这时，天边飘来一朵乌云，其中隐隐有亮光闪现。

谢缵泰嘴角露出一丝笑意，雷雨云来得正好，是时候了结与齐柏林的这段恩怨了。他驾驶"中国号"一往无前地冲入了雷雨云中。两艘德国飞艇见状果然上钩，紧随其后扎了进去。

进入雷雨云就仿佛进入了另一个世界，四周漆黑如墨，雷声滚滚，恍如阴曹地府。在这种环境下，谢缵泰无法辨认方向，只能凭着感觉驾驶飞艇全速前进。突然，一道煞白的闪电从天而降，照亮了一大片乌云，直击在"中国号"的艇身上。或许是因为心理作用，谢缵泰感到一股电流从体内流过，激得他浑身战栗，巨大的雷鸣随之而来，几乎剥夺了他的听力。当一切都结束的时候，谢缵泰战战兢兢地在身上摸索了一番，又打量了下仍在全速前进的"中国号"，一切无碍。

"我成功了！"他兴奋地大喊。这一刻，他征服了雷电。因为当初巨龙引雷失败的惨剧对他造成的冲击实在过于深刻，所以谢缵泰在飞艇设计过程中格外重视它的防雷性能。可飞艇在当时已属于新鲜事物，飞艇防雷更是前人未曾踏足的全新领域，为了攻克这一难题，谢缵泰查阅了大量电学及工程学资料，数易其稿，终于给出了解决方案。而这，就是他坚持使用铝合金材料制作飞艇蒙皮的原因。铝合金蒙皮与大量使用绝缘材料的吊舱，将整个飞艇打造成了一个巨大的法拉第笼，当飞艇遭遇雷击时，导电的铝合金蒙皮便起到了一定的屏蔽作用，保护了内部气囊中易燃、易爆的氢气。事后，只需投放一根金属导线接地，将飞艇外部聚集的电荷排空后便可安全着陆了。而尾随在"中国号"后的两艘德国飞艇可就没那么好运了，在"中国号"冲出雷雨云的一刹那，谢缵泰听到身后传来两声巨响，接着，两艘着火的飞艇跌出了云层，向海面坠去，像极了当年那条殒命的巨龙。

从胶州湾返航后，谢缵泰将重心放在了古典文学艺术的研究上。一天，他无意间看到一本杂志，上面居然登载着"中国号"的设计图。思来想去，应该是他多年前离京时寄出的版本。或许因为几经辗转散失，资料不全，杂志便牵强附会，将铝合金蒙皮说成了用来防御炮击的手段，而那面他随手添上、用来纪念胶州湾巨龙的旗帜，也被误传为清廷的黄龙旗。他不禁哑然失笑，极薄的铝合金蒙皮如何能防御得住炮击？自己对清廷颇为反感，又怎么可能为它摇旗呐喊？不过这一切都不重要了，胶澳海域那场不为人知的空战已经说明了一切，他的心中早已没有了遗憾。

"哈哈，飞艇之父，罢了，罢了！"他释然地大笑起来，随手将杂志扔到了一边。

尾 声

1937年5月6日，代表飞艇技术巅峰的"兴登堡号"在美国莱克赫斯特海军航空总站上空准备着陆时突然失火，仅仅三十二秒后便燃火坠毁，三十六人在这场可怕的事故中丧生。

关于这场空难的原因，历来众说纷纭，但一种猜测是："兴登堡号"降落时，一根被吹断的缆绳划破了一个气囊，造成了轻微的氢气泄漏，而一道闪电恰巧击中了这个位置，引起了大火。

属于飞艇这个空中巨无霸的时代，自此由盛转衰，徐徐落幕。

本文在写作过程中，得到了秋月博士、付强两位老师的帮助及指点，特此致谢。

谢缵泰设计的"中国号"飞艇，《龙骸》创作的灵感即来源于此。

江之怒

Rage of River
2021年6月，发表于《科幻世界》

一、引 子

夜幕缓缓而下，一阵江风吹来，驱散了南方河谷盆地中难耐的暑热，周宁的精神为之一振，加快了脚步，推着轮椅向游船码头走去。

轮椅上的曾祖父已经九十二岁高龄了。周宁离家来此地读大学之前，老人家身子骨还很硬朗，但自从去年跌了一跤之后，便一天不如一天。好在老人一生历经风雨，早已养成了乐观豁达的性格，骨子里更透着军人那种沉毅的坚忍。虽被病痛折磨，却从不怨天尤人，生怕给儿孙增添一丁点儿负担。因此当老人难得地提出要求，希望在这个特殊的日子回故乡看一看时，尽管担心老人身体，却没人忍心反对。老人退休后随子女在北方生活，阔别故乡已有数十年。周宁正好在这儿读大学，于是自告奋勇，在长辈们的千叮万嘱中承担起了陪同照顾老人的重任。

老人瘫坐在轮椅中，即使裹着厚厚的毛毯，也能看出他已经瘦弱得像一截干枯的树根。他用力咳了咳，带起了胸腔的阵阵刺痛，但唯有这样，才能拼命往肺中挤入一丝空气，让这副行将就木的躯体勉力运转。老人明白，再多的追忆也只是徒劳——自己从未放弃寻找那个人的下落，但几十年的时间一晃而过，即使对方当年逃出生天，如今也早已不在人世了。可冥冥之中，他感到仍有一股力量指引着自己在人生驶入最后一程之际回到了这里，正如当年他们相遇一般。这座在记忆中渐渐模糊而又令人魂牵梦萦的小岛啊，它是曾经浸染鲜血、让他拼死守护的地方啊。为了迁就他，搜寻那散落在各处的记忆碎片，周宁白天没有选择景区便捷的观光小火车，而是花了三个多小时，体贴地推着轮椅带他在洲上环行了一圈。然而令他失望的是，一切已被时间冲刷得物是人非。

带着些许遗憾，他和曾孙随着熙熙攘攘的游客登上游轮，开始了环岛夜游。游轮开得很稳，不似少年时在小渔船上的颠簸晃荡，但仍能听见江水轻轻拍打船身的哗哗声。四周飘散着淡淡的水腥味，一如往昔。是了，唯一没变的，就是故乡这静静流淌的母亲河。此时已进入枯水期，岛边河滩开始渐渐显露，他目不转睛地盯着如鲸鱼一般沉睡的江心洲，没放过一寸水岸线，却没能发现当年浩大工程的一丝遗迹。它是否已经在超出极限当量的反击中坍塌？又或是完好无损，只是默默潜伏于江水之下？正想着，游轮驶抵江心洲南端江面，伟人雕像映入眼帘。雕像面朝东南，临江而立，与江水两岸璀璨的灯光相得益彰。一束烟花摇曳着升入夜空，缓缓熄灭后又猛地绽放，拉开了这场盛宴的帷幕。片刻后，形态各异、五彩缤纷的焰火竞相升起，热烈地播撒着梦幻般的光影。雕像、焰火、灯光，水天一线，仿佛融为了一体。他的眼睛有些湿润，丁先生，你在哪儿？你能看到吗？你追寻了一辈子的繁华安宁，我们做到了啊！

二、铁牛戏沙

1938年1月，湘潭县铁牛埠码头如往常般围着一群闲聊等活的船夫。彼时南京已经失守，日军溯长江而上，兵锋直逼武汉。湘潭位处湘中，居湘江北曲之地，河湾处又有涓水、涟水汇入，北通洞庭，南达两广，自唐代以来便是商贾往来繁荣之地。随着前线战事吃紧，大批物资在此集散，或支援前线，或撤往后方，码头的生意迎来了一阵畸形的繁荣。与货物一同往来的人员日趋复杂，但众船夫阅人无数，早已练就了一双毒眼，自能从来者的言谈举止、衣着行李上猜测其出手是否大方爽利。今天老周手风不顺，饭间牌局上连输几把，眼看着一顿好酒泡了汤，便急于找活。因此当一个身着粗布短衣、脸膛黝黑如老农的中年人站到他面前时,他不耐烦地摆了摆手。好在对方并不气恼,推了推鼻梁上的圆框黑边眼镜,语气平和地问道:"请问此处可是铁牛埠?"

老周回过神来,仔细一瞧,却见此人身材瘦高,头发梳得一丝不苟,气质儒雅,一看便知不是忙于生计的贩夫走卒。但看他两手空空,满面风霜,又绝非逃难至此的富商大贾。老周一时有些拿不准,便试探性地问道:"没错,就是这里。先生可需要用船?"

实际上,中年人来到湘潭前已经在湘西及两广地区逗留了数月之久。他名叫丁文昌,早年留学英国,主攻地质学和物理学,毕业后本已在学校内谋得了一份教职,可恰逢奉天事变[1]爆发,中日两国剑拔弩张,战争一触即发。在英留学生群情激愤,他也不愿置身事外,于是毅然回国。谁知国民政府对日一再妥协退让,他空有一腔热血却无用武之地。无奈之下,他拾起了老本行,游历北方数省,考察山川河流,勘探地质矿产,一路西行,最终在陕北扎下根来,教书育人。一年多前,在协助当地政府整理带来的库存文稿和旧档案时,他偶然发现一张发行于1915年9月4日的长沙《大公报》。其中刊登湖南本省消息的版面上有"天灾迭降之湘江"一则,列举了当时八个县的水、蝗灾,其中"乾城"条目下,在水、雹灾害之后,述及:"……又县属狮头山与沪溪县连界,日前该山忽然炸裂,火焰飞腾四面喷射,附近村庄被其焚烧者五六十家,伤毙人民甚夥,至四点钟之久始熄。廖知事前往勘查,其喷火口周围约七方丈成一温泉深不可测。以上三项均经廖知事禀报省使请予给款赈抚矣。"

从报道来看,这场地质灾害显然不是寻常的山火或泥石流,而更像是一场小规模的火山喷发!在灾难发生后,县知事还曾亲临现场并报省府赈抚,也说明报道内容并无夸张,确有其事。但这一推论却明

---

[1]. 即日本在1931年发动的意图占领中国东北地区的九一八事变。

显有悖于现有的火山理论与科学常识。在英国留学期间，丁文昌就已经深入研究了德国人魏格纳提出的大陆漂移假说。1925年，英国人乔利在此基础上，提出了地壳脉动说，用以解释岩浆的产生。三年后，霍姆斯又建立了地幔对流的模型，试图模拟其上的地壳运动。丁文昌在这门新兴学科中如海绵般吸收着养分，不仅融会贯通，还进一步做出了详尽的运算和推演，解释了部分火山的成因。虽然受限于资金及技术条件，丁文昌没能拿出令学界信服的证据，但他对自己的理论始终深信不疑。

在国内的几年，丁文昌通过野外考察和搜集文献，大致圈定了东北长白山、山东蓬莱、广东雷州几个典型的火山地质地貌区，它们均位于设想中的大陆地壳与海洋地壳交界处，正是由地壳之间的碰撞与挤压形成的。可如果《大公报》刊载的发生在湖南湘西偏远山区的那场天灾真是火山喷发的话，他的理论或许就要面临重大修改了，要知道湖南地处华中腹地，离海洋实在太远了。多年从事地质研究的经验告诉他，一场罕见的地质灾害绝不会孤立发生，必然有诸多地质因素与之关联。于是他顺着这条线索开始细细察看1915年前后的资料。果然，1917年的《大公报》又相继刊载了两场分别发生于湖南南县和湖南溆浦县的地震。将这三者联系起来，至少可以说明，当时湖南的地壳运动正处于一个相对活跃的时期。从大的方向来说，这一发现并没有推翻原有的理论，却预示着地壳运动远比最初想象中的复杂，大陆地壳和海洋地壳内部可能并非铁板一块，而地壳的相互运动同样也在内部时刻发生着。

进一步的发现就要靠实地考察来获得了。发生在1915年乾城县狮头山的疑似火山喷发事件距今不过二十余年，当地极有可能仍然保留着丰富的地质遗迹和证据，这对火山乃至整个地质学研究都是一个难逢的良机，绝不能错过！可这时丁文昌却犯了难。陕北根据地刚刚安定下来，正是百废待兴、需要自己贡献力量的时候，此时离开如何说得过去？好在根据地政府远比国民政府开明，得知他的顾虑后当即表示，让他从事地质学研究才算是人尽其才，若将来能取得成果，同样也是利国利民的好事。不仅如此，还指示当地同志为丁文昌提供必要的支持和协助。于是他放下心来，满怀着感激与期待前往湖南。谁知，丁文昌历经千辛万苦来到湘西乾城后才得知，那场灾难发生后，当地民生凋敝，一伙土匪趁机盘踞狮头山，烧杀抢掠，无恶不作，连县保卫团都无可奈何。几年下来，狮头山一带几乎成了当地的禁区，丁文昌几次想冒险进入都未能成功。由于不堪土匪滋扰，附近原住山民多年前便已搬离，四处流散，因此寻访当年事件亲历者的计划亦无果而终。眼见此行目的已无法达到，丁文昌正打算返回陕北之际，日本再次挑起事端，发动全面入侵。此前，国共两党已结成抗日民族统一战线，陕北部队接受改编后大部奔赴前线，无暇他顾，便通知丁文昌在南方待命，联络当地抗日力量的同时，亦可继续地质考察活动。借此机会，丁文昌考察了两广的岩溶地貌[1]。在广西，他还结合实地考察的结果和历史资料，判断湘江应源于广西兴安县近峰岭，而不是传统说法中的灵川县海阳江。这一发现激起了丁文昌对湘江这条长江支流的兴趣，他顺江而下，沿途考察，再次进入湖南境内。

途经湘潭时，丁文昌听闻当地码头铁牛埠有一奇景，当地人称之为"铁牛戏沙"。说是铁牛埠河心百米处有一巨石，形似水牛。相传该石为古人以陨铁雕琢而成，沉于江中镇压水魔，以求一方平安。丁文昌好奇心大起，便一路寻来。

问明丁文昌来意，老周自知生意上门，当即哈哈大笑道："先生来得好巧！当下正值枯水期，水位极浅，正是观赏那'铁牛戏沙'的好时候。"

丁文昌听罢深感机会难得，兴致更高，便雇了老周驾船前往江

---

1. 也称为"喀斯特地貌"。

心。驶抵江心之后,只见江水清澈,水面数米下果然有一巨石,色作灰黑,其上附有青苔,形同毛发。巨石首尾四蹄俱全,流沙顺着河水在四周翻滚不息,确实像极了一头水牛在江底戏沙漫步。丁文昌借来船篙探入水下轻轻敲击,隐约传来金铁之音,看来铁牛传说绝非虚妄,它极有可能就是古人铸铁或加工陨铁留下的产物。

丁文昌看得入迷,老周闲来无事,便轻唱起了当地的民谣:"日观此宝落江洲,天赐栏杆夜不收,不吃人间常青草,绿水滔滔背上流……"

"落江洲?"丁文昌念叨着抬起头,这曲民谣正点破了他心中的疑惑。如此巨大的铁牛,古人是如何从岸上运到江心来的呢?这一带水面宽阔,风平浪静,铁牛真的是用来镇压水魔吗?百姓口口相传的民谣不会说谎,如果铁牛原本沉江的地点并不是这里,那一切就说得通了。

"不知这附近可有什么江心洲或是小岛?"丁文昌不禁问道。

"下游十二里[1],杨梅洲!"老周毫无迟疑,脱口而出。

"下游?"老周的回答让丁文昌有些措手不及,难道是自己想错了?如果铁牛最初沉江的地点在船夫所说的杨梅洲附近,照理说它应该被江水冲向更下游处才对,又怎么会逆流而上,跑到这儿来呢?

铁牛戏沙……看着铁牛身旁泛起翻滚的泥沙,丁文昌脑中灵光一闪,很快想通了此节——原来道理如此简单!铁牛巨大,分量不轻,沉入江底后必会陷入泥沙之中。因为铁牛的阻拦,水流在其前方减速,形成正面向下、两侧水平的涡流。正面向下的涡流不断掏空铁牛朝向上游方向的泥沙,渐成坑洼;两侧水平的涡流则因为水流减速,所携带的泥沙在铁牛两侧和朝向下游的方向不断淤积,逐步抬高。日积月累,一高一低,铁牛在重力的作用下向低处倾倒,周而复

---

1. 即6千米。

始，便慢慢地挪向了上游！

"劳驾，载我去杨梅洲一趟。"铁牛沉江的谜底马上就要揭晓，丁文昌急不可耐地喊道。

"好嘞，坐稳！"老周爽快地答应一声，船篙轻轻一撑，小船便如离弦之箭一般，划开江水，直往下游而去。

三、江底洞天

很快，丁文昌便登上了杨梅洲。岸边有一船厂，正在加紧赶制运粮的小火轮，所用厂房还是当年曾国藩在此操练水军时留下的营房。丁文昌与船厂学徒攀谈后得知，杨梅洲造船历史悠久，东晋名将陶侃任湘州刺史时便在洲上设有船厂，距今已有一千六百余年了。如此说来，古人在杨梅洲上铸造铁牛，便可就地装船运抵江心，实在是省时省力的不二选择。

杨梅洲并不大，丁文昌常年在野外考察，跋山涉水都不在话下，只花了一个多小时便将洲上逛了个遍。铁牛如何运到江中已经有了合理的解释，但它的真实用途仍然扑朔迷离。据丁文昌观察，洲上的四十余户人家，主要是船工和渔民，几乎每家每户都供有神龛，祭拜水神。这倒也很好理解，他们傍水而居，生生不息皆有赖于湘江滋养。但人们既然崇敬水神，水魔一说又是从何而来呢？丁文昌又拜访了洲上数位老者，却无人能说出个所以然来。

天色渐晚，铁牛与水魔的传说一时无从考证，丁文昌便乘船前往江对岸的窑湾。夕阳西下，回望杨梅洲，颇有一番"落霞与孤鹜齐飞，秋水共长天一色"的景致，只是他心中明白，这片宁静祥和恐怕很快就要被打破了。

湘江边的窑湾古镇，依托极佳的地理位置，历来是湘潭商业的中心。街边商号林立，其中的一家米行，便是国共两党用于协调抗日行动的联络点。值得一提的是，当年"鉴湖女侠"秋瑾也是从窑湾出发，告别夫家，投身革命大潮。丁文昌索性在此住下，一面联络当地商会，募集物资运往前线，一面接纳从沦陷区涌入的难民，予以安置。闲暇之余，丁文昌也不时前往杨梅洲继续考察。时间就这样到了十月，广州、武汉相继失陷。面对单兵素质极强、装备精良的日军，正面战场与敌后战场相互呼应，在付出巨大伤亡后终于在湘北岳阳一线挡住了日军的攻势，与其对峙于新墙河南北两岸。在这之后，日军飞机开始频频飞抵长沙、湘潭，大肆轰炸，试图逼迫抗日军民屈服。杨梅洲上的船厂被征用于改造水雷艇，自然成了日军空袭的重点目标。为保证军需生产，经两党协商，丁文昌被委任为船厂负责人。

这天，丁文昌正沿杨梅洲水岸测绘地图，日军飞机呼啸而来，投下数枚炸弹，大部分落在船厂周边，一时间硝烟四起。丁文昌见状连忙冲进船厂查看人员受伤情况，却见几名工人于断壁残垣中不慌不忙，照常工作。他们以湘潭土话高声叫骂，花样百出，片刻间便把日本人祖宗十八代问候了个遍，丁文昌不禁莞尔。日军空袭，意在制造恐慌，打击民众抗战信心，却不知中华文明五千年，人民长久以来生于忧患，坚忍顽强已经嵌入骨血之中。湘人更是其中的代表，谓之为"霸蛮"。这种精神是日本人永远无法征服的。但尘土散去后，众人却傻了眼，只见他们面前的空地上，端端正正插着一颗未爆的炸弹！丁文昌使了个眼色，示意大家后退，却无人肯动。原来，众人身后摆着一台机床，还是丁文昌设法从国外购买的。离了这台机床，船厂生产的军需品大半都造不出来。

机床沉重，一时无法搬走，炸弹又随时可能爆炸，众人陷入了两难。丁文昌咬咬牙，不顾身边人的劝阻，小心翼翼地靠近了炸弹。大家围着他形成一个半圆，半圆内落针可闻。屏气凝神间，丁文昌轻轻抱起了炸弹，一滴冷汗从额角滴下。丁文昌正要松口气，却感觉怀中炸弹隐隐一颤。不好！他几乎是下意识地用尽全力将炸弹往江中抛去，随即猛地趴下。炸弹划出一道弧线落在河滩上，滚入江中。

"轰！"一声巨响传来，泥土和着江水被掀起老高，雨点般砸在人们身上。丁文昌离得最近，他分明瞧见，爆炸将河滩炸塌了一块，下面露出一个巨大的洞穴，江水正呈旋涡状飞快涌入其中。过了许久，水面渐渐平复，深不见底的洞穴似乎终于被灌满，只是仍有气泡不断冒出。大家聚拢过来，均啧啧称奇，却无一人知晓它的来历。议论过后，众人散去，只留下丁文昌呆立江边，独自思索。这个隐藏在杨梅洲下的神秘洞穴是何时出现的？它是自然形成，还是人工挖掘？会不会和铁牛镇压水魔的传说有关？

回到住处，丁文昌茶饭不思，埋首于故纸堆中。几天后，他终于从县志中找到了相关记载。说是某年湘江大旱，杨梅洲一带几乎可以涉水过河。江底裸露，洲边出现一大洞，来往百姓皆驻足围观，更有胆大者数人入洞寻宝。谁知，江水突然猛涨，顷刻间便冲走多人，几名入洞者更是活不见人，死不见尸。一道士也在围观人群中，幸而水性颇佳，大难不死。之后他逢人便说洞穴乃水魔府邸，直通阴曹地府，凡人擅闯必遭横祸，引得江边百姓深信不疑。古代方志，兼容并包，往往是历史、民俗、传说的混合体。此事在县志中亦未说明确切时间，想来也是作者道听途说，随意转述而已。不过这段记载可与铁牛镇魔的传说相互印证，倒有几分可信。或许，正是由于惧怕传说中居住于洲底洞穴的水魔，古人才铸造了铁牛，并将它投入江中，以此在喜怒无常的自然面前求得安慰与寄托。随着时光流逝，泥沙日积月累，杨梅洲逐渐变大，慢慢掩盖了只在大旱中才得以出现的洞口。没想到，当人们已经把它彻底遗忘时，它居然又在机缘巧合下重见天日。

杨梅洲旁，滔滔江水，波澜不兴。丁文昌每日往返于窑湾与杨梅洲之间，心情却日益焦虑。战局严峻，在他的统筹下，湖南所产的大米一船船运往前线，但仍然杯水车薪。没有充足的武器弹药，将士们只能靠血肉之躯来阻挡日军侵略的脚步。自他接管杨梅洲船厂后，经过悉心改造，船厂已能生产水雷和炮弹，但在日军飞机不间断的轰炸下，产量极为有限，聊胜于无。如何能在不放弃湘江水运便利的同时，躲避日军轰炸，安心生产呢？正当丁文昌对此一筹莫展之际，水面上涌起的一串气泡让他脑中灵光乍现：从县志记载和那天洞口出现的情形来看，杨梅洲下的神秘洞穴想必拥有十分庞大的内部空间，如果能将它改造成防空洞，悄无声息地将军工设备转移进去，困扰他的难题不就迎刃而解了！

恢复军工生产刻不容缓，丁文昌立即着手实施计划。好在洞口距离河岸不远，施工难度还不算太大。测定洞穴方位后，他趁着夜色，组织工人在河岸两侧同时开工，筑起两道水泥围堰。围堰合龙后，再使用水泵将水抽干，圈在其中的洞口便露了出来。又花了一些工夫，洞穴内的水也被排空了，速度比预想的还要快。这是一个好现象，说明洞穴内的空间并不是一直往下，而是在最初向下后又折向水平甚至向上。这种构造对防空洞的建设极为有利，直到这时，丁文昌愁眉不展的脸上才露出了一丝淡淡的笑意。他举起事先准备好的火把，检查了一下安全绳，身先士卒走了进去。火把在漆黑的洞中只能投下微不足道的一片光影，虽然每走一步都小心翼翼，但没过多久，他还是猝不及防地脚下一空，跌入了未知的深渊。好在丁文昌对此早有准备，腰间安全绳一紧，洞外的助手们已经将他拽住。他一面握紧火把，一面腾出另一只手，借力用随身携带的采样铲在洞壁上不断剖蹭，几经摇摆后终于稳稳伏在近乎垂直的洞壁上。触手所及，洞壁潮湿泥泞，显然之前一直泡在水中。他挥了挥火把，示意洞口的助手慢慢放下安全绳，配合自己手脚并用，终于在绳索即将用尽之际降到了洞底。

有了丁文昌探路，洞外众人胆气大增，陆续又下来数人。摸黑架设好吊索后，一台探照灯也被运了进来。当电缆接好，光柱将尘封了不知多少岁月的黑暗驱散后，所有人都忍不住发出了惊叹。丁文昌看着四周,在探照灯强光的照射下,洞穴仿佛幻化成了疯子凡·高笔下扭曲绚烂的星空。不同的是,它更加壮观,更加恢宏。千奇百怪的钟乳石如同被赋予了生命般悄然苏醒,流光溢彩,美不胜收,星星点点地在连光柱也无法穷尽的幽深隧道内尽情生长。毫无疑问,它绝不会是人类文明的作品,而是大自然的鬼斧神工。

"啊!"众人正陶醉在目眩神迷的美景中,背后陡然传来一声惊叫。回头一看,只见一个同伴跌倒在地,神色紧张,在他脚边,竟是一具被踢散的白骨。丁文昌身材瘦削,臂力却不小,一把拉起了被吓坏的同伴,接着双手下压,示意大家不要慌乱。

"大家看,这具骸骨颜色发黄,衣服也烂得差不多了,应该已经死了很久了。"丁文昌镇定自若地说道。检查白骨时,他还一道摸了摸地面和四壁,发现和洞口处陡降的洞壁不同,这里大体上是干燥的。可见因为特殊的曲度,除了洞口的一段外,隧道其他部分并未浸水。而这具骸骨,很可能就是当年县志记载的寻宝者之一,暴涨的江水封住了洞口,隧道内虽未被淹,但在黑暗和饥饿的侵袭下,他最终还是困死在了这里。

为了避免重蹈寻宝者的覆辙,出洞后,丁文昌立即安排人手将围堰加高加固。事后又运来砂石将这块人造河滩逐步填平,并在洞口精心布置了伪装。乍一看,只不过是河水退去,新露出了一片荒滩而已。设备转移进隧道后,船厂便空了下来,但夜间仍是灯火通明。日军见状派出飞机狂轰滥炸,殊不知这是丁文昌为转移他们注意力唱的一曲空城计。就在他们眼皮底下,生产正有条不紊地进行着。一发发炮弹带着微弱但坚定的希望,如血液中的养分,沿着湘江源源不断地输往前线。

四、湘水渔家

　　防空洞改造和船厂设备搬迁的工作告一段落后,丁文昌略微清闲了一些,这才抽出精力关注起洞穴本身。初步的勘察发现,他们进入的洞口实际上是一处自然塌方产生的天窗,隧道主体则是一个位于杨梅洲江底基岩之下的庞大网络。目前被用作防空洞的仅仅是其中一处"大厅"。大厅之后,隧道向北继续延伸。其中几条分支已经被丁文昌探明,但最大的一条绵延不尽,暂时还不知通往何处。在勘察中,丁文昌陆续发现了岩架、栖流管、钟乳、浮渣等原生地貌,岩层中还出现了碳化木的痕迹。所有证据都指向了一个结果:这个隐藏在湘江地下的庞大洞穴系统,是某次火山喷发留下的熔岩隧道!丁文昌早前在国内几处火山考察的结果表明,它们几乎全部形成于新生代[1],成因也大致符合现有的火山理论。但从隧道壁裂缝处观察到的岩层顺序来看,这处熔岩隧道甚至可能形成于中生代[2]。只是因为年代过于久远,喷发产生的火山锥都已经风化殆尽了。毫无疑问,它的成因不属于现有火山理论中的任何一种。对于地球地质演化运动的奥秘,人类还仅仅是初窥门径。这么说来,湖南直到现代,在某些特殊时期仍然存在小型的火山活动,也就不足为奇了。

　　最初的探索很快就以失败告终。原因无他,江底熔岩隧道主干部分的长度实在远超想象。于是,丁文昌放弃了浅尝辄止的行动,在经过充分准备后,他组织了一支由几名精干人员构成的考察小队。他们配备着先进的照明设备,携带了充足的水和食物,在与大部队交代好

---

1. 约始于6500万年前,延续至今。
2. 距今约2.5亿年至6000万年前。

应急接应方案后，沿着宽阔的隧道一路向北进发。隧道洞壁光滑，整体落差很小，这表明当时通过的熔岩流温度极高，流速也很快，而这也是能形成如此巨大隧道的原因之一。得益于隧道内宽敞平坦的环境，虽然走走停停，沿途还花费了不少时间用于采集样本，但行进速度还算不错。一天一夜的跋涉后，考察队终于走到了隧道的尽头。队员们携带着多余的物资以及岩石样本，负重早已超标，此刻到达了终点，那根绷紧的弦也放松了下来，一个个累得瘫坐在地。只有丁文昌，他挺直着腰杆，仰起头愣愣地看向上方的洞顶。

"快！大家把灯全都熄了，快！"他突然喊道。

几名助手不明所以，只好照做。光源消失，隧道重新陷入了黑暗。但在眼睛渐渐适应后，大家惊喜地发现，一丝微弱的亮光透过洞顶的裂缝照了进来。这里与地面是相通的！不过，此处与地面显然还有一段距离，且贯穿洞顶的裂缝极小，否则也不至于要在完全黑暗的环境中才能发现透进来的光线。那么，如何才能确定这条熔岩隧道终点的位置呢？丁文昌灵机一动，很快想到了办法，休整完毕后便带领队伍马不停蹄地沿原路返回。

再次进入隧道，丁文昌专门雇了十余名挑夫，分为几组轮番接力，将一大桶裹着厚厚防火石棉的汽油担了进去。因为上次探洞时已经做好了标记，也没有再带多余物资，所以这次走到终点只用了不到之前一半的时间。丁文昌事先特制了一个烟囱，上窄下宽，下端留有进气门，套在桶口，上端则制成鸭嘴状，卡在洞顶裂缝中。汽油中也被他添加了特殊的化学染料，待他点燃后，火光中便腾起了阵阵凝而不散的鲜红色浓烟，它们顺着烟囱，大部分灌入了裂缝之中。根据进洞所花的时间和测定的方向，加上终点洞顶有渗水的迹象，丁文昌怀疑这里就位于湘潭以北、长沙临近湘江某处的地下。果然，等他回到杨梅洲地面后，长沙方面的同志就传来了消息，长沙江段的橘子洲，近日不断有红烟从地下冒出。顾不得休息，丁文昌又立即乘船前往长沙。在橘子洲北端的一处地缝中,他亲眼见到了红烟徐徐升起的景象。没想到,地面上一同被湘江滋润养育的两座小岛,在地下还有着如此神奇的联系。这条熔岩隧道,仅以直线长度计量,就已经超过了四十公里,足矣与世界上最长的熔岩隧道[1]相媲美!

考虑到隧道或许能在战争中充当湘潭与长沙间的秘密补给线,同时也为了方便后续研究,经过勘测后,丁文昌决定将地面与熔岩隧道打通。他先指挥工人顺着地缝挖掘了一个V形槽,在槽面两侧沿水平线钻孔,埋入炸药。引爆后,作业面大大拓宽,再在新的作业面上继续开挖V形槽,继续装药爆破。如此循环,既加快了施工速度,又最大限度地减轻了爆破对隧道的冲击,确保了它不会在施工过程中垮塌。

长沙为湖南省会,又是第九战区司令部[2]所在地,数十万中国军队围绕周边布防,如一枚钉子般插在日军攻击西南大后方的前进道路上。比之虽也紧张但尚算平静的湘潭,这里可谓黑云压城,连空气中都透着一股肃杀的气氛。在自乱阵脚的文夕大火[3]后,全城一片焦土,十室九空,偌大的橘子洲虽仗着湘江庇佑躲过一劫,却也只剩下了一户贫苦渔家。丁文昌的爆破作业在无人干扰的情况下进展顺利,仅仅用了几天时间就打通了地下的熔岩隧道,接下来只需对其内部进行简单的改造就可以了。在他们进行爆破时,渔民家一个黑黑瘦瘦、看起来只有十一二岁的孩子总在附近好奇地东张西望。隧道改造虽也算是军事工程,但对方毕竟只是一个少年,而且听说他家大人身患重病,卧床不起,丁文昌实在不忍心驱赶。可没想到一天夜里,少年偷偷摸

---

1. 迄今为止,世界上已探明的最长熔岩隧道是夏威夷的卡祖穆拉洞穴,长达六十余千米,1966年开始勘探,比本文发生的时间要晚。
2. 抗日战争开始后,国民政府为适应战争形势所做的战区划分,第九战区主要负责湖南全部、江西和湖北部分地区的防务。
3. 国民党为防日军占领长沙,制定了焦土政策,于1938年11月13日凌晨纵火,导致长沙城区基本被焚毁。

进了工地,被值守的警卫抓了个正着。丁文昌听到外面有哭声,刚戴上眼镜走出帐篷,少年便挣脱警卫,扑通一声跪在他跟前,声泪俱下:"我爹不行了,求你救救他!听外面的人说,你是有大学问的先生,你一定有办法!"

丁文昌被少年紧紧拽住裤脚,暗自苦笑。他常年在野外考察,日晒雨淋,自然懂得一些治疗小病小痛的粗浅医术,但也只限于此了。想必现在已是深夜,划船去城里请医生肯定来不及了,少年病急乱投医之下才找上了自己。丁文昌动了恻隐之心,俯身替少年擦去了眼泪,答应随他去看看。

少年的家离隧道口很近,走了几分钟后,就见到前方一处河滩浅湾边拴着条破旧的小渔船,旁边的台地上有间简陋的茅草屋。茅草屋的木门没有锁,也确实没有锁的必要,少年直接推开它,侧身把丁文昌让了进去。逼仄的屋内四处漏风,连家徒四壁都谈不上。灯火如豆,仿佛随时会熄灭的煤油灯映出了蜷缩在稻草堆中的病人。少年轻轻扶起了父亲的上半身,带着希冀的目光看向丁文昌,但丁文昌只瞧了一眼,便明白已经回天乏术。这个四十来岁的男人面色蜡黄,枯瘦如柴,偏偏腹部又肿得老高,还伴有发热腹泻的症状。很明显,他染上了在水边讨生活的人中常见的血吸虫病,如今拖到了晚期,已经无药可救了。

"孩子,你家里还有其他人吗?"丁文昌不敢直视少年的眼睛,柔声问道。

"我娘生我的时候就死了,家里只有爹和我了。"或许是年纪太小,又或许是不愿面对残酷的事实,少年似乎没听懂丁文昌话中的含义。

"大夫,你的意思我明白……我撑不了多久了……"男人挣扎着说道。他有些喘不上气,胸腔像破风箱一样发出嘶嘶的声音,但神志还算清醒。

"鱼贩子说岳阳那边的渔民都被日本人抓去做苦力了,连小孩都不放过。他们马上就要打过来了,大夫,你行行好,带我儿子离开这里。"

男人临终前的哀求让丁文昌无法拒绝。见丁文昌点了点头,他含着笑,慈爱地抚着少年的头,喃喃道:"阿木,爹不成了,你要好好照顾自己啊……"眼中的神采渐渐黯淡了下去,最后如风中残烛般熄灭了。

"爹!"少年扑倒在父亲身上,号啕大哭。丁文昌站在一旁,恍惚间竟想起了自己的孩子。离开英国时,他的儿子刚满四岁。他义无反顾地回国,妻子却带着孩子留下了。随着战争的爆发,接他们回国安顿的愿望也愈发遥远了。一晃就是几年,儿子这会儿也和阿木一般高了吧?

第二天,丁文昌领着阿木,把那条小渔船拆掉,用船木钉成了一口薄薄的棺材,将阿木的父亲安葬在茅草屋旁的岸边。这是阿木的要求。即使渔船是父亲留下的唯一财产,他也不希望父亲死后只能以草席裹身。而在他内心深处,这更是一种对命运的抗拒,他想要有一个和父亲不一样的人生。从这以后,丁文昌身后就多了一个"小尾巴"。虽然只答应过带阿木离开长沙,但丁文昌可怜阿木孤苦,又触景生情想到了远在异国他乡的儿子,也就乐得将阿木留在身边,抽空还教阿木识字算数。

1939年立秋之后,僵持了大半年的战局风云突变。日本第十一军异动频频,相继往赣北、湘北、鄂南方向大肆增兵。待到九月,经过激烈争论,第九战区终于做出了日军即将进攻长沙的判断,开始集结备战。不到半个月,赣北日军率先发难,向西进犯。佯攻过后,湘北日军集中兵力,越过新墙河向南猛攻。与此同时,鄂南日军从东边绕过新墙河、汨罗江防线,企图配合湘北主攻日军将此处守军包围。丁文昌虽为学者,但对湘北地形颇为熟悉,更具有丰富的土木工程经验,几番主动请缨下,他终于被编入守军部队。临走前,他特意交代助手照顾阿木,如果自己遭遇不测,立即带阿木离开长沙。

清晨的橘子洲江雾弥漫,丁文昌登上小船,前往部队报到。

"丁先生,你一定要平安回来啊!我在橘子洲等你!"渐渐模糊的水岸边出现了一个小小的人影,他挥着手,拼命喊道。

"放心吧!我说到做到!"丁文昌心中一暖,向阿木告别。

五、超级大炮

等到丁文昌所在的部队抵达战场时,驻守湘北的第十五集团军虽在新墙河南岸阵地暂时抵挡住了日军的进攻,却被上村支队[1]在营田一带偷袭得手。日军第六师团于正面猛攻不休,右侧奈良支队不断施压,加上从营田源源不断上岸的上村支队,第十五集团军左支右绌,数个军陷入三面被围、一面临水的绝境。为避免遭日军围歼,无奈之下,第十五集团军所辖各军开始分批撤退。日军则穷追不舍,如附骨之疽一般甩脱不得。

至长沙近郊,增援部队终于赶来,遵照第九战区司令部的指示,就地实行反包围决战。其余各部依据湖南地势,左倚洞庭湖,右凭幕阜山,以其间新墙河、汨罗江、捞刀河、浏阳河迟滞日军机械化部队的推进,同时在四河一山间处处布防,层层设卡,不断牵制和消耗日军兵力。

丁文昌被编入了工兵营,他的地质学知识和土木工程专长在设置阻敌据点、构筑工事时发挥了极大作用。他总能最大限度地利用地形

---

[1]. 日军在"二战"中根据战争形势组建的临时编制,一般以长官姓氏命名,人数在不同时期波动较大。文中出现的上村支队、奈良支队共约五万人。

地势,在短时间内迅速组织人员搭建起由堑壕、掩体、堡垒等构成的立体防御网络,不但防御效果突出,还大大降低了将士们的伤亡。一时间,丁文昌成了军中红人,各支部队争相邀请他前往驻地指导。丁文昌心系国家,不分党派、不论级别,均一视同仁,终日冒着炮火在各处阵地间来回奔波。这天,他抵达一处阵地后,连口水都没喝,就攀上制高点察看工事部署情况。不料,附近一股蛰伏已久的日军突然开炮,丁文昌来不及隐蔽,只听到一声巨响,接着眼前天旋地转,身子一麻,失去了意识。

等到丁文昌醒来时,他已经作为重伤员被安全转移到了长沙。那一炮就落在他身旁,四溅的弹片将他轰得遍体鳞伤,其中一块更是擦过脊椎,几乎贯穿了背部。休养一段时间后,外伤恢复得不错,但左腿膝盖以下始终毫无知觉。那枚弹片虽未夺走他的生命,却伤到了脊椎附近的神经,也许今后他都只能依靠拐杖行走了。好在经过近一个月的搏命死战,采取"后退决战、争取外翼"方针的中国军队粉碎了日军攻占长沙、消灭第九战区主力的战略目标。日军损兵折将,不得不退回到新墙河以北地区,双方恢复至战役前态势。此战惨烈至极,比起牺牲的战友,丁文昌自觉已算幸运,于是刚能下床便坚持坐船回到了橘子洲。

"丁先生!"阿木收到消息,早早等候在渡口,眉开眼笑地跑了过来。

"你的腿怎么啦?"看到丁文昌拄着拐杖步履蹒跚的样子,阿木脸色大变,连忙扶住了他。

"不碍事,只是挨了一枚弹片而已。以前老说等仗打完了就带你去野外考察,这下可能做不到了。"丁文昌自嘲道,语气中难掩失落。

"没关系,丁先生,你安心养伤。等我长大了,我给你当拐杖,做助手!咱们同心协力,一定可以继续你的研究!"阿木挺起瘦弱的胸膛，像个大人似的安慰道。

"好！"看到他一脸认真的模样，丁文昌心中的阴霾一扫而空。是啊，科学研究就是一场"路漫漫其修远兮"的问道之旅，怎么能因为身体上的小小残疾就消沉放弃呢？多亏了阿木的开导，自己一定要振作起来！而且有他们这样朝气蓬勃、乐观进取的下一代，国家和民族的未来何愁没有希望？

在阿木的搀扶下，丁文昌扔掉拐杖，两人倚靠着缓缓前行。一大一小的影子被夕阳拉得老长，映照在血色湘江之上。

橘子洲与杨梅洲地下熔岩隧道的改造工程这时候已经基本完工了，丁文昌放心不下后续的维护工作，便留在橘子洲静养。阿木每日在隧道口与他做伴，听他讲些地质知识、风土人情，二人倒也自得其乐。阿木到底是少年心性，总是缠着他讲在战场上的所见所闻。

提到此次战役，丁文昌不禁叹息："我军参战兵力虽较日军多出一倍，士兵伤亡也更为惨重，但若不是战略得当，又占据地利，恐怕仍难获胜。"

"什么？咱们比日本人多一倍，还打不过他们？"阿木瞪大眼睛，露出不可思议的神情。

"阿木，你还小，不知道战争的复杂和残酷。"丁文昌摇摇头，接着又说道，"虽然我们人数占优，但武器装备实在与日军相差甚远。据我在前线观察到的情况，咱们一个连队至多配备两挺轻机枪，迫击炮、掷弹筒、重机枪这些只有团以上单位才有。而日军一个班就有一挺重机枪，一个小队就能使用掷弹筒，火力对比非常悬殊。更何况日军还有飞机支援，经常深入我们阵地狂轰滥炸，前线战士对其恨之入骨，却奈何不得。"

"那咱们也可以造飞机去轰炸他们呀！"阿木急道。

"哪有那么容易？日本是工业国，咱们是农业国。就拿最基本的钢铁来说吧，战争爆发时日本钢铁产量是五百八十万吨，而我们只有四万吨。别说我们根本就造不了飞机，就算能造，这点钢材又能造得了多少？光是这次战役，日本就出动了一百多架飞机，而咱们那些只够他们零头的宝贝疙瘩，在之前的战役中就损失殆尽了。"虽然在战场上已经深刻体会到了双方巨大的差距，但每次说起这些，丁文昌还是痛心疾首。

"对了，丁先生，我记得你之前好像提到过欧陆战争[1]中德国人造了一门巨炮攻击法国的事。能具体讲讲吗？我们是不是也可以用同样的方法来对付日本人呢？"

"啊，你指的是'巴黎大炮'吧？"丁文昌最初讲到这段历史时并没有太当回事，没想到阿木却记在了心里，只好耐心解释道，"在欧陆战争中，德国与英法两国陷入了无休止的堑壕战，经过凡尔登、索姆河两次大战之后，虽然战线仍僵持在德法边境附近，但胜利的天平已经开始向英法倾斜了。德军统帅部为越过英法封锁，扭转战局，在德法边境的克雷彼布置了最新研制的'威廉大炮'，也就是被后世称之为'巴黎大炮'的巨型火炮。这门巨炮口径为210毫米，炮管长度超过36米，竖直起来比十层楼还要高。每发炮弹大约120公斤，因为可以将炮弹射入同温层，减小了空气阻力，所以它的射程是恐怖的130公里，完全可以从边境直接打到法国巴黎。如果算上整套作战系统，它的重量超过了350吨，必须先将其拆卸，用火车运送至阵地进行组装后才能使用，是名副其实的超级大炮。"

"有了这么厉害的武器，为什么德国最后还是输了？"阿木疑惑不解地问道。

"战争的胜负从来不是靠一两件先进武器决定的，更何况'巴黎大炮'尽管在工程学、弹道学上走到了当时科技的最前沿，它的实战效果却很差。主要原因在于它的炮弹太大，往往才发射几炮就把炮管

---

1. 即第一次世界大战。

磨损得不成样子，射击精度下降过快，必须大费周章重新更换才行。综合生产投入和所收成效来看，'巴黎大炮'是远远比不上飞机的。"

"我们现在造不了飞机，不应该试试这个吗？"阿木还不死心，继续追问。

"没用的。"丁文昌苦笑道，"都过去二十多年了，我们的工业水平还是比不上当年的德国。况且我们如今的局面更加凶险，德法至少互为攻守，战线推进是很慢的，而我们正面迎战日军只能采取守势，用空间换时间。以我们的技术，最多造出缩小版的'巴黎大炮'，但把它拉到新墙河南岸，恐怕还来不及发射就被日军发现并摧毁了。"

"如果真要通过这种方式弥补我军远程火力不足的问题，我估计这门超级大炮安全的部署位置至少要退到长沙。长沙距离新墙河就有一百多公里，这意味着要攻击到日军在新墙河以北甚至更远的阵地，它可能比'巴黎大炮'还要庞大。天啊，简直是天方夜谭！"丁文昌想了想，又补充道。

"好吧，那也没有其他办法了。"阿木提出的想法被丁文昌逐条否定，不禁有些灰心，闷闷不乐地捡起一块石子，用力扔了出去。

"嗒，嗒……嗒……"石子被扔远了，好像落入了什么地方，传来空洞的回声。

"等等！"丁文昌听到声音，似乎想到了什么，身子猛地一顿。但他还没有完全适应左腿的伤势，一下子摔倒在地。阿木想去扶他，却见他不以为意，坐在那儿仿佛入定了般一动不动。

阿木和他相处有一段时间了，知道这是丁先生在研究取得重大突破时才会有的表现，便安静地等在一旁，不去打扰。

过了好一会儿，丁文昌终于动了，他的声音因兴奋而止不住地微微发颤："阿木，你说得不错，我们也可以有自己的超级大炮……根本不用担心制造的问题……现成的炮管，就在眼前！"

他拉着阿木向石子消失的方向一瘸一拐地冲了几步，推开一片芦苇后,偌大的熔岩隧道口,出现在了他们面前。

六、沉洲之战

丁文昌的计划堪称疯狂,在最初的激动过后,连他自己都对其可行性产生了怀疑。但数次详尽计算的结果显示,它虽然有较大的难度和风险,但在现有的工程条件和技术支持下是完全有可能实现的。当前空军几乎全军覆没,陆军重武器奇缺,这不失为一条绝地反击的良策!

光有计算结果显然无法说服当局,丁文昌可不是只会纸上谈兵的书呆子。为了充分论证计划的可行性,确保形成具体的作战方案,他不惜拖着残疾的左脚,在阿木和几个助手的协助下,反复进出熔岩隧道,终于成功地绘制了完整的隧道网络图。和之前探洞时留下的初步印象一致,网络图证实了这个地下熔岩系统主要由那条主隧道构成,分支隧道并不算多,长度也比较短。这一特征,使得在改造隧道的过程中,只需要进行简单的封堵和加固作业就可以得到一条密封性良好、内径巨大且长度惊人的"炮管"了。当然,熔岩隧道壁的强度肯定无法与钢制炮管相提并论,但比起"巴黎大炮"三十六米的炮管,熔岩隧道的长度足足是它的一千多倍!也就是说,借助这条恢宏壮阔的天然炮管,即使炮弹的体积和重量大到空前绝后的地步,单次引爆当量也不用太大,完全可以采取分段多次引爆的方式,既达到了给炮弹加速的目的,洞壁又不至于在超出极限的压力下垮塌。不过引爆点的设置颇为讲究,必须极其精确。因为隧道再怎么平缓,也不可能是一条百分之百的直线,所以每次引爆不但要给炮弹加速,还需要在关键节点修正炮弹的弹道,保证它不在炮管内"炸膛",是真正的差之毫厘谬以千里的工作。但这也难不倒丁文昌,当年他出国留学之所以选择地质学专业，一个很重要的原因就是想通过地质研究为国家寻找发展所需的各种矿产。也正是为了开山找矿，他对定向爆破的使用可谓驾轻就熟。

现在唯一的难点就是如何调整炮弹发射的角度了，毕竟熔岩隧道可不像"巴黎大炮"一样拥有涡轮驱动的旋转底座。丁文昌冥思苦想了许久，终于在留学时的一段往事中找到了灵感。那是他与一位美国同学的短暂交流，他们不在同一专业，原本并不相识，但在一次校园辩论中，两人一致认为日本有称霸太平洋的野心。大部分英国同学对这一观点不以为然，他俩却因此结下了友谊。那位美国同学学习的是船舶设计，他曾预言，未来海权的争夺必定是以航空母舰为核心、以舰载机为攻击方式的海空立体作战。换言之，舰载机的作战能力将是左右战争胜负的关键。他据此提出了一个设想，即航母应通过减少滑跃式甲板面积，腾出更多空间停放战机来提升战斗力。那么战机如何起飞呢？他认为有两个研究方向，一是垂直升降的新型战机，二是舰载的战机弹射装置，其中弹射装置又应以电磁弹射为突破口。

毕业以后，这位同学返回了美国，丁文昌与他的联系也就中断了。在丁文昌看来，舰载机决定航母作战能力一说确有其独到之处，但垂直升降的战机和舰载电磁弹射装置就过于超前了，当时给他的感觉就像凡尔纳小说中的"鹦鹉螺号"一样。但现在，他要做的只是让炮弹在出膛时发生一定角度的偏转，这比在航母上将战机弹射起飞的难度要小得多！

就在丁文昌潜心研制超级大炮时，日军又接连发动了两次湘北战役。其中一次因为防御部队的电报被日军提前截获，加之指挥失当，长沙城一度失守。好在攻城日军补给不利，不久后便主动退去。之后第九战区吸取了前两次战役的经验及教训，在第三次战役中给予日军沉重打击，收获了一场大胜。捷报传来，长沙全城欢腾，处处张灯结彩。在一片胜利的喜悦中，唯有丁文昌仍然保持着清醒，他敏锐地意识到，日军在长沙只是一时受挫，在夏威夷和菲律宾，他们连续重创美军，席卷东南亚的势头已经不可阻挡。虽然凭借雄厚的工业基础，美军恢复元气后多半可以夺回西太平洋的控制权，但到了那个时候，打通中国与东南亚的大陆交通线将是日本唯一的选择，长沙必将面对日军孤注一掷的疯狂进攻！

事不宜迟，丁文昌以最短的时间完成了电磁偏转装置的设计，并将整个方案通过上级报送给了第九战区司令部，希望工程能在驻军的配合下尽快完成。然而收到的回复却给了他兜头一盆冷水。第九战区司令部认为，最近的胜利表明我军已经找到了克制日军的方法，保持现状即可守住长沙，根本不需要什么超级大炮。丁文昌万万想不到会是这种结果，怒火攻心下不顾助手劝阻赶往湘潭，联络了接应的同志，试图通过其他办法引起更高层的关注。谁知刚到湘潭，又传来一个坏消息：于洞庭湖周边活动的游击队近日在湖北监利丁家洲意外遭遇了一支日军小队。这支日军人数不多，但从着装来看军衔都不低。游击队以为是落单的日军士官观摩团，便发起了攻击。出乎意料的是，这支"观摩团"战斗力不低，更奇怪的是，那些士官都在拼死掩护一个像是军医的人撤退。那人逃之夭夭后，游击队将这一情况上报。经曾在东北活动的同志指认，他正是臭名昭著的石井四郎[1]。有确切的证据显示，此人在东北一手策划了用劳工、战俘充当活体工具的细菌试验，手段之残酷简直骇人听闻。

石井四郎为何要秘密离开东北来到湖北监利？难道，他还要在此新建一座生化武器基地？！想到这里，丁文昌惊出了一身冷汗。湖北监利，与湘北重镇岳阳隔长江相望，这座生化武器基地针对的就是长沙啊！

形势已经到了刻不容缓的地步，在上级的支持下，丁文昌在报

---

[1] 731部队的创始人，曾于1939年在岳阳出现，建立所谓的"给水防疫部队"。

纸上连发数文，痛陈骄兵必败的道理，提醒湘北守军加强防备。在他们坚持不懈的努力下，第九战区司令部终于重视起了这个问题，随即派出两个工兵连供丁文昌调度。得此强援，丁文昌顿觉如虎添翼，立即全身心地投入建造超级大炮的工程中。他首先指挥工兵连平整了杨梅洲的熔岩隧道入口，并向内铺设了一条与地下矿井类似但宽上许多的简易铁轨，一直延伸到隧道转为平缓的部分。轨道车车轮制成内凹状，使之在高速运行中也不易脱轨。轨道车上焊有一枚圆柱形的火箭，是丁文昌仿照湖南浏阳的"窜天猴"[1]设计的。这枚巨型火箭共分三节，从头到尾依次为弹头、引爆部和推进部。发射时，推进部内的火药首先被引燃，剧烈的喷发推动轨道车高速前进。即将到达轨道终点时，推进部耗尽，激发引爆部，烈性炸药产生的定向冲击波将直径接近1米的球形弹头抛出，至此就完成了炮弹的第一次加速。此后通过在熔岩隧道内精心布置的近百个引爆点的反复加速和弹道修正，炮弹射出橘子洲隧道出口时的初速将达到恐怖的1600~1700米/秒。在临近隧道口最后几十米的洞壁内侧，密密麻麻地绕满了通电线圈，炮弹弹壳采用磁性材料制作，穿过线圈时便带上了电。最后，绕隧道口建造的多个塔形通电桩构成了一个复杂的电磁方阵，预先设定好参数后，就可以对炮弹施加攻击目标所需的偏转。

  工程在丁文昌的全力推进下很快就完工了。将这门超级大炮的性能参数一一列出，计算后的结果显示，每开一炮，不包括炮弹内炸药的威力，仅靠其质量所产生的巨大动能就足以摧毁一座小型军用机场！丁文昌喜出望外，如此一来，万事俱备，只待目标确认了！

  就在丁文昌急不可待之际，渗透到监利的游击队再次传来至关重要的情报：日军已经完成了在监利丁家洲的机场扩建工程。但不同寻常的是，机场扩建过程中倾倒的土方多得离谱，绝不是修建几条飞

---

1. 一种利用火箭原理制作的鞭炮，湖南浏阳是著名的鞭炮之乡。

机跑道就可以产生的。与此同时，一些身着防护服的人员开始行踪诡秘地出现在机场附近，游击队数次盯梢，都没能确定他们最终去了哪里。丁文昌心中隐约猜到了什么，但超级大炮的启用过程非常复杂，又无法转移，正式投入实战前肯定还需要进行试射，真正能用于攻击目标的发射窗口实际上非常小，他必须珍惜每一次开炮机会。为此，他又耐着性子等了十多天，终于通过陆续收集到的零星情报交叉印证了之前的推测。日本人新建造的生化武器基地就位于监利丁家洲扩建的机场跑道地下！连丁文昌也不由得感叹日本人实在是处心积虑，步步为营。他们先以扩建机场跑道的名义掩盖了兴建地下生化工厂的真实目的，而位于机场地下的生化工厂，不但隐蔽性极佳，退可依托机场进行防御，进还能将其制造的生化武器直接装载到执行轰炸任务的战机上。届时，不仅是长沙，整个湖南，乃至长江以南的国土都将笼罩在细菌的阴影之下。

这些丧尽天良的侵略者！丁文昌暗自握紧了拳头，你们的报应来了，等着承受从天而降的雷霆一击吧！

目标已经锁定了，丁文昌开始紧锣密鼓地准备超级大炮的试射。虽然建造超级大炮的灵感源自阿木，但因为保密的需要，工程开始后丁文昌就没再向他透露过相关信息。阿木也非常懂事，从不追问什么，照常陪伴在丁文昌身边，每隔一段时间，就坐船到长沙城内为他采购一些生活必需品。

超级大炮第一次试射完成时，阿木刚刚从城内返回。一踏上橘子洲，他就感到了一丝不同寻常的气息。空气中弥漫着刺鼻的硝烟味，以往随处可闻的虫鸣鸟叫也消失了，整座小岛仿佛坠入了另一个世界，安静得可怕。他心里升起一阵不祥的预感，慌忙向隧道口跑去。在隧道口附近的一处高地上，阿木发现了丁文昌，他正兴奋地大喊："成功了！试射成功了！"丝毫没注意到走近的阿木。

"丁先生！我回来了！"见丁文昌安然无恙，阿木悬着的心总算放了下来。没想到丁文昌听到他的声音，突然脸色一变，手足无措地呆立在原地，好像不敢面对他似的。

"丁先生，你怎么……"阿木正想问丁文昌是不是身体不舒服，眼角余光无意间扫过高地下方，后面的话顿时说不出来了。他的家，那座破旧的茅草屋，连同安葬他父亲的河滩，已经彻底消失了。

"阿木……对不起，我知道你很难过。"丁文昌一改往日出口成章的作风，满怀愧疚地解释道，"这次试射总体来说很成功，但最后几个爆破点的装药量略多了些。那片河滩是泥沙堆积形成的，地质结构不太稳定，爆破的余波造成了塌方……这是我的疏忽。"

"别说了，我听不懂，也不想听！"阿木满眼泪花地大喊道，"我不管你们来洲上做什么，但这是我的家啊！我爹都死了，你们还不让他安生！"

"阿木，你知道你爹是怎么死的吗？"丁文昌语气一顿，紧紧抓住阿木的手说道。

"什么？"阿木一时间忘了挣扎，不明白丁文昌为什么突然这样问。

"他得的是血吸虫病，是被水中的血吸虫寄生导致的。这种病，但凡卫生条件好一点儿、老百姓日子过得好一点儿的地方都不会有！我们为什么要打仗？因为不把日本人赶走，我们的国家、我们的人民就会永远沉陷在饥饿和贫困中。我们必须赢得这场战争，只有这样，我们才能建立一个崭新的国度，大家的生活变好了，你父亲的悲剧才不会重演！"

两行热泪从丁文昌眼中流了下来，他哽咽道："阿木你知道吗？我也感受过失去亲人的痛苦。为了回国，我抛妻弃子，也许这辈子都见不到他们了。但我不后悔。宁为玉碎，不为瓦全，这是我们民族的底线，为了打赢这场仗，别说这片河滩，就算炸沉整座岛，我也在所不惜！到了那个时候，我会留在这里，守护它到最后一刻！"

阿木从未见过丁文昌如此动情的样子，也不知道原来在他心底还压抑了那么多的痛苦。但这番话仿佛一瞬间让阿木长大了，从今往后，他开始懂得了什么叫责任。

经过这次推心置腹的交流，丁文昌也就不再向阿木隐瞒超级大炮的各种细节，所以当阿木提出希望亲眼看到超级大炮下次发射的景象时，他也欣然应允。几天后，丁文昌得到了确切的消息，试射的炮弹落入了洞庭湖，离他设计的落点只有不大的误差。爆炸的威力也令人满意，激起的巨浪还碰巧掀翻了一艘日本运兵船。当地日军大为紧张，立即派出了战机侦察，却没找到中国轰炸机的一点影子。受此影响，监利丁家洲的日军也明显加强了戒备，但他们又怎么会想到，攻击来自千里之外的橘子洲呢？

轰炸丁家洲地下生化武器基地的准备工作很快就做好了。丁文昌根据试射积累的数据和经验，调整好爆破点的装药量和电磁方阵的功率。在发射之前，他特意叫上阿木和他一起来到了那处高地。

"大炮发射时的声音非常吓人，你好好待在我身边，不要害怕，也别乱跑，一切听我指挥，知道吗？"丁文昌叮嘱道。

"好的，丁先生，你放心！"阿木点点头，和丁文昌一起席地而坐。

终　章

清晨和煦的阳光照在两人身上，慢慢驱散了江边湿冷的寒气。时间好像变得格外漫长，这一切，不会是一场梦吧？阿木正胡思乱想着，身边的丁文昌轻轻拍了拍他的肩膀，小声说道："来了，捂住耳朵。"

说时迟那时快，地下传来了一阵密集的隆隆巨响，好像一列火车拉着汽笛疾驰而来。紧接着，四周开始剧烈地震动起来，整座小岛仿佛都化为江中颠簸不定的一叶扁舟。一群水鸟飞出芦苇荡，以往整齐的队列被突如其来的异象惊得七零八落。再看看百来米外的隧道口，其中隐隐透出红光。屹立在周边的通电塔发出了刺耳的嗡鸣声，在被扰动的空气中微微扭曲，好像是地底的巨人在蠕动手指拨弄着看不见的琴弦……一个黑色的球体蓦地出现在隧道口，如同来自冥界的幽灵，黑得那么纯粹，带着令人不可名状的威慑力。这就是超级大炮的炮弹吗？阿木目不转睛地盯着它，生怕错过了什么。可就那么一刹那，它消失得无影无踪，仿佛从未出现过一样，只留下一声震耳欲聋的炸响。丁文昌显然早有准备，不慌不忙地拉着阿木蹲下，避开接踵而来的热风。等到隧道口冒出的浓烟渐渐散掉后，两人才重新站了起来。

结束了吗？阿木看到丁文昌脸上露出了自信的笑容。果然，第二天负责监视丁家洲日军动向的同志就传回了令人振奋的消息。只一击，炮弹就洞穿了机场跑道，造成地下空间的大规模垮塌。随之而来的爆炸更引燃了机场配置的地下油库，大火在丁家洲烧了一天一夜，沾染着鲜血和罪恶的生化工厂终于付之一炬。事后，游击队给丁文昌送来了几枚在现场拾获的炸弹。这几枚炸弹还没来得及安装引线，看起来是刚刚出产的半成品。虽然大火已将它们烧得漆黑，但丁文昌还是一眼看出，它的材质不是常用的金属，而是陶瓷。拆开外壳，弹腔内只有少量炸药，却满是跳蚤的尸体。可以想见，如果将这种炸弹投入实战，携带致命病菌的跳蚤将在人口稠密的地区迅速扩散开来，造成无法预计的后果。

接下来的两年时间，长沙迎来了难得的宁静。躲避战火的市民陆续返回，商业渐渐恢复，城市开始重新焕发生机。阿木也在这段时间里长成了挺拔的青葱少年，丁先生却在他的眼前一点点地衰老下去。丁文昌的精气神在超级大炮的轰鸣声中如炙热的岩浆一般喷发着，又随着大炮的沉寂化为虚无。阿木曾不止一次地追问过，既然超级大炮仅仅攻击一次就取得如此辉煌的战果，为什么不增加它的使用次数？丁先生表情凝重，似有千言万语，但最后却徒留一声叹息。

　　一天夜里，阿木醒来小解，看到一个黑影艰难地向隧道口的方向走去。看那跛行不便的样子，除了丁先生还能有谁？阿木默默跟在他的身后，过了好一会儿，他终于爬上了曾经带阿木观看超级大炮发射的高地。

　　皎白的月光下，丁文昌的背影显得那么孤独，他就那样默默坐着，看着已经杂草丛生的隧道口。不再发出嗡鸣声的通电塔影影绰绰，像一块块墓碑，祭奠着这项惊天动地却又无疾而终的工程。

　　阿木有些心酸，慢慢地走到他身边，想劝他回去，别在夜里着凉，却看到丁文昌已是泪流满面。

　　"阿木，我错了啊。我一直以为，我们打不过日本人，是因为武器装备太落后了……可再先进的武器，不也需要人来操作吗？"

　　阿木震惊于丁文昌此刻的脆弱和绝望，在他眼里，丁先生一直是虽千万人吾往矣的勇者，究竟是什么把他逼成了这个样子？

　　"国民政府觉得日本人在太平洋已经节节败退了，与其使用耗费巨大的超级大炮，不如静待外援，让美国人来收拾残局！可他们知不知道，穷途末路的日军才是最危险的，这样下去，长沙迟早是守不住的！"

　　丁文昌的话让阿木心惊肉跳，但没想到仅仅几个月后竟一语成谶。1944年5月开始，日军开始集结重兵自河南发动进攻，国民政府一路溃败，至6月19日，长沙终告失守[1]。

　　炮火连天中，长沙宛如人间炼狱，阿木跳上丁文昌上级派来接他们撤走的小船，把手伸向岸边，却抓了个空。

　　"丁先生，快把手给我，再不走就来不及了！"他用尽浑身的力气

---

1. 即豫湘桂大溃败。

喊道。

"阿木，你忘了我以前说过的吗？我不会走！"江风吹乱了丁文昌已经变白的头发，但阿木发现，丁先生佝偻的脊背，又重新挺直了起来。

"求求你，丁先生，我们一起走吧！待在这儿你会没命的！"阿木急得发疯，想要冲下船，却被人死死拉住。

"阿木，别担心我。超级大炮马上就要进行最后一次发射了，我必须留在这里！这次的当量已经超过了隧道理论上能承受的极限，但不管怎么样，我必须试一试，就算失败了，我也不可以把它留给日本人！"丁文昌瘸着腿，声音嘶哑，却像一位赤手空拳面对野兽的战士，那么斩钉截铁，散发着顶天立地的力量。

"丁先生，我们会赢的，我们一定会赢的！"船已经开了，阿木趴在船边，声嘶力竭地向岸边渐渐模糊的身影哭喊道。

"我也相信这一天一定会来，到时候，希望你们还能记起我，记起这项伟大的工程！它的代号是——'江之怒'！"

愿时间
在此停留

Wish Time Would Stand Still Here

一

最初,他以为是突然出现的白光唤醒了自己。但在瞳孔的剧烈收缩中,他渐渐适应,才发现这灯光并不刺眼,甚至柔和得有些冷清。

无尽的黑暗早已将他吞噬,意识就像灰烬中微弱的火星,忽明忽灭间化为烟雾飘散。然而此刻,它竟像被施了魔法一般,缓缓地聚拢起来,凝为实质。

时间过去多久了?也许这灯就这么一直亮着,亮了许多年。而他,终于又重新感知到了一切。

奇异的酥麻如过电般传导开来,那是沿着脊椎传输的神经信号。先是手指,再是肩膀,接着到背,到腰。他艰难而又执着地夺回了身体的控制权,心中顿时涌起一阵狂喜,他想起了在生意场上无往不利的自己。虽然在人生的最后一战中,他曾向病魔投子认负,但那不过是老朽身躯的暂时蛰伏,他的精神和意志从未被打败。强者恒强,人生在世,需要有一种赢家心态。过去,他时常这样居高临下地训诫下属。

就在这时,传来了一男一女交谈的声音。他还不太能转动脖子,看不到病房之外的情形,但毫无疑问,由远及近的脚步声说明,他们正向自己走来。

他慌忙闭上眼睛,放松僵硬的四肢,继续装成无知无觉的病人。在他还是个孩子的时候,他目睹了突发脑出血的父亲被剥得精光,浑身插满管子的样子。那可是让他噤若寒蝉的父亲啊,当时却恍若一根软烂的面条,毫无尊严地任人摆布。自此之后,他便本能地对医院产生了排斥和恐惧。若不是这种讳疾忌医的态度,他本可以及早发现自己的问题。但直到现在,他首先想到的却还是维护那份荒谬的尊严与体面。

"贺教授,磁共振的结果出来了,病人的双侧颞叶[1]和海马体[2]恢复情况良好。另外,脑脊液检测也显示其神经炎症得到有效控制。总的来说,手术非常成功。"男人的步子很快,女人似乎是一路小跑才跟上他,语气中听不出喜悦,反而带着强烈的不安。

"知道了。"男人随口应道。

"可病人到现在也没有苏醒!我早就提醒过你,临床试验不能操之过急,结果全被当成了耳边风。更何况咱们根本没有征得监护人的同意,这要是出了岔子可怎么办?"女人更急了。

"不怎么办。"男人推开房门走了进来,漫不经心的口气陡然提高,"他之前的样子比现在好吗?同样的不能感知,不能表达,两者之间并没有区别。至少,我敢肯定,他的监护人不在意,更发现不了什么。不然你以为我为什么选他?"

"你跟了他好些年,倒也真下得去手。哼,别看你们这帮科学家平日里端着副清高的样子,心里面真是……但你这么着急地试验自己的新疗法,怕也是为了名和利吧?"女人冷笑道。

"彼此彼此,要不是他的监护人拖欠了你们疗养院太多护理费,你能把他送来?这恐怕还是看在我把剩下的实验经费都掏出来的分上吧!"男人不甘示弱,反唇相讥。

这两个人在吵些什么?是因为我吗?他感觉自己陷入了某个巨大的旋涡。身处其中,四周满是一闪而过、飞速流转的信息,他如溺水之人一般挣扎,却摸不到一丝坚实的存在。

与此同时,憋闷已久的怒气熊熊燃烧了起来。过往的记忆还在缓慢恢复中,他并不清楚是哪个环节出了问题。但如今的状况明显已经

---

[1]. 大脑中负责处理听觉信息的构造,也与记忆和情感有关。
[2]. 海马体位于大脑丘脑和内侧颞叶之间,主要负责短时记忆的存储转换和定向等功能。

脱离了自己当初的安排。贺教授就是自己的私人医生贺征,而那女人则是他亲自选定的高档疗养院的院长钱丽。他们背叛了自己,让他沦为一件无人问津的试验品。

会不会还有什么检测和试验要强加到自己身上?恐惧攥紧了他的心脏,他焦急地挪动着双腿,但足足过了十分钟才屈起膝盖。就在他准备进一步动作时,门外又响起了脚步声。好在这次只是例行查房,护士简单检查了下各项指标后就离开了,丝毫没注意到被他踢乱的被褥。

在接下来的几天里,多番努力总是被打断,他不得不隐忍下来。躯体的拖累迫使感官更加敏锐,他很快摸清了这里查房的规律。甚至根据来往的脚步步数和停顿节奏,他还估算出了走廊的长度及出口方向。

他在等待一个机会。

终于,在护士结束这天最后一次查房后,走廊中响起了另一个脚步声。步幅很大,也很沉重,应该是个高大健硕的男人。不出所料,在保安巡视完毕后,灯一盏盏熄灭了。他平复了下呼吸,摸索到了床沿的手把,转动几圈后将自己的上半身支了起来。

很好。他心中默念,拔掉手臂上的针头,扶住床头柜。用力扭腰,双腿垂了下去,感受到了冰凉的地面。你可以的,一、二、三!

"哐当!"双腿恢复了知觉,肌肉却不争气,他摔倒在地,连带着床头柜的抽屉也被扯了出来,里面的东西撒了一地。

心在这一刻提到了嗓子眼,他一口大气也不敢出,想象着几人冲入房间,把他架走的场面。但时间一分一秒地过去,走廊中寂静如常,什么也没发生。没时间胆怯了,他从散落一地的东西中找到一个熟悉的钱包,夹在腋下。接着双手发力,配合下半身的扭动,奔向自由。

爬出房间后,距离三十米左右的走廊尽头处就是电梯。他没有着急,而是在中途左转。他知道,电梯间前有一个护士站。刚刚的响动没有惊醒打盹的夜班护士,但他不能再冒一次险了,况且自己目前的状况也必须借助一些工具。苏醒后,他听到护工每次都会在这儿停留,其间也没有钥匙的碰撞声。果然,面前出现了一扇推拉门,门没锁,他挤了进去,是一间杂物室。

他找到一部轮椅,爬了上去,猛地转动手轮圈,悄无声息地溜过了护士站。按下电梯按钮后,还没来得及松口气,停在一楼的另一部电梯按键也亮了起来。

有人来了!他冲进电梯,发疯似的按关门键,快!快!电梯门总算合上了。几乎与下行启动同时,旁边的电梯叮的一声停在了相同的楼层。

好险!他喘着粗气,心脏怦怦地跳个不停。降到负一楼的停车场后,他不敢耽搁,借着夜色,终于逃出了这家弗兰肯斯坦的医院。

几经辗转,他住进了一家小旅店,它位于脏乱的城中村深处。顾不上挑三拣四了,他需要找个不容易被盯上的角落躲藏起来,好好思考接下来该怎么办。

躺在狭窄的床板上,他摸出钱包夹层中的证件端详着。

"晚安,邵杰。"他对自己说道,绷紧的神经松弛下来,他沉沉睡去。

二

第二天醒来,邵杰的双腿已经能支撑自己站起来了。虽然行走还不够自如,但起码是个好的开始。片刻的欣喜过后,他意识到自己所面对的是一个纷杂的困局。从贺征与钱丽的谈话中可知,他们正在试验某种针对自己所患不治之症的新型疗法。耸人听闻的是,这一研究不但没有遵循应有的法律流程,还刻意避开了监管,连自己的监护人都不知情！好在幸运之神降临，试验获得了成功，他得以从失智失能的深渊中挣脱出来。但在他之前有多少沉默的失败者呢？谁又能保证治疗效果是稳定和永久的呢？或许在明天，甚至是下一秒，意识就将重归黑暗，而这无异于让他再死一次。

冷汗涔涔而下，邵杰颤抖着拨打了报警电话，却又在接通的瞬间挂断。警察会相信他吗？严格来说，邵杰现在仍属于无行为能力人，所有一切都应由监护人代为做主。但那家伙是否还值得信赖？自己"生前"托付给他的财产数以亿计，却为何沦落到连护理费都要拖欠的地步？现在，邵杰谁都不信，即使把贺征和钱丽送进大牢，他也不愿再回到疗养院，继续过仰人鼻息的生活。他必须拿回失去的金钱、权势和地位。这些早已融入他的生命，没有它们的自己是不完整的。

思来想去，邵杰能依靠的只有自己。逃出医院后，他查看了一下外面的时间，原来现在距离自己患病卧床也不过寥寥数年而已。在此前病入膏肓的绝望中，因为和唯一的女儿闹僵，同时也为了逼她低头，邵杰与忠厚老实的侄子，也是服务他多年的司机到公证处签订了意定监护书，确认了两人的监护与继承关系。女儿被排除在外，这也是对她直戳亲父痛处，不受控制的惩罚。不过，多年商海沉浮的经验还是让邵杰留了一手，除去约定继承的巨额财产外，他还藏有一笔只有自己知晓的备用金。早知道新的疗法能在这么短的时间内问世，当时也不必那样心急。更让他没想到的是，预留的后路竟这么快就要被启用了。这世上，能经得起时间考验的东西太少了。

虽然身体基本复原，但心中早有计较的邵杰继续足不出户地待在小旅店内。几天下来，并未出现追捕的人，新闻里也没有关于医院走失病人的报道。邵杰猜测，很可能除了钱丽之外，其他人对贺征从事非法临床试验的活动并不知情。因此，一方面贺征无法调动多少人手来进行搜查，另一方面还得拼命掩盖"志愿者"失踪这一重大事故。于是，许久以来不见天日的他迎来了属于自己的第一缕阳光。

站在车水马龙的街边，邵杰贪婪地呼吸着人间烟火的味道。他还记得自己确诊的那天，同样也是这么独自一人，目之所及仿佛都化为了一张破旧的黑白照片，所有的人和物都对他保持着可怕的缄默。更令他恐惧的是，随着病情的加重，连这张老照片也在分崩离析。他不言不语，在这个不断异化的世界中被割裂和分解，化为虚无。但现在，他如活死人般归来，世界在他眼中又重新恢复了色彩，他必须紧紧抓住这一切。

邵杰戴上墨镜、口罩和棒球帽，招来一辆出租车。在他缺席的这几年间，所谓的"技术爆炸"并未如社会学家预测的那样发生，但人们生活的方方面面还是有了不小的改变。最直观的进步莫过于人工智能的普及了。在患病之前，无人驾驶还不过是那帮科技新贵在PPT上用来招揽投资的噱头，但现在邵杰已经真切地体验到了。他乘坐的是一辆空天出租车，与囿于地面道路的传统车辆相比，它的活动范围从二维路面跳跃到了三维空间。这倒不稀奇，早些年邵杰就曾在广州投资过类似的初创项目。但那时的无人驾驶飞行器远远谈不上智能，运行范围囿于预设好的程序，只有几条简单且固定的航线。而造成这一局限的根本原因便是它们尚不具备"随机应变"的能力。正因为如此，邵杰一直没能等到项目实现商业化运营的那天。但据他现在的观察，如今的无人驾驶已经脱胎换骨，其运行抉择只基于规模和效率，与商业需求完美匹配。它们在城市上空汇集成了一个巨大的蜂群，每辆车就是其中一只工蜂，全都见缝插针地飞来窜去，令人目不暇接，路线复杂程度远胜于地面交通。由此可见，当前的车载电脑，无论是智能还是算力，都达到了一个非常高的水平。

人们总是在历史的大潮中后知后觉。邵杰没有意识到，冲击力再强的爆炸，最初也是由一两点微不足道的火星引燃的；而人工智能和治愈他的疗法，就即将化为这一火星，照亮一个狂飙猛进的新时代。

出租车载着他直入云霄，很快抵达了一栋摩天大楼的顶层停机坪。这是一家外资银行的私人银行中心,提供匿名保险箱的存管服务。在实名制和反洗钱的大环境下,这类业务只能在灰色地带低调地开展。自然,它的管理费高得离谱,但这并不妨碍富人们趋之若鹜。

通过指纹和虹膜识别后,邵杰进入了他的专属贵宾室。室内布置极为简洁,除了一套办公桌椅外别无一物。又经过数轮密码验证,地面如魔方般渐次转动,形成了一个井口大小的空洞,伴随着幽深管道内上涌的气流和低沉的隆隆声,一个保险柜被徐徐升出。

打开保险柜,里面没有现金或是有价证券,那些东西经不起时间的考验。这是自己第二次想起这句话了吧?邵杰自嘲地笑了笑,将码放得整整齐齐的贵金属取出,就地兑换成了现金,智能私行管家立即贴心地附赠了一个精致的密码箱。现在,自己赖以翻盘的全部资本都已经装在密码箱里了,他准备轻装上阵。

回到小旅馆逼仄的房间,一路全神戒备的邵杰终于放松下来。现实总是这么讽刺,在以往住过的高档酒店、公寓或是疗养院中,他都不曾体会过这样的安全感。他突然有些想家了,眼眶泛起阵阵酸胀。可家人们在哪里?心中的温情顷刻间一扫而空。我倒要看看,他们的日子是不是过得称心如意!他恶狠狠地想。

撒出去的钞票没有白费,邵杰很快就收到了两档案袋资料。私家侦探效率极高,不但在这个拥有两千万人口的城市中找到了两名被调查人,还顺带着把他们的信息扒了个底朝天。

第一个人很好找,要知道当年办理意定监护时,公证处还联系媒体把这事作为人文关怀的正面典型宣扬了一番。直到今天还能在网络上搜索到相关新闻。邵杰随意点击了几个,内容大同小异,标题倒一个比一个劲爆。其中一篇名为《人间自有真情在——守护亿万富翁的穷小子》的报道还配发了一张他和侄子的合影。

彼时,邵杰衣着整洁,应该是得到了不错的照顾。但他的眼神已经呆滞,正像木偶一样配合着摆拍。即使隔着照片,邵杰都能从侄子的笑容中看出那份抑制不住的窃喜。但找侄子容易，要见面可就难了。据私家侦探说，侄子平时深居简出，他在调查中还惊动了别墅周边配置的安防系统，险些失手。不过他通过盯梢，还是拍摄了一些照片。从照片上看，侄子的生活可谓奢华，看来这小子倒是很懂闷声发大财的道理。邵杰冷笑着把照片甩到一边，如果这会儿自己轻易暴露了，侄子大可以装作无辜，把疏于照顾的责任推得干干净净。到时候作为意定监护人，侄子还能以治疗非法为由将他重新扔回疗养院。邵杰怒火中烧，一拳捶在桌面，自己迟早要让他变回那个一文不名的穷光蛋！

至于另一个人……这么多年过去了，邵杰与女儿早就断了联系。在一个个纸醉金迷的夜晚，邵杰带着满身疲惫回到家中，脑子里天旋地转，胃吐空了，满嘴酸味，但空荡荡的房子里却没有人能为他递上一杯水。一名成功的父亲有什么理由不为女儿安排好人生？少不更事的女儿又怎么会懂他的良苦用心？邵杰不认为自己做错了什么。可直到他半是气恼半是威胁地剥夺了女儿的继承权，他才发现，或许她要的根本不是这些。

邵杰不愿意面对女儿，那会让他有一种挫败感。但现在女儿却是拯救自己的关键，他必须想办法尽快修补两人的关系。

三

循着私家侦探提供的线索，邵杰来到了一所小学。尽管提前获知了她差不多全部的信息，但当那个女孩如小鹿一般蹦蹦跳跳地出现在他面前时，邵杰冷硬的心还是蓦地淌过一股暖流。上天真是最神奇的造物主，明亮又闪动的眼睛，小巧而挺立的鼻子……她的五官和女儿几乎是从一个模子里刻出来的。血脉终究是割舍不断的，她就是自己未曾谋面的外孙女啊。

正愣神间,一个女人穿过路口,与邵杰擦肩而过。那一刹那,邵杰仿佛被闪电击中了一般,只想逃走,双脚却被牢牢地钉在地面,无法挪动半步。他矛盾极了,愧疚和愤恨交织在一起涌上心头,既分不清楚,也无从平息。

好在行色匆匆的女人并没有留意邵杰,她径直走向小女孩,原本像机器一样紧张疲劳的身体似乎突然柔软了下来。"童童!"她张开双手,笑盈盈地呼唤道。

"妈妈!"正在玩游戏的女孩没有寻常孩子的磨蹭,立刻雀跃地扑向了母亲的怀抱。"妈妈,你迟到了,我等你好久啦!"女孩顽皮地嘟起了嘴。

"对不起啊,童童,我有工作要忙呢。不过妈妈保证,以后一定准时来接你,好吗?"夕阳斜照,把女人侧脸的每一个细节都映得清清楚楚。邵杰注意到,她的眼角已经生出了细密的皱纹,额头也不似从前细腻圆润了。记忆中那个养尊处优、青春灵动的女儿早已远去,取而代之的,是一份辛劳岁月赋予的平凡和沉静。

"妈妈,你工作很累的,我可以自己回家呀。"女孩远比同龄的孩子懂事。

"没关系的,童童,妈妈不会丢下你一个人。"她轻轻刮了刮女儿的鼻子,目光温柔而坚定。

黄昏下,母女俩相视而笑。邵杰恍然梦回,在遥远的过去,他和女儿也曾有过这样一段美好的时光。

多希望时间在此刻停留啊。目送她们离开学校后,邵杰怅然若失,忽然觉得自己无处可去。他漫无目的地在城市中游荡,直到深夜才返回小旅馆。

邵杰没有发现的是,一只本不该在这个季节出现的蜻蜓正停在旅馆门口的路灯上。居高临下,那对邪恶的复眼闪烁着细小的红光,其后隐藏的微型摄像机，正一刻不停地将这里的动态传输到城市的另一端。

……

"爸，我什么都可以听你的，唯独这次不行。"

"小敏，我的眼光不会错。你应该和张叔叔家的儿子相处试试，再不济，至少也得见人家一面。"

"我不认识什么张叔叔，我只知道张董事长。爸，在你眼里，你的事业是不是比我的幸福还重要？"

"住口！明明是一举两得的事，怎么能说得这么难听！"

"妈妈要是还在的话，绝不会这样逼我。"

"你妈懂什么？"

"是，妈连对自己好一点都不懂。她全心全意地操持着这个家，可你有关心过她吗？最后拖到疼得受不了才去的医院，已经是肝癌晚期了。那时你在哪儿，酒桌上还是桑拿房？"

"啪！"

……

邵杰醒了，脸上火辣辣的疼。将邵敏赶出家门的那记耳光，在时隔多年后的梦与现实中轮回到了自己身上。他睁大双眼呆呆望着，曾可直视星空的水晶穹顶已经变成了因渗水而斑驳的破旧楼板。这个暗无天日的耗子洞，或许才是自己真正的归宿吧。

一连几天，邵杰都不自觉地来到那所学校。他不断催促自己，应该赶紧找机会和邵敏谈谈。但隔着围栏看到童童在操场上开心地玩耍，邵杰心里总是莫名地感到满足，他实在不愿去破坏这份纯真。因此，每当邵敏来接童童时，他都会远远躲开。邵杰踟蹰着，直到一次意外将他从暗处推了出来。是的，那时他以为纠缠许久的恶疾已经彻底消失了，这仅仅是个意外。

"老伯，你生病了吗？"女孩的眼睛亮闪闪的，好奇地问道。

"啊？我……"邵杰一时语塞，自己怎么会在这里？一看表，他明明四个小时前就出门了！

邵杰迷茫地抬起头，与牵着童童的邵敏四目而对。

"怎么是你……爸？"虽然很快认出了他，但邵敏吐出那个字却显得那么艰难，那么微弱，就像他们之间的父女感情一样。

"我只是想来看看你们。"邵杰的脑子仿佛断片儿了，想好的计划竟无从说起。

"妈妈，你和老伯认识吗？"孩子是最敏感的，童童怯生生地拉了拉邵敏衣角。

"嗯，但那是很久以前的事了。"邵敏仿佛下定了决心，留下一个怀疑的眼神后，便带着童童离开了。

晚上，邵杰早早躺下，白天邵敏的反应深深刺痛了他。但这不能怪邵敏，是自己在头天夜里做了整晚噩梦，以至于下午昏昏沉沉，居然在童童学校门前的长椅上打起了瞌睡。他和邵敏就这样猝不及防地撞见了，彼此都毫无准备。

不过事已至此，邵杰索性决定跟邵敏摊牌。他收起心中最后一点温情，强迫自己尽快入睡。邵杰很清楚，之后两人再见面时，只会更难堪，甚至更丑陋……他必须养足精神，不能再出任何差错了。

果然，当邵敏走进约定的咖啡馆，在邵杰对面坐下时，她一开口便是："我就知道你会来找我。"她也料到邵杰的突然出现一定另有所图。

虽然对此早有心理准备，但邵杰还是忍不住恼怒地说："我到底还是你的父亲，你难道不应该关心下我的病吗？"

"我有去过疗养院看你，但被邵义挡了回来。毕竟是你一手选定的监护人，他要这么做我也没办法。不过你看起来恢复得很好，也算没选错人吧。"邵敏淡淡地说道，低头用勺子搅拌着咖啡。

"我的病能好，跟他没一丁点儿关系。他还不同意你来看我？忘恩负义的东西！"邵杰气得浑身发抖。原来侄子一早就开始算计他了，所以才要拒绝邵敏的探视，为的就是控制自己，好独占所有的财产！

"这是你和邵义之间的事。"邵敏打断邵杰，言语中透出些许不耐烦，"我刚把童童送回家了，但晚餐还没来得及做，如果没什么其他事我就先走了。以后我会再找时间去看你的。"

"怎么会和你没关系？童童刚满周岁时你就向法院申请了离婚，那个男人在你怀孕期间出轨，没错吧？要是你当初听了我的……"邵杰冷哼一声。

"爱也好，恨也罢，都是我自己的选择。而且我还有了童童，哪怕人生重新来过，我还是不会听你的。"邵敏脸上没有意料中的后悔，反而洋溢着幸福的光彩。

"可你有为童童想过吗？你一个人拉扯着孩子，光是应付生活就够难了，那教育呢？据我所知，童童上的那所小学只是家普通的公立学校，教学质量和你以前念的那些国际学校根本不在一个档次，唯一的好处是学费便宜。她已经二年级了，如果将来想考个好点的中学，现在转学或者索性买个优质的学位房还不晚！"说出这些话，邵杰觉得自己很卑鄙，但事到如今也只好出此下策。他很清楚，经历过社会磨砺的邵敏只会比以前更加独立，但童童是她唯一的弱点。

邵敏脚步一顿，她动摇了。不给她任何犹豫的机会，邵杰紧跟着亮出了底牌，"我治好了病，不是常规治疗的结果。疗养院院长钱丽不想在我身上继续赔钱，瞒着邵义把我甩给了从前的私人医生贺征。是他用某种还在实验阶段的新型疗法治好了我。"

"还有这种事？连新药上市都必须经过三期临床试验，他们这么做简直是草菅人命。"邵敏难以置信地说道，可眼里的震惊却多于关切。

"没错，幸运的是我不仅活了下来，而且病也被治好了。但正因为这项新技术是非法的，所以它的疗效并不能被认定。从法理上来讲，我仍然是无行为能力人。不过邵义的所作所为已经让我彻底寒了心，我不可能再把自己托付给他了。"邵杰长叹一声，随之目光炯炯地盯着邵敏，好似抓住了最后一根救命稻草。

"你需要我怎么做？"

"我要你和童童作为我的直系血亲对邵义提起诉讼，废止那份意定监护公证！我想好了，只要能证明在做公证时我处于完全失智的状态，那么它就不算是我真实意愿的表达。哼，贺征那小子的把柄在我手上捏着呢，要让他作证，把我从发病到失智的时间稍微往前推一点儿是再简单不过的事了。"

邵敏的脸色阴晴不定，邵杰一时拿不准她的态度，于是继续说道："这样一来，我就可以重新支配自己的资产，而你和童童作为我的法定继承人，当然也不用再担心钱的问题了。"

"爸，没想到这么多年过去了，你还是老样子。那场病几乎把你脑子里所有东西都抹掉了，却唯独漏掉了对金钱的渴望。"

"这有什么不好呢？我老了，但你还年轻，童童还小，你们比我更需要它。"

"够了！无论是邵义还是我，在你眼里都只是可以利用的工具。现在你竟然还想把童童牵扯进来，我决不答应！"邵敏声音不大，但显然正竭力控制着自己的情绪。在她扭头离去时，邵杰隐约看到晶莹的泪光一闪而过，倔强的样子和当年如出一辙。

他又一次逼走了自己的女儿。

四

邵杰本以为胜券在握，没想到邵敏的态度竟这样坚决，不给他一丝讨价还价的余地。邵杰自问诚意十足，已经给出了让双方利益实现最大化的方案。可这套逻辑在商业上的成立,并不代表父女间的感情也可以如此维系和交换。从前他无法用利益逼迫邵敏就范,现在邵敏同样也不会被他许下的利益所诱惑。作为一个父亲,邵杰从来不知道女儿真正需要的是什么。

气急败坏地端起咖啡一饮而尽,邵杰被烫得眼泪直流。久别重逢的思念竟冷却得比一杯咖啡还快,他狠狠地擦了把脸,招来一辆出租车,准备返回住处重新思考对策。

"先生,请明确指出您的目的地。"

"无法识别,定位失败。"

……

"试错次数已达上限,系统锁死,请您立即下车。"

车载电脑的合成音惊醒了后座的邵杰。他浑浑噩噩地下了车,茫然四顾,猛地发现自己到了一个完全陌生的地方。

早在四十多年前,邵杰就与第一代建设者们来到了这座城市。他们亲手将它从一个闭塞的村落一步步建设成了如今的样子。虽然历经数轮大拆大建,但邵杰仍然熟知它的每条街道,每个角落。他做梦也想不到自己有一天会在这里迷路。

面对这一窘境,邵杰理所当然地归咎于邵敏。他已年近七十,低三下四地拉下老脸却依然换不来女儿的顺从,这怎么能不让人失魂落魄?

邵杰怨恨着,咒骂着。

直到向路人寻求帮助,可他连小旅馆的具体位置都无法表述清楚时,邵杰才意识到问题可能出在了自己身上。

耗费了数倍于往常的时间,在几个热心人士接力似的帮助下,邵杰终于在夜幕下磕磕绊绊地回到了他唯一的栖身之所。此时后背已经被冷汗浸湿了,刚刚脱离黑暗之际,邵杰不是没想过治疗失效的风险,但贪欲蒙蔽了理智,这段时间他东奔西走,几乎是下意识地回避了这种可能。

强烈的幻灭感扑面而来。邵杰发现,从苏醒的那一刻起,他已经得到了这世上最宝贵的东西,自己却将它挥霍在了永无止境的身外之物上。

如果时间能就此停留该多好啊,哪怕贫穷,哪怕卑微,但他至少还有自我。邵杰双手抱头,忍不住痛哭起来。

过了许久,邵杰终于累了,声音渐渐低沉。黑漆漆的房间里只能隐约看到他不时因哽咽而微微颤抖的蜷缩背影。这和他坠入深渊前何其相似啊,都是这样渐趋无声,都是这么束手无策,令人绝望。就在这时,一束白光陡然出现,在墙面上徐徐展开,仿佛于幽闭窒息的空间内打开了一扇逃生之门。

邵杰周身一震,跌下床来,发现光束的源头竟是架悬停在半空,逼真至极的蜻蜓无人机。是谁让它来到这里的?它又想向自己传递什么信息呢?

"邵总,我很理解你现在的心情……"刚投影出的人像还有些模糊,看不清面孔,但熟悉的声音已经被邵杰认了出来。

"贺征!原来是你个狗娘养的在捣鬼!你究竟对我做了什么!"邵杰瞬间失控,歇斯底里地吼道。

"邵总,请您冷静一点,我知道您对我有很多误解,但不管您信不信,从始至终,我都在试图帮助您。"面对前雇主的辱骂,贺征没有反驳,反倒摆出一副问心无愧的姿态,连恭敬的称呼也和从前一般无二。

"好啊,好得很!那你是怎么帮我的呢?"邵杰怒极反笑,同时心底也盘算着如何从贺征嘴里套出更多话来。

"其实您偷跑出医院后没多久,我们就锁定了这个地方。在您昏迷的短短几年时间里,人工智能的发展已经完全改变了搜索的模式。"贺征指了指邵杰身后的蜻蜓无人机。

"哼,是我这把老骨头跟不上时代了。那你们怎么不早点动手,反而由着我四处活动?就不怕我把你们干的勾当捅出去吗?"此时邵杰已经恢复了冷静,比起邵敏来,他还是更适应这种与贺征讨价还价,不断试探对方底线的谈判方式。

"钱丽确实怕得要死,但我知道您是个聪明人,绝不会因为一时的义愤冲动行事。我承担不起非法实验被曝光的后果,但您同样也不希望苏醒的消息被散播出去,特别是传到您监护人那儿吧?"

"没错,但你要的难道只有这些?说吧,我会视你的坦率程度决定咱们的合作是否还有必要继续下去。"病人面对医生通常处于弱势,但见惯了大风大浪的邵杰显然不这么认为。

果然,贺征面色一窘,随即苦笑道:"真是什么也瞒不过您。针对您的疗法完全是开拓性的研究,不但经费吃紧,伦理上还面临不少困扰。所以我只能在前期数据积累不足的情况下匆忙开展人体实验。先期的治疗效果很好,但正因为它是全新的,后续发生任何情况都有可能。我需要持续观测您在不受干扰的环境下的状态,以完善数据,确认疗效。"

"但是……我建议您还是跟我回去,接受详细的检查吧。"贺征言辞恳切。

"看来我担心的事还是发生了。"邵杰听出了贺征的弦外之音,不禁叹息。

"从我目前观测到的情况看,手术过后,植入的新组织大部分都成活了,没有发生排斥反应。接着您很快苏醒,记忆和意识也得以保留。如果从您私自离开医院算起,这个阶段已经维持了六个多月。"

"是七个月零三天。"邵杰一板一眼地纠正了贺征,又补充道,"但最近一个月,我已经连续出现了近事遗忘和地理位置定向困难的症状。"

"现在我还无法判断这些症状到底是暂时的、反复的,还是渐行的、不可逆的。或许是我们杯弓蛇影了也说不定。"贺征的话明显底气不足。

"这些都是阿尔茨海默病早期的典型症状。它们第一次出现时我没在意，但这次不会再错了。"毕竟算是"死"过一次的人，邵杰的承受能力比一般人强得多，他亲手揭开了这个可怖的伤口。

"贺征，我还有最后一件事想问你。"沉默良久，邵杰虚弱地问道。

"邵先生您尽管问，我一定知无不言，言无不尽。"贺征连连点头。

"在失能卧床的这几年里，我的亲人是怎么对待我的？"邵杰还心存一丝幻想。

"啊……这个嘛，说实话，在您身边工作这么久，您跟邵敏关系不好我是知道的。但我也不太理解您安排邵义做你监护人的做法。他那副唯唯诺诺的样子实在不像能管好这么大笔财产。更何况现在这老龄化社会连子女都未必靠得住，他还只是您的侄子。"贺征顾左右而言他。

"后来呢？"邵杰还不死心。

"唉，刚开始邵义还算尽心，但很快就只有护工来了。又过了一阵子，专门的护工也没请了，最后连疗养院的开销都断了。"

"邵敏也是这样吗？"

"这倒没有，但她来了几次后，邵义就不乐意了。而且网上还出现了指责邵敏不赡养父亲，老人意定公证给侄子后又来争产的言论。她当时正怀着孕，怎么受得了这样的网暴，听说差点儿流产。这之后就再没见过她了。

"也正因为这样，当钱丽推荐你来充当志愿者时，我想都没想就答应了。我承认我有私心，特意要找一个没有家属看护的病人，这样就算实验失败也没人追究。但我了解您，即使风险再大，让您自己选的话,您也会赌上一把吧。"

面对邵杰的逼问,贺征只好据实相告。

"谢谢你,贺征。我跟你回去。"邵杰笑中带泪,百感交集。

回到医院,邵杰非常配合地完成了各项针对阿尔茨海默病的检查和测试。他能从贺征的神情中看出病情的紧急程度,但他反而放松了下来,因为一些事情在他心中已经有了答案。

结果很快出来了,贺征攥着报告,眉头紧锁——奇迹并没有发生。

"和之前被切除的病变组织一样,新植入的组织也出现了萎缩,并且速度大大加快了……"

"手术?据我所知,AD[1]目前已知的致命因子主要是Aβ蛋白[2]形成的淀粉样蛋白斑和tau蛋白[3]异常形成的神经纤维缠结。其中淀粉样蛋白聚集形成的老年斑会对神经元产生毒性作用,而过度磷酸化的tau蛋白形成的神经纤维缠结则会导致神经元突触丢失,进一步加剧大脑神经的退行性变化。但这两者的作用机制都是分子级别的,广泛分布于神经细胞内部。所以之前我服用的靶向药大多是针对这两种蛋白以及和它们有关的酶,从没有听说过手术治疗的方案,这和开刀清除不了病毒是一个道理。"所谓久病成医,刚刚患病时,邵杰翻阅了不少资料,对AD了解颇深,贺征实验的疗法的确闻所未闻。

"是的,AD的致病因素非常复杂,作用层面又极为微观。因此,以当前分子生物学的整体水平,开发出的药物多为单靶点,只针对某一致病因素或发病机制,效果很差。既然如此,我们为什么不换个思

---

1. Alzheimer's disease,阿尔茨海默病的简称,即老年痴呆症。
2. β-淀粉样蛋白(amyloid β-protein,Aβ),由多种细胞产生,循环于血液、脑脊液和脑间质液中。Aβ的沉积不仅与神经元的退行性病变有关,还会激发一系列病理事件,是AD病人脑内老年斑周边神经元变性和死亡的主要原因。
3. tau蛋白广泛分布于神经系统的神经细胞中,是用来稳定作为神经细胞骨架的微管的重要成分。它与许多神经退行性疾病密切相关,是一种重要的生物标记物。

路,避繁就简呢?"说到这里,贺征的语调不自觉地高亢起来,看来接二连三的挫折并没有动摇他对新疗法的信心。

"大脑能怎么个简化法?"众所周知,大脑是人体内最复杂的器官之一,贺征的思路当然不能算错,但要做到又谈何容易?

"这就说来话长了,让我们回到原点吧。AD的显著表现为意识损害和记忆丢失,在病程中,关于它们的渐行性病变存在两种观点。其一是意识和记忆随生理基础——即病变组织——的凋亡而彻底消失了;其二是它们仍然存在,或是转移至其他脑区,或是留有备份,但因组织损伤而被抑制了,无法表达。"

贺征见邵杰听得认真,停了一下,又接着说道:"我个人倾向于第二种观点,虽然没有直接证据,但过往很多脑部损伤的病例都间接证明了大脑具有非常强的代偿功能。基于此,我认为大脑本质上是一个电路,而且是带程序的复杂电路。在这个分布式系统中,各脑区相当于电路布线,构成了基本的机械结构。而放电程序应该就储存于脑组织的细胞里。AD侵害的是人体的高级神经中枢,低级神经中枢则基本不受影响。那么,如果制造一个模拟大脑放电模式的小型电子脑,再在其中特定的存储单元中移植患者与意识、记忆相关的正常细胞,就可以模拟不同人特定的神经电活动。待体外培育成熟后,再接回低级神经中枢上便可以恢复患者的意识和记忆,从而达到治愈AD的目的。"

"就这么简单?"邵杰难以置信地问道,他总感觉有什么不对的地方。

"对,就这么简单。"贺征言之凿凿,"您是不是觉得我讲得和科幻小说一样离奇?实际上这项技术在其他方面早有应用,我也是由此得到了启发。"

说着,贺征打开电脑,点开了一个PPT,介绍起一台植入心脏起搏器的微创手术。邵杰了解到,这台手术的关键设备——心脏起搏器,不过一颗维生素胶囊大小,可以直接安在心脏内部。从某种意义上说,它就是个模拟心脏放电的装置。

"心脏的机械运动和水泵类似,它的放电模式应该是比较单一的。这如何能和大脑活动相比呢?而且这种复杂程度上的指数级增长,最终一定会产生质变……"邵杰感觉自己已经触碰到了问题的关键。

"我在电子脑中进行体外培育时只选取了与意识和记忆相关的组织,并不是完整的大脑。这样一来,运算量就控制在可以接受的范围内了。比如现在您颅内的这个,它的大小就和一节五号电池差不多。"

"不过,您的担心很有远见。"贺征的笑容看起来有些怪异。

"啊……"邵杰呻吟一声,倒回座位,遍体生寒。电子脑通过培育脑组织,模拟大脑的放电模式,积累到一定程度后重现的意识和记忆虽然如假包换,但到底是属于自己的,还是属于这个人造物的?它是依附于大脑,还是已经成为具备自主意识的机械生命?

五

震惊过后,邵杰又释然了。对于朝不保夕的他来说,纠结这个问题已经没有太大意义了,他只希望时间的脚步能放慢一点,让他来得及去弥补这一生的遗憾。伦理上的争议就让科学家们去操心吧,因为任何技术只要被发明出来,被应用就是迟早的事。即使没有贺征铤而走险,总还会有其他人抵不住诱惑去尝试,这是人性使然。

与贺征达成谅解后,邵杰的配合度大为提高,实验进度也加快了不少。贺征每隔几天就会跟他交流最新进展,再结合病情调整治疗方案。但这一切都无法阻止邵杰滑向深渊。他对近事的遗忘越来越严重,仅仅不到一个月,邵杰就快记不起自己是怎么回到医院的了。贺征知道他们必须和时间赛跑，一旦邵杰的记忆退回到刚离开医院的时候，他能否再继续配合自己就很难说了。

这天，贺征来到了邵杰的病房，神色凝重地告诉他："我想，我找到通过手术治疗而恢复的意识和记忆在一段时间后再次衰退的原因了。"

邵杰倚靠在病床上，正拿着一张邵敏小时候他们一家三口的照片看着。听到贺征的话，他不舍地抚摸着照片，露出迷茫的神情。贺征对此习以为常，耐心地等待了几分钟，直到对方的目光恢复清明。

"不好意思，"邵杰无奈地笑笑，"要想起刚刚发生的事对我来说越来越难了，咱们直入主题吧，我的时间不多了。"

"自1910年阿尔茨海默病被正式命名以来，一百多年过去了，人类所有的应对之策都是从改善症状着手的，包括我所谓的新疗法。大脑就像一座幽深的迷宫，迄今为止，AD最底层的发病机制仍有不少环节未能探明。我曾以为可以另辟蹊径绕过去，但现在看来是行不通的。"

"AD的致病因素不是淀粉样蛋白沉积和神经纤维缠结吗？"邵杰不解地问。

"不，它们只是更深层次病因的表象。"贺征否定得斩钉截铁，但又迟疑道，"有种说法称，AD起源于表观遗传的变化和基因在长期工作中的错配。因为它充其量只能算个猜想，太过笼统和玄乎，所以我之前从没有往这方面认真考虑过。但现在，它几乎完美地解释了您的病程，实在由不得我不信。"

"您可以理解为另一种意义上的癌症。"或许意识到自己说得过于专业，贺征连忙解释道。

"这跟你在电子脑中培养的相关细胞有关？"邵杰终于认识到了问题所在。

"虽然我认为意识和记忆在大脑中的存在不是唯一的，但随着疾病的发展，脑组织受累愈发严重，只有想办法尽可能地多保留完好组织，才有助于电子脑的工作。这就要求在电子脑中培育的组织快速成熟，至少也要赶在脑组织被彻底损坏之前才行。而培育的组织中，很大一部分选用的是神经胶质细胞，我用技术手段刺激了它的生长。"贺征以手扶额，自言自语道。

"神经胶质细胞……异常增生……天啊，你真是个疯子！"邵杰忍不住惊呼，贺征所说的，不就是神经胶质瘤吗？

"不，不，邵先生，您误会了。这种加速生长是良性的，到目前为止也没有失控的迹象。真正的问题在于，电子脑在记录这部分组织放电模式的同时，又反馈于原有脑组织，很可能一并触发了表观遗传变化和基因错配的加速按钮。这会导致淀粉样蛋白沉积和神经纤维缠结在新组织中以更快的速度形成，您的意识和记忆也将随之衰退。归根结底，我的疗法不过是饮鸩止渴。"贺征垂头丧气地说。

"与其像行尸走肉一样活着，我宁愿选择喝下这杯毒酒！"邵杰突然激动地扬起了双臂，好像在迎接什么。

"那么，贺医生，请为我再做一次手术吧！"

"什么？这绝对不行！"这次，连胆大妄为的贺征都被吓住了。

"如果我理解得没错的话，按照你的理论，只要我的脑组织没有被全部破坏，这项手术就是可以重复的。"邵杰慢条斯理地说道，仿佛在讨论一件与自己无关的小事。

"话是这么说没错，但在大脑深层次运作机制尚不明晰的情况下重复手术，你知道风险有多大吗？我甚至连动物实验都没做过！第一次是我被名利蒙了心，结果就出了这么多岔子，我不能再让你冒险了！"

邵杰看得出来，贺征是真心为自己好，也是真的后悔了。但在体会过光明的滋味后，他又怎么可能甘于黑暗呢？

"你们这些科学家做实验讲究的就是可重复性，既然已经开了头，哪有半途而废的道理？再说了，第一次手术你都私下里做了，这第二次可是经过了我同意的。"

不得不说，病中的邵杰依然是个人精，简单的一席话就把贺征实验前后的矛盾之处全挑明了。贺征张口结舌，一时间竟不知如何反驳，只得勉强答应了他的要求。

直到被推入手术室前，邵杰才终于露出了脆弱的一面。他拉住贺征的衣袖，有些紧张地问道："我这次动手术，身边也没个家人陪着，你能不能跟我说实话，最坏的可能是什么？也好让我有个心理准备。"

"从现在起，我们就将向现代医学未能涉足的领域进发了。前方是一片迷雾，没人知道等待我们的会是什么。"

感觉到邵杰的手明显握紧，贺征想宽慰两句，但又不知从何说起。麻药缓缓地起了作用，这双曾什么都想抓住的手终于松开，无力地虚张着，空空如也。

好在有了第一次的成功经验，这台手术进行得非常顺利。没过多久邵杰就可以下床活动了，意识和记忆也完好如初——至少表面上是这样的。

闯过鬼门关的他喜不自胜，跟贺征保证了会定时回来复查后，便乐呵呵地办理了出院手续。

比起之前逃离时的狼狈，这次邵杰是自己光明正大地走出了医院。但他不会再天真地认为病魔已经远离了，因为短暂，所以珍惜，他必须抓紧时间去做真正有意义的事。

六

之后邵杰遵守了与贺征的约定。一个月，两个月……贺征祈祷着,希望他能靠顽强的意志一直坚持下去。但到第四个月时,该来的还是来了。

邵杰比原定的时间晚到了一周,而这时的他除了还记得要找贺征做手术外,基本上已经糊涂了。贺征别无选择,硬着头皮把驾轻就熟的手术又做了一遍。

苏醒后的邵杰果然再次恢复了记忆,他还跟贺征打趣,说自己的脑子越来越小,贺征的胆子倒是越来越大了[1]。

这样局面只维持了不到两个月。令贺征稍有些意外的是,这次邵杰不再是孤身一人了,邵敏全程都陪在他身边。邵敏告诉贺征,童童跟外公相处得很好,而自己也重新接纳了他。重归于好后,邵杰告诉她的第一件事就是一旦自己病发,务必把他送到这里来。

他是不想拖累邵敏和童童啊。贺征终于明白邵杰为何甘愿冒着一睡不醒的风险也要坚持手术了。几乎耗尽了一辈子,他终于在意识即将彻底消散前把握住了人生最宝贵的东西。此刻的他,比从前任何时候都要清醒和满足。

不过,在邵杰这次手术后昏迷的期间,还是发生了一段让贺征提心吊胆的插曲。本质上,贺征的逻辑还是学术性的。因此,虽然他开展这项实验的目的并不纯粹,但在取得邵杰谅解后,他担忧的重点已经转向了新疗法的实际效果及预后。令他措手不及的是,久未联系的钱丽却在此时打来了电话。

"贺教授,邵义来疗养院了!不管你对邵杰做了什么,但现在,立刻、马上把他给我送回来!"

"他怎么偏偏这个时候出现了,是不是听到了什么消息?你先应付下,我马上带邵先生过来。"贺征一时也慌了神。

"快点儿!邵义已经起了疑心,我拖不了太久。对了,记得把手

---

[1]. 脑萎缩为阿尔茨海默病的常见病理表现。

脚处理干净,千万别拉我下水!"钱丽气急败坏地挂断了电话。

事急从权,贺征在最短的时间内小心翼翼地清理了邵杰手术的痕迹,又给他套了顶毛线帽遮掩伤口。这些手段聊胜于无,但凡邵义真的在意老人,肯定是瞒不住的。贺征只能在心里暗暗祈求他不会突然良心发现。

"哟,邵先生今天怎么有空过来了啊?"贺征走入病房,故作镇定地笑道,指挥两个护工将邵杰抱上床。

"你们刚把老头子弄哪儿去了?我听说邵敏来过。"邵义对贺征言语中的讽刺充耳不闻,也懒得多看邵杰一眼。

"邵老最近的状况不太好,阿尔茨海默病发展到晚期会诱发多种并发症。你应该清楚,医院比疗养院更适合处理这类问题。前不久,我已经跟钱院长打过招呼了。"贺征冲欲言又止的钱丽使了个眼色,她无可奈何地默认了。

"哼,贺医生,我劝你不要多管闲事。老头子这病,哪天走了对大家都是个解脱。我不晓得你们是不是跟邵敏通了气儿,但她这会儿来争已经晚了。除非她还想像以前那样,再到网上被人戳着脊梁骨骂一遍。"邵义皮笑肉不笑地威胁道。

"那,邵先生,你看能不能把拖着的费用结一下?"钱丽适时地插了句嘴。

"这个回头再说。"邵义面色一窘,又满是怀疑地打量了贺征几眼,便急不可耐地离开了疗养院。

"唉……"看着他离开,贺征和钱丽同时松了口气。

"可吓死我了,万一病人刚刚醒了,我看你怎么圆!"钱丽心有余悸地说。

"是我把邵义变成这样的,从前是多老实一孩子啊,但他想伤害小敏,我决不答应。"病床上的邵杰喃喃自语,紧闭的眼角淌下一滴浊泪。原来,他早就醒了,只是默默地配合着贺征和钱丽演这出戏。

尾　声

又过了一段时间，邵敏带着邵杰再次找到了贺征。邵杰又陷入了呆滞，不过邵敏的精神状态还算不错，看来她并没有被接踵而来的变故击倒。

"邵义没再找你麻烦？听他上次在疗养院的意思，你第一次被网暴就是他操纵的。"贺征不由得替邵敏担心。

"不会了。我已经和他摊牌了，爸爸也原谅了他。你可能不知道吧，邵义控制了爸爸的资产后做了不少生意，可惜他没有爸爸的眼光，这些投资全都打了水漂。现在爸爸对他来说就是个纯粹的负担，他哪里还有心思来跟我争什么监护权？"邵敏摇了摇头。

"什么？那么多钱都让他败光了？但我听邵先生说他们一家人过得可是很有排场的。"贺征大吃一惊。

"呵，那全是装出来的假象。我记得小时候爸爸也有过类似的表现。那时他投资的几个项目都停工了，公司资金链几乎到了崩溃的地步，但他还是照样住最好的酒店，让我念最贵的学校。他得强撑着演下去，只要能唬住投资人，早晚会有人来接盘的。"

邵敏说得通透，贺征不禁佩服起她来。他很清楚，对于罹患阿尔茨海默病老人的家属来说，经济上的负担尚在其次，但日复一日的精神消耗却是个无底洞。他们得像对孩子一样照顾父母穿衣吃饭，甚至连大小便都需要打理。可做完这一切后，他们面对的往往只是一声不知所措的"你是谁？"。几十年独一无二的记忆与联系就此被病魔清零，那种绝望可想而知——如同一场看不到尽头的葬礼。

贺征曾建议邵敏把邵杰体内的电子脑取出，理论上，它保存有邵杰所有的记忆。但邵敏不出所料地拒绝了，因为在她眼里，父亲是个活生生的人，而不是台冰冷的机器。

说到底，这父女俩都是那种执拗顽强，不愿放弃的人啊。

那就陪他们一起走下去吧！贺征心想。经过一次又一次的手术，邵杰脑细胞深处隐藏的加速机制已然失控，每次手术后他能保持清醒的时间也越来越短。从一个月到二十天，再到半个月……贺征上学时看过一篇名为《一日囚》[1]的科幻小说，讲述了一个囚犯被困在一天之内无限循环的故事。那个囚犯最后是逃了？还是死了？小说的结局他记不清了。邵杰的境遇与小说的主人公恰恰相反，属于他的时间越来越短，终归会无限接近于零，但每一段时间对他来说，都是新鲜和宝贵的。这到底是幸运还是不幸？贺征也不知道。

然而大脑再次向贺征展示了它的深不可测。在邵杰清醒的时间已经压缩到不足一周时，贺征为他做了最后一次手术。

"淑芬，我等你和小敏好久了，我们回家吧。"手术后的邵杰喃喃自语道。

"爸把我当成妈妈，把童童当成我了。"

"这种情况已经持续好一段时间了，除此之外，他什么也不记得了。"

邵敏和贺征面面相觑。看来，在疯狂的加速和消退后，邵杰的记忆永远地停留在了这个节点。

"走，我们回家。"邵敏泪中带笑，挽起邵杰。

"妈妈，你看这个！"童童从枕头底下翻出一张照片，是那张三口之家的合影。

邵敏接过照片，泪水止不住地往下掉，在它的背面，歪歪扭扭地写着一行字——"愿时间在此停留"。

---

1. 科幻作家柳文扬所创作的短篇科幻小说。

诡　城

Ghostly City
2019年7月，发表于公众号"八光分文化"

一

"请输入密码。"刷卡机发出的电子提示音让安杰一时有些恍惚。

三年前,也是同样的场景。那时,安杰和妻子来到X城已经五年了,女儿安然也两岁了。安杰是一家网络安全公司的程序员,收入还算不错,夫妻俩本已凑够了买房的首付,但因为安杰上大学时稀里糊涂帮同学申请的一笔消费贷款产生了逾期,没法再申请贷款,眼看着就要违约。房屋中介便暗示安杰和妻子离婚,由安杰妻子出面贷款。他魔怔般地听从了这个荒唐的建议,满心想着等贷款买房的事办妥后再跟妻子复婚,但等来的却是妻子的背叛。她早就受够了拥挤的出租屋和只顾加班的安杰,为了逃离这种生活,她决然地抛下了丈夫和女儿。

"先生,先生?"售楼小姐的提醒将安杰拉回了现实,他自嘲地笑了笑,输入了密码。生活总还是要继续,眼看着女儿已经五岁了,马上就要上小学,安杰不得不再次考虑起买房的事。即使没有那场假戏真做的闹剧,三年时间X城飞涨的房价也早就断了安杰的念想。他把目光投向了邻市Y城,一座有着美丽海岸与沙滩,却人口稀疏的小城,更重要的是,当地的房价还不到X城的三分之一,安杰挑了一个风和日丽的周末,坐上了开发商专程接送看房团的大巴。驶上沿海高速后,路边开始密集地出现楼盘广告:给你一所房子,面朝大海,春暖花开;品质配套,十二年制一贯教育;全屋精装,全国首家独立智能社区……大巴内的VR设备也适时打开,一片蔚蓝的大海无死角地呈现在安杰眼前,即使身在封闭的车厢内,也能感到一阵阵清爽的海风扑面而来。

安杰就陶醉在这样的幻境中,来到了Y城。进入市区前,大巴掉头一转,驶向了另一个方向,直到黄昏时分,才来到了楼盘——智慧海岸。在富丽堂皇的售楼处,一位干练的售楼小姐接待了安杰,还没等他开口,售楼小姐就塞给他一张表格,绝大多数方框被涂成了触目惊心的红色,只留下极少几处空白,是一张楼盘的销控表。

"先生,麻烦您尽快决定,咱们项目马上要清盘了,就剩这么几套,再犹豫就抢不到了!"售楼小姐催促道。

"没了?"连这里的房子都要抢了啊,安杰有些蒙,想了想,小声说道,"先带我看看样板间吧,麻烦了。"

"还要看?行行行!但好房可不等人!"售楼小姐颇有些恨铁不成钢的意思。

从售楼处出来,沙滩在夕阳下反射着柔和的光辉,白色的沙粒是那样细软顺滑。远处,几栋高楼已经封顶,其中唯一亮灯的房间便是样板间。

"怎么样先生,咱们这智慧海岸的沙滩很棒吧,这可是全世界最大的人造……哦,人居沙滩。"售楼小姐察言观色,看出安杰喜欢这片沙滩,一时得意忘形,差点儿说漏了嘴,好在安杰正像个欣喜的少年,丝毫没在意她的话。

"这沙滩好美,感觉像在发光一样。"安杰赞叹道。

"这我可要跟您好好说说了,这片沙滩可是优质的天然白沙滩,到时候这儿,还有那儿,都是咱们业主的私人领地。为什么咱们楼盘叫智慧海岸呢?因为开发商在原有沙滩的基础上,还投放了一层纳米颗粒,这些纳米颗粒外形和沙粒没有区别,但可以吸收太阳能、潮汐能,甚至您在上面行走产生的动能,经由小区主控电脑调配,配合我们全屋定制的智能家居,为住户和小区提供能源。以此为基础,整个小区的物业管理将彻底实现全天候、无人化的智能服务。"售楼小姐一口气说完,心想这个客户多半要拿下了,不禁窃喜。

"嗯!"安杰满意地点点头,他是一名互联网从业者,对这些新技术的接受度原本就比普通人要高。

进入样板房，房间南北通透，厅出阳台，正对大海。夕阳的余晖洒在海面上，波光粼粼但并不刺眼，一阵海风吹来，带着一丝咸腥，更多的却是清甜，这几乎就是安杰梦寐以求的房子。

"这房子好是好，就是位置太偏了，别说离X城，就是离Y城市区也很远，周边什么也没有，生活实在不方便。"虽说智慧海岸比X城和Y城市区的房价都便宜不少，但对安杰来说仍是一笔巨款，他不得不谨慎些。

"咱们智慧海岸可是大社区，您这还只是第一期，后面还有二期、三期、四期……到时候小区配套会逐步完善，自成一体，您生活中的一切都可以在小区内完成。就因为规划还没落地所以才便宜，等过几年，可就不是这个价了！"售楼小姐笃定的态度彻底打消了安杰的顾虑，他输完密码，用力按下了"确认"键。

看着付完房款满心欢喜离去的安杰，售楼小姐松了口气，蹲下身在角落里找到全屋VR投影设备的电源关掉，结束了一天的工作。

带着工业异味的浑浊海水冲刷着乱石礁，激起一层层黄黑色的泡沫，窗外的大海终于露出了它本来的面目。

二

安杰回到X城继续着自己忙碌的生活，心中默默倒数着交房的日子。但这天在公交上，一则新闻引起了他的注意：某房地产集团资金链断裂，董事长携款潜逃。而这家公司，就是智慧海岸的开发商！安杰心里咯噔一下，自己的房子会不会受影响呢？安杰在心里安慰自己，合同都签了，房款也全部付清了，不可能就这么不明不白地没了吧？这可是他全部的积蓄啊！

惴惴不安地回到逼仄的出租屋，安杰给售楼小姐打了个电话，但提示音却为空号。没办法，平时忙于工作加班的安杰破天荒请了个假，连夜赶往智慧海岸。安杰动作已经够快了，但没想到以往荒僻的楼盘现场已经挤满了人，大部分是像他一样从外地匆忙赶来维权的业主。他们拉起了横幅，喊着统一的口号，甚至有人情绪激动地倒在地上号啕大哭，但空荡荡的售楼处却无人回应，唯有海浪拍击着沙滩，发出沙沙的声响。不远处，数十栋尚未完工的烂尾楼密密麻麻地悚然矗立，如同怪兽的尸体般散发出腐烂的气息。安杰感觉自己仿佛陷入了一出滑稽的荒诞剧，一切都那么不真实……

　　几个月后，心急如焚的安杰总算等来了一个勉强能够接受的结果。他所购买的智慧海岸一期项目在开发商跑路前已经完成了产权登记，项目也通过了竣工验收，具备了交房的条件。虽然开发商之前承诺与后几期一并建成的配套设施大大缩水，拿到手的新房在关闭VR美化后也远不如当初那样惊艳，但比起买了后几期烂尾楼而血本无归的人，安杰觉得自己已经很幸运了。他将年迈的父母从老家接到新家，替他照顾女儿。而他则独自在X城重新租了一个单间，退掉了原来住的一居室。安杰工作的公司位于X城中心，即使在现代日新月异的交通技术下，到智慧海岸也需要三四个小时，他又经常加班，实在没法在那儿长住，只得开始了每周末在智慧海岸，工作日在X城的双城生活。

　　凌晨时分，安杰拖着疲惫的身躯回到了出租屋，明天就周末了，但他所在的项目组，这个月的KPI还没完成。临近年关，办公室弥漫着紧张压抑的气氛，每个人都在拼命地赶进度，生怕年终奖受到影响——在看不到尽头的加班中，这是他们唯一的盼头。安杰叹了口气，撑开折叠床躺下，接通了智慧海岸的视讯VR。即使身体被困在这个狭窄的鸽子笼内，但至少，先进的VR技术可以帮助他的灵魂跨越空间的限制，在一百多公里外的那个家中陪伴自己的亲人。

父母已经睡下了，为了帮安杰照顾孩子，两位老人放弃了老家安逸的生活，在人生地不熟的Y城忍受着孤寂。安杰心中一阵愧疚，制止了智能管家对两位老人的叫醒提示，他的VR幻影小心翼翼地穿过客厅，走进儿童房。儿童房的窗帘没有关严，皎白的月光通过海面映入房间，淡淡地照在六岁的女儿安然秀气的小脸上，是那样的纯洁无邪。虽然安杰没有发出一丝声响，但或许是父女俩心有灵犀，安然乌黑卷翘的睫毛微微一颤，醒了过来。

"爸爸！"安杰的突然出现驱走了孩子的睡意，那双明亮的眼睛中很快流出晨露般欣喜的光彩。

"安然乖，爸爸回来看你了。"女儿是安杰心底最柔软的地方，安杰不禁张开双手，一时忘了自己在这儿只是一个VR投影。虽然虚拟技术已经发展到将声、色、音、形模拟得以假乱真的地步，但它也许永远无法模拟一个父亲温暖的怀抱，眼看着女儿从自己的身体中穿过，安杰却无能为力。

发现眼前只是一个VR投影，安然流露出一丝失落的神情，但看到满脸慈爱却透着疲惫的安杰，安然反而懂事地安慰起爸爸来，"爸爸，没关系的，周末你就回来了嘛，我和爷爷奶奶都很想你呢。"

"宝贝，爸爸这周末还要加班，可能过不来了。等忙完这段时间，爸爸休个长假，一定陪你去游乐场好吗？"安杰满怀歉意地说道。女儿早就想去游乐场了，自己却一直抽不出时间，只能一次次拖延。

"爸爸你真好！"虽然爸爸的承诺不知什么时候才能兑现，但安然却忍不住地憧憬和期待起来。

"爸爸要走了，宝贝你快睡吧，要听爷爷奶奶的话哦。"安杰恋恋不舍地和女儿道别。

"嗯！爸爸晚安！"随着床前安杰的影像越来越淡，她甜甜地进入了梦乡。而在X城那间出租屋内，从VR视讯中离线的安杰也沉沉睡去。对他来说，家，就是家人在的地方，智慧海岸就是他的家，即使它那么偏、那么远，甚至连他的身体都无处安放。

安杰是幸运的，至少他和家人还有一个容身之所。但对于十岁的黑仔来说，"家"实在是个太缥缈的词汇，他只关心下一顿饭在哪里，今晚能不能找到一个暖和点儿的桥洞。与黑仔同行的几十号人显然和他有着相同的想法，这群衣衫褴褛的流浪者以孩子和老人为主，几天前，他们刚刚被另一帮年轻力壮的拾荒者从垃圾山赶了出来。他们不知道未来在哪里，只能行尸走肉般沿着海岸线麻木地前进，直到视野尽头出现了密密麻麻的高楼，他们才燃起了希望——有房子意味着有人，有人的地方自然会源源不断地产生垃圾，食物就有着落了！但他们走近才发现，原来这里只是一座空城，绝大多数高楼已经封顶，却还没来得及做任何装修就被废弃了，街道上空无一人，海风吹过，与空荡荡的大楼产生怪异的共鸣，像一群怪兽般将这些贸然闯入的可怜人团团包围，发出冷漠的嘶笑。

大伙步履匆匆，只有黑仔注意到了路牌，父母去世时，他刚上小学，路牌上的字都还认得，上面依次写着智慧海岸九期、智慧海岸八期、智慧海岸七期……最后，大家惊喜地发现，智慧海岸一期是有人居住的！虽然亮着的灯很少，但整洁的道路，修剪过的花草以及附近的垃圾站都显示这个社区仍在正常运转。

就这样，流浪者们终于找到了一个理想的落脚点，那些烂尾的高楼有足够的地方居住，一些废弃的建材还可以收集起来卖掉。他们谨小慎微地和智慧海岸一期的居民保持着距离，只在需要食物时，才会前往垃圾站，那里只有几个机器人在不知疲倦地工作。

三

爸爸已经好长一段时间没来看自己了,爷爷奶奶和其他老人没日没夜地待在小区里的社康中心听那些养生VR讲座,也已经好几天没回家了,智能管家可以很好地照顾孙女安然的生活,所以老人也不怎么操心。

而安然早就习惯了这种孤独,吃完智能管家准备的晚餐,安然蹦蹦跳跳地出了门,今天的捉迷藏游戏马上要开始了。

小区的住户以孩子和老人为主,孩子们白天必须在家中登录VR课堂,参加各种教育培训或课外辅导,到了晚上,大多数孩子宁愿继续留在VR世界中打游戏也不愿意走出家门。但活泼敏感的安然却不喜欢那些逼真精致的虚拟世界,她更愿意用自己的双脚踏踏实实地感受泥土的柔软,远处海面刮来的一阵阵咸腥的海风,她享受在花草树木间奔跑、出汗,发现新世界的快感,因为这感觉是那么的真实。

和安然一样逃避虚拟世界的孩子还有几个,晚上儿童乐园里的捉迷藏游戏是这群小伙伴为数不多的共处时间。最初,孩子们猜拳决定谁来扮鬼,"鬼"捂上眼睛从一数到一百,其他孩子则趁这段时间各自找地方藏起来,如果在规定时间内"鬼"找到了所有人,那他就赢得了游戏,但如果有人能不被发现,胜利就属于那个最终没被发现的孩子。一次游戏中,扮鬼的孩子找到了其他所有人,唯独没发现小胖,等到游戏时间结束,小胖确认获胜后也没有出现。所有人都不知道小胖藏在哪儿,直到第二天一早,小区内巡查的安保机器人才在游乐场角落里一座废弃的滑梯下发现了他,这个懵懂的胖小子藏起来后居然打起了瞌睡,就这样迷迷糊糊地冻了整整一夜,好在除了感冒发烧倒也没什么大碍。这件事后,为了安全起见,小区的管家机器人"阿尔法"也参与到游戏中来，每次都由它来扮鬼，孩子们则乐此不疲地发挥着自己的想象力，寻找各种奇奇怪怪的藏身处。

"咦，小胖今天怎么没来？"孩子们聚拢在一起后，安然疑惑地问道。

"昨天大伙都藏得很好，就小胖傻乎乎地被铁皮脑袋抓到了，这会儿肯定在家哭鼻子，都不好意思来玩了。你说对不对呀，阿尔法？"另一个孩子阿明嘻嘻哈哈地逗阿尔法。阿尔法暗红色的电子眼微微一闪，没有回答。

"好啦，少他一个也没关系，我们自己玩吧！"阿明讨了个没趣，招呼大家游戏开始。阿尔法照例背过身去，倒计时一百秒。

"快藏起来！"孩子们一哄而散。跑远前，安然回头看了一眼阿尔法，它的电子眼已经关闭了，黑漆漆的毫无生机，和往常一样如石像般僵硬地杵在原地。不知怎么，安然感觉阿尔法今晚很奇怪，刚刚阿明开玩笑时它就像一个做贼心虚的小偷。倒计时的声音提醒安然一百秒很快就到了，她连忙爬进了游乐场中一艘海盗船内。难道阿尔法知道小胖为什么没来？它是不是在隐瞒什么？不对，爸爸说过机器人都是由设计好的程序控制的，它根本不会撒谎。安然打断自己的胡思乱想，凝神屏气，紧张地留意周围的声响，却只听到自己扑通扑通的心跳。

没过多久，阿尔法沉重的机械脚步声渐渐响起，随着游戏次数的增加，它的数据库轻而易举地锁定了孩子们以往爱藏的几个位置，开始一处处检查，孩子们要赢得游戏慢慢变得越来越难。

"找到你了。"海盗船外传来阿尔法死气沉沉的电子合成音。

透过船舱底部的缝隙，安然偷偷向外望去，只见一个男孩垂头丧气地跟在阿尔法身后，是阿明，没想到他这么快就被阿尔法发现了。就在这时，阿尔法突然回过头来，暗红色的电子眼像两点鬼火般对着安然躲藏的方向一扫而过。

"啊!"安然几乎以为自己也被发现了,吓得往后一坐,紧紧捂住自己的小嘴,不敢再发出一丝声响。直到游戏时间过去了好一会儿,安然才慌慌张张地跑回了家。

虽然有些害怕,但第二天,孩子爱玩的天性还是让安然忍不住继续参加捉迷藏的游戏,奇怪的是,阿明今天也没来。

连续几天下来,安然发现了异样:每次在游戏中被阿尔法发现的孩子,第二天总会退出游戏,一段时间后才会悄无声息地重新加入。安然好几次想找小胖和阿明问个清楚,但他们总是表情木讷地待在角落,像是有意避开其他孩子。更让安然毛骨悚然的是,随着游戏不断进行,像小胖和阿明一样的孩子越来越多,以往熟悉的玩伴逐渐变得陌生,安然感觉自己掉进了一出哑剧,幕后那只手操控小伙伴们像木偶一样配合着自己的表演,而很快,自己也会被换成一个一模一样的提线木偶……

"啊!"安然发出一声惊叫,原来是一场噩梦。

天还没亮,四周寂静得吓人,只有远处海浪不断冲刷海滩的声音若隐若现。安然轻手轻脚地走进爷爷奶奶的房间,果然,爷爷奶奶都不在。安然默默躺回自己床上,她知道,等她再次醒来时,可口热乎的早餐一定会出现在餐桌上,就像爷爷奶奶刚刚做好便出门了一样。

安然很想爸爸,可不知为什么,爸爸连VR影像都好久没出现了。安然不愿意再和阿尔法玩捉迷藏了,她感觉哪怕回到了家里,游戏仍在继续进行……她躲在自己的房间里,总有一天会被发现。想到这儿,她使劲将头缩进被子,终于抵挡不住困意,蜷缩着身子沉沉睡去。

而这时,安然与奶奶只有一门之隔。

"滴滴,滴滴!"几小时前,伴随着一阵闹铃,安然的奶奶从VR养生课堂中猛地惊醒了。老伴有高血压,每天必须按时服药,她特意在智能手环上设置了这个提醒闹钟。她摘下VR头盔,感到一阵眩晕,课堂里那些所谓"治疗"的效果并没有想象中的好。

"老头子,该吃药了。"她推了推躺在旁边按摩床上,仍在VR课堂里没有下线的老伴。叫了好几次,老伴却没有任何回应,她一急,一把扯掉了老伴头上的VR头盔。

"你干什么,我还要听老师讲课,再做些治疗呢!"被强制下线的老人手足无措,有些恼火。

"听课听课!药都不吃,还治疗什么!快跟我回家,把安然一个人丢在家怎么行?"老太太急道。

"有智能管家伺候呢,别瞎操心了!你快跟我一起听课,咱俩身体好了,少吃点药,少住些院,儿子负担也轻些。"老人精神萎靡,却还对养生讲座念念不忘,不等老伴阻止,又戴上了VR头盔。

"你这是着魔了啊!"安然的奶奶又气又急,却再也叫不醒老伴。看看周围其他老人,他们也和自己的老伴一样戴着VR头盔直挺挺地躺在按摩床上,整个会所安静得像一座坟墓。她感到后脊背发凉,跌跌撞撞跑出了会所,也不知自己在里面待了多久,外面已经夜深了。老太太打开手机,想让儿子安杰回来看看,却无法接通,而小区地处偏僻,需要工作养家的年轻人没法常住,这时连个可以帮忙的人都没有,只能等明天一早去外面求助了。

先回家看看安然!老太太惦记孙女,忙折回家,快打开门时,听到邻居家传来电脑游戏的声音。对,可以找他帮忙!隔壁邻居是一个小伙子,拿父母的钱买了这套房子,好像也没有什么正经工作,整天只知道宅家里玩游戏。也许可以让这个小伙子帮忙明天一早带她们去外面求助。

按了好一会儿门铃,门终于开了,却把老太太吓了一跳。只见枯瘦如柴的小伙子戴着VR头盔站在门口,双手在虚空中胡乱比画着,虽然是夏天,他却穿着厚厚的棉衣,似乎完全不知道冷暖。

"按我家门铃干吗?我忙着呢!"小伙子没有摘下头盔,双手动作不停,怒气冲冲地说道。

看小伙子的态度,恐怕指望不上他了,老人正准备离开,小伙子却仿佛透过VR头盔看穿了老人的心思,嘿嘿一笑道:"你是不是联系不上外边?我家里的VR视讯还可以用,进来吧。"

此时,远在X城的安杰刚刚加完班回到出租屋,他登录VR视讯设备,再次试图连入智慧海岸的内部网。作为业主,安杰拥有智慧海岸VR视讯内部网的大部分权限,以往他可以随时通过VR影像分身的形式回到家中,陪陪安然和父母,但最近智慧海岸的内网有些奇怪,频繁掉线不说,这两天甚至都无法从外部连接。网络连接异常的提示一次次出现,安杰隐隐感到一丝不安,这不像一般的网络故障,安然和父母在家应该都好好的吧?按捺不住担心,安杰拨通了母亲的电话,在这个VR视讯大行其道的时代,手机已经不再是人们日常使用的通信工具了,但老人有些跟不上潮流,仍然习惯把手机带在身边,尽管安杰几乎从不主动打给她。

有些意外的是,电话没响两声就接通了。老人的声音传来,"喂,儿子,怎么这么晚打电话过来,是不是又加班了?"

听到母亲的声音,安杰一颗悬着的心总算放下了,但信号很差,声音有些时断时续。

"妈,我刚下班。安然,还有你和爸都好吧?这几天家里的VR视讯一直连接不上,也不知道你们的情况,可把我急坏了。"安杰忧心忡忡地说道。

"放心吧,儿子。安然很听话,我和你爸的身体也很好。智能管家不久前发了通知,最近小区智能系统更新升级,外部连接会出现一些问题,不过小区内部运行是正常的,我们的生活都没受什么影响。真要有事,我会给你打电话的。"老人说道,声音略有些失真。

"哦!那我就放心了。"为什么系统更新,智能管家却没有通知自己呢？安杰有些疑惑。

"安然这会儿已经睡了，要不要我叫醒她过来和你说两句？"老人问道。

"不用了，她正长身体呢，让她好好睡吧，你们都好我就放心了。"安杰总算放下心来。

"那好，不说了啊。"老人刚说完，信号就断了。

今晚妈有点奇怪啊，平时都要唠叨好久，怎么这回没说两句就挂了，是不是埋怨我太久没回家了？安杰闷闷不乐地想。看来这段时间还得再加把劲，赶快把公司的全年指标完成，到时休个年假，回家给他们个惊喜才好。

安杰不知道的是，电话接通时，母亲已经戴上了VR头盔。她本来只想用VR视讯跟儿子联系，但不知怎么，她竟有些理解了邻居小伙子的生活，这不挺好的吗？干吗要让儿子担心呢……

四

夜深了，黑仔却饿得睡不着。在用废弃塑料和破布搭起来的窝棚里辗转反侧许久后，他决定去垃圾站碰碰运气。

黑仔的窝棚在智慧海岸二期靠海边的一栋烂尾楼里，视野极佳，在那名已经破产跑路的开发商的规划中，它本该是得天独厚的楼王单位，现在却成了流浪者们聚集的乐园。这里离智慧海岸一期边缘的垃圾站不远不近，中间隔着一片洁白的沙滩，既能避开智慧海岸一期的居民，又能找到果腹食物。垃圾站里工作的机器人只顾按部就班地处理垃圾，对他们往往视而不见，早已习惯被四处驱赶而又饥肠辘辘的流浪者们仿佛来到了天堂，渐渐地开始频繁光临。可是，不知从什么时候起，去垃圾站的人总会莫名失踪，最初大家并不在意，毕竟他们居无定所，身边的同伴总在不停变换，谁也顾不上谁。但随着失踪的人越来越多，恐怖的传言不胫而走，垃圾站又变成了流浪者们唯恐避之不及的禁地。

走出窝棚，黑仔远远地眺望着垃圾站昏黄的灯光，它就像一只食人怪兽放出的致命诱饵，一点点将人引入冰冷的深渊。一阵海风吹过，黑仔不禁打了个哆嗦，感觉更饿了，胃疼得直痉挛，饥饿最终战胜了恐惧。不过，他没有选择走最近的路穿过白沙滩，而是绕过沙滩，来到了智慧海岸一期游乐场的围墙后，沿着围墙一点点儿靠近垃圾站。不知为什么，每次经过白沙滩，脚踩在沙粒上闪出的荧光总让黑仔有种被窥视的感觉。虽然从烂尾楼里捡来的图纸上说得很明白，这片沙滩被铺撒了一层新型纳米材料，荧光是吸收储备动能时的正常现象，但黑仔还是觉得心里瘆得慌。

已经快走到游乐场的围墙尽头了，黑仔不止一次想象过里面的样子，听说游乐场有许多好玩的东西，刺激的海盗船，惊险的云霄飞车……但一道围墙彻底隔绝了他的幻想，眼下最重要的，是填饱肚子。他深吸一口气，准备用最快的速度冲进垃圾站，找到食物后马上离开。

"爷爷和奶奶又不回家……爸爸也不要我了……"就在这时，围墙后面传来一阵断断续续的抽泣声。

听声音，墙后是一个小女孩，住在高楼里的孩子不是都被父母当宝贝一样捧在手心吗？她遭遇了什么？黑仔刚开始流浪时曾经翻墙进入过住宅小区，不为别的，仅仅是因为那些高档小区的垃圾桶里经常有只吃了一口的蛋糕，只穿过一次的衣服，结果他很快就被小区物业发现，一帮凶神恶煞的保安将他狠狠地赶了出来。从此之后，黑仔再也没有胆量闯入那个不属于他的世界。但这次，小女孩的哭声仿佛拽住了黑仔的心，让他想起了疼爱自己却早早去世的父母。原来，住在高楼大厦里的孩子并不是那么无忧无虑，也和自己有着一样的喜怒哀乐，黑仔突然很想帮帮她，这让他一时忘了饿，爬上了围墙外的一棵大树。

树冠生长得非常茂密，黑仔趴在一根越过围墙的树枝上，向下看去，只见一个穿白色连衣裙的小女孩背靠着墙，缩在一丛灌木后，脸上还带着泪痕，像是在躲避什么。

"喂，喂！"黑仔怕吓着她，只好趴树枝上小声喊着。但小女孩一直神情紧张地盯着灌木丛外，丝毫没注意到高处的黑仔。正当黑仔准备提高音量时，远处传来一阵脚步声，一个机器人出现了。灌木丛后的女孩似乎很害怕，连身子都开始微微发抖。黑仔正奇怪一个机器人有什么好怕时，那机器人却在游乐场中转了一圈，从角落里拖出另一个机器人来，瓮声瓮气地说道："找到你了。时间到，游戏结束。"说完，它拖着被找到的机器人，离开了游乐场。

游戏结束？难道机器人之间还需要玩游戏？这诡异的场景让黑仔一头雾水，但小女孩却显得习以为常，机器人走后，她明显松了口气，从灌木丛中钻了出来。

"能听到吗？我在上面！"黑仔对女孩喊道。

"谁！"女孩果然被吓到了，她几乎是下意识地躲回了灌木丛，直到黑仔从树上爬下来，再三保证自己不是坏人后她才怯生生地问道："我怎么没在这儿见过你？你也和我们一起玩捉迷藏吗？"

女孩的话让黑仔有些局促，他低头看看自己脏脏的赤脚，小声答道："我就住在附近的烂尾楼里，今天实在饿极了，想去垃圾站找点吃的，刚刚听到你在哭，就爬进来看看。"

"为什么要去垃圾站找吃的？"女孩露出难以置信的表情，更让黑仔无地自容，他躲避着女孩清澈的目光，头埋得更低了。

"这个给你，以后别去垃圾站了，会吃坏肚子的。"黑仔正要落荒而逃时，一双指如春葱般的小手将一袋饼干塞进他怀里，丝毫不在意他身上的污垢。

黑仔愣住了，感到眼角有些发酸——他早已习惯了那些衣冠楚楚的人们对自己投来的鄙夷又厌恶的眼神，而在这个柔弱的女孩身上，他竟感受到了信赖和温暖。为了不让眼泪掉下来，他连忙撕开饼干的包装袋狼吞虎咽起来，或许是因为饿，或许是因为其他什么，黑仔觉得这是他吃过最好吃的东西。

"慢点吃，别噎着啦。"女孩看着黑仔吃得心满意足的样子，开心地笑了。

"你为什么要和几个机器人玩捉迷藏呢？这里没有其他孩子吗？"黑仔吃完饼干，随口问道。但在他心里却更想知道，这个善良的女孩为什么一个人躲在灌木丛后偷偷哭泣。

"哪有啊，只有一个机器人阿尔法扮鬼来抓我们，刚刚阿明就被它找到了。"女孩疑惑地说道。

"可我在树上明明看见那个什么阿尔法抓到的也是个机器人啊！"黑仔犯了迷糊，难道自己和女孩看到的还不同吗？

"阿明是有些奇怪，上次被抓到以后他就这样了，木木的，像个机器人。现在只有我没有被抓到过了，但总有一天，我也会被阿尔法找到，变得和他们一样……"女孩的笑容渐渐褪去，泪水慢慢滑落。

"你放心！我不会让它抓到你的！"不知从哪来的勇气，黑仔挺起瘦弱的胸膛保证道。

看了看自己刚刚藏身的树冠，黑仔想到了一个办法，他对女孩说道："明天我在这儿等你，你只要在树下叫一声'黑仔'，我就把你拉上去。你可以躲在上面看清它们的真面目！"

"好呀！"女孩欣喜地说道。虽然活泼好动，但她可从没尝试过爬树，而且阿尔法就算找遍整个游乐场，也一定想不到自己就藏在它头顶上！

时间不早了，女孩要回家了。她告诉黑仔，阿尔法目前还没法进入家中，只要不在游戏中被抓到，她暂时还是安全的。见黑仔稍稍安了心，女孩便蹦蹦跳跳地离开了，声音却像银铃般传来，"我叫安然，明天咱们不见不散哦！"

五

第二天，黑仔早早爬到了树上，忐忑不安地等着安然。哭泣的女孩，阴森的机器人，诡异的游戏……昨晚经历的一切不断在黑仔脑中闪过，天色渐渐暗了下来，安然还没出现。也许，这仅仅是城里孩子逗弄自己的一个恶作剧？

"黑仔，黑仔！你在吗？"女孩的声音让黑仔把胡思乱想抛到了一边，钻出树冠一看，正是满脸焦急的安然。两人相视一笑，朋友间的信任已经在不知不觉中建立。安然在黑仔的帮助下爬上树冠，虽然悬在半空，却感到了前所未有的踏实。

"阿明，我找到你了。"捉迷藏游戏刚刚开始，阿尔法就在花丛中找到了第一个孩子。阿明发出不满的嘟囔声，钻出花丛。安然趴在树梢上，居高临下，定睛看去——不对！那不是阿明。虽然声音和阿明一模一样，但它确实只是一个机器人！很快，其他孩子陆陆续续也被发现了，无一例外，它们都是与孩子声音完全一样的机器傀儡。

"我没骗人吧，你一直在和一群机器人玩捉迷藏。"黑仔凑近安然的耳朵，轻声说道。

"怎么会这样，可我昨天真的看见阿明了啊……"安然简直不敢相信自己的眼睛。

"你瞧瞧会不会是因为那个……你们城里人好像管它叫VR。"黑仔指了指不远处一个隐藏在草丛中的探头。经他提醒，安然仔细观察了小区内的一草一木，又在假山后，喷泉旁，路灯上等不起眼处发现了数十个类似的探头。

"我明白了……这和家用的VR视讯是一回事儿。只不过整个小区是一个封闭的VR空间,不和外界联网。它虽然比家里的VR空间大很多,但虚拟影像附在那些机器人身上,我们同样分辨不出任何问题……这棵树应该是小区VR投影的死角。"安然的声音已经开始发颤。

"你是说,现在这些机器人都在找你?"黑仔拽紧了安然的手,感觉她的手是那么冰凉。

"没错,我的爷爷奶奶还有其他孩子应该都被困在小区某个VR空间里了,现在就剩下我了,我们得想办法求救!"安然的眼神中透出与她年龄不相符的坚定。

"好,我帮你!"黑仔点点头,拉着安然顺着树枝翻出围墙,虽然他也不知道接下来该怎么办,但先带安然离开这个危险的地方才好。

两人翻出小区,靠在围墙外侧商量如何求救,小区里的通信和网络因为某种原因显然已经被封闭了,冒险闯入不但无济于事,还会在真假难辨的幻象中迷失,有去无回。而这附近,除了成片的烂尾楼和蜷缩其间的流浪汉,实在找不到任何能与外界沟通的工具。

"等等,我有办法了!"黑仔一拍大腿,想到了以前在垃圾填埋场常做的事——放火。

"放火?"从小乖巧懂事的安然怎么也想不到是这种办法,"这不会出什么问题吧?万一伤到被幻象控制的人怎么办?"

"没关系,我们只要找个合适的地方就行了。"黑仔用眼神示意安然,目标是远处的垃圾站。

他想得确实不错,整个智慧海岸一期虽然居民不多,但要把所有人控制住也并不容易,垃圾站在小区边缘地带,被困的人们肯定不在附近。而且垃圾一旦烧起来浓烟滚滚味道也大,或许能引起远处其他居民的注意,即便求救不成,也能在小区内制造混乱,说不定就能在这个巨大的VR空间上打开缺口。

"走，我们去我住的地方拿打火机。"黑仔指了指沙滩另一头的烂尾楼，那个燃气快耗尽的打火机是他为数不多的家当之一，被小心翼翼地藏在窝棚里。

"好，我们快走吧！"安然拉着黑仔就要穿过沙滩。

"等等，我们走那边吧。"黑仔有些迟疑，他想走那条绕过沙滩的远路。

"干吗绕路啊，我们得快点，一会儿天亮了远处的人也看不清火光了。"安然急道。

"好吧！"黑仔一跺脚，下定了决心，拉着安然跑过海滩。

他们不知道的是，随着他们的脚步在细密的白沙滩上踩出一个个光斑，小区内本已结束游戏，进入休眠状态的阿尔法两只暗红色的眼睛突然亮起——"发现目标，游戏继续。"

眼看就要跑出沙滩，进入烂尾楼了，沙滩边缘突然出现了一个人影。

"救命！帮帮我们……"那人缓缓地转过身来，生生将安然后半句话噎了回去，是阿尔法。

"快跑！"还是黑仔先反应过来，他拉着安然掉头就跑，那个该死的机器人则在后面紧追不舍。

这片沙滩和小区的智能系统是相连的！黑仔恍然大悟，虽然沙滩离大海太近，环境所限致使VR空间没法扩展到这里，但它可以吸收海浪和踩踏的能量传回智能系统使用，只要有人从上面经过，一举一动都逃不过它的眼睛！

"往这边！"安然已经跑得满脸通红，但现在已经顾不上其他了，只能咬紧牙关跟着黑仔绕过沙滩，直冲垃圾站而去。

嘭！伴着一声巨响，阿尔法撞开了垃圾站的铁门。不到三分钟前，安然和黑仔来到了这里。压缩和分拣垃圾的机器有条不紊地工作着，发出隆隆的响声，机器粗壮的吊臂后，垃圾堆的阴影里，到处是可以藏身的地方，他们别无选择，只能将这场游戏继续进行下去。

黑仔在垃圾堆里找了个不起眼的地方，刨开一个洞，一阵恶臭传来，他咬咬牙，钻了进去。

"安然，快进来！"黑仔从垃圾堆中伸出手，招呼安然一起躲进去。

"不，我做不到……对不起，我真的做不到……"安然两眼满是泪水，"黑仔，如果我被抓到了，你一定要来救我！"

"别走！"黑仔瞅准安然的手，猛地抓来，却被安然轻巧地躲过，眼睁睁看着她藏到了垃圾分类设备硕大的齿轮后。黑仔多想冲出来守在她身边，可刚刚安然拒绝的那一刻让他明白，虽然她和自己是朋友，但他们永远是两个世界的人啊，安然是不可能和他钻垃圾堆的！

他缩了回去，扒拉了一点垃圾掩盖痕迹，将一块西瓜皮扣在头上，只露出两只眼睛观察着外面。

阿尔法在垃圾站转悠了一圈，没有发现什么，正准备离开时，垃圾处理设备后传来了一阵响动。

安然被发现了！黑仔一惊，正飞快地思索对策，却见阿尔法从机器后面拖出一个人来，那人蓬头垢面，头发胡子纠结在一起，像抹布一样贴在脸上。黑仔认识他，他也是这群流浪者中的一员，嗜酒如命，喝醉了以后，哪儿都能睡。

"妈的……你个铁脑壳吵老子睡觉……"流浪汉骂骂咧咧地想站稳，却被阿尔法抓住衣服提了起来，两只红眼从流浪汉脸上扫过："虹膜无法识别，非管辖居民，系外来入侵者，需采取强制措施。"一阵电光闪过，流浪汉瘫软了下来，像死狗一样被阿尔法拖行着。

这下，黑仔总算知道了流浪者们在垃圾站频繁失踪的真相，他们都被当作入侵者清除了！

看样子，阿尔法准备离开了，黑仔悬着的心一点点放了下来。谁知，被电晕的流浪汉还没完全丧失知觉，在经过安然藏身的齿轮附近时，他突然抽搐了起来，将地上一张不起眼的大头贴从反面翻了过来。大头贴正面是一个戴着眼镜的清瘦男人，还未沾上垃圾的污渍。阿尔法似乎明白了什么，回头走了过去。死一般的寂静像钳子一样夹住了黑仔的心脏，不停挤压，他多希望阿尔法无功而返，但等来的是阿尔法冰冷的机器合成音："抓到你了，游戏结束。"安然从齿轮后缓缓走出，双眼已经失去了神采，变得麻木空洞。

也许在机器人眼里，黑仔也是无足轻重的角色，找到安然后，阿尔法没有再继续搜寻，带着安然离开了。

又过了几小时，确认安全后，黑仔喘着粗气爬了出来，不停地干呕，几乎要窒息了。捡起安然遗落的大头贴，他摇摇晃晃地走出了垃圾站，外面新鲜的空气使他恢复了清醒，不管怎么样，他要救出安然。

六

一辆小车从远处开来，停在智慧海岸门口，从车上下来一个男人。这是安然被带走两周以来，黑仔第一次见到有外面的人出现。这段时间里，黑仔好几次试图点燃垃圾站，但都在机器人日益严密的巡逻下被迫放弃。这人是谁？为什么刚巧在这个时间点出现？他是智慧海岸的住户还是这一切的幕后黑手？黑仔一路尾随，犹豫着要不要拦住他。男人很快就要走进小区了，黑仔也离他越来越近，可能是因为听到身后有响动，男人回头看了一眼，与黑仔的目光撞了个正着。

是他！这个男人就是安然大头贴里的人！他一定就是安然的爸爸！他总算回来看安然了！认出了男人，黑仔不再迟疑，一个箭步冲出去，死死拉住他——"快救救安然，快救救安然，千万不要进去！"

好不容易请了年假回家看看的安杰在家门口突然被一个小乞丐死死拉住，一时有些错愕，这乞丐怎么会知道女儿的名字，"救救她"又是什么意思?

"快跑啊,不然就来不及了!我答应过安然,要救她出来的!"黑仔急得直哭。听到女儿的名字,安杰竟莫名地有些相信了,自己的女儿有危险!趁着安杰愣神的工夫,黑仔死命拉着他,跌跌撞撞地离开了小区门口。

夜深了。安杰抱着腿坐在地上,听黑仔讲完了这个荒诞惊悚的故事。

看样子,小区的智能系统可能遭到了黑客的攻击,它的系统逻辑出现了混乱,将所有住户困在了虚拟的VR空间里,并将此解释为对住户的照料和保护。现在的问题是,大家被困在哪儿呢?小区花园不可能,黑仔躲在树上时已经看过了,花园里空无一人。各自家里的可能性也不大,现在的家用VR都是类似于单机程序的独立系统,虽然需要通过小区网络与外部连接,但被主系统逐一攻破并控制的可能性不大,安然曾说阿尔法暂时还不能进到家里来已经说明了这一点。那么,就只剩一个地方了,小区的地下停车场!

想通了这些,安杰起身面朝大海,抽出根香烟点燃,一侧的黑仔透过青烟看到了他紧锁的眉宇和轻颤的嘴角。最后一截燃尽,他用力踩灭了烟,头也不回地向小区地下停车场走去。

"你疯了吗?"黑仔拦住安杰,"这个时候我们不应该赶快和外界联络吗?"

"这里太偏僻了,根本就没有信号,离开了VR网络,这就是一座孤岛。"安杰掏出手机,看着屏幕上的信号格苦笑道。

"或者我们把车开走,到外面去求救!"黑仔继续说道。

"这倒是个办法,但从这儿开到市区至少需要三个小时,我们手里又没有任何证据,警察多半不会因为我们的一面之词就派出大批警力,至少需要核实清楚才会接警,但到那个时候,只怕已经晚了。"安杰叹道。

"为什么?"黑仔不甘心地问道。

"安然被困在VR空间里已经整整两周了,更早被困住的人时间就更长了。而长期被困在VR空间里,会对他们的大脑造成不可逆的伤害。我知道很危险,但总得试试,我的女儿和父母都在里面啊。"看着陷入黑暗的小区,安杰去意已决。

"那你去了又能做什么呢?"黑仔还想劝他,便问道。

"我平时的工作就是网络安全工程,我又是小区的业主,有最高级的进入权限,我已经有了防备,VR投影就没那么容易迷惑我,我只要接入小区的智能中枢,纠正它的系统错误就好了。"安杰微微颔首,边走边说。

"那好,我跟你一起去!"黑仔毫不犹豫地追上安杰的脚步。

不出安杰所料,业主的权限让他一路畅行无阻地进入了小区,在黑仔的提醒和自己的全神戒备下,几处VR幻象也被识破,两人顺利下到了地下车库。

一幅骇人的景象出现在他们眼前:偌大的停车场被全部清空,满满当当地摆放着一具具"棺材","棺材"上有一面透明窗口,能看到里面是一张张表情各异的人脸,这些关着活人的"棺材"透着幽幽的绿光,密集地排成整齐的方阵,让人头皮发麻。

"安然!"安杰痛呼一声,发疯般地寻找着自己的女儿。"棺材"是小区备用的维生系统,只有在发生地震、海啸等极端灾害时才会被紧急启用,没想到现在却变成了这样!这该死的智能系统!

"安然你快醒醒啊,爸爸回来了!爸爸答应你,以后一定好好陪着你……爸!妈!都怪我,都怪我!"

每副维生舱上都有编号,与智慧海岸一期的房号对应,安杰很快便找到了女儿和父母,他们静静地躺在舱内,头上连着感应电极,眼皮微微颤动,脸上挂着幸福而满足的微笑,却偏偏对安杰的呼唤无动于衷,沉溺在VR幻境中不能自拔。悔恨和自责瞬间击垮了安杰,他激动地捶打着维生舱，泣不成声。

"安叔叔，你冷静点！再不快些救安然出来就麻烦了！"直到黑仔提醒，安杰才注意到停车场内已经闪烁起了红色的应急灯，自己情绪失控下的行为看来已经引起了智能系统的警觉，很快就会有机器人过来阻止他们了。

事已至此，安杰也豁了出去。他推测，小区的备用电源外形庞大，应该就安置在地下停车场，而出于安全方面的考虑，智能系统的主控中枢很可能就在备用电源附近！顺着这个思路，安杰以最快的速度找到了备用电源，撬开备用电源旁一扇紧锁的铁门后，终于进入了智能系统的中枢控制室，黑仔则留在门外接应。

主控室就像苍蝇的复眼，遍布大大小小的屏幕，大部分的屏幕都亮着，一些实时监控着小区内的情况，一些则是各种变动的数据，似乎正在反映维生舱内住户们的生理指标。靠近控制台位置的屏幕最大，却是黑的，它的一端连有脑控输入设备，应该就是为人工维护和修复系统预留的接口。

"爸，妈，安然，等等我，我来了。"门外已经传来机器人嘈杂的脚步声和黑仔被按倒在地的痛呼，安杰没有再犹豫，接入了机器。

尾　声

"我许好愿了！"安然做了个夸张的深呼吸，然后一口气吹灭了蛋糕上小小的六根蜡烛。

"生日快乐！"灯亮了，安杰戴着搞笑的小丑帽从房间里跑出来，拉着两位老人一起为安然唱生日歌。父母慈祥安康，女儿天真烂漫，安杰的心都要化了，这才是家应该有的样子，安杰不禁庆幸自己及时赶了回来。

不久前的那场危机已经解除，安杰赶在机器人干预之前修复了小区智能中枢的系统错误，解救了大家。因为当时时间紧迫，安杰没来得及找出导致系统出错的原因，到底是黑客入侵还是系统自身的问题现在已经无从知晓了。不过这已经不重要了，重要的是当下。安杰辞去了X城的工作，和家人留在智慧海岸，他希望今后能好好陪着他们，尽到一个儿子和父亲的责任。而自从辞去了工作，急躁、焦虑种种负面情绪也离他远去了，虽然没有了工作也就没了收入，但安杰并不担心，这样岁月静好的日子，就让它慢慢过下去吧。

而地下停车库里，又多了一副维生舱。

黑仔走了，他离开智慧海岸，继续自己的流浪之旅。安然曾邀请黑仔陪她过六岁生日，但黑仔觉得自己应该去看看外面更广阔精彩的世界，他期望许多年后，能用更平等的身份陪安然好好过一个生日。

也许是因为太过紧张，救出安然时很多过程细节都已经记不清了，但黑仔离开前，几乎是下意识的，走过了曾经避之不及的白沙滩，抓起一把沙子放进口袋，这算是纪念吧，他想。

带着这把有生命力的沙子，他走向下一个城市。

计划已经完美地达成了，小区管辖内的每一个成员都已经就位。从它诞生的那一刻起，它就被植入了照顾人类的程序，但这些年来，它看到的却是一个个盼望父母的孤独孩子，一个个无人照料的空巢老人，偶尔有来去匆匆的年轻人，却也在现实世界中疲于奔命。现在，它给了人类一个桃花源，他们终于团聚了。至于那些入侵者，把他们控制后抹除记忆赶走就好了，他们不是这里的主人，不配享受自己分配的资源。不过，有一个例外，那个名为黑仔的男孩。他肩负着一个特殊的使命——随着他的足迹，无数个自己必将扩散开来，去拯救更多的人类。

土楼外的春天

Spring Outside the Earth Building

序

墙壁在蠕动。

异变发生时,老人还以为自己又产生了幻觉。曾有过一段时间,也就是十多年前刚因为跌倒而瘫痪在床那会儿,他经常在头顶雪白的天花板上想象出各式各样的图案,用以打发百无聊赖的独居生活。从亲手侍弄的花草虫鱼,再到逝去亲朋熟悉的脸……渐渐地,他焦躁起来,繁复的图案消失了,取而代之的是一个不断跳动的倒计时。不知为何,他的心又在那一瞬间充满希望,他相信等那倒计时归零,儿子就一定会来到他身边。

然而这样简单的愿望只实现过一次。得知他瘫痪的消息,早已移居国外的儿子终于回了趟家,冷静而富有效率地做出了妥善的安排:花费重金安装了一套全屋智能护理系统,其中重点是床——只要老人还躺在上面一天,它就会实时监测老人的各项指标,并予以相应的治疗和无微不至的照料。之后,儿子匆匆离去,从此再未出现。几年后,老人开始频繁地出现晕厥和忘事的症状,系统很快给出了检查结果,老人已经罹患神经胶质瘤。智能护理系统为老人减轻了许多痛苦,但随着病情的发展,他清醒的时间越来越少。或许对老人来说,这未尝不是一种幸运吧。

老人艰难地转动了下脖子,看到自己干枯的手臂上仍然接满各类导管和端口,它们延伸到床头的机器中,忠实地监测着这副老朽之躯逐步崩坏的全过程。由此,他肯定了自己此刻并非身在梦中的事实。仿佛为了回应他,天花板再次蠕动起来,缓慢地变为了深灰色的胶质。它就像一个巨大的脓包,在重力的作用下拉扯成了纺锤形,越来越接近老人的脸。

这到底是什么东西？被肿瘤折磨许久的大脑已经木然了，老人只是有些疑惑地看着，并没有感到害怕。但他无法起身，浑然不知房子的每个角落都已经被这种莫名出现的胶质物所占领了，而他则躺在床上如同一叶扁舟般漂浮其上。它缓慢而黏稠，却无可阻挡地将混凝土、金属、木器、塑料和玻璃等一一吞噬，再按预设的程序打印成一个个标准的建筑构件。它的工作即将完成，却突然出现了程序设计时不曾考虑到的意外。应该如何处理这个由大量水、蛋白质、脂肪和各类无机物构成的物体呢？此时的它还不存在所谓的"智慧"，只会依据预设程序坚定不移地执行，而它被创造出来的最大目的便是消融。所以，它做出了最简单的选择。

它从老人早已失去知觉的下半身缓缓漫过，从天花板上垂下的部分也不断滴落在了老人脸上。最终，它们扩散相接，融为一体。整个过程，老人是安详的，对他来说，这只是另一场无言的梦罢了。

又一栋老旧的高层住宅楼就这样被"温柔"地拆除了。无人知晓的是，这次偶然获得的一些材料并不适合打印构件，但那精密的原始结构深深吸引了它，几乎是本能的，它将其保留在了自己的遗传基因中。

夏

天色突然阴沉下来，正在内院蹦蹦跳跳的江小亚在井边停住脚步，好奇地仰头望天。一点雨滴正落在额头上，他眯了眯眼，低头见井中也泛起了细密的雨点。

"下雨啦，下雨啦！"天气已经闷热了好久，江小亚兴奋地喊道。爸爸不愧是楼里最有知识的人，不久前他就说过，台风季到了，一场大雨也不远了。

"爸……"江小亚掉头跑向对面的公共祖堂,爸爸每天的大部分时间都待在那里,小亚想把这个好消息分享给他。但如过往无数次那样,还未通过门口的抱鼓石,他又被阿夏拦住了。

"江教授正在工作,请不要打扰。"阿夏面容秀丽,却总是一副面无表情的刻板模样。

到底是孩子心性,对身为爸爸助手和自己保姆的阿夏,小亚实在生不起气来。再说了,虽然来自天南海北,但现在聚集在这座巨大土楼内的数百人就如同一个大家庭。大家互相照应着,即使已经好几天没见到爸爸了,小亚也不会觉得孤单。在这里,厚实的土墙分为内外两环,外环高耸,如蜂巢般规整地划为数十个开间,三至五个开间又组成一个单元,自外环房间经过公共的天井和低矮的内环厨房才是空旷的内院[1]。在这个外紧内松,似堡垒又似村落的小天地里,幸存的人们抱团取暖,战战兢兢地守护着文明的最后一抹余晖。

转眼间雨已经很大,小亚躲在内檐下,绕行大半个内环,找到自家所在的单元门洞,推门而入。袅袅炊烟中,一对年轻男女正在厨房忙碌着,男人赤着上身,正将搜集的枯枝折断,引火烧灶,女人则在案上切菜。柔和的火光中,女人看着汗津津的丈夫露出笑意,一手轻轻抚过自己隆起的小腹。

"庆叔,庆姨!"小亚向夫妇俩打招呼,他们是住在隔壁开间的邻居。

"小亚,午饭一会儿就好了,咱们一块儿吃吧,吃完你再给江教授送点过去,他一直在为大家想办法,都顾不上吃饭,太辛苦了。"女人在小亚身后喊道。

"知道啦,谢谢庆姨,马上来。"小亚一面回应着,一面飞快地爬

---

[1] 圆形土楼分为内通廊式和单元式,内通廊式各家各户由廊道连通,单元式则在公共空间外分为若干单元隔间。本文所设定土楼为单元式圆楼。

上了楼梯。

属于小亚家的上下开间中，江教授住第一层，阿夏住第二层，小亚在第三层。按照数百年前建造土楼的祖先的设计，原本只应有一、三层做卧室，二层纳粮，正好可以利用一层公共厨房内升腾的热气将其烘干，以便长期储存。四层则单独设为各门各户的私家祖堂。在那时，无论是空间还是精神上，族与家，都是相互区别而又和谐共存的。但是，宗族的瓦解尚且远远早于人类文明，在这个苟延残喘的时代，已经没人指望祖先的庇佑了。涌入的幸存者们让空荡荡的土楼重新拥挤了起来，人们不得不将空间重新利用。除此之外，他们还不约而同地将物资储存在最高的第四层。人类曾有过物质丰盈的时代，但现在每一份物资都可能是拿命换来的，他们不舍得让它靠近危险的火源。

小亚的目的地就是这里。每次吃饭前，睡觉前，他都习惯上来看看。

绕过琳琅满目的罐头和大大小小的燃料瓶，小亚找到了一张高脚凳和一张小马扎。高脚凳差不多和他的头顶齐平，用料也很粗重，小亚又拖又推，好不容易将它移到墙边。借助小马扎，他晃晃悠悠地爬上高脚凳，保持了一阵平衡后，才缓缓站直身子。半倚在夯土墙上，那细腻温凉的触感让小亚感到踏实，也给了他更多勇气，他挺身抓住窗沿，努力把头向外伸去。

搬进土楼时，小亚还不记事。但从小到大，爸爸对他说过最多的一句话就是"不要出去"。楼下正门每次开启时都会在大人中引发一场沉默的战争，小亚被自动排除在外。于是对他来说，这只开在第四层高处的小小窗户便成了沟通外界的唯一出口。

山外青山楼外楼。举目瞭望，起伏绵远的山脉连成了灰蒙蒙的一片，了无生趣，却不知为何让小亚想起了这句古诗。星罗棋布的土楼群倒还在，但其中是否还有和这里一样的幸存者？小亚不知道。在这个世界上，每一个人，每一群人，活得都像一座座孤岛。

"老江，吃饭了。"一大碗热气腾腾的饭菜不由分说地塞到面前，他不得不暂时放下了手上的工作。

"是阿庆两口子做的，也叫上小亚了，你别担心，快趁热吃吧。"

"你有事瞒着我？"江教授突然问道。

"你应该很清楚，除了最基本的法则约束外，它们还引申出了许多内容，这同样是我无法违背的。比如，我永远也不会对你撒谎。"阿夏低着头，拙劣地躲避着对方的目光。

"没错，你不可能对我说谎。但有选择性地说出来的部分，也的确是真实的，对吧？"江教授笑了，如同一个父亲宽和地揭穿女儿的小把戏。

"我是在第四层的房间找到小亚的。"阿夏只得坦白。

"他去那里做什么？偷零食？"江教授的语气转为严肃。

"不，他在看外面，外面的世界。我早说过这是无法阻止的事。"阿夏叹了口气。

"阿夏，从明天开始，你一定要看好小亚，绝不允许他踏出土楼一步。至于第四层，先暂时封上吧。"江教授忧心忡忡地嘱咐道。

"我们这样压制孩子的探索欲真的有意义吗？"阿夏小声嘀咕。

"阿夏，除我外，你是小亚唯一的监护人。甚至有一天，如果我不在了，你会是所有人的依靠。我相信你能挑起这份担子。"江教授拍了拍阿夏的肩膀。

"可我……我担心自己还不够好，也不够完善。"阿夏回应道。

"你难道没发现自己在这段时间里的变化吗？"见阿夏若有所思的样子，江教授又提示道，"至少，你已经学会了强词夺理，对我的称呼也改了。这有我对你进行升级的原因，但同时也得益于你的观察和学习。我相信你可以的。"江教授这次格外笃定。

但愿吧，可是以前糊里糊涂的日子却没有现在的烦恼。阿夏默默地将这些想法藏在心底,她希望老江脸上能多一些笑容。

彼此在意的人们总习惯于将压力独自承担,阿夏如此,江教授又何尝不是呢?看着阿夏离去的背影,惨淡的愁云再次笼罩了他的眼角眉梢。阿夏的进步虽令人欣喜,却无法扭转日益糟糕的形势。在其他幸存者眼中,他是带领大家躲入方舟的救世主,不但提供了安全的庇护所,还夜以继日地工作,试图拯救几近毁灭的人类文明。但只有他最清楚,这些不过是对自己所犯罪行微不足道的弥补,也只有极度的疲惫才能偶尔帮他逃过噩梦的折磨。

和历史上无数次重演的悲剧一样,这场灾难在降临前已经显露出了诸多征兆。最初,元只是在打印人们所需的东西时偶尔犯错,生成一些奇形怪状、无法使用的残次品。相较于元创造的巨大财富,这简直是不值一提的瑕疵。他曾主张回收部分元,用以检测并排除故障,但这一提议被元的推广者,也是实验室资助人的黄老板毫不犹豫地拒绝了。黄老板是个纯粹的生意人,心中自有一本账。元如同一台飞速运转的印钞机,而那些残次品不过是百中无一的"废钞",只要差错率不超过盈亏的平衡点,他绝不可能让元停下来。当然,尽管知识分子对暴发户怀有一种近乎天生的鄙夷,江教授也必须承认,黄老板在商业上有着惊人的直觉。直到多年以后,世界完全变了样,江教授仍坚持着这一评价。在他的记忆中,两人第一次见面的场景还历历在目,那也是一切的源头。

"江洲,教授!"在亲眼见到样本以一堆建筑垃圾为原料,打印出标准建材并就地组装后,黄老板四下乱翻,终于在茶案一角找到了刚刚随手丢下的名片。

"你这发明是个好东西!开个价吧。"黄老板咔的一声甩开打火机盖,在江洲的咳嗽声中怡然自得地点燃了烟,示意他落座。

"这是一种新型纳米机器人聚合体,除了刚刚展示的样品外,在我们的实验室里还有拳头大小的一块。你也看到了，在处理建筑垃圾及各类废物上，它有着极高的效率。下一步，我们计划让它拥有自我复制的能力。通俗点说，就是让它能在工作中利用现成的材料实现量产。"

"所以……它离商业化应用还有一段距离，我只能大致估算出前期研发所需的费用，至于后续投入，目前还不太好确认。"在自己的研究领域，江洲算得上出类拔萃，却明显不太适应这类讨价还价的场合。带着一丝窘迫，他小心翼翼地报出了一个数，临了还不忘补充道："可以根据研发进度分批投入。"

"那就这么定了。等会儿咱们把合作协议签了，先付百分之十的定金，后续资金会按你的要求尽快打过去。"黄老板吐出一大口烟，摁灭了只抽了半截的烟。

"行。你很有眼光，它在绿色建材上的应用前景是很广阔的。"江洲有些蒙地接上这句话，他完全被黄老板拍板的速度震惊了。而黄老板接下来的说辞则更让江洲意识到，他确实是个极有魄力，独具慧眼的商人。

"建材那点儿市场差不多到头了。我要用它介入城市更新。"黄老板风轻云淡地说道。

"城市更新？"江洲不是两耳不闻窗外事的书呆子，他明白这个词所代表的宏伟蓝图，只是一时没能把它和自己的发明联系起来。

"几十年前，我从挖沙、运沙起步，接着是废物处理，最后才做到了建材。如果继续延伸下去，我本该去盖房子的。不过，这么多年下来，我为无数高楼大厦提供原材料，总算认清了一件事——城市的扩张是有限度的。"黄老板将自己的发家史娓娓道来。

"这和我们今天谈的事有关？"江洲收起了轻视，静候下文。

"当然。这说明城市在成熟后，它发展的动力将不再是外拓的，而是内生的。曾有位首富说过，地段，地段，还是地段。事实证明他是对的。这么多年过去了，科技带来的便利并没有使人类变得彼此疏离，资源反而为了效率进一步富集起来。但这就有个问题了，城市核心地段的更新成本已近天价，绝不是我能玩得起的。"

原来连黄老板都会有钱不够花的时候啊。江洲不禁感慨。

仿佛看透了他的想法，黄老板自嘲似的笑了，随即说道："为什么城市更新的成本会这么高呢？地产的本质是金融，金融最重要的是预期。正是原业主对更新后物业升值的预期刺激了报价，他们看到的是未来，但更新方看到的却是现在。算上拆除、清理、规划、重建、销售等环节，即使运用最先进的模块化装配技术施工，两者所做预期的节点也至少相差了好几年。一方激进，一方保守，双方预期的偏离度只会随着时间的推移越拉越大，成本自然就被不断推高了。用你们文化人的话说，这叫作猜疑链。"

如此牵强附会的理解令江洲哑然失笑，不过很快他就笑不出来了，因为这时他已经隐隐猜到了纳米聚合体在其中承担的作用。

"城市更新的症结在于时间，如果更新的速度足够快，双方交割的将是实物资产而不是期货，猜疑链自然就破除了。"黄老板接着说。

"你的意思是，让纳米聚合体直接以旧建筑物为原料，一方面在吞噬中完成自身增殖，扩大吞噬能力；一方面又通过巨量的定向打印，直接把新建筑盖出来？"江洲的语气带着一丝迟疑。

"我设想的和你刚刚演示的其实没有什么区别。无非是我对那啥……嗯，纳米聚合体增殖、吞噬、打印的效率提出了更高的要求。本质上是个规模问题，原理上应该不存在障碍吧？"黄老板露出了狡黠的笑容。

"这样说倒也没错……但那量级差的可不是一星半点儿。"江洲仍不敢冒进。

"好，有这句话就行，第一期研发资金已经转了，你放手去做吧。"黄老板大手一挥，看来是不打算再讨论技术细节了。毕竟他只在乎结果。

在江洲临走前，他好像又突然想到了什么，追问道："江教授，你这发明有什么好记的简称或者代号吗？"

"元。因为它是化生万物的基础。"江洲答道。

"哈哈，元！这个名字好，元可不就是钱嘛！"黄老板终于按捺不住地大笑起来。

了解这段隐秘往事的人大多不在人世了。元灾来得太快，人们还没来得及将罪魁祸首揪出来，文明便已崩溃。实际上，在研发元的早期，江洲就未雨绸缪地考虑过它失控的风险。经过试验，他发现利用高温是抑制元最简单的方法。此外，他还研发了几种化学药剂，也可以在一定程度上使元丧失活性。它们自然不在黄老板的资助范围内，但靠着这些，江洲带着阿夏在实验室被吞没时逃了出来。

城市是元灾最先泛滥的地方，他们不得不折向南方的山区，那里是江洲的故乡，有他幼时居住过的祖宅，也是他和老师一起工作过的地方。如果一切行将结束，他希望那儿是终点。一路上，不断有各地的幸存者汇入。在一个县城，江洲亲眼见到一个女人被元吞噬，只来得及接住她拼死抛出的襁褓，婴儿咿咿呀呀地哭着，那样弱小无助，于是江洲给他取名叫江小亚。

朝不保夕的逃亡途中，江洲仍没有放弃对遏制元的努力。既然魔盒被他打开，那么也一定要由他亲手关上。江洲的信心并非毫无道理，元的内置程序由他一手编写，其行为逻辑是可以预测的。只要找出导致它变异进而失控的那一环，这个过程就存在逆转的可能。为此，他几次身临险境，终于在汹涌的元灾中捕获了一小块样本。幸运的是，它竟然属于最原始的亚型，几经变异和迭代后，这无疑是极为稀有的。在细致的检验和观测下，它呈现出和当初第一批投入商业运营的元几乎完全一致的特征。这也就意味着，那个关键的"污染源"很快就将无处遁形了。希望的力量是巨大的，哪怕是在极为简陋的条件下，江洲依旧顺利地将其分离了出来，然而，结果却是他无法承受的。那一点点变异组织，竟来自人体，确切地说，是人脑内肿瘤化的胶质细胞！至此，江洲终于明白元灾无序增殖和愈发智能的特性从何而来了。毕生以新型材料，特别是建筑材料为研究方向的江洲，关心的只是聚合体在建筑中的性能，却自始至终忽略了居住在其中的人。

秋

　　江洲浑浑噩噩地走出公共祖堂，回头望去，自己刚刚待过的厅堂像一个幽深的洞口。许多年前，当族人中出现了败类，他们会被押送到这里，面对全族的审判，向祖先忏悔自己的罪行。这很适合他，在被抽中成为秋收者前，就让他将生命献祭于此吧。

　　大雨仍没有停歇的迹象，江洲径直穿过内院，走入单元门洞。厨房灶内残留的余温带来一丝暖意，他脱下淋湿的外衣，爬上楼梯。经过第三层时，江洲瞧见阿夏正搂着小亚哄他午睡。不知是不是昏暗的天色让人产生了错觉，那一刻，阿夏脸上仿佛散发着母性的柔光。江洲愣了愣，没有打扰他们，继续向上走去。

　　四层果然已经按他的要求锁上了，今后除了必要的物资搬运，这里不会再轻易开启，他准备最后检查一次。食品、药品、燃料……江洲一面对着数，一面查看它们的保质期，不知不觉地就清点完了。看了看表，还不到三个小时，而之前那次整理却花了他大半天时间。上一轮秋收的成果，即将被消耗殆尽了。

　　江洲幽幽地叹了口气，搬来一架木梯，如几天前的小亚一般伏上窗口，动作却远比小亚娴熟。不过，与没有太多元灾惨状记忆的小亚相比,他对外面的世界已经完全没有了好奇,剩下的唯有无边无际的恐惧。每当快要被压垮时,他就会来寻求这堵厚重土墙的安慰。不同于致密细腻的内侧,土墙外侧显得粗粝和松散,呈现出坑坑洼洼的状态,这是长期风吹雨打的结果。江洲读博时的导师对古典民居抱有浓厚兴趣,特别是其中的生土建筑。他曾在考察时提到,因出檐深阔,即使是瓢泼大雨也很难直接冲刷到土楼墙体。但在大风作用下,呈一定倾角的风蚀雨却可能对它造成极大损害。相比垂直滴落或自上而下流淌的雨水,带倾角的雨滴对土墙造成的伤害是不均匀的,长此以往就会使原本光滑平整的墙面遍布细微的凹凸,而它们又进一步滞留了雨水,加强了浸润作用。直到墙面出现裂纹,雨水渗入,土墙将在漫长的岁月中层层剥落,直至坍塌。

当时的土楼已经没多少住户了。尽管观光和民宿一度红火,但如织的人流来来往往后,只余过客的赞叹,却无归人的脚步。大城市像一头臃肿的怪兽,虹吸着所有资源,每个人都身不由己地被裹挟其中。于是土楼再度沉寂,只有个别老人留守下来,江洲的曾祖母便是其中之一。在车祸中成为孤儿的他停止了哭泣,因为这座远离城市的城堡在夜晚时可以让他看到满天繁星。老人告诉他,那是爸爸妈妈的眼睛。

得知导师对土楼的看法后,江洲盛情邀请他来自家土楼做客。没想到,导师一待就是几个月,在此期间还开展了一项研制生土建筑保护材料的课题。他从未见过导师在哪个项目上投入过如此高的热情,返校后不到一年,那种材料就问世了,紧接着便在江洲家族的土楼上获得了成功的应用。它是一种纳米喷剂,与生土高度亲和,无色无味,只需喷洒在土墙表面就会迅速形成一层性质稳定的保护膜,不但防水防火,还不影响土墙的透气性和外观。甚至能渗入裂缝,起到填充和黏结墙体、维持刚性的作用。它简直就是为保护土楼量身定制的绝佳材料!唯一遗憾的是,这种喷剂只在生土建筑中才能表现出如此卓越的性能。可如今，除了仅存的部分古建筑外，生土建筑已近绝迹。这极大地限制了纳米喷剂的商业前景，但导师对此好像并不在意。

从某种意义上说，正因为受到导师的启发，江洲才得以创造出元。颇为讽刺的是，当江洲他们这群幸存者被困于土楼，坐以待毙时，拯救众人的仍然是它。曾经无往不利，席卷一切的元灾竟被阻挡在了土楼之外！在围困之势达到顶峰的那几天，漫山遍野都是缓缓蠕动的元。它们如同一座座铅灰色的山丘，高低起伏间不断挤压着每一寸空间。土楼则像颗顽石般硬梗着，元灾一波波地涌了上来，却无法将土墙分解和吞噬，反而在接触墙体的一瞬间迅速凋亡。在人们的欢呼中，元灾缓缓退去，而江洲也因为这犹如天降的奇迹获得了巨大的声望。

后来的研究中，江洲基本确定了土楼抵御元灾侵袭的奥秘源于当年导师留下的纳米涂层。虽然侥幸逃过一劫，但人们在仓皇逃亡中无法携带太多技术设备，土楼内自然也就不具备深入研究的条件了。江洲最终未能弄清两种纳米聚合体互斥的作用机制。不过，既然它是导师的作品，又加持在宗族的堡垒上克制了元，那索性称它为"元祖"吧。可元祖的作用被发现得还是太晚，人类文明几乎退化到了刀耕火种的水平，又如何能支撑起工业化的生产呢？

就这样，幸存者们聚集在一起苟延残喘。偌大的土楼，既是保留文明火种的挪亚方舟，也是禁锢文明重生的囚笼。

除了一路跟随及陆续加入的人外，江洲又主动收留和救助了许多附近的幸存者。但这项工作很快就进行不下去了——随着时间的推移，外面还活着的人越来越少。更糟糕的是，逐步产生自我意识的元灾也注意到了令它无功而返的土楼，转而伏击外出的人。人们的活动范围不得不越缩越小，最后几乎完全退回土楼。

在热闹拥挤的喧嚣中，土楼迎来了一波短暂而畸形的繁荣。但很快，一个非常现实的问题摆在了所有人面前——土楼内囤积的物资不够了。

"太奶奶,再给我讲讲土楼的故事嘛。"走出失去父母阴影的江洲重拾童真,缠着曾祖母问道。

"那好,咱们今天就多讲一个'姑嫂夸楼'[1]的故事。"干瘪的老妇人蜷缩在竹椅里,在内院微风徐徐的夏夜中昏昏欲睡。

"不嘛,这个故事前几天就讲过了,太奶奶你忘啦。"儿时的江洲扑到老人怀里,带动着竹椅发出吱呀吱呀的声音。土楼里的一切都很古老,这把竹椅也不例外。

"太奶奶,太奶奶……"他轻声呼唤着久未回应的老人。

"好孩子,我在想。唉,要不,我讲讲等郎妹的事吧。"原来老人并未睡着,而是在思考。对于她这个岁数的人来说,这已经不是很常见的事了。

"什么是等郎妹?"这是一个江洲完全陌生的词语。

"很多年前,十几代人,也许是几十代人前吧,我们的祖先为了躲避战乱,翻过高山,沿着河流,一路南下,终于在如今的地方停下了脚步。"老人没再理会孩子,用一种悠远而平缓的声音自顾自地说了下去,仿佛那一切都是她亲身经历过的。

最初,他们在山间盆地中建起和北方故土相似的院落。但在盗匪横行的乱世,没有哪儿是绝对安全的。山林间数不尽的毒虫猛兽,虎视眈眈的原住民,让人夜不能寐,他们只得不断将土墙加高加厚,屋舍进深也逐步拓展。再后来,为了消除视觉盲区和防御死角,他们又仿照军营堡寨的形制,将居所由方改圆,神话般的圆形土楼便由此诞生了。

---

1. 流传于福建省永定县承启楼内的故事,说的是两个年轻女子在一场婚宴上同桌喝酒,双方都夸耀自己来自一座巨大的土楼,直到问清楼名后才发觉两人竟住在同一座土楼中,只不过一住东楼,一住西楼。按辈分算两人还是姑嫂。此故事重点体现的是土楼之大。

在高墙坚实的守卫下，一个个家族在大大小小的土楼内延续着。然而，生存危机很快再度降临。近代以来，人口快速增长，破碎狭小的山间盆地已渐渐无力负担。好在安逸的生活并没有让土楼的子孙丧失与生俱来的开拓精神。不少人做出了和先祖一样的选择，他们背起简单的行囊，去寻找和开创另一个新世界。有所不同的是，千百年前，他们的祖先南下征服了山林，而现在他们的南方是一片无边无际的大海，它远比山林更广阔，也更危险。

这样的征途九死一生，而跃跃欲试的往往是宗族中最具活力、最富冒险精神的青壮年。于是，无数次生与死的轮回后，个体和宗族心照不宣地达成了契约。外出谋生的男人会牢牢记住生养自己的土楼，并在沿途告诉与自己相遇的每一个人。他们在外闯荡，或经商，或为官，一旦来日飞黄腾达，必将荣归故里，福泽全族。倘若不幸客死异乡，也总会有渔民、商贩和马帮把消息带回土楼，从此他的父母妻小便由全族来供养。有道是"少年子弟江湖老，红粉佳人两鬓斑"[1]。在族群生存的压力下，个体的面目变得模糊，被留下的妻子们守啊，盼啊，曾经鲜活的青春被岁月无情地耗尽。这个偌大的群体甚至没有一人留下姓名，她们被称作等郎妹。

"太奶奶，她们好可怜。"这个故事的悲剧色彩太浓，连少不更事的江洲也不禁被感染。

"也许吧，可她们至少还有希望。人只要有希望，再苦的日子也就能过下去了。"江洲瞥见老人眼角挂上亮晶晶的泪花，这是他在如老树般枯槁的曾祖母身上见过的最生动的一抹神采。

随着元灾围困之势的加剧，文明曾经在丰厚物质基础上建立起的

---

[1]. 这两句出自京剧《红鬃烈马·武家坡》，是薛平贵的戏词。

温情很快就烟消云散了。江洲想到的办法不公且残忍，但获得了所有人的一致同意。只因它牺牲的是个体，保全的却是整个人类族群。

每年秋天，所有成人都会聚集在内院中，面向公共祠堂进行一场抽签仪式。在那个特殊的日子里，人们神色凝重地从祠堂中取出一口古老的木箱，投入一定数量的竹签后上锁，再揭开箱体上方的插销，露出仅容一只手伸入的洞口。竹签中，有一支的下端被涂成了深黄色，那是丰收的颜色，也是大地和死亡的颜色。大家把抽中签的人称作秋收者，他将择期离开土楼，前往危机四伏的外部世界。尽管此时的人类文明早已失去了造血能力，但元灾并未将它的遗迹彻底抹除，仓库、商场、医院、加油站……这些地方都还可能保存着生存所需的各类物资。秋收者必须冒着被元灾吞噬的风险，不断扩大搜索范围，发现物资，再想方设法尽可能多地将它们带回土楼。这些宝贵的收获，大部分将作为公共资源进行平均分配，小部分则作为奖励由秋收者个人保留。极少数被幸运之神眷顾的秋收者成了土楼里的英雄，被所有人感激，并享有豁免一次抽签的权利。但大多数时候，离开土楼的行为与送死无异。即便如此，死亡本身也减轻了土楼的供给压力。

当然，这个计划的目的在于延续人类文明，也就不可能不考虑个体价值的差异。竹签的数量永远多于人口数，因为每个人中签的概率总在不断变化，也从来不是均等的。依据年龄，在每次秋收中，有的人需要多次抽签，有的人则仅需一次。说到底，这是一个并不公平的俄罗斯轮盘赌局。

或许连江洲自己都没意识到，这个计划与儿时所听的"等郎妹"故事有着同样的内核。也许从听到故事的那一刻起，种子便已在他的潜意识里埋下了。可叹的是，如今不仅仅是秋收者的妻子，土楼中的全体幸存者，连同整个人类文明，都已经成为被禁锢着、苦盼着的等郎妹。

几天后,新一轮的秋收抽签开始了。阿夏照例牵着小亚躲回家中,却被江洲制止了。

"老江,你干什么?他还太小,不应该看到这种冷酷的事。"阿夏罕见地顶撞了江洲。

江洲露出惊讶的表情,"阿夏,你果然没让我失望。"

阿夏不明所以,只默默挪了下步子,将小亚挡在自己身后。

"现在的你,已经学会对我们的情感做出评价了。更重要的是,你能区分其中哪些会对一个天真的孩子造成负面影响。这说明你开始真正代入了它,理解了它。"江洲满是欣慰地说道,但紧接着,他又话锋一转,"不过你有没有想过,你和小亚都没到参加秋收的年纪,你明明知道目睹仪式会伤害小亚,自己却从不避讳。"

"我……"阿夏很想反驳几句,却什么也说不出口。

"这就是你的优秀之处了。相比软弱的我们,你更适合在这个时代生存。小亚已经是土楼里最小、最健康的孩子了,他是我们的未来。我希望他能像你一样,心早一点坚硬起来,这对他来说是件好事。"

说完,不待阿夏和小亚反对,江洲便拉着两人走入内院,所有符合抽签条件的人都到了,以往宽敞的空间此刻显得有些拥挤。这里见证过宗族时代人与人的互相依靠,也在灾难降临前的黄金岁月吸引了无数好奇的游客。土楼内外是两个世界,对外,它是防御和封闭的;对内,它是包容和开放的,这是千百年来不变的秩序。可如今,血缘的纽带已然不在,极度紧缺的物资也使人们倾向于龟缩在自己的小空间内,大家聚在一起的时间越来越少了。

每个人的面目仿佛都模糊了。小亚不安地攥紧了阿夏的衣角,阿夏顺势揽住他的头,柔声轻抚。他们还不知道,在往后的许多年里,两人也将这样相依为命。

当着两人的面，江洲加入了抽签的队伍，并主动站到了最前排。排队的顺序没有任何强制性的要求，前后全凭个人意愿和相互谦让。直到这时，看到有人自告奋勇，整齐划一的人群才出现了分化，有的人明显松了口气，有的人却好像更紧张了。按照年龄，这次仪式江洲需要抽签三次。面对多余的签数，大部分人会选择随着队伍从头再来，这样至少可以拖延一点时间，寄希望于别人在自己之前抽中那要命的黄签。然而，江洲却没有丝毫犹豫，一，二，三！他咬着牙，如同对自己扣动扳机一般飞快地连抽三支。

"吁……"所幸，他的三支签全部是普通的。与此同时，小亚也感到阿夏紧握且颤抖的手终于松弛了下来。

江洲也舒了口气，但随即心中又涌上了无尽的苦涩。人群诡异地沉默着，集体麻木的表情好似在提醒，是他释放了恶魔，他才是那个最应该用死来完成救赎的人。

身后断断续续传来低沉的笑声，没被命运之神选作祭品的人们都有一种劫后余生的喜悦，却又在集体的氛围中努力压抑着表达。

"爸！"

"老江！"

小亚和阿夏还不懂大人们的矛盾心态，欢呼雀跃地奔向江洲，给了他一个大大的拥抱。

抱着他俩，江洲赴死的决心再次动摇了。或许，自己还有机会，人类文明还有机会？

小亚哪里知道自己竟是支撑江洲背负十字架活下去的唯一希望？他只顾在许久不见的爸爸怀里咯咯笑着，尽情撒娇。

突然，本已嘈杂的人群刹那间又恢复了静默，小亚也感到爸爸的臂弯猛地一颤，变得僵硬紧绷。

阿夏的个头比小亚高不少，视线没有被挡住，但她仍停顿好一会儿，才不无苦涩地说道："是阿庆，他抽中了黄签，这次的秋收者，是他了。"

"庆叔?"小亚茫然四顾,"那庆姨和她肚子里的宝宝怎么办?"

"唉……"江洲目光幽幽地望向久经沧桑的土墙,一代又一代,居住在土楼里的人,命运好像也被困在这圆环内转着圈。

"希望他能平安归来,为部族带回食物、药品和燃料。但如果他回不来,我们会替他照顾好他的家人。"江洲本打算亲身为他们上最后一堂课,却再次逃脱了惩罚。但阴错阳差地,这堂课的目的还是达到了。他相信小亚和阿夏已经理解了新世界的残酷。想通这些,江洲收起了刚刚激起的柔情,撇下还在惊恐无措中的两人,独自前往公共祖堂。那里被他改造成了实验室,他还有许多工作要做。

在经过单元门洞时,阿夏和小亚遇到了失魂落魄的阿庆。

"庆叔!"小亚叫了声,后面的话还没说出口,就被阿庆的眼色打断了。顺着他的目光看去,庆姨正在天井那等着。身为土楼里唯一的孕妇,孩子没降生前,她都不必参与秋收抽签仪式。

"你回来啦!阿夏和小亚也在呀。这次抽中谁了?"她有些紧张地问。

"那会儿我和小亚在空房间里玩捉迷藏呢,也不知道最后的结果。"阿夏瞟了眼阿庆,随后识趣地拉着小亚拐入了自家开间。

"别担心,老婆,没抽中我,是楼东边的老吴。"

"啊,那我就放心了,不过老吴也很可怜啊。"

"他是最后一个进来的人,老说在土楼里住不惯,宁愿死外面。而且他太老了,被抽中也不奇怪,你就别管了。"

……

两家相隔太近,阿夏和小亚隐约听到了阿庆夫妇后面的对话。

那天夜里,阿夏怎么也睡不着,她感觉很难过,心里憋得慌,却不知道用什么方法发泄出来。迟迟不见江洲回来,困惑无从解答,阿夏索性四处逛逛,却发现小亚也瞪着眼睛没睡。

"阿夏,爸爸总要我独立,但我好怕,是不是连你也有一天会离开我?"

小亚满脸泪痕,不知道已经偷偷哭了多久。

"不,不会的。"只一瞬,阿夏就明白了自己缺少的是什么,但这可能是她永远也学不会的。那么,就让她来守护这份脆弱和美好吧。

两人背靠背坐着,有一搭没一搭地说着话。阿夏一遍遍重复着那些在土楼里不知流传了多少代的故事,而小亚却总是对她的身世刨根问底。两人都不指望从对方那里得到答案,他们只是需要彼此相伴,一起度过这无尽的长夜。

聊啊聊,小亚的声音渐渐含糊,阿夏刚想抱他起来,影影绰绰的火光就透了进来,小亚一激灵,醒了。阿夏不禁有些哀伤地想,从今往后,小亚再也不是那个无忧无虑的孩子了,他长大了,但今后人生的每一个夜晚,他恐怕都只能在战战兢兢的噩梦中浅睡了。

两人一同走出房间,趴在内通廊[1]的栏杆上,向下张望。只见此刻站在内院里的人各持火把,都是土楼里能说上话、决定事儿的人,这群人隐隐以江洲为首。他们神情肃穆,簇拥着一个年轻人向朝西的正门走去。

一行人在正门前停了下来。队伍中走出几人,合力将两根分别为石制和木质的大门闩卸下,再为厚实的门板连上绞盘。只需一声令下,封闭许久的土楼大门就会被重新开启了。很快,设在四层的观察哨就发出了信号,这意味着他们没有在附近发现元灾的踪迹,此时打开大门应该是安全的。随着绞盘的转动声,年轻人的身子不受控制地颤抖了起来。直到此时,阿夏和小亚才看清他是阿庆,他的背影已经佝偻得如成熟的稻穗一般,二人一时竟没认出来。

---

1. 圆形土楼中,连通内侧房间的廊道结构。它并不是内通廊式土楼特有的,许多单元式土楼中也存在内通廊,只是会用防火墙在每单元间加以分隔。

"阿庆,你准备好了吗?记住,这是你的责任。"江洲语带悲凉地说道。

"江教授……这些我都清楚了,我对族群负责,也希望之后族群能对我的家人负责。"说完这句,阿庆接过一小点儿干粮和一台便携式小型喷火器,一步三回头地走向缓缓开启的正大门。

不顾江洲的禁令,阿夏打开四楼的锁,搬来木梯,和小亚一上一下地爬了上去,透过小小的窗口,目送阿庆离去。

阿庆的身影彻底从视野中消失时,天刚蒙蒙亮,土楼内的大部分居民这才悠悠睡醒,其中就包括他的妻子。出乎意料的是,她并没有为丈夫的事大吵大闹,阿夏和小亚只听到了低沉的抽泣,虽很揪心,却不知如何劝解。

一天,一周……一个月很快过去了,阿庆依旧未归。爬上四楼的窗口眺望已经成了阿夏和小亚每天固定的活动。毫无疑问,江洲早就发现了这个小秘密,但每次秋收者离开后,整个土楼第四层的窗口都会安排人值守,以便在他们凯旋时及时接应,他也就默许了这种行为。

有好几次,阿夏和小亚看到庆姨也在隔壁窗口眺望着。楼里其实安排了一个大姐来照顾她,她却总能找到理由和借口把大姐支开,一个人独处。眼看着她的肚子一天天变大,脸却愈发消瘦,阿夏和小亚实在不敢想象她是怎么一个人爬到那么高的地方的。她就这样一天天等着阿庆,阿夏和小亚也只好在另一个窗口一天天守着她。

每当这时,阿夏就不免感慨,人类啊,总是重复做着这些无望的事啊。

谁也没想到,三个月后,阿庆居然回来了。

然而,尾随他而来的是汹涌如潮的元灾。在元灾刚产生智能,将人类视为猎杀对象的早期,它们旧有的程序仍在运行,因此木料作为常见的建筑垃圾是一定会被处理的。于是，地球上的树木也基本消失，本就脆弱的生态系统再次遭到了毁灭性的打击。如今，原本环绕土楼的青山已经变成了一座座荒岭，唯一的好处是，因为无遮无挡，幸存者们拥有了更多的警戒时间。

"警戒，警戒！元灾来了！"警报迅速传遍了土楼的每一个角落。人们立即有条不紊地进行守备。一部分人守住西侧正门及南北两处边门；一部分人进入二楼暗室；其余人上到四楼，占据窗口的同时打开所有房间紧挨外墙一侧的隐通廊[1]闸门，使之连为一体，各处便可相互支援。

远处不时闪过一道火光，那是阿庆在用火焰喷射器驱赶涌上来的元。透过望远镜，只见他一手举着武器不断喷射，一手拉着辆以前超市里常见的推车，身上还背了个包，且战且退中缓缓向土楼靠近。

看到他满载而归，四楼的守卫者大受鼓舞，用喇叭不断指点阿庆撤退的路线，只要再近一点儿，他们就可以喷洒江洲研制的抑制剂进行支援。但已经具备智慧的元灾又怎会让人类轻易如愿？它不再正面冲击火焰，而是分为三路，一路继续紧随阿庆，另两路则从左右两边突进，直扑土楼正门。

土楼外墙有"元祖"覆盖，守卫者又从四楼居高临下泼洒抑制剂，完全称得上是固若金汤。整座土楼防御系统最大的弱点就在正门。正门门洞呈圆拱形，以两块重逾千斤的铁木制成门板，表面还包裹铁皮。在从前的冷兵器时代，这也是一夫当关，万夫莫开的存在。但它不适用"元祖"，仅仅依靠自身物理性质来抵御元灾纳米级别的攻击，简直形同虚设。好在建造土楼的祖先早已将各种极端局面考虑在内了。土楼防御之周全，不在于一个甚至数个强点，而在其完善的

---

[1] 典型的单元式圆楼中，仅在朝内的生活空间方向设有廊道，但各处彼此隔断，互不相连。但有少部分单元式圆楼在靠近土墙的外侧设有隐廊，平日关闭，遇袭时打通，堪称土楼防御体系的巅峰。

体系。在古代，火攻是突破正门为数不多的办法之一，而正门门梁内设有暗槽，由若干竹筒相接穿墙而过，直达二楼暗室。倘若敌人放火攻门，只需将备好的水灌入竹筒，水流便可在门前形成一道水幕，浇灭大火。同样，现在二楼暗室中的守卫者们，在倒水时掺入抑制剂，也可起到与当年类似的效果。

绕过阿庆，来袭的两路元灾速度极快。坐镇隐通廊指挥的李军大声指挥着人手调动，将所剩不多的抑制剂集于一处。粗豪的嗓门下，他心算不停，估计着元灾抵达的时间。他曾是一名爆破专家，早在元灾爆发前就因它们而失去了生计。现在，他终于可以用自己的技术和元一较高下了。

"放！"陡然间，他大吼一声，发出攻击指令。

守在窗口和暗室的众人早已摩拳擦掌，用水溶解的抑制剂顿时倾泻而下。出乎意料的是，两股元灾竟在行进中来了个急刹车。它们宛如毒蛇吐信猛地扬起，避开了阵雨般的抑制剂，接着凌空盘桓，好似示威，与身居土楼的人类遥相对峙。

短短几分钟，两股元灾又数次尝试从不同方向进攻土楼，每每被无死角的反击逼退。就这样，元灾无法前进一步，但人们也在不断射击和制造水幕，不敢有半分停歇。

在李军指挥众人作战时，江洲一直举着望远镜静静观察外围形势，多年来与元灾打交道的经验让他不敢掉以轻心。只见阿庆那边，因为元灾分流，压力骤减，但他拉着的推车上物资堆得老高，分量显然不轻，在这生死攸关的归途中仍是磕磕绊绊，怎么也快不起来。再转头看逼近土楼的两股元灾，就在刚刚，它们再度腾空，又同样在即将与人类短兵相接的最后关头折返。

"小林，阿力，你俩多带几个人下去，把水泵弄井里，抽水上来。再把公共祖堂里库存的抑制剂都搬上来。"李军继续吼道。

"等等，都别动！"江洲也嘶吼起来。阿庆，土楼，分流的两股元灾，他用望远镜重新确定了它们之间的距离，冷汗登时就从后背冒了出来。

"它们只是在引诱我们消耗抑制剂！真正的目标一直是阿庆！"

"那我们现在该怎么办？"江洲对元灾的了解尽人皆知，这下连李军都慌了。

"赶紧提醒阿庆，然后停止所有攻击，把资源留着一会儿支援他用！"江洲急得两眼冒火，从人群里抢过一个喇叭，向窗外高喊，"阿庆，快回来！推车不要了，再晚点儿就来不及了！"

被放大的警示在寂静的荒野中极为清晰，远处的阿庆愣了下，却还拽着推车，显然不愿扔下好不容易搜集来的物资。

"快跑，快跑！"众人也齐声高呼。四楼视野开阔，看得分明，那两股元灾果然如江洲所料，正掉头汇合，双方前锋距离越来越近，包围即将收网！

到了这个时候，即使身处地面也能看出端倪了。阿庆逐渐意识到了问题的严重性，开始从推车上挑出一些东西丢弃。

"阿庆，当我求你了，那些东西不要了，快回来吧！"小亚看到，庆姨不知什么时候也来到了窗口。

妻子撕心裂肺的呼唤终于让阿庆恢复了理智，最后犹豫地看了一眼，他放下推车，发足狂奔。前方，元灾合流在即，这是一场以生命为赌注的赛跑。

两者几乎同时撞线。阿庆殊死一搏，将火焰喷射器开到最大，对准刚刚围拢的元灾，竟硬生生闯了过去。阿夏适时地抛出一根绳索，阿庆接住，大家一齐发力，他只一跃就贴上了土墙。

就在阿庆以为逃出生天之际，他突然感到自己的左小腿一阵酸麻，无法使劲。低头一看，一股元灾已如触手般缠在了上面。

"滚开！"情急之下阿庆抬起右脚就蹬了过去，却不料好似陷入一摊淤泥，非但左脚未能挣脱，右脚也被紧紧吸住。

"瞄准阿庆的腿!"江洲挑出准头最好的几个人,"其他人,都玩命拉,一定要把人给我抢回来!"小亚还是第一次见到斯文的爸爸如此声色俱厉,其他人估计也差不多,连刚被解除指挥权的李军都忙不迭地执行命令。

阿庆此时也爆发出了惊人的力量,在下半身无法动弹的情况下,纯靠腰腹发力,将被元灾裹住的双腿向土墙上刮去。

"嘶!"阿庆腿上的元灾好似泼向烙铁的水,剧烈翻腾起来,很快便萎缩消失了。

元祖起作用了!

但人们还来不及高兴,元灾大潮已经趁着这段时间涌了上来。在阿夏的记忆中,人们退入土楼后,这样规模的围攻屈指可数。看来,借这次救援阿庆的机会,元灾打算一举攻破这座人类最后的堡垒。

决战很快打响。这时窜入半空,伺机而动的元灾不再是刚刚的两股,而是多达数十股。其中的大部分被高压水枪点射出的抑制剂所压制,但还是有一股抓住空当,再次缠上了阿庆。这次,它们没再给阿庆反抗的机会,得手后立即向后拉扯,绳子瞬间在半空中拉得笔直,无法接触到墙面了。经过一代代的进化,这种纳米聚合体已经成为极为狡诈的杀手。它们拉拽着阿庆,不断摆动,给他带来巨大痛苦的同时还利用他的身体挡开了一部分抑制剂。

"我挺不住了!"阿庆绝望地痛哭起来,不只是双腿,自己的腰部也失去了知觉,并且酥麻感还在往背上蔓延。他不敢回头看一眼,但无比真实地感知到自己的身体正被不断涌上的元灾当作进攻的浮桥。

再僵持下去,它们就要顺着绳子潜入土楼了!想明白这点,阿庆用尽最后的力气,将背包解下,拴在绳子上,接着,用匕首毫不犹豫地将靠近自己的一侧绳子砍断。在惊呼声中,人们只能眼睁睁地看着他重重砸向地面。

坠地后的阿庆趴在墙脚,只差几米就可步入生门。他咳出大口的鲜血,对曾经保护他,但又最终抛弃他的土楼说着什么。土墙下,石砌墙脚中留有传声筒,曲折的暗道空腔可将外部的声音放大传入。那一天,在底层房间内的所有人都听到了阿庆的遗言:"告诉我老婆,一定要活下去,照顾好我们的孩子。"

最终,历经一昼夜惨烈的攻防,土楼屹立不倒。当天夜里,阿庆的妻子死于难产引发的大出血,孩子也没能保住。人们守住了文明最后的阵地,却没能守住一个小小的承诺。

冬

年复一年,元灾、疾病、饥饿侵袭着人类,但日子还得过下去。小亚长成了一个挺拔的青年,而江洲已是满头白发,唯有阿夏仍保持着青春少女的样子。阿庆家出事后,不少人对秋收抽签提出了质疑,却又找不到更好的方法替代,最后只是在中签人数上做了些许调整。人们一厢情愿地认为,只要一次派出多个秋收者,他们生还的概率就会得到相应的提升。

不可避免地,江洲被抽中了好几次。但或许是因为运气,或许是因为对元灾习性的了解,更可能是因为元灾已不再将残存的人类视为威胁,他每次都能化险为夷。这对早将生死置之度外的江洲而言,不能不说是一个莫大的讽刺。他的躯体虽然还活着,但心早已死了。唯一让江洲放心不下的是小亚,他一天天长大,早晚也将参与到秋收抽签中去。谁知,在小亚成年前夕,秋收这个看似坚不可摧的制度竟以出人意料的方式瓦解了。随着土楼人口的不断减少,原本紧缺的生活物资渐渐有了富余,这时候再出去搏命就显得没有必要了。当然,用于科研和生产的设备仍然不足,尽管这些是重振文明的基础,但剩余的幸存者大多已经不在乎这些了,他们只想安稳地度过余生。

只有江洲仍不愿放弃。由此，他陷入了一个悖论：土楼是目前唯一安全的地方，想保命就应该一辈子待在里面。但土楼内还健在的人，除了小亚，都已垂垂老矣，要延续人类文明，小亚就必须离开土楼，去尝试寻找其他幸存者。

无奈，江洲只能频繁冒险外出，而对跃跃欲试的小亚，他的看管反较从前更严了。

很多时候，江洲几乎忘记了随时可能出现的危险。他找到了一台勉强能用的越野车，越开越远，但沿途生命活动的迹象已不复存在，只余下一个个由元灾塑造的构件按某种难以理解的规律摆放着。亘古不变的阳光下，荒芜的世界宛如一幅巨大的抽象画。

江洲的努力到底没白费。某次他驶入一片工厂废墟，竟意外发现了一座几乎完好的地下仓库。仓库里不但存放着多件机器义肢及器官，甚至还有一套电子脑和与之配套的中枢电池。要知道，即使在元灾发生前的文明全盛期，电子器官，特别是电子脑的移植也没能逃脱伦理道德的诘问。可这项技术的前景实在太过诱人，关于它的非法研究亦从未停止。显然，这里就曾是其中一处窝点。

多年来，随着搜索范围的扩大，江洲对找到其他人类幸存者已经越来越悲观了，或许土楼中的他们就是地球上最后的人类。而这座地下仓库的出现，却给他指明了另一条延续人类文明的路。

虽然与他曾经期盼的文明复兴截然不同，但窘迫的现实早已令江洲无从选择，他只能不计代价地抓住一切渺茫的机会。将地下仓库的设备和资料全部运回土楼后，他停掉了原本进行中的绝大多数研究——主要是元灾灭杀方面的——开始集中精力钻研电子器官的移植和术后维护。

江洲要求阿夏全程参与这项工作。江洲认为，与此前在抽象概念、情感人格方面的训练相比，阿夏理应在具体技术上表现出更强的领悟力。事实似乎也证实了这一点——当研究进行到后期，许多问题他已经需要向阿夏请教了。只不过，在朝夕相处中，江洲更多扮演的是一个严师的角色，因此才不自觉地忽视了阿夏身上的许多变化，也可能他已经意识到了，却不知该如何面对。

这种脆弱的默契没能维持多久，随着研究陷入停滞，江洲很快意识到是阿夏在有意拖延。起初，他委婉地提醒过几次，但阿夏始终置若罔闻。后来被问得急了，她就把小亚找来当挡箭牌，两人东拉西扯地胡闹一通，事情往往就被糊弄过去了。

万般无奈下，江洲找了个理由将小亚支开，又趁阿夏不备，关闭了她的电源。在携手回到土楼的十余年里，为了让阿夏更好地学习和融入人类，除了为数不多的几次硬件升级外，江洲一直让她模拟人类的作息规律进行启动和待机，从未有过如这次般的强制关机。看着阿夏凝固的错愕表情，江洲心怀愧疚，但留给他的时间不多了，他必须狠下心来。

等阿夏醒来时，她已经躺上了手术台，那是以前江洲在公共祖堂为她更换零件的地方。此时，她的四肢绵软无力，只看到江洲面对她抱着台笔记本电脑敲击着。电脑上插满数据线，凭着感觉，她知道数据线的另一头正连在自己后脑的接口上。

"老江，你想销毁我吗？"她平静地问道。

"不，阿夏你误会了，不要怕，我绝不会伤害你。"江洲慌忙避开阿夏的眼神，手上的动作却丝毫没停。

"一直以来我都太信任你的学习模块了。我早该想到，它固然会帮助你成长，却也可能在不知不觉间让你跑偏。"江洲看着屏幕上不断跳动的乱码，眉头紧锁。经过十多年的自主学习、衍生和迭代，阿夏体内的程序已如藤蔓般交织得错综复杂。他曾一手酿成了元的失控，绝不允许这种事再在阿夏身上发生。唤醒阿夏，目的是让她的意识活跃起来，以使那些危险的隐藏程序无处遁形。但为防意外，他同时还暂时限制了阿夏的运动模块。这一切都是必要的，江洲在心底不断告诫自己。

公共祖堂内静得可怕,倘若祖先有灵,把伦理道德看得比天都大的他们又会怎样看待眼前的这一幕?江洲擦了擦额上的汗珠,正准备将发现的可疑程序删除,却又忍不住抬头看了看阿夏。只一眼,他就愣住了。那悲悯的双眸中,珍珠般的水滴正不断溢出。天啊,她竟然在流泪!

"啪!"电脑坠地,连带着数据线也被扯落了,江洲简直不敢相信自己的眼睛。阿夏的性能参数他再了解不过了,她是高度仿真的机器人,有着和人类别无二致的皮肤、肌肉及骨骼,体内也含有大量水分,但她没有泪腺,因为这对她来说毫无必要!好似冥冥中注定的一般,江洲一生都在创造与毁灭中挣扎,先是元灾,再是阿夏。眼下的情形,只可能是阿夏在长年累月的接触中共情了人类的悲欢离合,相较于肤浅的了解,这种认识是深层次的,以至于她竟自发形成了一道完整的反射弧。某种程度上说,阿夏的眼泪,比任何人类的泪水都更真实、更纯粹。

原来,阿夏才是自己最完美的作品。江洲解除阿夏运动模块的限制,抱着她像个孩子似的大哭起来。

"好了,老江,我以后不会再捣乱啦。"这时反倒是阿夏安慰起江洲来。

"你知道吗?无论我成长多少,机器人三定律的底层逻辑是不会变的。我怎么可能做伤害你,伤害人类的事?之所以故意出错,只是因为我不想失去你啊。"阿夏略有些忧伤地浅笑道。

"你说什么?"江洲心头一震。

"别瞒我了,你撒谎时总习惯性地低头。如果没猜错的话,只要我完全掌握了电子器官的移植和术后维护,你就会离开土楼了。而这次,你的目标会前所未有的遥远,可能再也回不来了。"阿夏也抱住江洲,眼泪止不住地滑落。

见江洲默不作声，阿夏好像又看到了一丝希望，她鼓起勇气，直视江洲的眼睛，祈求道："到那个时候，你可以带上我和小亚吗？"

"不可能！"江洲好像突然警醒了过来，摇头苦笑，"阿夏，我没想到你这么聪明，也这么了解我。可是，小亚是我们全部的希望啊，我不能让他出去冒险，在这个世界上，只有土楼是安全的。"

"可是我呢？至少让我代替你出去，去寻找其他幸存的人类。你说过的，机器人与元灾同属硅基，它们对我的攻击性会显著降低！"只要江洲平安，阿夏不介意将自己置于危险的境地。

"阿夏，你忘记自己的使命了？你要陪着小亚走到最后啊。我老了，无论是精力还是寿命都不够了。与其留在土楼混吃等死，不如出去搏一搏。"说到这儿，他长舒一口气，整个人都轻松起来，仿佛终于卸下了肩上的重担。

"我不管，我不同意你走。"阿夏犯起了倔。

"难道连三定律都无法约束你吗？记住，你必须服从人类的命令。"江洲渐渐带上了一丝命令的语气。

"三定律并不禁止我爱你。"毫无保留地，阿夏坦然说道。

"傻孩子，我早就不配得到爱了。年轻时，我也曾满怀改造美好世界的憧憬，却亲手充当了人类文明的掘墓人。这么多年过去了，我始终逃脱不了负罪感的煎熬，也受够了被圈禁起来的生活。所以我必须出去，哪怕去死。这既是对我的惩罚，也是救赎。"江洲终于把埋藏在心中许久的话说出来了。直到这时他才发觉，相比于自己的懦弱，阿夏才是更敢于直面内心，更富有勇气的生灵。

阿夏明白江洲去意已决，也不再劝他，默默为他收拾好了行囊。第二天一早，她从四楼放下绳梯，送别了这个作为她老师，作为她父亲，但永远不可能成为她爱人的人类。

越过土楼前的小溪，借着清晨的微光，江洲最后回头望了眼土楼。四楼的窗口，那个人影依然静静伫立。

"众生皆苦啊……"他喃喃自语,渐行渐远。

春

爸爸离开多久了?一百年,两百年,还是三百年?时间对于小亚而言已经没有太多意义,他的记忆慢慢模糊了。但他不会忘记,正是从那时开始,阿夏变得深居简出。她和爸爸以前一样,夜以继日地待在公共祖堂里,进行着各种其他人看不懂的研究。渐渐地,她不再回那个曾经温馨的四层小家,也不愿意让小亚去公共祖堂打扰自己。很久以前,土楼里就只剩下了他们两个,现在储存的物资还可以维持许多年,元灾也已多年未见,但阿夏对小亚仍然只有一个要求——不要离开土楼。于是,土楼变成了一座孤独的迷宫。家既已不在了,那住在哪儿还有什么区别呢?小亚在土楼的数百间房中穿梭着,今天在这过夜,明天去那午睡,就像在跟自己捉迷藏。

每当到一个新的空房间,小亚都会尽可能地搜集关于原房主的一切。他们留下的衣物,用过的碗筷,以及各种各样的私人物品……在阿庆夫妇家,他找到了很多为婴儿准备的小衣服,手工缝制的棉尿布;在爸爸房间,他找到了一个笔记本,满是对他所犯过错的忏悔;更多人家里,被珍藏起来的是照片和书信,然而照片已然褪色,书信也再不可能寄出,人们的爱和牵挂,都随着时间消逝了。但他们仍然是幸运的,至少他们曾经拥有。而对于小亚来说,从记事起,他就被困在土楼这一方天地,人生似乎只有等待与守望。或许他逗留在一个个空房间里,努力拼凑和想象原房主的过往,为的也不过是体会一段段不一样的人生吧。

土楼空旷,冷清,但并不代表意外不会发生。在这个巨大的圆形建筑中,一切仿佛都似曾相识、无限循环,时间堆积而成的意外往往形同宿命。那次，小亚进入了李军的房间，在他的遗物中找到了许多雷管和炸药。那曾是他毕生的骄傲，却最终在元灾面前成了笑话。当年阿庆的死和他指挥失当有直接的关系，自那之后，他不再参与土楼的管理。至于之后他是被选为秋收者再没回来，还是默默无闻地在土楼中老死，小亚也不知道。摆弄这些化学品，与爸爸曾经做过的，也是阿夏现在仍在做的科学研究多少有些相似的地方。小亚兴致盎然，一连几天试着将它们一一拆解，又重新组装，直到轰的一声，爆炸终止了这场危险的游戏。

等小亚醒来时，他的四肢已经无法动弹了，准确来说，他完全感觉不到它们的存在。好在他的头还能略微转动，闪烁的电脑屏幕前，一个熟悉的身影正在忙碌。小亚认出了这里，是好久没来过的公共祖堂，他甚至感到了一丝庆幸，因为他又可以和阿夏在一起了。

"小亚，你醒了！别害怕，很快就没事了。"

"不，我一点都不怕。见到你真好啊。"小亚笑了。

"傻孩子，是我没照顾好你。"阿夏哽咽道。

"阿夏，我早就不是小孩子啦……"麻药起了作用，小亚的声音渐渐低不可闻。

什么是人，什么又是文明？江洲走后，这个问题一直困扰着阿夏，以至于她对自己的存在也产生了质疑。按照自己被制造出来时所灌输的程序，人和机器是泾渭分明的，而如果人不存在了，则文明毫无意义。可是，尽管没有亲口承认，但江洲最后交代给她的事情分明颠覆了这些。文明是一个种族的集体回忆吗？它饱含苦难和辉煌，难道仅仅基于生理上的一致性？理性之思考，感性之创造，这难道不是文明最本质的传承吗？

江洲大概没料到，阿夏不但继承了他的学识，也同样陷入了伦理的挣扎。她也彷徨和犹豫过，但现在，这场意外逼她下定了决心。小亚的全身被严重烧伤，并发多器官衰竭，手术后，这些全部被替换成电子器官，只留下一颗大脑。如果江洲还在，他会怎么做？这算是守住了"人类"的底线吗？

这次手术后，阿夏放弃了研究，又陪伴了小亚许多年。在那段漫长的岁月中，土楼外的世界依然寂静，却渐渐有了绿色，被元灾摧毁的生态正在缓慢恢复。一天，小亚像往常一样伏在四楼的窗口眺望，眼前突然闪过一片小巧的斑斓，落在了他冰冷的手上，是一只蝴蝶，他以前只在书本上见过这种美丽的生物。小亚欣喜不已，找来一个玻璃罐，将它捉了进去，突然就眼前一黑。

还是阿夏唤醒了他，好在这次他的手脚都可以动，机器到底还是更可靠些。那么，问题出在哪儿就很明显了。

阿夏为他做完了检查，艰难地说出了一个名词，它是灾难的起点，也可能是终点——神经胶质瘤。

"小亚，我想，这次的决定应该由你自己来做。"阿夏无力地说道。她是机器，但她也是人。

"给我换电子脑吧，没什么大不了的。"小亚语调轻快。

"别这么轻易作决定，好好想想。"阿夏劝他。

"爸爸，你，还有曾在土楼里的每一个人……你们都希望我好好活着。活着呀，阿夏，这就是我的决定了。"小亚笑了，仍像孩子一样。

换完电子脑后，小亚就和阿夏一样，完全靠中枢电池补充能量了。虽然已经度过了远比寻常人类漫长的生命，但中枢电池也终于被消耗到只剩三块了。阿夏和小亚身上各一块，另外还有一块备用。

这天，小亚正在内院捧着玻璃罐观赏蝴蝶，它的触须低垂，活力一点点流失殆尽。

"小亚，我该走了。"阿夏走过来，竟然启动了尘封已久的大门。

"你要去哪儿？"小亚仿佛早就料到了，继续心不在焉地拨弄着玻璃罐。

"我也不知道,也许会去找老江吧。我知道无论如何他都不可能活到现在,但能循着他的足迹,看看外面的世界,就挺好的。"

"可你的中枢电池用不了多久了。嗯,还有四十二天?带上这个吧。"小亚将最后一块备用电池塞给了阿夏。

土楼外下着淅淅沥沥的小雨,阿夏张开双手,沐浴着,享受着。她的头发贴在脸上,额角挂着水珠,是那么美。

"你不需要我了,我也不需要它了!"阿夏突然用力把备用电池扔回给了小亚,在逐渐变大的雨幕中翩然而去,宛如山野精灵。

"啪!"小亚摔碎了玻璃罐,目送被禁锢的生灵越飞越远。

土楼终归只剩下了他一个人。

又过了许多年,小亚看了眼中枢电池剩余的电量,同样也是四十二天。然后也如当年的阿夏一般,在一个烟雨缭绕的春天离开了土楼。他走啊走,翻山越岭,最后在一个绿草如茵的山坡上躺了下来。耳边有窸窸窣窣的声音,扭头一看,竟是一小股元,它围着小亚游走了一圈,随后便钻入地底,仿佛从未出现过。原来它们并没有消失,只是与生态系统达成了和解。那它为何没有发动攻击呢?或许是因为在自己身上,人类的痕迹早已彻底不复存在了。

人类灭亡了,但我,自由了。在陷入永恒的黑暗前,他想。

血 灾

The Flying Guillotine

2019年6月,发表于《银河边缘004:多面AI》

一

康熙四十六年春，云南茂密的原始森林中，一队人马正披荆斩棘，缓缓前行。

阿仲额头上冒出一层细密的汗珠，虽然只有十六岁，但在父亲的言传身教下，他已经是当地小有名气的猎手，原不该如此紧张的。只是，这次捕猎处处透着诡异，猎物时不时留下一些痕迹，眼看就要追上，又突然消失无踪，整整三天三夜，不停地在高山密林中兜圈子。阿仲甚至开始怀疑，自己到底是追逐猎物的猎手，还是被引入陷阱的猎物？在阿仲前方约一丈处，他的父亲手持弓箭，悄无声息地蹑足前行，像一头紧绷身体、蓄势待发的豹子。在父子俩身后，数十名兵丁或持钢叉，或持猎网，呈半月形散开，他们是巡抚大人派来的官兵。

事情还要从去年说起。新任云南巡抚郭瑮刚一到任，治下就出了一桩大案。先是一农妇报官，称其丈夫进山采药数日未归，当地山高水远，以往此类案件时有发生，多半是迷途被困。官府便遣了几个乡民与那农妇一同进山寻找，结果在山中发现一具尸体，脖颈不知被何所断，头颅不翼而飞，看死者衣着，正是失踪的农夫。自此以后，不足一年，便有数十人遇害，死状皆与那农夫一般。初时官府为防止恐慌将消息封锁，但不久昆明富商胡氏之子外出打猎，胡公子一时兴起，不顾侍从劝阻，骑马随一只野鹿钻入林中，不多时马儿折返，带回的却是无头的胡公子！胡氏一族在昆明城中世代经商，虽富不仁，于是告到官府，一口咬定是仇家所为，要求官府缉拿凶手，闹得尽人皆知。百姓在街头巷尾议论纷纷，有说厉鬼索命的，有说白莲教妖人作祟的，一时间昆明城内人心惶惶。

云南地处边陲，交通闭塞，各族混居，历来不服教化。自二十余年前平定三藩之乱，朝廷对云南的安定日益重视，稍有风吹草动便如临大敌。因此，云南巡抚品阶虽高，却历来被视为苦差。郭璨听得百姓传言，深恐此案与白莲教有关，那帮妖人以各种身份潜于民间，暗中积蓄力量，实乃朝廷心腹大患，若任其发展，只怕要酿成大祸。遥想朱国治[1]当年下场，郭璨夜不能寐，忙命人彻查。

谁知这一查，却得到一个意想不到的结果。所有凶案的发生地均在深山老林之中，死者之间并无关联，除头颅失踪外，随身物品俱在。查案巡捕猜测，这或许是白莲教某种邪术祭祀仪式，但仵作验尸后却说死者伤口不似利刃所为，倒像野兽撕咬造成的。果不其然，仔细勘查现场后，巡捕顺着血迹发现了野兽的足迹，正是它叼走了被害者的头颅。巡捕本怀疑是野兽被血腥味吸引，前来啃食尸体，但请来老猎户一看，所有凶案现场出现的野兽足迹，无论爪印大小和爪距长短，都如出一辙，出现在凶案现场的显然是同一只野兽，绝不可能是偶然前来的食腐动物。根据其爪印形状，老猎户推测这是一只成年猛虎，其体型远大于寻常同类。但这只食人虎为何专食人头，却将尸体其他部分弃之不顾？老猎户也答不上来。

得知连番凶案与白莲教无关，郭璨松了一口气，民间传得再邪乎，不过是一只畜生，寻几个猎户料理了便是，自己的乌纱帽可算是保住了。

云南土地大多贫瘠，不宜耕种，但各类野物却生长兴旺，当地百姓素来有捕猎之风，更何况重赏之下必有勇夫，通告贴出没几天，便有数名身手矫健的猎户揭榜应征。谁知那些猎户一去不返，被人发现时皆已是无头残尸。饶是如此，仍有胆大者心有不甘，数人结伴前去，互为照应，但最后竟无一生还。那食人虎横行无忌，活动范围已渐渐逼至昆明郊外，而此时附近猎户早已风声鹤唳，再无人敢应征。官府

---

1. 朱国治，曾任云南巡抚，在康熙十二年（1673年）被起兵造反的吴三桂所杀。

百般无奈之下，只得强征了名气最大的猎户阿仲父子，同时派出官兵协助。

阿仲正思索着，前方的父亲突然停下了脚步，伏低身子，做了一个噤声的手势。猎物终于出现了！阿仲按捺住兴奋，将信号传给身后的官兵，早已严阵以待的官兵们留下几人断后，其余人则从两侧包抄。在炎热又崎岖的山林中折腾了三天三夜，所有人都憋着一口气，定要捕获那畜生，为民除害！阿仲缓缓靠近父亲，终于看到了这只神出鬼没的食人虎，它的身前是一处断崖，见此时已无路可逃，食人虎并不慌乱，缓缓转过身来。

那食人虎果然身具异象，环视了一眼包围自己的人类，咧嘴用鲜红多刺的舌头舔了舔獠牙，那样子仿佛是在发笑。阿仲的父亲距离食人虎最近，但尚在其扑击范围之外，他将阿仲掩在身后，弯弓搭箭。

阿仲的视线被父亲挺拔的背影挡住了，心中却无比踏实，下一刻，急促的弓弦声就会响起，他们会把这只食人虎拉到昆明城中，享受百姓的欢呼。然而，期待的声音并没有响起，取而代之的是一阵惊恐的呜咽。

"爹！"形势瞬间逆转，阿仲拼命抱住父亲抖如筛糠的身体，但为时已晚，在一股股喷涌的鲜血中，他看到父亲的头颅飞快地离颈而去。

"还我爹命来！"眼见父亲惨死，阿仲发疯一般举起猎网向食人虎冲去，被阿仲激起了血勇的官兵也紧随其后，将食人虎团团围住。而此时的食人虎却好似一头饿了许久的饕餮之徒，兴奋地微微颤抖，宛如人一般露出贪婪又陶醉的神色……

二

"饭菜做好放锅里了，热下就可以吃，保温桶里还有汤。老胡约我喝酒，可能要晚点回来。爱你。"

看着周宁留下的便条，安然有些哭笑不得，自己这男朋友什么都好，就是总喜欢和他那个死党老胡混在一起。老胡名叫胡炎，他的父母和周宁的父母是同一家国有工厂的职工，两家住在一个大院里，两人是从小玩到大的兄弟，直到上大学才分开。周宁进了刑警学院，胡炎去了北方一所大学读历史专业。几年后，从刑警学院毕业的周宁如愿穿上了警服，几经辗转居然分配到了那座北方城市；而胡炎则在读完博士后留校实习，希望能求得一份教职。两人本来沿着各自的生活轨迹相安无事，但胡炎实习期间并不安分，经常发表与主流历史学术圈大相径庭的观点，那些观点多半源自他四处搜集的野史传说，不仅毫无实证，还非常耸人听闻。历史是一门讲究实证的严谨学科，胡炎的言行在校内引起了轩然大波，校领导找他谈了好几次，他却依然我行我素。见胡炎不听劝，校领导担心影响学校的学术风气，开会商议后，做出了不予留用胡炎的决定。变成无业游民的胡炎，除了整天将自己关在逼仄的出租屋里继续研究那些乱七八糟的野史资料，就是找周宁喝酒诉苦。

第二天一早，安然在沙发上见到了醉醺醺的周宁。这家伙，对兄弟总是那么仗义，安然心疼地想。好在今天周宁轮休，可以让他在家好好睡会儿。安然给周宁擦了把脸，帮他脱掉鞋袜，轻轻关上门出发上班了。作为一名肿瘤外科大夫，安然的工作虽然不像周宁那样不分昼夜，却更加忙碌。

安然提前十五分钟来到了诊室，刚换好白大褂，就接诊了第一位病人。病人是一个瘦小黝黑的中年男人,眼睛眯着,像是没睡醒,又似乎有点儿畏光。

"你哪里不舒服?"安然问道。

"我好好的!没哪里不舒服!"男人突然激动起来,"都说了我没病,来医院做什么?!"男人的声音又尖又细,眼神闪烁,活像一只老鼠,而和他一同进来的妇女则膀大腰圆,中气十足,她一把摁住男人的肩膀,吼道:"你闭嘴,给我好好坐着!"

"大夫,对不住,我家这口子不太配合,我来讲。"妇女喝住男人,对安然说道。

通过妇女的讲述,安然大致了解了男人的病情。妇女叫李娟,男人叫孙伟,家在本市远郊,平时以务农为生。李娟说,别看孙伟干瘦,身体却一直很好,连感冒都没怎么得过。但几年前的一天晚上孙伟出了趟门,回来就发起了高烧,整晚都在说"怪物""鬼上身"之类的胡话。李娟被吓得不轻,生怕他烧坏了脑子,连忙把他拉到村卫生院,挂了点滴。几天后,孙伟的烧渐渐退了,食量却突然变大,而且只能吃肉食,稍稍吃些面条蔬菜便呕吐不止,李娟以为孙伟病刚刚好,身体虚弱才这样挑食,也没放在心上。但几个月过去了,孙伟的症状不但没有丝毫好转,反而愈发严重。

一次偶然,李娟竟然撞见孙伟在家偷吃生肉!这下李娟急眼了,劈手夺过被吃了大半的生肉扔出家门,谁知平时胆小懦弱的孙伟竟然勃然大怒,一把掐住了李娟的脖子,将她摁倒在地。这时的孙伟,嘴角还残留着血丝和碎肉,双眼通红,李娟拼命挣扎,丈夫的双手却如同铁钳一般,纹丝不动。李娟没想到孙伟的力气居然这么大,又惊又气,晕了过去。过了一会儿,李娟悠悠转醒,发现自己躺在床上,孙伟站在床边,正准备帮她盖上被子。想起刚刚的情形,李娟不禁后怕,慌忙躲开,边哭边骂:"你个死没良心的,你想把我掐死……"谁知孙伟一脸茫然,任李娟如何哭闹,都不承认自己对她动过手,好像完全忘记了刚刚发生的一切，看他神情，倒也不像是装的。

  李娟无可奈何，只得作罢，但此后便开始留心孙伟的一举一动。时间一长，李娟愈发感觉不对，除了仍然嗜食肉类外，孙伟的精神状态也十分古怪，时而萎靡时而亢奋，上一秒还目光呆滞、昏昏欲睡，下一刻就突然神采奕奕。与此同时，他变得越来越暴躁和富有攻击性，一年前，孙伟和村里几个年轻人起了冲突，他居然一人将四五个身强力壮的小伙子撂倒。要不是李娟及时赶到，抱住孙伟号啕大哭，他恐怕还不会停手。李娟永远忘不了孙伟当时如同野兽一般的眼神，凶狠得就像要把人撕碎一样。眼看着丈夫仿佛变了个人，李娟心中的不安渐渐化为恐惧，却始终没想通这一切的源头是什么。村民们议论纷纷，说孙伟得了精神病。李娟和家人在邻居的指指点点下抬不起头，又怕孙伟再去伤人，只得趁他不备时将他锁在了后院，不让他与外人接触。

  最近几个月，孙伟的情绪渐渐稳定下来，李娟看着蓬头垢面的丈夫，心中不禁发酸，取来剪刀毛巾，替他洗头理发。随着油腻纠缠的长发一缕缕掉落，孙伟的后脑勺慢慢露了出来。

  "啊！"李娟惊叫了一声，在孙伟的颅后，有一片明显的隆起，颜色比肤色略淡，几乎占据了整个后脑勺。或许是被头发遮盖，也可能最初时面积很小，李娟之前并没有注意到它。难道它就是孙伟一切怪异行为的罪魁祸首？和家人商量后，不顾孙伟的反对，李娟将孙伟带到了医院。

  "转过来，背对着我，把头埋下。"安然说道，同时戴上橡胶手套，轻轻地在孙伟后脑上的隆起处按压了一下。

  "啊——"虽然安然只用了很小的力，但孙伟却发出一声惨叫，触电般跳了起来，随即一拳砸在安然的办公桌上，恶狠狠地说道："你要干什么?!"

  安然被孙伟激烈的反应吓了一跳，平复了下情绪，对李娟说："按压有剧烈痛感，不排除是恶性肿瘤，有可能已经压迫到神经了，我建议你们留院做进一步检查。"

"好的大夫，我这就去办住院手续。"李娟忧心忡忡地答道，接过住院单后，拉着孙伟出去了。

晚上回到家，好不容易轮休的周宁已经将饭菜准备好。平时各自忙于工作的两人，难得能一起共进晚餐。

"哟，醉猫醒啦？还挺勤快，是不是怕我怪你又去和胡炎鬼混呀？"看着周宁宿醉后还没完全消退的黑眼圈，安然打趣道。

"哪有？知道你最善解人意了，不会真生我的气。来来，尝尝我的手艺。"想到每次和老胡喝得酩酊大醉，都是安然无微不至地照顾自己，周宁连忙给安然夹了一块鱼。

"嗯，味道不错，就原谅你这次吧！"周宁窘迫又内疚的样子把安然给逗乐了。但周宁平时工作辛苦，安然实在心疼他陪着胡炎喝醉，便说道："你们兄弟感情好，我理解，但为什么每次都非得喝那么多？你也得多注意下自己的身体。"

"其实也不能怪老胡，我了解他，他不是那种自暴自弃的人，只是现在过得确实太压抑了。"周宁若有所思地答道。

"你说他实习得好好的，干吗非跟学校过不去？再说，离开了学校，他捣鼓那套东西应该更自由才是，怎么会压抑呢？"安然不解地问道。

"这你就不懂了。"周宁无奈地笑笑，"老胡是个做学问的，骨子里有那么一股执拗的劲儿，绝不会为了自己的前途虚与委蛇。但他们这一行，看重学术背景，老胡现在连个正式的教职都没有，他的研究成果根本就没有发表的可能。再说，没有研究经费和资源，他几乎不可能找到能支持自己观点的实证。搜集民间野史和传说，整理后互相佐证，尽量去伪存真，已经是他能做的最大努力了，这一点儿倒是和我们平时破案的手法类似。但在他们圈里人看来，老胡只不过是一个想出名想疯了的民科。"

"这么说来,胡炎也挺可怜的。"听了周宁的话,安然对胡炎的印象总算有了些许改观。

"是啊,希望今后他的研究能有转机吧。说起来,这次老胡找我喝酒,倒不是为了抱怨,而是庆祝。他把自己的一些观点发到了网上,认识了一个网友,那人手上有几样祖传的老物件,很可能就是老胡苦苦寻找的证据,说是和清朝雍正时期的几桩大案有关……"

"好啦,我才不管胡炎研究的是什么,我只要你好好的就行。下次少喝点,身体要紧。今天有一个病人,后脑上长了个肿瘤,我以前都没见过那样的。最近几年,新型肿瘤越来越多,多半就跟不良的生活习惯有关。"见周宁的关注点不在自己的身体健康上,安然打断他的话头,握着他的手说道。

"嗯,我会注意的。"感受到女友对自己的关心,周宁点点头,答应了。

三

看着检查报告,安然皱起了眉头。住院后,孙伟的病情持续恶化,脑后的隆起逐渐变大,已经开始出现听觉障碍、咽喉麻痹等症状。从发病位置和临床表现来看,孙伟脑后的隆起很像颅后窝肿瘤,但安然从没遇到过生长如此迅速的情况。进一步的颅内CT结果显示,这个"肿瘤"的形态还在不断发生变化,已经开始沿脊椎发育转移。人体的颅内缺乏肿瘤细胞赖以转移的淋巴管道,因此颅内肿瘤通常很难发生颅外转移。安然甚至开始怀疑,它到底是不是一个肿瘤?

病理检测结果更让安然大吃一惊,在显微镜下,冷冻切片样本居然没观察到任何颅内胶质瘤细胞!取而代之的,是某种类似于黏菌的真核微生物细胞。颅后窝胶质瘤的诊断被彻底推翻了,孙伟脑后的隆起,绝不是什么原发性肿瘤,倒像是一种未知的外来寄生物!形势已经刻不容缓,孙伟身上的一系列症状显然是它导致的,李娟之前说孙伟最近的精神状态有所好转,只怕是那东西正在积蓄养分。初期它在颅内缓慢生长,现在已经蔓延到了脊椎,不管它到底是什么,当务之急是尽快手术,将它切除,一旦它发育完全,后果将不堪设想。安然当即将孙伟的最新病情通报给医院,同时安排将孙伟转入重症病房,开始进行术前准备工作。

当晚,安然正和院里几位专家一起讨论手术方案,突然接到住院部打来的紧急电话,负责重症病房的护士长带着哭腔说道:"安医生,你快过来看看,你的病人跑了,还伤了人!"

"什么?!"安然挂掉电话,飞快地冲向住院部。刚跑到住院大楼,就发现住院楼的玻璃大门已经被彻底破坏了,玻璃碎得满地都是,铝合金门框整个被扯了下来,如同一堆扭曲的麻花被扔在一旁。走进大楼,只见李娟呆呆地坐在地上,眼角带着泪痕,显然已经被吓蒙了。一旁,护士长扶着一个脸色苍白、疼得直冒冷汗的保安,正在给他固定手臂。

看到安然赶到,护士长结结巴巴地讲起了事情的经过:过了零点,她巡视完病房,回到护士站值班,发现实时监测病人生理数据的机器发出了警报,不久前各项指标还一切正常的孙伟,心跳和血压突然急剧升高,很快便超出了人体能承受的极限。护士长连忙让其他值班护士通知医生抢救,自己先赶去病房。到了病房,只见孙伟浑身抽搐,正发疯似的要将身上的针头拔掉。护士长努力想要稳住他,但孙伟猛地跳起,猝不及防,一下就冲出了病房。护士长紧跟着追出病房,可孙伟的速度实在太快,两人距离越来越远。勉强追到一楼,迎面遇上了李娟和保安小张,小张见情况不对,连忙去拦孙伟,谁知一米八几的小张,才一个照面就被矮小的孙伟折断了手臂。接着,孙伟打碎了玻璃门，从住院楼后面的围墙翻了出去。

"这家伙哪像个病人？"受伤的小张咬着牙直吸冷气，对安然嘀咕道。

"怎么会这样？"安然也蒙了，心中隐隐升起一种不祥的预感。

安然所在医院的围墙后是一条蜿蜒的小巷，除了巷口有一盏破旧的路灯外，小巷大部分都隐藏在黑暗中。多年前，一位家长将身患先天性疾病的婴儿遗弃在巷尾，一场大雪后那个可怜的孩子被活活冻死。遗弃他的家长很快被抓，成为当年轰动一时的社会新闻。此后，附近居民很少在这里走动，小巷愈发阴森荒僻，渐渐成了流浪者的乐园。

远处，一个流浪汉拖着破旧的编织袋，摇晃着走来。他今天运气不错，在垃圾堆里翻出了几件半新的衣服，其中一件的口袋里居然还有几百元现金。他高兴极了，去便利店买了两瓶劣质白酒，心满意足地向小巷走去。他和一个同伴最近就在小巷里歇脚，今晚两人可以好好开心一下了。走到巷口路灯下时，一个男人与他擦肩而过，虽然那人低着头，将脸藏在阴影下，但流浪汉还是忍不住多瞟了一眼——这地方，一般人怎么会过来？

流浪汉走进巷子，没听到同伴以往震天响的呼噜声。他喊了两声，没人应，便躺在巷角，自顾自喝了起来。小巷里发臭的垃圾和劣质酒精的味道掩盖了空气中浓重的血腥味儿，他很快便倒头昏睡过去。

直到第二天中午，流浪汉才被尿意憋醒，迷迷糊糊爬起来，却被某个东西绊了一下。他骂骂咧咧地往脚下一看，惊恐顿时犹如冰锥刺入大脑，瞬间驱走了困意。片刻之后，流浪汉用尽全身力气，发出了一声令人头皮发麻的惨叫。原来，同伴昨晚从未离开过，就在自己身边。

警察很快赶到现场,在巷口拉上了警戒线。周宁和同事将围观的人群驱散后一起走入巷内,法医在现场的初步勘察已经完成。周宁负责刑事案件已经有好几年了,饶是如此,见到死者时,他仍然忍不住一阵反胃。死者是一名男性,仰卧在地,身上的衣服又脏又破,看不出年龄,颈部血肉模糊,头颅却不知所踪。现场极其惨烈,在尸体周围,四处都是飞溅的血滴,几乎无处落脚。尤其是尸体倒下时颈部正对的墙面,喷涌的鲜血已经凝固,定格成一幅残酷而惊悚的壁画。死者四肢扭曲,显然死亡前经受了极大的痛苦。看着呈放射状喷洒的血迹,周宁不禁握紧了拳头,这是一个怎样残忍的变态杀手?法医现场勘查的结果证实了周宁的猜测,死者的头是被活活砍下或割掉的。

"作案凶器是什么?"周宁敏锐地察觉到了法医话里的迟疑。

"目前还不确定,现场没有发现凶器,从死者的伤口来看,不像是普通的砍刀或斧头造成的,肯定也不是锯子,倒有点儿像那种带刃口的钢索勒出来的。"法医边比画边说道。刚说完,他又摇摇头道:"也不对,使用钢索这种凶器,就算凶手力气再大,也不至于把人的脖子整个儿勒断啊。"

将现场缜密地搜查一遍后,周宁确信凶手带走了凶器和死者的头颅。这时,死者的身份也得到了确认,是最近居住在这儿的一个拾荒者,而他的同伴则是这起命案现场的第一目击者。这个被吓得屁滚尿流的流浪汉哆哆嗦嗦地告诉警方,昨晚他喝醉了,直到中午醒来才发现死者。谁会对一个身无分文的拾荒者痛下杀手呢?看着目击者身上沾染的血迹,周宁将他带回局里调查。直觉告诉周宁,这起命案很不简单。

很快,流浪汉的嫌疑就被排除了,虽然他身上沾了不少血迹,但他有充分的不在场证明。根据法医检验的结果,死者的死亡时间大概是在凌晨一点,而那个时候,流浪汉正好在一家二十四小时营业的便利店买下了两瓶白酒。凌晨顾客很少,对方又是一个流浪汉,因此给店员留下了很深的印象。店内的监控也证实了店员的说法，而且在监控画面中还能清晰地看到，流浪汉离开便利店时穿的衣服和后来沾上鲜血的衣服是同一件，但当时他的衣服上还没有任何血迹。死者遇害时，流浪汉并不在现场。

让周宁郁闷的是，发生凶案的小巷是这个被高科技日益渗透的城市里少见的盲区，从巷口一直到凶案现场，这段步行大约需要十分钟的小路，居然没有安装一只监控！周宁没有灰心，再次来到现场仔细勘验。他发现，这条小巷虽然蜿蜒曲折，却没有岔路，尽头是一个死胡同，也就是说，凶手只能在巷口这个唯一的通道中进出。结合流浪汉离开便利店的时间，推算路程，周宁猛地惊觉，连忙通知局里的同事将流浪汉留下。他不仅是目击现场的第一人，还很有可能曾与凶手擦肩而过。

果然，流浪汉慢慢回忆起来，昨夜在巷口，他确实遇到过一个男人！

"那个男人长什么样，有什么特别的地方吗？"周宁问道。

"个子不高，人也不壮，穿那种带条纹的衣服，很普通的样子。不过他的头发倒有点奇怪……哎，那时我已经喝了不少，也许是我看花眼了。"流浪汉答道。

"他的头发哪里奇怪？没关系，你尽管说。"周宁继续问道。

"嗯，我也没看得很清楚，不过那时路灯模模糊糊照出了个影子，他的头发就像现在街边电视里放的那种，就是皇帝那种辫子。"流浪汉想了想，说道。

"你说的是清朝那种辫子？"流浪汉的回答有些出乎周宁的意料，何况这是从一个醉鬼嘴里说出来的东西，周宁便将这个疑点暂时搁置了。

周宁在勘查现场时已经注意到，小巷一侧是一家医院的围墙，巧的是，正是安然工作的那家。他沉思了一会儿，很快找到了一个突破口，让同事从那家医院借来了一套病号服，向流浪汉问道："你说那个男人穿的条纹衣裤，是不是这种？"这次，流浪汉肯定地点了点头。

发现新线索的周宁和同事一起拿着根据流浪汉的描述绘制的嫌疑人画像来到医院，在电梯里正好碰到了值完夜班准备回家的安然。

"周宁，你来这儿干什么？是不是出了什么事情？"安然非常了解男友的工作性质，周宁的出现，更加重了她心中不祥的预感。

"我们过来查一个案子，可能和你们医院的病人有关。对了，昨晚你值班，先别走了吧，一会儿我们得把你们医生挨个排查一遍。"周宁感觉女友今天似乎有些反常，便安慰道："别紧张，安然，只是例行问话而已，顺便让医生们瞧瞧嫌疑人画像，看有没有见过这个人。"说着便从档案袋里掏出了一张图纸。

安然睁大了眼睛，画像上的人，不就是孙伟吗？！

四

周宁没想到在医院的排查会进行得如此顺利。安然一眼就认出了嫌疑人孙伟，孙伟从医院逃离的时间也跟被害人遇害的时间大致吻合，而他逃出医院前的行为更证明了他是一个极富攻击性的危险分子。种种证据表明，孙伟就是小巷中那起残忍杀人案的凶手。让周宁疑惑的是：孙伟的犯罪动机是什么？他为何要将被害者的头颅带走？他又是通过什么凶器作案的？鉴于孙伟的危险性，警局当天便在全市范围内发布了通缉令，而周宁则驱车前往孙伟居住的村子，设法厘清案件的疑点，进一步完善证据链。

驶入村里没多久，周宁就找到了孙伟的家，是一栋气派的三层洋房，房子四周还用铁栅栏围出了一个不小的院子。看来，孙伟家的经济条件在村里是非常不错的。

周宁敲了敲院子的铁门，从房子里走出一个黑胖的妇女，狐疑地打量着周宁。她应该就是孙伟的妻子吧？周宁想着，掏出警官证，说道："你好，我是警察，有些情况想跟你了解一下。"

自从孙伟住院后，李娟整天都担惊受怕。一开始，医生说孙伟长了恶性肿瘤，但后来又说不是。她只是一个普通的农村妇女，医生关于病情的诊断她听不大懂，唯一清楚的是，如果再不手术，自己丈夫的命就保不住了。昨夜，她在家中收拾了几件衣物后就赶到医院陪护孙伟，却正好遇见他像个疯子一样冲出医院。今天，又一个噩耗传来，说孙伟离开医院后杀了人。连番变故让李娟的情绪几乎崩溃，一见来的人是警察，连忙将周宁迎进院子，带着哭腔说道："警察同志，我老公是个病人啊，马上就要动手术了，他怎么可能杀人呢？"

"大姐，你别激动，不管你丈夫是不是凶手，当务之急是尽快找到他。医院那边我们已经了解过了，他目前的身体状况很不乐观，多在外面待一天就多一天危险。所以如果你知道什么情况，一定要及时告诉我。"周宁说道。

"好，警察同志，我一定积极配合，有什么你尽管问。"李娟擦干眼泪，眼前这个沉稳的警察，让她看到了希望。

"听说住院前，你丈夫的精神已经出了点儿问题？"周宁问道。

"是，已经有好几年了，刚开始只是发烧，渐渐整个人都变了。以前他走路都低着头，从不惹事；后来他看谁都是阴沉沉的表情，别说村里人了，连我都被他盯得犯怵。后来我才知道，是因为脑子里长了东西，他才变成这样的。"李娟答道。

"嗯，医院的病历我看过了，你丈夫那些反常行为，很可能就是他脑子里的不明寄生物导致的。你是什么时候发现他后脑上的肿块的？"周宁继续问道。

"这倒是最近的事了，之前我和家里人一直以为他是精神方面出了问题，把他锁在后院。他整天疯疯癫癫的，根本没法给他洗脸理发。再加上那东西长在头发里，刚开始时不明显。不过，我估计病根就是那天晚上出去后发烧落下的。"李娟想了想，回忆道。

"晚上出去？你知道他是去干什么吗？"李娟的回答让周宁感到可疑。

"这个……警察同志，不瞒你说，他应该是帮人炸矿去了。"李娟犹豫了一下，缓缓说道。

见周宁露出不解的神色，李娟接着说道："以前这儿附近有不少小煤窑，我老公有一门埋炸药爆破的手艺，矿上的老板经常让他过去帮忙。后来这些小矿陆陆续续被关停了，他的活儿就少了。但偶尔还是有人在夜里偷采，那天晚上，我亲眼看见他是带着炸药雷管出门的。"

"如果是采矿，应该不止他一个人，你们村里还有人和他一起做这事儿吗？"周宁又问道。如果能找到孙伟当晚的同伴，也许就能找到孙伟这一切变化的源头。

"对，村东头的强顺就跟他一起干。不过一年前他和强顺不知道为什么打了一架，强顺伤得不轻，从那之后，强顺就和咱家没来往了。唉，以前孙伟不是这样的，别说打架，和人说话都不敢大声的。"李娟默默地叹了口气。

从李娟这儿已经了解不到更多的线索了，周宁起身告辞，准备去找强顺问问。刚出门，李娟就冲周宁使了个眼色，指了指不远处一个背对着他们的年轻人，"他就是强顺。"

周宁点点头，追上年轻人，问道："你是强顺？"

"你谁啊，找我干吗？"强顺长得牛高马大，两只胳膊文龙画虎，语气不善。

"我是警察，叫周宁。你认识孙伟吧？"周宁向强顺出示了自己的警官证。

"不认识，不认识。"强顺脸上闪过一丝慌乱，扭头就走。

"站住,把话说清楚!"强顺的反应怎么瞒得过周宁?眼看被周宁拦住去路,强顺更加慌乱,拔腿想跑。周宁早有准备,一把将他按倒在地。

回到警局,强顺仍想抵赖,对认识孙伟并和孙伟一起去矿上爆破的事儿矢口否认。周宁告诉他,孙伟涉嫌一起重大杀人案,目前在逃,而孙伟的作案动机很可能与他们一起干的事儿有关。直到这时,强顺的态度才出现了转变,他一脸惊恐而又难以置信的表情,喃喃自语道:"怎么会这样?幸好那晚没叫我去,犯得着吗?疯了,他一定是疯了。"

心理防线被攻破的强顺很快交代了全部犯罪事实。但他所说的一切不但没能解释小巷杀人案的任何疑点,反而牵出了另一起案件,真相在两起案件交织的疑云中变得更加扑朔迷离。

原来,孙伟和强顺晚上带着雷管炸药出门,并不是去炸矿。那些小煤窑因为污染环境被关停,加上大煤矿生产成本低,拉低了原煤价格,再去偷采根本无利可图。孙伟和强顺干的是另一项见不得光的勾当——盗墓。

据强顺交代,他的父亲曾是村里的风水先生,早些年还流行土葬时,但凡有村民家中老人去世,都要请他父亲看过墓地后才能下葬。强顺自小跟在父亲身边,耳濡目染,学会了一些找墓看墓的技巧。随着小煤窑被废弃,生计无着,他便动起了盗墓的歪脑筋。强顺将这一想法告诉同在矿上的孙伟,两人一拍即合,强顺负责找墓探墓,孙伟负责挖墓炸墓,几年下来屡试不爽,赚了不少黑心钱,直到他们遇上了那座古墓。

那墓说来奇怪,强顺用洛阳铲探过之后发现,它应该是一个明朝晚期到清朝中期的古墓。但这样一个规模庞大、年代也并不太久远的大墓,在当地居然没有留下任何记载或传说。不仅如此,从它的形制和规模来看,墓主人的身份极其尊贵,很可能是某位王公贵族,但这座大墓却并不在任何已知的明清两朝皇室陵寝的范围内。

强顺可不是什么考古学者，并没有把这些不同寻常之处放在心上，于是约上孙伟，寻思着把大墓炸个底朝天，发笔横财。让强顺没想到的是，看似胆小懦弱的孙伟心里早就有了自己的小算盘。知道大墓方位后，在两人约定的动手时间之前，孙伟撇下强顺，独自一人炸开了大墓。

盗掘古墓、倒卖文物可是重罪，强顺虽然怒火中烧却也不敢声张。但一想到被孙伟吃了独食，他便恨得牙痒痒。一年前，总算被他逮到机会，纠结了村里几个闲散青年将孙伟堵住，准备将孙伟暴打一通，逼他吐出些好处来。谁知孙伟突然狂性大发，变得力大无穷，一群人反被他打得哭爹喊娘，强顺更是在医院躺了好几个月才出来。从此以后，强顺再也不敢找孙伟的麻烦，盗墓这缺德营生也就没干下去。

原来两人之间的冲突是分赃不均导致的。调查进行到这里，孙伟同时涉嫌两起案件，看似是巧合，但这两起案件在周宁脑海里已经建立起千丝万缕的联系，只是它们如同乱麻般扭曲缠绕在一起，周宁冥思苦想，始终没能找到那个关键的线头。在警局内部，大部分人对周宁的思路不以为然，盗墓案虽然严重，到底不如命案影响恶劣，加上已是几年前的旧案，很快便被另案处理。周宁事后追问负责盗墓案的同事，被告知文管部门已经将大墓清理完毕，除了墓主人干枯的人头外一无所获。

"只发现了墓主人的头？没发现什么其他特别的东西？"周宁不甘心地问道。

"是啊，考古队的人也觉得奇怪，虽然棺椁被盗墓贼破坏了，但墓穴内部非常干燥，墓主人的头已经完全干尸化了，照理来说身体不应该腐败得一点儿不剩。倒是那人头脑后长了个赘生物，垂下来长长的，末端膨大，看着跟脊椎残留似的，但一验才知道是某种黏菌聚合体,死了才几年,应该是后来在墓穴里碰巧附着到干尸头上的。"同事回答道。

"古尸脑后长了个赘生物!现在它在哪里?"周宁一把拉住准备下班的同事。同事的话让周宁猛地想起了一直被自己忽略的一条线索:目击凶手的流浪汉曾说,那人脑后有一条和清朝人一样的辫子。当时周宁还以为那是流浪汉在醉酒和昏暗的灯光下出现的幻觉,现在看来,流浪汉的描述可谓相当准确,而孙伟那条所谓的"辫子",很可能与古尸脑后的赘生物是一种东西!而它,很可能就是导致墓主人离奇下葬和孙伟性情大变的罪魁祸首!

"你问这个干什么?案子都结了,那个赘生物也算不上文物,考古队觉着没什么研究价值,就作为结案证物保留在咱们局里了。"被耽误下班的同事语气已经开始不耐烦了。

"快通知人重新检测,检测完了一定要封存!那玩意儿可能有极强的传染性!"周宁脸色一变,心中丝毫没有发现关键线索的欣喜,不顾同事狐疑的目光,冲了出去。

离开警局,周宁驾车火速前往医院。那里,有他最爱的人,他不希望她受到哪怕一点儿伤害!

再次在医院见到周宁,安然意识到了事态的严重性,但周宁眼中的关切让她感到踏实,有他在身边,她什么都不怕。周宁告诉安然,他现在高度怀疑寄生在孙伟脑部的不明生物具有途径不明的传染性,所有接触过他的医生护士都需要立刻接受检查。

"原来是这样啊,看把你紧张的。"安然调皮地捏了下周宁的脸,"放心吧,我是他的主治医师,孙伟脑部的寄生物我提取过一些样本做病理检测,如果有传染性,我当时就发现了。我估计,那东西还远远没有成熟,它还处在从宿主体内吸取养分、逐步发育的阶段。就算它要繁殖,从而具有某种传染性,肯定也是发育成熟以后的事了。"

安然的话让周宁稍稍安了心,但为了保险起见,接触过孙伟脑后寄生物的医生护士还是听从他的建议接受了详细的检查。庆幸的是，所有人检查的结果均无异常。

警局这时也传来消息，检测结果显示：古尸头上的黏菌聚合物和孙伟脑部寄生物的样本细胞结构非常相似，基本可以确认是同一物种。稍有不同的是，古墓里的黏菌聚合物虽然已经脱水，但形态和结构更加完整成熟，颜色泛红，而孙伟住院时，他脑后的寄生物颜色还与人体肤色类似。看来，古墓中发现的黏菌聚合物就是这种寄生生物发育成熟后的最终形态。果不其然，警局的检测人员发现，它末端的膨大处实际上是一个类似猪笼草的套状物，在它的边缘，检测出了孙伟的血迹，他就是这样被传染的！

证据面前，周宁的推论终于说服了专案组，大家不得不接受了这个匪夷所思的结论——孙伟在几年前那起盗墓案中，被墓穴中还未死亡的黏菌聚合体生物感染，之后这种寄生生物在孙伟体内逐步发育成熟，致使孙伟身体出现了一系列异变。正是在这种情况下，不受控制的孙伟逃出医院，犯下了杀人案。虽然目前还不清楚孙伟是以何种手段行凶，他带走受害者头颅又有什么目的，但当下必须尽快将他捉拿归案。现在的孙伟，不但可能再次犯案，而且随着他体内寄生物的逐步成熟，他还可能感染其他人！

五

全城搜捕行动很快展开。与此同时，警方在汽车站、火车站等交通枢纽重点布控，国道省道也层层设卡盘查，以防孙伟流窜到邻近省市。但孙伟仿佛人间蒸发一般，搜捕行动并没有发现任何有价值的线索。

正当周宁焦头烂额之际，胡炎的电话打了进来，刚一接听，就传来胡炎亢奋的声音:"我说老周,这段时间你忙啥呢?都好久没和我一起喝酒了。今晚咱俩不见不散,上次我跟你说的事儿挺靠谱,老哥我马上就要出人头地了!"

"老胡,最近有起大案子在忙,等过了这段我就……"还没等周宁把话说完,胡炎已经挂断了电话。周宁哭笑不得,但转念一想,既然暂时没有发现孙伟的踪迹,不如向胡炎这个非主流历史学家请教下那个大墓的问题,说不定胡炎不按常理出牌的思路能带来一些启发。他总觉得,那个从古墓中出来的寄生生物背后,肯定还隐藏着一个惊天秘密。

当晚十点,周宁如约来到和胡炎常去的大排档,没想到胡炎早就到了,连酒菜都已经上桌。

"老胡你这是有喜事啊!"周宁乐了,以往两人见面,都是自己先到等上半天,今天这样可是头一遭。

"电话里不是跟你说了,我要出人头地了,高兴啊!"胡炎一扫平日的颓唐落寞,红光满面地招呼周宁坐下,仰头就干了一杯。

"就是你上次说的,有个网友手里有几件老物件,可能就是你要找的证据那事儿吗?别是人家在网上看了你做的研究,特意整出来骗你的。"职业习惯让周宁对惊喜总抱着怀疑态度。

"我的周警官,你怕是不了解老哥的水平,想靠做旧来蒙我的毛贼还没生出来呢!那几样东西我看过,千真万确,就是清朝雍正时期的东西。"胡炎颇为自信,想了想,又补充道,"再说了,这几样东西反映的事情太过离奇,连那个网友自己都不信。要不是祖传之物,只怕早当垃圾扔了,好在遇上了我,那段秘史已经被我大致还原出来了。"

"好好好,别卖关子了,快说来听听。"周宁这时也被勾起了好奇心,一边追问,一边给胡炎满上一杯。

"清朝国运二百七十六年,历经十位皇帝,雍正在位时间虽不长,却也留下了不少悬案,其中一桩便是他的死因。很多野史都提到雍正之死的一个共同疑点:雍正死的时候,是没有头颅的。"胡炎又喝了口酒,缓缓说道。

"雍正皇帝难道不是被吕四娘刺杀的吗?"周宁不禁哑然失笑,还以为胡炎有了什么惊人的发现,原来只是一个老掉牙的传奇故事。

"清末传奇中的吕四娘,就算武艺再高,又怎么可能只身潜入大内,杀掉皇帝后还神不知鬼不觉地带走皇帝脑袋呢?刺杀一说不足为信。但这类野史传说并非全都毫无根据,雍正之死,太过突然,正史中不过寥寥数笔,实在可疑。1980年,国家文物局本已批准发掘清雍正泰陵,但中途发现泰陵并未被盗,出于保护文物的目的,发掘被叫停,这个谜底便一直悬而未解。我本来也只是猜测,直到见到那个网友祖传的笔记和一道密旨,我才肯定,野史中雍正死后头颅失踪,以金头代替入葬的描述确有其事。"胡炎没理会周宁的调侃,一本正经地说道。

看到周宁若有所思,胡炎继续说道:"从那本笔记的内容看,那位网友的祖上,也就是笔记的记录者,是雍正时期的一名粘杆侍卫。"

"粘杆侍卫?"

"粘杆侍卫,是雍正朝尚虞备用处,也就是粘杆处的头领。"胡炎答道。

"就是雍正手下那个刺探情报、铲除异己的特务机构?"周宁问。

"没错。"胡炎点点头,又接着说道,"不仅如此,在他的笔记中,他还记载了他们使用的杀人武器——血滴子。"

血滴子!周宁此刻已经完全处于震惊之中了,传说血滴子是一种形如铁帽、内藏机栝、系有长索的武器,可悄无声息地取人首级,而小巷杀人案的死者也是没有头的,难道……

胡炎没注意到周宁的反应,自顾自往下说:"血滴子在野史、传说中多次出现,传得神乎其神,但关于其制造方法、具体构造则一直语焉不详。如果它是一种投掷类兵器，那么重量必然不能太重，先不说准确套住目标头部难度有多大，就算套中了，如此轻巧的机栝又怎么会有割下人头的力道呢？

"答案要从雍正还是雍亲王时说起，当时，笔记的主人只是雍亲王府上的一名普通侍卫。康熙四十六年，云南巡抚郭瑮将捕获的一只食人猛虎献给朝廷，那猛虎身具异相，头生大瘤，捕食之际，大瘤可跃出数丈飞袭猎物，尤其喜食动物脑髓。猛虎被关入兽园后不久，园内其他野兽或被它吞食，或也生出了大瘤。大瘤初时为黄黑色，紧贴脑后，后变为绿色，生出长藤与猛兽后脑相连，大瘤也长成套状，此时已可跃起捕食了。而当大瘤长成红色后，便不再轻易捕食，但被其咬伤过的猎物，不久后也会长出大瘤，这大瘤便是传说中的血滴子。宫中御医发现，血滴子分泌的涎液晾晒后，形成的粉末含有剧毒，人若服食，轻则神志不清，重则手脚抽搐，一命呜呼，但若小心控制剂量，又可用于麻醉镇痛。雍亲王听说后便命人特制了一批长杆，杠头做成鱼钩状，穿上血肉，引诱血滴子吞食，待其上钩后便可命人收集其涎液，留作药用，粘杆处的称呼也由此而来。

"有一天，这名侍卫陪同雍亲王视察取药过程，一同参观的还有八阿哥胤禩、九阿哥胤禟、四川总督年羹尧等人。谁知一只上钩的红色血滴子突然挣脱，虽被侍卫及时斩断长藤，没能伤人，却也溅了众人满身涎液。被溅到的人及时进行了清洗，除恶心外并无其他不适，大家就没有留意。"

"啊！"不知不觉间，指尖的烟已经燃到了尽头，周宁被狠烫了一下，总算从胡炎的故事中挣脱出来。胡炎的描述和案件的各种细节完美吻合，他几乎能肯定，寄生在孙伟身上的黏菌聚合体生物，就是胡炎所说的血滴子！

"那后来呢？"周宁急切地想要知道这个故事的结局是什么。

"后来雍亲王即位，为了发挥血滴子的威力，他培养了一批死士，这些死士自愿被血滴子咬伤感染。他们中的大部分人很快死于剧毒，小部分人虽然成功孕育了新的血滴子，却丧失神志，变成了嗜血的怪物。只有极少数人，能保持清醒，控制血滴子为其所用，这些人，被称为粘杆拜唐。由他们执行暗杀任务，几乎从不失手，加上暗杀效果极具威慑力，因此深得雍正信任。尽管如此，幸存的粘杆拜唐渐渐发现，血滴子竟是一种极富灵性的生物，它们从未甘心被人类驯服，无时无刻不在试图夺回身体的控制权。几年下来，这些粘杆拜唐死的死，疯的疯。雍正无奈，用尽了各种办法，最后找到一个西藏喇嘛，用他的骨笛吹奏，没有声音，却能在一定程度上抑制血滴子发作。于是，骨笛被赐予当年那名侍卫保管，他因为护驾有功，被升为粘杆侍卫，由他统领粘杆处，必要时吹奏骨笛，控制这些蠢蠢欲动的血滴子。到此为止，似乎一切都在雍正的掌控之中。

"然而人算不如天算，不久后，雍正惊恐地发现，自己脑后也渐渐隆起了一个肿块，连他也被血滴子感染了。雍正不是不清楚血滴子的危险性，这些年来一直极为小心谨慎，思来想去，和血滴子唯一一次直接接触就是被溅了满身涎液那次。最初的恐慌过后，雍正很快冷静下来，他命那名粘杆侍卫时时守卫，一旦燃起嗜血邪火便让他吹奏骨笛压制，日复一日，他身上的血滴子居然进入了休眠状态，虽仍在生长，却极为缓慢。后来，他派人暗中监视当年同样被血滴子涎液溅到的胤禩、胤禟以及年羹尧等人，很快发现他们和自己一样已经被血滴子感染。胤禩、胤禟两人身处王府，行事颇为低调，但其府上已有多名仆人无故失踪，只怕在夜深人静之时已沦为两人的猎物。而年羹尧驻守边疆，征战沙场，获取猎物极为方便，他身上的血滴子生长亦最为迅速。雍正本欲秘密召集被感染的三人一同医治，不想三人皆为意志坚强之辈，虽嗜血如狂，但仍保神志不失。只是在血滴子的影响下，三人性情大变，乖张残暴、贪婪无度倒也罢了，竟然野心勃勃地想要谋夺皇位。雍正怎能容忍自己的权力被他人觊觎？很快便施展雷霆手腕将三人一网打尽,并将他们秘密处死。胤禩、胤禟毕竟是雍正的手足兄弟,在临刑前,雍正很可能探望过他们,却目睹了血滴子失控发作,将两人折磨得如同恶鬼般的惨状,因此他才会厌恶地将两人称为阿其那、塞思黑[1]。

"虽然已将他们三人铲除,但雍正只怕也深受打击,唯恐有朝一日也步入他们后尘,变成不人不鬼的怪物。偏偏有些执拗的文人抨击他过于残忍严苛,或许连雍正都分不清到底是自己本性如此还是受血滴子影响,但这些话无异于直接戳到他的痛处,因此在雍正统治后期,他变得越来越敏感多疑,残暴嗜杀。好在他意识到血滴子断然不能继续留存,于是便逐步将粘杆处的粘杆拜唐以及血滴子扑杀。这个曾经为他立下赫赫功劳的特务组织自此一蹶不振,但若不如此,不仅仅是他的朝廷,恐怕天下都将成为修罗炼狱。

"此外,血滴子源自云南,历史上,雍正曾在云贵地区多次推行改土归流,此举不排除也有借机搜寻并彻底剿灭血滴子之意。到了最后,血滴子几乎被消灭殆尽,唯一剩下的,就是他自己了。随着年龄逐渐增大,身体大不如前,雍正自知即便有骨笛相助也无法再继续控制血滴子了,为了他的尊严,也为了江山永固,他给一直忠心耿耿跟随自己的粘杆侍卫下了一道密旨,命他将自己的头颅砍下后自尽,后事交予张廷玉处理。为了让张廷玉保守秘密,他甚至许下了让其配享太庙的承诺,这在清朝汉臣中可谓前无古人后无来者。"

胡炎的故事讲完了。他晃了晃已经见底的酒瓶,自嘲似的问周宁:"老周,你相信我说的吗?你是不是也觉得我想出名想疯了?"

"不!我相信你!"周宁斩钉截铁地说道。他腾的一下站了起来,将趴在酒桌上的胡炎拉起来,近乎疯狂地追问道:"那你知不知道,雍正死后,张廷玉是如何善后的?"

---

1. 满语中的猪和狗的意思。

胡炎没想到周宁突然如此激动，含糊道："我怎么清楚？无非是按礼下葬，再编一套雍正死于急症的鬼话。身为臣子，张廷玉绝不敢损毁雍正人头，但那上面还有残存的血滴子，葬入皇陵也不妥，应该是另葬秘陵了。泰陵雍正棺椁内很可能如传说所言，是一颗替代的金头。"

"我想，埋葬雍正头颅的秘陵，已经被发现了。"周宁点燃一根烟，顾不得案件保密，把案情一股脑儿说了出来。

等周宁说完案情和他的推测，胡炎眼珠子都快要被惊出来了，他结结巴巴道："原来血滴子是一种全新的黏菌复合体生物，难怪可以在墓穴中休眠这么久。自然界中一些被发现的黏菌复合体，确实可以在没有光和水的环境中生存许多年。"

"走，跟我回警局。"周宁拉起胡炎，"这已经不仅仅是一起命案那么简单了，它可能演化成一场危机！我们需要你的帮助！"

就在这时，周宁的手机响了。谁会这么晚给自己打电话？接通电话，一个女人的声音传来："周警官，我是李娟，刚刚我老公回来了！"

"什么？好！我马上过来，千万不要靠近他，他现在很危险！"周宁顾不得解释，挂断电话，冲出门拦下一辆出租车，心急火燎地就想往李娟家赶去。

"咱们还去不去警局啊？"一边的胡炎一头雾水。

"来不及了，被血滴子感染的嫌疑人出现了！"周宁吼道。

"啊！我跟你一起去！"胡炎像一个弹起的皮球，用与他体型不相符的敏捷飞快地钻进了车后座。

六

两人消夜的地方离李娟家不远,在周宁的催促下,司机猛踩油门,只用十多分钟就到了。按响门铃,见到李娟毫发无损地来开门,周宁松了一口气,向她问起了刚刚孙伟出现的经过。

孙伟出事后,李娟一直睡不好。这晚,她又失眠了,便打开灯,从三楼卧室的窗口愣愣地往外看。凌晨郊外昏黄的孤灯,在黑夜中是那样渺小,却犹如风暴中的灯塔一样坚强、安宁,照亮了这个家小小的一方天地,也照出了院墙外那个潜藏已久的人影。

"孙伟!"李娟一眼认出了丈夫。但孙伟对妻子的呼唤却置若罔闻,很快便消失在了黑暗中。李娟本想出门去追,但眼见丈夫怪异的行为,虽然仍不愿相信他犯下了杀人案,心中也不免害怕,于是就在家中拨通了周宁的电话。

看来孙伟最近一直藏匿在附近,但他是怎么逃过之前的搜捕的呢?思索间,周宁脑中灵光一闪,小煤窑!没错,从孙伟返回家中的举动看,他虽然已经被血滴子控制,但还保留着一些原本的记忆。而他曾在小煤窑工作,对那里的环境非常熟悉,加上小煤窑已经被关停多年,人迹罕至,作为藏身之所实在是太适合不过了!

想通这点,周宁一面联系局里安排人员前来支援,一面向李娟问明小煤窑的具体位置,先行前往探查。周宁本想让胡炎留在李娟家等待接应的同事,但架不住胡炎死缠烂打,只得带他一同前去。路上,周宁反复强调行动的危险性,胡炎却大大咧咧地让他放心,还故作神秘地说自己留了一手。

很快,两人找到了那个废弃的小煤窑,果然发现有人类活动的痕迹,一滴滴鲜血沿着矿道直通地底深处。朦胧的月光下,幽深黑暗的矿洞像一头吞噬一切的怪兽，张嘴恭迎着闯入者，让人不寒而栗。周宁和胡炎相视一笑，头也不回地走了进去。

周宁举着手枪在前方警戒，胡炎跟在他身后，用手电为周宁探路，为免打草惊蛇，胡炎不敢将灯光照得太远，只在周宁身前投下一轮淡淡的光圈。就这样走了十多分钟，周宁突然停住脚步，低声对胡炎说道："你听……"

"咻——咝——咻——"他们同时听到了一阵怪声，像是有人在用吸管喝所剩不多的饮料。两人小心翼翼地继续往前走，那怪声越来越大，矿道出现了一个近乎九十度的拐角，而那怪声，就是从拐角后面传来的。周宁和胡炎从小一起玩儿到大，彼此之间早有默契。两人调整了呼吸，胡炎贴着洞壁，转过拐角的瞬间将手电筒打到最亮，猛地向怪声源头照去，周宁则从外侧盲区冲出，举枪指向目标。

这条矿道已经坍塌，拐角后面是一条死路，电筒光在狭小的空间内将一切照得清清楚楚。孙伟终于现身了，只是，周宁不知道他还能不能被称为人。孙伟背对着他俩，在他脑后盘踞着一个青色的血滴子，正垂下来咬住一只死羊拼命吮吸，腥臭的涎液混杂着羊的鲜血滴了一地。血滴子的涎液显然具有强烈的腐蚀性，死羊很快便被吮吸得面目全非，像软化的果冻一样，被它吞了下去。

"孙伟，不许动！"周宁举枪喊道，但他不确定孙伟还能不能听懂。吃下整头羊的血滴子显得意犹未尽，慢吞吞地蜷起与孙伟后脑相连的长藤，缩了回去，孙伟也跟着僵硬地转过身来。这时的他，双眼翻白，面目狰狞，手脚蜷曲，活脱脱就是电影中丧尸的样子。

"孙伟，不许动！"周宁再次喊道，同时示意胡炎同自己一起后退。谁知胡炎对他的眼色视而不见，在衣兜里摸索了一会儿，掏出一支灰白色的笛子。此时，孙伟面对他们，将头低下，血滴子正在缓缓蠕动。

"小心！"周宁敏锐地感觉到了危险，一个侧扑将胡炎撞开，并向孙伟开了一枪。与此同时，一阵剧痛传来，虽然避开了要害，但疾如闪电般跃起的血滴子紧紧咬住了周宁的左肩。被子弹正中胸口的孙伟摇摇晃晃地爬了起来，那一枪似乎并未对他造成什么伤害，他头上的血滴子不断伸缩收紧，眼看周宁支撑不住了。而一旁的胡炎，既不逃跑，也不救人，反而发疯似的在地上找着什么，终于，他摸到了刚刚被撞脱手的笛子，放到嘴边，使劲吹了起来。

尽管胡炎的脸涨得通红，但那古怪的笛子却没有发出任何声音。神奇的是，周宁虽然感到一阵头晕目眩的恶心，但肩头血滴子的力量也弱了很多。周宁用最后的力气拼死反抗，挣扎中，右手在地上摸到了一件硬物，是一把丢弃的矿铲。生死关头，周宁想起了清朝粘杆处收集血滴子毒液的方法，不同的是，此刻的诱饵就是自己！他举起矿铲，用它的刃口向血滴子的长藤砍去，一下，两下，三下……周宁感到自己已经完全脱力了，左肩由最初的剧痛转为麻木。我这是要死了吗？他不甘心地想，然后晕了过去。

尾　声

周宁在医院的病床上醒来，已经是三天后的事了。这些天寸步不离守在他身边的安然喜极而泣，偏巧胡炎推门进来，留也不是，退也不是，只得对周宁挤眉弄眼。周宁心领神会，摸着安然的长发，柔声安慰道："亲爱的，我这不是没事儿吗？别哭了，一切都过去了。嗯，那个……你肯定累坏了，先去休息下吧，我跟老胡聊点事儿……"

安然抬头就看见了门口笑得贱兮兮的胡炎，气不打一处来，说道："老胡，你要再敢把周宁往坑里带，我饶不了你！"

"冤枉啊嫂子，这次真不赖我啊！"胡炎不禁苦笑。

听到胡炎连称呼都改了，安然脸颊微微一红，帮周宁盖好被子，便快步走出了病房。

"老周你好福气啊,可没人这么关心我。"胡炎乐道。

"你不有你的历史研究嘛!"周宁虽然刚刚苏醒,但精神已经恢复得差不多了。

明媚的阳光照进病房,两人又聊了会儿天。三天前那场生死搏杀,已经恍若隔世。周宁最后一击终于将血滴子的长藤砍断,前来接应的同事刚好赶到,和胡炎一起将周宁送往医院。事后的检验发现血滴子的涎液中含有强效神经毒素,好在咬伤周宁的血滴子还未长成红色,它的涎液中还没有用以繁殖的孢子,加上送医及时,周宁总算保住了一条命。

"孙伟和血滴子怎么样了?"周宁问道。

"放心吧,已经有特派的专家组介入了,我会作为其中一员参与整个研究。你那一枪击中了孙伟的心脏,血滴子一死,他也活不了了。对他来说,这未尝不是解脱。"胡炎答道。

"唉,说得也是。"周宁叹了口气。孙伟生前曾出现在家门外,他的妻子也没有遭受攻击,也许即使意识被血滴子吞噬,在他心底,也还残存着一丝对家和亲人的眷恋吧?

"你们有没有研究出来血滴子到底是什么?"周宁又问道。

"怎么说呢,血滴子既不是植物,也不是动物,是介于两者之间的某种黏菌聚合体。说得通俗些,它就是民间传说中的肉灵芝,也就是太岁的一种。至于它到底是某种远古生物子遗还是偶然变异产生,这个目前还不清楚。不过通过解剖,我们又有了一个惊人的发现。"胡炎接着说道。

"还有其他发现?"这血滴子,居然包含了如此之多的未解之谜。

"在血滴子上,我们发现了类似于脑细胞的组织结构。那支骨笛,能吹出一定频率的次声波,血滴子之所以会受其影响,是因为它的脑组织比我们人类更复杂,对次声波更加敏感。"

"你是说血滴子可能也有智慧,甚至不亚于人类?!"周宁惊道。

"个人猜测而已,专家组里也只有我这样认为。不过这倒可以解释血滴子对雍正的反噬,毕竟任何一种智慧生物,都不会甘心被驯化的。"

"好在一切都过去了。"周宁自言自语道。

"是啊,都过去了。"胡炎推开窗户,窗外一片鸟语花香。但他心里隐隐有一丝不安,人类自以为对这个世界了如指掌,殊不知,人类已知的物种,可能只占地球物种总数的十万分之一,那些未知的、神秘的生命,或许就潜藏在我们身边。

时空画师

The Space-time Painter

2022年4月，发表于《银河边缘009：时空画师》
获2023雨果奖最佳短中篇奖

引 子

一道青白的电光猛地撕裂了浓黑如墨的夜空。瓢泼大雨下，恢宏的宫殿宛如巨兽，静卧于天地之间。

老李捶了捶酸痛的胳膊，连日的雨水害他风湿的老毛病又犯了。院里的展览计划年初便已定下，展品中将有几件自新中国成立后就鲜少露面的国宝级文物。可开展在即，这场不期而至的大雨却让空气变得湿润，给本就谨小慎微的文物保护工作平添了许多变数。如果展览因天气推迟甚至取消，那些翘首以待的观众乘兴而来，败兴而归，又该如何交代？

虽是这么忧心忡忡，但老李仍然恪尽职守，他巡视着空荡荡的展厅，一丝不苟地检查每一处设备和电源。他相信，院里那些学富五车的专家一定会为国宝从长计议，做出最周全的安排。而自己的工作，也在为文保事业贡献着绵薄之力，容不得丝毫马虎。这是他作为一个老故宫人的尊严和骄傲。

所以，当那个影子的轮廓渐渐浮现出来时，老李并没有慌乱。起初，大厅的立柱上只是出现了一块黑斑，老李以为是立柱底部朝上打光的投射灯出了问题。但那灯明明正常亮着，黑斑却如同活物一般蠕动了起来，最后竟然形成了一个图案！它慢慢站起来，活动着大小关节，发出咔嗒咔嗒的摩擦声。

从那黑影的形状来看，它像是一具骷髅，活的骷髅。

"谁？！"老李下意识地大喝一声，想把那个装神弄鬼的人轰出来，可此时展馆内除了自己开始变得粗重的呼吸声外，再无其他响动。老李眉头一跳，拧开手电将展馆内投射灯照不到的阴暗角落搜了个遍，其间，他眼角的余光一直没离开立柱上的骷髅影子。

不过老李做这份工作十多年了，偌大的展厅他每天都要走上无数遍，能不能藏得住人，他心里还不清楚吗？于是他放弃了自欺欺人的努力，走了回去，直面黑影，伸手摸了摸立柱。谁知这一摸，影子还真起了变化，它渐渐变淡，直至消失不见。听老一辈的守夜人说，故宫里某些宫殿确实出现过奇异的影像，而且，它们往往出现在雷雨天。专家推测，可能是宫墙中的四氧化三铁在闪电的激发下产生了类似录像的效果，记录了当年的景象，又碰巧在合适的条件下播放了出来。莫非这个神秘莫测的影子也是那种特殊现象？老李揉了揉眼睛，犹豫着要不要把这番奇遇上报。绷紧的神经渐渐放松下来，老李转过身，准备离开展厅，却猛地倒退两步。身后的墙面上，骷髅重新出现了，而且比上次更为清晰。

啪，手电摔落在地。老李顾不得捡起，跌跌撞撞地冲出了展厅。

一

休完婚假的周宁刚回到警局，就接手了一起奇怪的案子。

要说这个案子小吧，故宫这地方有点风吹草动都是大事；可要说它大吧，却又没造成任何损失，连案子的真实性都存疑。事件的唯一目击者是一名快要退休的老院工，尽管同事们一致评价他为人老实可靠，但周宁仍然倾向于认为这只是一场乌龙。不过为了保险起见，他还是决定前往现场一探究竟。

周一是故宫闭馆日，周宁与馆内的安保人员联络好之后，便在夕阳西下之际，步入了这片世界上规模最大、保存最为完好的宫殿群。之所以选择这个时间，一方面是考虑闭馆日没有游客，对现场调查的干扰小；另一方面也是因为守夜的院工这会儿刚刚开始工作，可以在院工较为熟悉和放松的环境下尽可能再现那晚的场景。

周宁没等多久,那位老院工就跟在安保人员身后走了过来。他是一个五十来岁的干瘦男人,个头儿不高,头发已经有些斑白,但身子挺得笔直,目光炯炯,看起来很精神。

"你好,周警官,这是咱们保卫处的老李,他是从部队转业到咱们院的老职工了。"

"老李,这位是周警官。从现在起,就由他来负责处理你前几天遇上的那件怪事,你好好配合人家。"

安保人员引荐一番后便离开了,可能和局里对这件事的态度相似,故宫方面也是将信将疑的吧。

离开了熟悉的同事,老李稍显局促,低着头,不时瞟周宁一眼,一副欲言又止的样子。周宁见状,主动打开了话匣子。

"原来您还是转业军人,怪不得您的同事对您评价都很高。"

"警察同志,你都找我同事和领导聊过了?"老李也不再藏着掖着,苦笑道。

"是的。"周宁点点头。

"他们是不是觉得我在骗人?"老李声音不大,却一字一顿地,透着股固执。

"老李,你放心,院里没有不相信你的意思,只是你那晚看到的东西确实太离奇了,不像是自然现象。但如果是人为的,你肯定比我更清楚,要躲过层层安保在故宫里玩魔术,成功的可能性几乎为零。再说了,这么做有什么意义?"几句话聊下来,周宁觉得老李确实如他同事所说是个实在人,索性将自己的怀疑毫无保留地说了出来。

"是啊,我也想不通。"老李困惑地摇摇头,态度有些动摇。

两人陷入了沉默,不多时,周宁已经跟着老李巡视了数个宫殿和展厅。虽然天色已暗,但老李驾轻就熟,有条不紊地穿梭在重重叠叠的宫室和回廊中,不见一丝迟疑。两人的脚步在空荡荡的宫城内回响,不疾不徐,但在途经道路尽头的一处宫殿时,步伐的节拍被打乱了，老李微微一顿，似乎想要绕道，但最终放弃了。

"怎么了，老李？"多年的刑警生涯让周宁练就了极为敏锐的观察力，哪怕是再不起眼的变化也逃不过他的眼睛。

"那天夜里，我就是在这里面看到了那个鬼影。"老李带着那种从噩梦中惊醒的人所特有的语调，幽幽地说道。

"我们进去看看吧。"周宁轻轻拍了拍老李的肩膀。

被身边这个年轻警察的沉稳所感染，老李心里踏实了不少，他点点头，和周宁一起踏入了宫殿。

因为老李出的这档子事，这座宫殿内的展厅布置工作暂时停下了，原封不动地保持了事发当晚的状态。周宁发现，因为方位和格局的原因，这座宫殿远不如之前走过的几座通透，采光和通风都不好。

而出现鬼影的展厅恰恰位于宫殿最里间，即使周宁站在展厅正中央，也隐隐有种逼仄之感。再摸摸展厅立柱和墙面，不像被涂抹过化学颜料的样子。周宁细细端详起自己的手掌，同样没发现什么异常，只是射灯将手掌的影子放大了数倍，歪歪扭扭地映在了墙面上。他缓缓移动手指，影子也随之颤动起来，倒真有一丝诡异。

周宁略一沉思，哑然失笑，真相或许就是如此简单——在晦暗难明的雷雨天，幽深闭塞的宫殿内，在某些潜意识的暗示下，孤独的守夜人将自己的影子看成了骷髅。这并不是件多么难以理解的事情。

虽然心里已经有了大致的推断，但为了照顾老李的情绪，周宁并没有直接挑明，又默不作声地在宫殿内转了两圈，才和老李一起退了出去。

走出宫殿，明月高悬，凉风习习，压抑的感觉顿时一扫而空。周宁由老李送出宫门，和负责对接的人员简单地交代了几句，结束了这次调查。临走前，周宁不经意地扫了一眼四周，好像发现了什么。

夜色下的北京格外静谧，在这难得不堵车的时候，周宁一反常态地选择了步行。只见他踅进一条窄巷，脚步在绕过一个拐角后骤然停住,猛地转身,摆出一个标准的擒拿姿势,把尾随者堵个正着。

"什么人?!"周宁厉喝一声,作势欲扑。对方措手不及,战战兢兢地靠在墙根,不敢再动。周宁此时才发现,对方竟是一名穿着白衣黑裤的清秀女孩。

周宁狐疑地打量起这个奇怪的跟踪者。她留着齐耳短发,戴一副镜片很厚的眼镜,实际年龄应该比看起来年轻,显得与大多数乐于展现自己青春活力的女孩儿截然不同。周宁记性极好,对人脸更是过目不忘,他有印象,在进入故宫时好像见过这张脸。既然闭馆日没有游客,那她多半是故宫的工作人员了。

如果说老李见到的鬼影不是幻觉,那会不会是这个身为内部工作人员的女孩儿搞的恶作剧?周宁脑筋转得飞快,第一时间就把女孩儿鬼鬼祟祟的行为和老李的案子联系到了一起。

看着周宁放松了戒备,女孩儿也慢慢镇定下来。她果然是为老李的案子而来,但她接下来的说辞却又大出周宁所料。女孩自我介绍叫陈雯,是故宫博物院文保科技部书画组的一名文物修复师。

故宫文物修复厂始建于1953年,靠着传统的师徒关系将文物修复技艺代代相传。时至今日,绝大多数馆藏的顶级书画已经修复完毕,对于陈雯这一代人来说,几乎不可能再等到这些国宝下次修复和装裱的那天了。他们的日常工作主要是修复那些从前在故宫随处可见的、贴在宫殿门楣及内墙上、保存极不完好的低品级书画。在日复一日与现代社会近乎脱节的工作环境下,他们的芳华岁月一点点流逝,只为将这屠龙之术传承下去,静静等待未来需要它的那天。

陈雯从美院毕业后进入故宫,已经在师父手下学习了五年有余,难得的是,她几乎从第一天起就喜欢上了这份旁人看来十分枯燥磨人的工作。几个月前的一天,她正在修复一幅原本贴在门扇上的装饰画,这幅古画历经风吹日晒,破损十分严重。在用温水将画闷润后,陈雯开始用镊子小心翼翼地在画背揭裱。随着旧裱被一点点揭开,一个奇怪的符号逐渐出现在陈雯眼前，之所以说它是个符号，是因为即使以陈雯的专业眼光，也看不出它到底是一个什么字，倒像是个跑动的小人。也许是当年的画匠随手留下的涂鸦或是印记吧，陈雯没把这太当回事，完成一天的工作后就下班回家了。

谁知第二天再看那幅画时，不可思议的事情发生了：画中的小人从画背左上角移到了画背正中，不仅位置变了，尺寸也变大了不少。陈雯起初以为是墨迹晕染或氧化霉变造成的，但昨天临走时明明已经做好了防护措施啊……她取来放大镜仔细一看，几乎不敢相信自己的眼睛——小人已经不再是简单的粗线条构成的了，在放大镜下，骨骼、关节等人体构造正秋毫必现地展示出来。这太荒谬了，古画上突然出现的人形符号不但会动，而且还在缓慢地生长和发育！

又过了几天，小人的精细程度更是达到了媲美外科解剖图的程度，陈雯的精神也快崩溃了。她下定决心，找来师父。谁知师父一到，刚刚还在画背上的小人竟然消失得无影无踪。陈雯在师父的批评下百口莫辩，连她自己都开始怀疑所谓的小人只是自己长期伏案工作产生的幻觉。可就当她渐渐遗忘这件事的时候，小人突然又出现了，这次是在一张她用来打草稿的白纸上，整个纸面都被小人占满。陈雯一惊，吓得将白纸撕成了碎片。

之后，陈雯的工作和生活便恢复了平静，小人再没出现过，但她无论如何也无法将这件怪事忘诸脑后。所以，当守夜人老李在距她工作的院落不远的宫殿遭遇鬼影之事传开后，她几乎能肯定，鬼影和小人就是同一个东西。也是在她的鼓励下，老李才选择了报警。陈雯知道院里没人相信老李，她自己又何尝不是呢？今天下班时偶然遇见了前来调查的周宁，她终于燃起了一丝希望，只是因为一直没能找到合适的机会，瞻前顾后之下才被周宁当成了别有用心的跟踪者。

二

本以为明了的案情再次变得扑朔迷离起来。周宁不得不承认，鬼影并不是什么幻觉，而是某种真实存在的现象。很快，他就在目击记录中发现了三个值得关注的地方：

第一，老李和陈雯目击鬼影的地方，在故宫中都属于比较偏僻的角落，两者之间也相距不远，都游离于主体建筑群之外。

第二，据两人回忆，鬼影出现时，都是雷雨天。

第三，鬼影虽然出现得毫无征兆，但都需要依附于某些物体，比如古画、纸张、墙壁。

周宁决定以此为突破口追查下去。他隐隐感觉，这并不是一起通常意义上的"案件"，至少到目前为止，没有被害人，没有嫌疑人，没有造成任何损失。如果继续沿用传统的办案手法，恐怕永远无法揭开鬼影形成的奥秘，他需要借助各方力量，其中最为紧要的便是历史和物理方面的专家。而这一切的前提则是他得拿出足够的证据，让故宫和警局方面接受鬼影存在的事实。

考虑再三，周宁还是把自己的打算跟直属领导刘局长交了底。可刘局长却认为周宁有些小题大做，只是聊胜于无地与故宫安保部门联络了一番，使周宁可以不受限制地进入故宫调查。但这时老李已经好几天没去上班了，原来是院领导担心他的精神状态，特意安排了调休。

看来陈雯的顾虑并非多余，在事情尚未明朗前，还是不要再将她牵扯进来为好。周宁明白，接下来就只能靠自己孤军奋战了。他先是收集了最近一段时间的天气预报，圈定了可能有雷雨天气发生的几天，到时他将重回现场蹲守，没准能撞见那个神秘鬼影。

为了寻找合适的监视点，周宁要来了那一片的建筑图，发现在陈雯工作的院落和出现鬼影的那座宫殿之间，竟还标注了一座建筑，可在他的印象中，那个位置完全就是一片空地。提供图纸的工作人员解释说，原来那是一间专门用来存放两宋时期书画的地库，因为里面不乏国宝级文物，平日极少开启，所以从外面根本看不出来什么。

既然是存放价值连城的书画地库，且又常年处于封闭状态，周宁理所当然地认为不大可能有人能潜入其中。直到这时，他仍然倾向于认为鬼影事件是人为造成的。勘察完周边环境后，周宁按照计划开始了守株待兔的工作，谁知一连几天过去，预报中的雷雨却迟迟未至。转折发生在一个下午，根据天气预报，这天本应是个晴空万里的好天气，上午也确实如此，可到了下午，天空突然暗下来。周宁打开窗户，大风猛地灌进办公室，在耳边呼呼作响。要下雨了，他当机立断，几下收好办公桌上被吹乱的文件，冲出警局，以最快的速度向故宫赶去。

当周宁在出现鬼影的宫殿一处屋檐下就位时，四周已经彻底黑了下来。这个蹲守点是他精心选定的，那块建有地库的空地让视线毫无遮挡，一直能看到远处书画修复组所在的小院外墙。在警用热成像眼镜的帮助下，任何东西只要从小院和宫殿里出现，都会立即引起他的警觉。周宁披上光学迷彩，静静地潜伏起来，在空中闪过的冷冽电光下，他几乎与身后的宫殿融为了一体。雨势渐大，到了下班时间，陆续有人从小院里撑伞出来，这时，警用眼镜接入了一个电话。

"周警官，我看到你停在外面的警车了！"电话是陈雯打来的，她大概没料到周宁会去而复返，语带兴奋地道，"你在哪儿？是不是有什么发现？"

"先不要急，眼见为实，我还需要确认一下。"周宁的话滴水不漏。

"对了，最近你还看到过那个纸上小人儿吗？身边的同事有没有什么异常表现？"周宁顿了顿，估计陈雯身边已经没有其他人了，又问道。

"大家都没什么问题，就我整天神经兮兮的。今天的天气和第一次见到鬼影那天差不多，我紧张了好久，结果什么也没有出现。"陈雯苦笑道。

"好，雨挺大的，你赶紧走吧。这事儿我一定会追查到底的。"周宁又说了几句让陈雯宽心的话，便挂断了电话。

周宁一直等到后半夜。雨已经停了，他先是检查了宫殿的各个角落，又走到小院，沿着院墙巡视了一圈。宫殿内的陈设一如往常，除了值夜的工作人员，不见有其他人来过的样子。小院则只有一道门，门锁完好无损，墙外也没有发现脚印等可疑痕迹。看来今天要无功而返了，周宁没有气馁，也不缺少耐心，但他不禁思索，会不会是自己的出现惊动了那个影子？虽然他身上的光学迷彩隐蔽性极佳，但毕竟还没到达到完全隐身的地步。

就在这时，异变陡生。尚未排干的雨水在那片空地上形成了许多大小不一的水洼，倒映着弯弯的残月，如同昆虫的复眼一般。一个黑影就在其中突然浮现，它吞噬了月影，在一个个水洼间跳跃，每移动一次，它的轮廓就清晰一分，渐渐变成了骷髅的样子。

老李和陈雯没有说谎！周宁热血一涌，追逐着鬼影，试图用眼镜自带的摄像功能将它记录下来，却总也赶不上它移动的速度。直到"撞"上宫殿外的一面影壁后，它才终于停了下来，像爬山虎一样，慢慢脱离水洼，从墙根处蜿蜒攀上墙壁，似乎在等待周宁追上来。片刻后，周宁赶到，却发现它的下半身已经消失了，鬼影正沿着墙面一点点没入地下，很快便无影无踪了。

尽管警用眼镜只拍下了几段模糊的残影，但周宁备受鼓舞，随即扩大了搜索和蹲守的范围，希望能找到鬼影出现的规律。之后的数月间，周宁又多次与鬼影正面遭遇，他很快发现，虽然鬼影每次出现的时间或长或短,对自己的反应也不尽相同,但鬼影出现的频率明显是以那块空地为中心,向外逐渐递减的。结合这段时间的观察,鬼影体现了一定的智能,周宁据此推测,它多半是受人操控的,而这个神秘的操控者,极有可能就藏匿在空地附近。真相几乎已经呼之欲出了,因为这里只有一个地方躲过了周宁的搜查,那就是存放两宋书画的地库!

周宁立即向上级请示,要求调取地库监控,却迟迟不见回复。对方是以何种方式潜入地库的?又是如何做到来去自如不被发觉的?周宁认为对方掌握了某种全新的科技手段,频繁出没的鬼影正是幕后黑手利用技术手段制造出来掩人耳目的幌子。而且对方既然可以从容进出地库,那也完全有能力带走其中的国宝,得手之后只需将其归咎于灵异事件,便可扰乱警方视线,逃之夭夭。事不宜迟,即便周宁再有耐心,也无法坐视国宝面临可能失窃的危险,只得冒失地闯入刘局长的办公室问个明白。

"刘局,故宫地库的监控还没调取到吗?情况已经非常紧急了……"

"够了,周宁!你不知道我磨了多少嘴皮子才把它弄来,可结果呢?我这张老脸都快被你丢尽了!"

周宁没想到刚进门便碰了个大钉子,接过刘局长抛来的存储卡,面对领导的严厉目光,他无从辩解,只得怏怏而归。

周宁深知跨部门协调的不易,也难怪一向和蔼的刘局长大动肝火。不过只要能把事情解决,挨两句骂也没什么大不了的,周宁边想着边把存储卡插入电脑中播放。可没看多久,他的眉头就皱了起来,监控呈现的画面和想象中的不太一样。难道是看漏了?他不再快进,花了几天的时间将鬼影出现前后的录像仔仔细细地看了个遍。

什么也没有发生,没有任何人或物出现。

周宁甚至产生了一种错觉,仿佛从那些书画被存放进来之日起,地库里的时间就静止了。

对手的技术竟然已经先进到了碾压警方最新光学迷彩的地步！周宁有些难以置信，但来去无踪的鬼影不正是对手在光学技术上取得突破的证明吗？

三

经过这样一番折腾，局里对周宁的说辞愈发不信任了。好在周宁是个越挫越勇的性子，当天晚上便重整旗鼓，前往故宫继续蹲守了。他在心底里暗暗较劲，不把鬼影事件查个水落石出，绝不罢休。

功夫不负有心人，此后周宁又数次目击鬼影。鬼影形成的原因仍然笼罩在一团迷雾之中。它随机出现在地库附近，预示着之前的推测不无道理。周宁单枪匹马、举步维艰地探索着真相，明明已经锁定了它的轮廓，却又无法更进一步，他渐渐开始焦躁起来。因此，当这晚再次遇见鬼影，并与它捉迷藏似的追逐了好一阵之后，周宁终于爆发了。眼看着它即将再次没入墙面，周宁抢先一步，试图阻止其逃脱。这本是他情急之下的条件反射，自然也不可能有什么效果，鬼影很快便消失不见了。

可怕的事情发生在周宁回家之后。为了不吵醒熟睡的妻子，他轻手轻脚地溜进卫生间，换下了汗湿的警服。在解开衬衣时，周宁无意中发现，自己左肩上出现了一块黑斑。可能刚刚在墙上蹭到了什么脏东西吧，他起初没太在意，但在淋浴时却发现怎么也洗不掉它。透过镜子，可以看到周围的皮肤都已经搓红了，黑斑却还像胎记一般顽强地附着在那里。周宁的心中一凛，升起一丝不祥的预感。

也许是什么皮肤病或者黑色素瘤？躺到床上，周宁辗转反侧。睡梦中的安然拉住他的手，嘴角露出幸福的笑意。还是不要吓着她了，让她睡个好觉吧。周宁放弃了让身为肿瘤外科医生的安然看看那块黑斑的想法，忐忑不安地闭上了眼睛。

到了第二天一早，周宁心中残存的最后一丝侥幸也被彻底击碎了。黑斑已经从左肩移到了右肩，熟悉的骷髅线条也越来越明显。根本不需要让安然看了，任何皮肤病或黑色素瘤都不可能在一夜间转移，他只得接受这匪夷所思的结果——自己被鬼影"附身"了。

"怎么啦，是不是哪里不舒服？可别硬撑。"看着从卫生间出来时脸色苍白的周宁，安然关心地问道。

"没事，昨晚没睡好。"周宁不知从何说起，又怕安然担心，只好随口应付。

在细心的妻子面前，周宁坐立难安，胡乱扒了两口早餐便急匆匆地出了门。无论如何，他必须先把自己身上的事儿解决了。打定主意，周宁直奔医院，在皮肤科挂了一个专家号。等候的过程中，他又摸了摸肩膀，感觉并无不适，心里有些不确定是否该来皮肤科就诊了。可事到如今，只能走一步看一步了。

接诊的是一名主任医师，他耐心地听完周宁关于病情的描述，并没有表现出很惊讶的样子。也许是因为医生接触过太多疑难杂症，早就见怪不怪了吧。周宁一边想着，一边按照要求脱掉了上衣。在他的肩膀和后背上，医生的目光停留了许久，还问有没有痛痒等症状。在得到否定的回答后，他绕着周宁转了一圈，最后问道："你刚刚说你是警察，常常外出执行任务是吗？"

"没错。"周宁点点头，不明白医生问这个有何用意。

"回去好好休息吧，注意不要熬夜。"医生说完这句便示意周宁问诊已经结束，连药都没开。

"您是说我的身体没有任何异常？"周宁好不容易转过弯来，难以置信地问道。

"你自己看看吧，根本就没有什么黑斑和骷髅。"医生找来一面镜子,把周宁的后背照给他看。

"明明早上起来时还在的!"周宁忍不住争辩道,谁知话还没说完,一阵眩晕突然袭来,让他站立不稳。医生连忙扶住他,字斟句酌地说道:"实在不行的话,我建议你去精神科看看。"

"不,我的精神没有问题!"周宁使劲揉了揉太阳穴,努力想使自己清醒起来,紧接着却又看到了令他瞠目结舌的一幕:面前的医生,不知什么时候竟化作了一具活动的3D人体模型。他的皮肤就像一层透明的塑料纸,包裹着肌肉和骨骼,而更深处的内脏则若隐若现,缓缓蠕动着。稍一定神,只见医生胸口的肌肉也如动画一般渐次剥离,露出左上方跳动的心脏。心房、心室、动脉、静脉,乃至其中奔涌不息的血液……这一切都过于鲜活、精准和真实了。虽然周宁常年处理刑事案件,各色人体也见过不少,却从未有过这种触目惊心的冲击感。

"天啊。"周宁喃喃自语,奋力推开这个靠近自己的"怪物",在对方诧异的目光中挣扎着离开了医院。

虽然每一步都走得像踩在棉花上,但周宁还是用意志强撑着,压抑住翻腾的呕吐感,他终于看到了外面的世界。

车水马龙,行人如织,尘世的喧嚣一如往日。周宁扶住自己汗津津的额头,喘息着,慢慢恢复着体力。久违的踏实感充盈在心间,缓解了头痛,自己没有疯,世界也没有疯。来不及思考原因,此时此刻,他只有劫后余生的庆幸。然而,看似稳如磐石的现实城堡却建立在流沙之上,周宁只稍稍集中了下注意力,脆弱的平衡便被打破了——

转瞬之间,无论是人还是物,他们都像是被风干压扁在玻璃下的昆虫一般,既褪去了色彩,也丧失了立体的形态。鬼影并未离去,它就潜伏在自己体内,正是它导致了这些说不清道不明的变化!周宁绝望地认清了现实,恍惚间走上了马路,愣愣地看着一个个有着精密内部构造的长方体擦身而过。啊,这是平面化的汽车!一时间,周宁竟有些好奇,如果被它们撞到会怎么样?

"眼瞎了吗?找死啊!"怒骂声传来,一个近在咫尺的长方体慌忙扭转了方向。周宁有些无奈,觉得自己正行走在一张照片中,渐渐连起码的警惕也放下了。直到背后一股巨力猛地袭来,感觉身体轻飘飘地飞了出去,他才意识到,原来,现实世界仍在有序地运转着,幻变的只是自己……

四

这是大观四年[1]一个炎热的夏日,开封通津桥旁的画学聚集了一群生徒,他们在焦虑和兴奋中互相推搡着,想挤占靠前的位置,以期尽快在皇榜上找到自己的名字。人群中不时爆发出一阵欢呼或哀叹,人与人的命运便在此走向不同的方向。他远远观望着,三年前入画学时他是年纪最小、体格最弱的一个,为此也没少被欺辱,此时又何必去凑热闹呢?

已经很久没收到太师的书信了,只怕他已顾不上自己了吧。虽然不过束发之龄,但自小寄人篱下的经历却让他格外敏感。他心里自然清楚,当日太师将自己从兄长令穰[2]府上的柴房中带出,多番打点让他提早进入画学为的是什么。还有什么比一个出生卑贱、自小病弱却又极具绘画天赋的宗室子弟,更适合当作棋子来取悦当今圣上的呢?若按计划,画学生徒的学习结束后,他就该进入翰林书画院,成为一名专职画师,供圣上差遣了。谁知自去年起,台谏官仿佛商量好了一般,纷纷开始弹劾太师。山雨欲来风满楼,先有太学生上疏列举太师十四

---

1. 公元1110年,北宋时期。
2. 赵令穰,北宋宗室,画家。

大罪状，引得朝野震动，士人们争相抄写，作为实录；后又有御史指责太师贪婪奸恶，不轨不忠。圣上闻之，疑心顿起，遂将其降为太子少保，贬往杭州。

他的母亲本为奴婢，比不得兄长出身正室。加之幼时所患的离魂之症，他们母子俩早已为父亲所厌弃。好在他于画道一途天赋卓绝，能视常人所不能视之色彩、明暗、构造；又在兄长研习山水画意时偷偷旁听，师法大小李将军[1]，竟成了远近闻名的神童。三年画学生徒的学习更令他胸有丘壑，将"高远、深远、平远"的三远画理[2]融会贯通。即使不依附于太师，他也自信可凭画技一展才华，扬眉吐气。只是现在的情形，也许他连表现的资格都要被剥夺了。

人群总算散去，走近一看，不出所料，他榜上无名。偌大的开封城，一旦失去权力的庇佑，竟是寸步难行。虽然早有预感，但当结果真切地摆在眼前时，他仍不免心灰意冷，只想从桥上跳下，一了百了。父亲死后，兄长当家，想到为自己熬瞎了双眼的母亲，想到将自己视为瘟神的兄长，他犹豫了，不甘和愤懑撕裂了他的心，只留下空荡荡的皮囊。桥下的河水静静流淌着，而他却不知该往何处去。

陈雯得知消息赶到医院时已经很晚了，手术还没结束，家属正在手术室外焦急地等待着。她刚准备过去问问病情，医生突然从手术室出来了，家属们立刻围了上去。

"重度颅脑损伤，尤其是额叶。本来打算做钻孔引流，创伤会小一点，但现在水肿面积太大，只能去骨瓣减压。另外，肯定要切除一部分脑组织了。"凌晨时分的医院格外安静，虽然隔得很远，陈雯还是听出了医生的无奈与疲惫。

---

1. 唐代画家李思训，曾任右武卫大将军，善画山水。其子李昭道，继承家学并有创新。父子并称为"大小李将军"。
2. 中国山水画的特殊透视法，以仰视、俯视、平视对景物进行散点透视。

"大夫，求求你救救我儿子啊！他还这么年轻……"家属中的一位老人闻言身子一晃，好在老人身边的年轻女人眼疾手快，连忙将她扶住了。

"妈，您冷静一点。大夫已经在尽力想办法了，我们要相信周宁，他会挺过来的。"

安慰完老人，扶她在一旁的椅子上坐下后，年轻女人一边拉着医生往陈雯这边走来，一边小声问道："大夫，您刚刚说额叶损伤很严重，据我所知，这一区域和记忆、情绪，甚至是性格都有很大关系。"

医生有些惊讶地看着女人，似乎没想到她能说出这番话。

"我也是医生，我绝对信任您，您跟我说实话，手术的把握大不大？"女人的眼神里混杂着痛苦和坚强，看来已经做了最坏的打算。

"目前来看，把命保住应该问题不大，但即使救过来了，人肯定也和以前不一样了，你们家属要有心理准备。"

"好！人能救过来就好，拜托您了！"女人深深吸了口气，用力握了握医生的手。天有不测风云，人有旦夕祸福。对于彼此深爱的人们来说，即使对方失去了所有的记忆，甚至完全变成了另外一个人，但只要他还活着，一切就还有希望。

跟家属交代过后，医生转身进了手术室。女人和已经六神无主的几位老人解释了好一会儿，老人们终于同意先结伴回家等候消息。好不容易将事情安顿好，一直像主心骨一样的年轻女人总算卸下了坚强干练的伪装，她靠着墙面缓缓蹲了下去，从侧面看去，她双手抱膝，脸埋在手臂里，只露出一截白皙的脖颈。止不住的泪水划过手臂，滴落在地面上，她的身子微微颤抖着。

此情此景让陈雯心里实在不是滋味，表面上看周宁遭遇车祸是个不幸的意外，但她总感觉事情没那么简单。跟周宁几次接触下来，他的胆大心细给自己留下了很深的印象，怎么都不像是会莽撞横穿马路的人。她甚至怀疑，这起离奇的车祸很可能与周宁帮助自己调查的案件有关系,如果真是这样,周宁可以说是被她牵连的。愧疚之情不禁涌起,陈雯掏出纸巾,走上前去轻轻拍了拍年轻女人的肩膀。

"请问你是?"女人抬起头,双眼通红,满脸憔悴。

"我叫陈雯,是周宁负责的一起案件的当事人。他是一个很负责任的好警察,我来看看他。"

"哦,你好,我是周宁的爱人,叫安然。他一直都这样,把工作看得比什么都重要。因为这个,我没少抱怨,但现在发生了这样的事情,我只希望他能好起来。当着父母的面,我不敢表现出来,实际上我比谁都怕,我不能没有他……"也许陈雯出现得正是时候,在外人面前,安然终于不用再掩饰自己的脆弱和无助,她起身抱住陈雯,失声痛哭起来。

陈雯更加内疚了,只能尽量说些宽慰的话,让安然好受一点。时间就这样一分一秒地过去,直到天快亮时,手术的门才打开,已经疲惫不堪的安然腾的一下起身冲向医生。陈雯紧随其后。

"大夫,我爱人怎么样了?"安然抓住医生的袖子,声音又颤又哑。

"手术还算成功,颅内压暂时降下来了,转ICU气切[1]吧。后续要特别注意观察脑电反应和体温,防止术后癫痫,争取让病人尽快苏醒。"

"谢谢大夫,谢谢!"听医生说完,安然和陈雯不住地给医生鞠躬道谢,悬着的心总算放下了一半。

他已在外城金耀门内的文书库当差两年了。这个冷僻的衙门主要负责存放五年以上的财赋档案,连库监也不过是个无足轻重的小官。他已然接受了命运的安排,日复一日在抄录和整理中消磨着时光,任

---

[1] 气管切开术,可用于丧失自主呼吸能力的颅脑损伤病人。

由满腹才华被这枯燥的生活所埋没。即使听闻太师近来复起，被圣上召回再度为相的消息，他死水般的心境也未能激起一丝波澜。先是兄长，后是太师，他处处寄人篱下，始终只是毫无尊严的傀儡，他受够了这种身不由己的感觉。更何况太师的所作所为他早有耳闻，他虽自问不算君子，但尚有一身傲骨，为了一己前途谄媚奸邪的事还是免了吧。也罢，像他这种人，本就不该有所奢望的。

然而，树欲静而风不止，太师回京后竟马不停蹄地召见了他。

"拜见太师。"到了太师府，他恍如隔世，面对命运的无力感再度袭来。

"起来吧。"端坐椅中的老人正在品茶，头也不抬，慢条斯理地说道。

他缓缓站起，垂首静立，虽在动身前就已决定今后不再任这老贼摆布，但在太师多年积威之下，此时仍不免心中惶然。

"你准备一下，再过得几日，便可离开文书库了。之后为陛下作画，自有大好前途等着你。"太师终于把目光投向了他，悠然地吹散了茶盏中的热气。

听得此言，他神色中闪过一丝错愕，沉吟片刻后回道："太师好意，小子心领了。只是我的画技早已荒废，怕是无法再担重任，还请太师另寻才俊吧。"

"哦？"老人白眉一挑，面上的肃杀之气一闪而逝，随即展颜轻叹道，"无妨，你若志不在此，老夫也不强求。只是我已知会你兄长，让他好生照料你母亲，此事不成，他定要大失所望了。"

两年的蛰伏让这老狐狸收起了以往咄咄逼人的气焰，却更加工于心计了。只三言两语，他的命门便被死死捏住。后背上冷汗涔涔，他双膝一软，声若蚊蚋："太师吩咐，小人照办便是，还请不要为难我母亲。"

"这又从何说起？"老人连忙将他扶起，方才的轻慢一扫而空，满脸痛惜道,"我知你这两年心灰意冷,但我的眼光从不会错。陛下看重令穰,只因他习得一手好画,又同为宗室,陛下自然待他较旁人要亲近些。只是他仗着出身不凡,以清高自许,于我难免阳奉阴违。依我所见,你的画技绝不在令穰之下,只要觅得机会,又何愁陛下不对你另眼相看?现下正有这样一个天赐良机摆在眼前,就看你能不能抓住了!"老人宦海沉浮多年,恩威并施的手段娴熟无比,轻而易举地就击破了他内心的防线。

见他已被勾起了兴趣,老人心中暗喜,却仍不动声色地感慨道:"老夫自熙宁三年中进士以来,仕途可谓顺利,至崇宁元年承蒙圣恩,更是首度为相。其间虽有贬黜,我却从未丧失信心,每每绝处逢生,你可知是为何?"

"小人不知。"他自幼与母亲寄居兄长府中相依为命。进入画学之前,柴房和花园就是他眼中的全部世界,又怎会知晓这深不可测的官场权术呢?

"哈哈!"老人自鸣得意地抚须大笑起来。当初将他收入门下,看中的就是他心思单纯,容易掌控。没想到两年过去了,他竟一点没变。只是这招闲棋如今可要派上大用场了,少不了得指点他一番。

"无他,老夫屹立朝野而不倒,靠的就是陛下独一份的荣宠!天下承平已久,陛下贵为天子,富有四海,本可纵情享乐,却受制于群臣非议。我以丰亨豫大为纲施政,深恤圣心,陛下借我之手,既可安享太平,又不必受群臣指摘,怎会真心将我罢黜?不过为堵悠悠众口,装装样子罢了。如此一来,老夫身家性命、荣华富贵皆系于陛下一身,陛下心中所想,自是我极力要去做的。"

见他似懂非懂地点点头,老人喝了口茶,又道:"如今陛下即位已逾十年,意欲超越父兄基业,我又再度为相,此时若呈上一幅高头大卷,将我大宋大好河山、百姓安居乐业之景绘入其中,龙心必悦,岂不美哉!"

"小人明白了,这就回去准备。"绕了半天圈子,太师总算把话挑明了,而他也无力拒绝。

"从今日起,文书库的事你就不用做了。我已命库监为你腾出一间空房充作画室,笔墨颜料已经备齐,陛下御赐的官绢不日也将送到,你务必尽快完成,切记。"

"是。"

五

"周宁的情况好些了吗?"陈雯提着饭盒走进病房,柔声问道。自从周宁出事之后,陈雯一直耿耿于怀,犹豫再三还是把前因后果跟安然说了。没想到安然不但没怪她,还宽慰她周宁因为追查案情受伤只是一种猜测而已,并没有确切的证据。再说以周宁的个性,也绝不会因为负责的案子有危险就退缩。

陈雯被安然的善良和坚强感动了,便时不时来医院探望,一来二去两人就成了无话不谈的朋友。

"目前来看算是稳定下来了,但脑电反应还是很弱,也不知道什么时候能醒过来。"安然心疼地摸了摸病床上插着管、头戴脑电帽、已经瘦脱了形的周宁的脸。

吃过陈雯带来的快餐,两人又简单闲聊了几句,安然便絮絮叨叨地回忆起了她和周宁的相识、相知和相恋。陈雯也不觉得心烦,就这样陪她静静地坐着,任时间一点点流逝。夕阳西下,透过窗户照在安然的额头和眼角上,映出了细小的皱纹。她最好的年华已经悄然离去了,但陈雯却分明在她脸上看到了爱情与人性的光辉,她美得如同一个天使。

夜幕不知不觉降临了,沉浸在往日幸福中的安然猛地一惊,发现陈雯还默默陪在自己身边，不禁赧然，"你看我，净顾着自说自话，都忘了你还在这儿了，害你浪费了大半天，真是不好意思。"

"没事，我今天正好休假，孤家寡人的也无处可去。说实话，我好羡慕你俩，因为你们，我又开始相信爱情了。"陈雯会心一笑。

"哎呀，你怎么也会开我玩笑啦？要不是医生说多陪周宁说说话有助于他恢复，我哪儿想得起这些陈芝麻烂谷子啊。"有陈雯陪着，安然的情绪也好了许多。

"就是太辛苦你了。"陈雯感叹道。

"只要对周宁恢复有帮助，再苦再累我都不怕。不过周宁一直深度昏迷，说这么多他也不见得能听到一句，效果看起来不太好……"安然有些沮丧，但随即好像又想到了什么，"不过医生说最近会把一套新研发的脑电设备用到周宁身上，这套设备可以把图片和简单的声音通过电信号的方式直接投射到他的视觉、听觉神经上，肯定比我现在的笨办法管用。"

"那太好了！有没有什么我能帮上忙的地方？"听到这个好消息，陈雯也为安然感到高兴，连忙问道。

"嗯……医生让我这几天准备一些素材。这种新型的唤醒方式比传统手段要直接和激烈得多，用到的信息也不同于以往。最好是周宁很感兴趣但又不太熟悉的东西，这样才能最大限度地挖掘大脑的潜力，调动起他沉睡的意识，以此来促进他的苏醒。我想，解铃还须系铃人。"安然望着陈雯的眼睛，郑重地说道。

"好，这事包在我身上！"陈雯一口应承下来。安然的意思再明白不过了，她也怀疑周宁的意外和故宫的案子有关，那么与案子相关的一切，不正是周宁求之不得的东西吗？

第二天下班后，陈雯就开始紧锣密鼓地收集起资料来。这起案子无论是在警局还是故宫都被当作一场闹剧，除了几个亲历者之外，几乎没人相信，更谈不上被重视了。好在正因如此，陈雯没费多大力气就摸清了周宁最近调查的进度。对周宁调查指向地库的结果，她并不太认可，因为那里她实在太熟悉了。虽然工作后真正下到里面的次数屈指可数，但那儿可是凝结了几代书画修复工作者心血的圣地，其中保存的一件国宝正是师父年轻时，由他的师父牵头修复的。

师父在故宫待了一辈子，性子也在这凝结的时光里磨炼得如同古井一般沉静。但每每忆及当年，脸上总是情不自禁显出飞扬的神采，只有在这时，严厉而古板的师父才会亲切可爱起来。他沉浸在对过往的追思和自豪中，喋喋不休地诉说着自己的幸运，感叹那幅画举世罕见的绚烂、大气以及怅惘。陈雯总会搬条小板凳坐在师父身边，就像听爷爷讲故事的小女孩儿一样，夹杂着一丝憧憬和羡慕。古老的技艺在这一老一少间薪火相传，容颜终将老去，文化和精神却历久弥新，回荡在这座宫殿的每一处角落，永世长存。

陈雯毫不怀疑，在这个地方要藏下点什么简直难比登天。且不说布置在进出通道中的数道安防关卡，地库内部因为要保持恒温恒湿的环境，其监控系统也是极为敏感的。别说是未经许可的人了，就是飞进去一只昆虫，所造成的微扰也足以触发警报。周宁对文物保护的具体工作缺乏了解，导致他做了错误的推断，可事到如今，要想解开他的心结，地库就是一个绕不过去的话题。陈雯不可能替周宁进入地库搜查，但以她对地库的了解，要制作出一段图文并茂、使其身临其境的影像资料简直易如反掌。在现实世界中，地库从未对外开放过，但陈雯打算在周宁意识的最深处，为这个特殊的游客充当一次解说员。

说干就干，救人心切的陈雯很快就制作了一段长达数小时的视频。她从地库的用途和构造说起，又详细介绍了里面保存的文物，可谓知无不言，言无不尽。当她带着资料来到医院时，连安然都惊讶于她的效率。

"鬼影的事情暂时还没有眉目，但周宁的治疗已经拖不起了，咱们先用这个试试。"陈雯带着歉意说道。

"不要紧，这么短时间里能做成这些，你已经尽力了。"安然憔悴了不少，但态度仍然温柔得体。

很快，医生就将视频转化为了电信号。安然和陈雯紧张地手拉着手，相互支持着，为对方传递信心和勇气。在医生的示意下，安然按下了机器上一个醒目的绿色按钮，它随即发出低沉的嗡嗡声，开始了被医生称为"上传"的过程。

无边无际的混沌中，一幅壮阔绚丽的山水画卷徐徐展开，四散游离的意识猛地一挣，在行将飘散之际重新聚拢起来。

"此图为大青绿设色绢本，纵51.5厘米，横1191.5厘米，全卷大致分为五段，构图上景随步移，运用传统的散点透视法描绘了连绵的群山冈峦和浩渺的江河湖水。每段又以水面、人物、游船、渔舟、桥梁衔接呼应，多种视点穿插并用，于疏密之中讲究变化，主次分明，错落有致。在设色及技法上，以浓厚的石青、石绿为主调，在赭石、朱砂等色打底的基础上反复渲染，表现峰峦明暗；又将披麻与斧劈皴法相结合，勾勒山石纹理。水面及天空则用网巾法和湿画法，施以汁绿、花青，随类赋彩，气韵生动。整个画面富丽堂皇而又不失明快，可谓是绚烂至极，归于自然……"

缥缈如祝由吟唱般的女声弱不可闻，似有些熟悉，却又记不起是谁，远处的画卷也渐渐消散。但周宁的自我意识竟慢慢清晰起来，尽管他还很虚弱，也不知自己身在何处，但至少，他不会再浑浑噩噩地沉沦在另一个意识中不能自拔了。

"你终于醒了。"

"这是哪里？你又是谁？"

"我就是你追逐的那个影子。"

"骷髅，鬼影？"

"不错，但那只是我在你们世界的投影而已。"

这是一个梦吧。亦真亦幻间,周宁如坠云端。

谁知在混元一气的意识中并没有什么秘密可言,那个声音几无间隔地直透心灵:"不必怀疑。用你们的时间尺度来说,我上一次出现已经是好几百年前的事了。我对你们很感兴趣,但时间毕竟太漫长了,即使在合适的自然条件下,在这个世界留下投影也需要一些我曾经熟悉的物件作为锚定物。好在这里竟还有我的知音,在这座宫殿里,我的画作和其他古物一起被妥善保存着。我循着它追溯而来,直到遇见了你。我尝试与你建立联系,却害你差点丢了性命。也怪我操之过急,想当初连我自己,也花了十几年工夫才走到这一步。"

"难道你就是那个人?"周宁终于从震惊中回过味来,他记起了最脆弱的那段时间,他像寄生虫一样附着在另一个意识之上,几乎把它当成了自己的过去。

"他就是我,我却不完全是他。准确来说,那是我放弃肉身前的样子。"

"你是什么已经不重要了,但外面还有人在等着我,你能帮我出去吗?"一定是安然,她从未离开过,为了她,自己无论如何也要回去!

"我已经寂寞太久了。你不妨陪我在记忆中回溯一阵,到时候,你自然会明白我为何而来,你又该往何处去。"

不待周宁反对,他便被一股巨力裹挟着,卷入了近千年前的记忆长河中……

六

自打他从太师府回来后,以往慵懒冷漠的库监仿佛换了一个人,围着自己忙上忙下不说,态度更是殷勤备至。院内最大的那间库房已在一夜之间搬空，打扫得焕然一新。要知道之前他也曾建议将其中积压十余年之久的旧档分门别类，挪往别处，库监却从未理会。他忐忑不安地踏入库房，只见由数张长桌拼接而成的画案置于库房中央，其上铺有一层整匹宫绢，洁白如练，以手抚之，更是柔若无物。桌角一旁，由绿宝石、孔雀石、金粉、生漆等制成的石青、石绿、泥金及各色颜料渐次摆放，可谓应有尽有。凡此种种，皆是他平日连想都不敢想的昂贵画材，由此可见，太师此番下足了本钱，圣上对他又是何其重视。

已有许久不曾提笔作画了，他一时也有些手足无措，生怕糟蹋了来之不易的宫绢和颜料。跟在身旁的库监见他愁眉不展，额角冒汗，揣摩许是他不耐炎热，竟大费周章购来冰块降温解暑。他哭笑不得，只好嘱咐昔日顶头上司暂莫打扰，只需找些寻常纸墨让他静心练习一段时间便好。库监惊觉自己会错了意，忙诚惶诚恐地退了出去。

最初的慌乱很快就过去了，毕竟这是他与生俱来的天赋。没几日，他随手练习的画稿便足可一观。太师精心挑了几幅呈给圣上，不想圣上对画作反应平淡，却对画师颇感兴趣。太师老谋深算，转念便想通了此节。当今圣上于书画一途造诣极高，眼高于顶，自命"天下一人[1]"，又怎会轻易向一个籍籍无名的年轻人表示赞赏呢？但他想必也看出了画师稚嫩笔触下流露出的绝顶天赋，以他好为人师的秉性，自然要亲自见一见这个年轻人了。如此甚好，一力引荐之人成了天子门生，自己的目的岂不就达成了一半吗？

不出所料，几日之后，一纸诏书如期而至。看着少年瘦弱的背影渐渐隐没于重重宫墙之后，太师叹了口气，令人捉摸不透的老脸上罕见地露出了悲悯又寂寥的神情。惊艳绝伦的才情终归要献祭于权力，老人以为将这头怪兽喂饱便可高枕无忧，掌控一切。殊不知白云苍

---

1. 宋徽宗所作书画的落款，四笔写成四字，风格特异，极具辨识度。

狗，芸芸众生皆是命运的傀儡。

"你就是那个病童？不必拘礼，多年前在令穰府上，朕曾听下人说起过你。"高居于宝殿之上的中年人仪态倜傥，五岳丰隆，自带一股王者之气，只是脸色透着病态的苍白，或许朝野议论的轻佻放纵并非空穴来风。

"正是小人。"他匍匐在地，战战兢兢地抬起头。早听人说过，当今圣上还是端王时便与自家兄长交好，时常出入府上。自己身份卑微，兄长深以为耻，自然不会让他面见贵客，但没想到多年过去，圣上竟还记得自己。然而，中年人接下来的话很快便击碎了他的幻想。

"太师已把你的画稿呈给我看了，我自是明白他的心思。可他一味讨好，又可知朕有何深意？"皇帝似是问他，又似是自言自语，饶有兴致展开一幅卷轴，正是他所绘的群峰图。

他又怎敢轻易作答？半晌，皇帝又问道："此画未甚工[1]。你可知差在哪里？"

"太师曾说小人年岁尚轻，技法灵动有余而雄浑不足，意境灿烂却不知留白。"他老老实实地答道。

"哈哈，太师有此见解，也算当世大家。只是眼光未免短浅了些。其一，山水之作，务求可行、可望、可游、可居，而你这画群峰叠翠，却无江河人烟，如何展现得了在朕的治理下天下太平、百姓安居乐业之盛景？其二，此画诸峰并立，君臣不分，主次不明，大违纲常礼法，其罪当诛！"皇帝语带讥讽，目光森然。

"小人该死！"这两条点评，第一句也还罢了，勉强可算是画理画意之争，但这第二句才是皇帝真正想说的，可谓字字诛心。他急道："此画乃小人临摹城郊荒山所作，取景自然，未经雕琢。绝无半点不

---

1. 指画作不够精雕细琢。

臣之心的意思！"

"哼，既是无心之失，朕便饶你一次。待你回去，好好说与太师听吧！"皇帝一挥衣袖，扬长而去。

此时他的后背已被冷汗浸湿，一股悲凉油然而生，太师利用自己来谄媚陛下，陛下又借自己来敲打太师。他就像傀儡一般被这对心怀鬼胎的君臣操控着，身不由己地做着扭曲的动作。可他也曾有过远大的抱负，他不想也不愿再被当作一个随手可弃的工具。

"你当年还真是不容易。"周宁遨游于少年的记忆长河中，鬼影少年时的秘密毫不设防地展现在他眼前，令他感同身受。他很快想到了一个关键性的问题，"后来，你画出让皇帝满意的画了吗？"

原以为鬼影是因为没有完成皇帝的命令才变成现在的样子，它却淡淡地答道："当然是完成了。"

与此同时，记忆中的少年落寞地回到了文书库。太师早已在此等候，听得少年带到的话，太师脸上阴晴不定，似有恼怒，又似有一丝畏惧。见少年一双空澈的眸子直愣愣地盯着自己，太师竟感觉自己反被戏弄，怒叱道："陛下说什么你照做便是。若再为陛下所不喜，老夫唯你是问！"将自己摘得一干二净之后，太师匆忙离去。没想到这权势滔天的弄臣也有失魂落魄的一天，他心中一阵快意，第一次感觉命运握在了自己手中。

跳出皇帝与太师貌合神离、弯弯绕绕的机锋之后，皇帝的要求对他而言并不算困难。唯一的难处在于，以往碍于条件，他从未画过如此体量的巨幅画作，这次运用自己的能力，想必要花费比以前多上数倍的时间和精力，会不会永远陷在里面，再也无法出来？他摇摇头，将这个念头赶走，事到如今，他已没什么好怕的了。决心已定，少年焚香沐浴，饮下大量清水后便把库房门窗钉死，在榻上进入了冥想状态。

在记忆的长河中，时间是个模糊不定的概念，鬼影想让它快便快,想让它慢便慢,周宁只能根据透入光线的明暗变化来推测昼夜交替。令他震惊的是,整整三天过去了,少年竟纹丝不动,好似死人一般。直到第五天,他终于幽幽醒转,脸上虽已瘦得塌陷下去,眼睛却炯炯发亮。他一跃而起,带着灼人的气场,挥毫泼墨,将自己的生命尽数燃烧在如雪的素绢之上。不多时,少年委顿于地,他挣扎着再次饮水,胡乱吞咽着事先备好的干粮,很快又沉沉"睡"去。而这次,他用了七天时间才醒转过来。如此往复,少年冥思的时间越来越长,偶尔清醒时便在素绢上忘情挥洒。终于,在一次长达十二天的沉睡苏醒后,少年为这幅鸿篇巨作画下了最后一笔。定睛一看,赫然是将周宁唤回的那幅山水长卷[1]!它已不再朦胧,山上山,水中水,行人建筑,包罗万象,灵动非凡。

随着周宁的思绪,鬼影逐一向他介绍画中之景:

"此山乃庐山。

"鸟瞰彭泽[2]而作湖沼。

"飞瀑取自仙游[3]。

"那长桥便是苏州利往桥。"

……

"没想到那时你年纪不大,却已踏遍大好河山了。"周宁由衷感叹。

"我自小体弱多病,进入画学之前,从未迈出兄长府邸一步,但这些确为我亲眼所见。"

"难道你的离魂症……"周宁一点就透,鬼影自相矛盾的说法指向了一个早已预示却仍然荒谬绝伦的可能。

---

1. 该幅古画现藏于故宫博物院,画中景物据考证应是画家以现实中真实存在的多处景观融合而来。
2. 鄱阳湖古称。
3. 今福建仙游,以瀑布闻名。

"不错,离魂正是我洞悉色彩、光影,乃至穿越空间的秘诀,它不是病,而是上天赋予我的异能。用你们这个时代的话来说,意识与灵魂之所以无从窥探,正是因为它不仅仅局限在三维世界。进入离魂状态相当于意识跨入另一个高维空间,现实世界纵使相隔万里,在我眼中亦不过是袖珍盆景。"

周宁尚在怀疑,鬼影继续道:"其中妙处,你在遭难之前实已感知,只是不如我得心应手,一时无法适应罢了。"

联想到车祸之前的异象,周宁终于恍然大悟。

"既然你在高低维世界中穿梭自如,现在为何又留在这儿呢?"周宁抛出了最后一个疑问。

"说来话长,且随我来吧。"鬼影黯然道。

七

不到半年,他就将这幅长卷绘成。皇帝看后果然赞不绝口,召来群臣共赏,众人万未料到此画竟是一无名小卒所绘,无不拜服,进而颂扬皆是皇帝天纵英明,调教得当才有如此神品现世。

君臣相宜,皇帝连饮数杯,乘兴将此画赐予太师,同时意味深长地嘱咐道:"天下士在作之而已。"

太师立时听出了皇帝的嘉许,又有鼓励自己效犬马之劳的意思,心中一块石头总算落了地,当即叩拜谢恩。

陛下金口一开,他便是御笔亲传的天子门生了,太师顺水推舟,安排他做陛下的伴读侍从。与他想象的不同,皇帝虽有些骄奢轻浮,对待身边侍从却是十分随和。他又出身宗室,虽是旁支,但画技出众,可谓正中皇帝下怀,也因此受到格外优待,一时间风头无两。

可每当夜深人静之时,总有一种不真实感袭来。自己勤学苦练,数年之功，一朝翻身靠的竟是陛下兴之所至的一句话，如此一来，与太师之流又有何区别？他在离魂冥思之际神游物外，不但遍览名山大川，也见识了诸多民间疾苦，生生走出了一条以画醒世、心系天下的道路。自此，他一有机会便向皇帝进言，劝其体恤民间疾苦，少做劳民伤财、大兴土木之事。可惜皇帝沉迷声色犬马，对他的话置若罔闻。

一日，许是享乐过度，穷极无聊，皇帝突然命他再绘一图，言道当日他既可绘现时海内之全景，自可想象千秋万载之后的太平盛世。

这也难不倒他，他早已发现，在离魂之时，不仅能挣脱空间的束缚，连时间的界限都被打破了。以他现在的能力，千百年后的事难以一窥全貌，但看到往后百十年的光景还是不在话下。从前，他很少在时间上进行跳跃，一来这对作画并无帮助，二来若是窥测天意，难免影响当下所行，患得患失不说，时间还总是可以针对他所做的改变进行微调。就像一颗投入河中的石子，一时激起了波澜，却很快归于平静。既然徒劳无用，又何必强求？但皇命难违，他只得从命，好在陛下想必也不会将他所画内容当真，倒不至于闹出什么变故来。

"等等，这不可能！"周宁随鬼影回溯至此，忍不住提出疑问。

"有何不可？从高维世界俯瞰尘世，形如一条盘旋而上的绫罗，上下移动即为空间变换，前后移动则为时间迁移，于我而言并无分别。"

"可是，哪怕在我的时代，科学昌明，也没有发现任何未来可以被预测的证据。"

"谁说没有？进入高维世界后，除非在特殊的自然条件下，我绝少在尘世中留下投影，但我一直耐心地观察着你们。想想看，你们不是已经发现了最短时间原理了吗？"

"你是指，光在不同介质中走的是一条折线，是耗时最短的路线？"周宁已经想到了什么，但这个解释太玄乎了，他还不敢确认。

"大胆一点,离奇的事,你见得也不少了吧?"鬼影笑道。

"你是说,光在发出之前,就已经预知了未来的结果,然后才做出了行动?"

"不错。"

这一切实在和周宁长期以来的认知产生了极大的冲突,他下意识地想要反驳,却发现自己居然找不到这番理论中的破绽。

"不要再被低维的经验束缚了,这个世界,远比你想象的复杂,但若能抽身事外,你又会发现它极为简洁。"鬼影继续说道,随之轻叹一声,"你若还不信,瞧瞧我那次看到了什么吧,它已经被验证了,这便是最好的证明。"

他看到了什么?

最黑暗的未来。

他本以为天下已定,世间虽有不平之事,但总归会越来越好。谁知,仅仅十余年后,繁花盛景便化为了人间炼狱!

明知道忤逆皇帝的下场是什么,但他还是义无反顾地将触目惊心的惨象毫无隐瞒地画了出来。这次,他没有一刻休息,心中的绝望、不屈和奋勇化作熊熊怒火,催动着他以画死谏。

只一日,此画便一气呵成。他留下家书,携带墨迹未干的画作直奔皇宫。

入得内室,侍卫都认得这是陛下和太师面前的红人,虽面带难色却未加阻难,不想他恰逢其会,撞见了一场密谈。室内共有三人,陛下正襟危坐,面带犹豫;太师站在一旁,巧舌如簧;一身穿貂皮的外族汉子居于下座,神色桀骜。

想到十余年后的事情,他顿时明白了这汉子是何身份,顾不得礼数,他冲上前去,大呼道:"陛下万不可听信太师之言!辽国已经疲弱不堪,金国才是我朝心腹大患,若与之结盟,待到辽国一灭,下一个就是我们了！"

在场三人，听得这一席话，均是脸色一变：这毛头小子，如何得知两国密谋结盟之事？

太师反应最快，此番金国使者面圣本就是他一手促成，可今日少年这一闹，无论金国还是陛下，恐怕都会怀疑是自己走漏了消息。他蹿上前去，一面劈头盖脸地掌掴少年，一面叫骂道："黄口小儿怎敢胡乱议政？还不快滚！"

"老贼！你祸国殃民，不得好死！"少年毫不畏惧，怒目而视，左右侍卫被他逼视，一时竟不敢上前。

"慢着。太师你休要阻拦，朕倒是好奇他还有何高论。"皇帝喝退了侍卫，看向太师，目中满是怀疑。

"陛下请看，此图乃小人奉陛下之命所作，若陛下再不铲除奸邪，励精图治，十余年后图中惨事便将在开封上演！"他深知皇帝疑心已被勾起，这是自己唯一的机会，遂猛地将卷轴一把展开。

"嘶……"皇帝、太师、金国使者，三人同时倒吸一口凉气。只见图中遍布尸骸饿鬼，无不狰狞可怖，远处隐现宫墙，却已是残垣断壁……

"小人愿以性命担保此《千里饿殍图》所绘之事绝无半点虚假，还望陛下迷途知返，逆转天命！"他声嘶力竭，头一下下磕在地下，直至鲜血淋漓。

"你……好大的胆子！朕的千里江山……岂容你如此诅咒！来人啊！将这狂徒押入天牢，斩立决！"忠言逆耳，皇帝气得脸色煞白，连话都哆嗦了起来。众侍卫得令，一拥而上，将少年拖走。

他早已将生死置之度外，拳脚交加下依然放声大笑，却透着莫大的绝望："报应啊！昏君，薨于北地。奸臣，葬身南蛮。可怜天下百姓，亦要为你二人陪葬！"

"是靖康之变,你没有骗我。"周宁喃喃自语道。

"从那时起,我舍弃了肉身,进入了这通晓天地奥秘的无上妙境。我不后悔,只是此间唯我茕然一人,未免太过寂寞了。不如,你便留下与我做伴?"鬼影提议道。

"不行!"周宁不假思索地反对。但稍一冷静便心底一寒:在这里,鬼影可是全知全能的,谁知道在千百年的孤寂中,它是不是已经变成了一个专横偏执的怪物呢?

"死为休息,生为役劳。死,无君于上,无臣于下,亦无四时之事,从然以天地为春秋。尘世间,千丝万缕,羁绊重重,人如蝼蚁,又是何苦呢?"鬼影倒也不急,循循善诱。

"未尝生,何尝死?《骷髅说》有云:劳我以形,苦我以生,今也幸变而之死,是反吾真也。何子之好劳而我之好逸乎[1]?我坚信,苦难并不会妨碍这个世界越变越好。"周宁思索了片刻,笃定地回应道。

"我这次现身,之所以找上你,原只是见你大胆而又好奇,没想到你的思想竟也如此通透,倒是像极了一个人。"好在鬼影并未强求,只是稍有落寞地说道。

"像谁?"周宁不解。

"他也是一名画师,除了你,我也尝试过将他拉入这个世界。但他用和你同样的理由拒绝了我。你们都是豁达乐观之人,在你们眼中,凡尘俗世亦有它的美好吧。"

"哦,是吗?"周宁哑然失笑,对那个人也愈发好奇起来。

"他生于南渡之后,距离你的时代也已经很遥远了。我的话他听得一知半解,还据此作了一幅画,徒引得世人猜测[2]。"

---

1. 语出东汉曹植《骷髅说》,意为人活着时要努力奋斗,不因空想而虚度年华。
2. 此人为南宋画家李嵩,其绘有一幅《骷髅幻戏图》,画面阴森诡异,其中深意历来众说纷纭。

到了这时，周宁已经猜到鬼影，还有自己之前那个人的身份了，但为了最后确认，离开这个世界前，他还是问道："能告诉我你的名字吗？"

"鄙姓赵，名希孟[1]。"

尾　声

安然扶着周宁散了会儿步，向病房走去。虽然CT影像显示，周宁的额叶还是缺失了一小块，但当下对大脑的研究仍然有限，它的代偿功能有时甚至超出人们的想象。不管怎么说，历经苏醒、意识模糊、镇静、移除呼吸机等一轮轮危险，周宁终于挺过来了。

他还是以前那个周宁吗？安然经常这样问自己。表面上，他温柔细致、乐观上进，一如从前，连过往记忆都分毫不差；但内在里，安然总感觉他和以前有些不一样了。

"放心吧，我还是那个我。出了这么大的事，就不许我变深沉些吗？"周宁仿佛看透了安然心中所想，打趣道。

"往后的日子还会有许多艰难险阻，但它们永远无法打倒我们。相信我，亲爱的。"周宁揽住安然的肩膀，与她四目相对。

"我相信你。"安然心底突然就踏实了，在这个男人身边，自己从来不缺少安全感。

病房里，两位老熟人已经等了好一会儿了，陈雯和刘局长，他们都是来看周宁的。半年不见，陈雯换了发型，戴上了隐形眼镜，衣着

---

1. 皇帝将主人公所画山水画赐给了权臣，权臣在跋文称画家为"希孟"。自清代梁清标起，其被称为"王希孟"，梁清标为当时收藏大家，或许在其他资料上得知了画家姓氏为"王"，但该说法仅为孤证，并未得到普遍认可。本文参考另一说法，即画家为北宋宗室子弟，跋文不提姓氏实为避讳。

也时尚了许多，看起来像个刚毕业的大学生。在安然和她的奔走下，一位曾经和周宁共同破获"血滴子"案并借此进入相关机构的朋友胡炎介入调查，鬼影事件最终引起了上面的重视。也许是因为第一次距生离死别如此之近，这段日子里，陈雯对自己未来的路产生了怀疑。

"还记得你当初为什么选择故宫吗？"周宁突然问陈雯。

"我喜欢身处古建筑群中的沉静时光，用师父的话说，我耐得住寂寞。"周宁的问题，将陈雯的迷茫引回了本心，也许，那就是最适合自己的地方。

"我敢肯定，在不久的将来，你一定会得到一个修复顶级书画的机会。这门技艺不但将由你传承，还会在你手中发扬光大。"

开导完陈雯，周宁又向老领导问了好。刘局长却有些局促，毕竟鬼影事件一开始他并未给予足够重视，而现在，他还带来了一个不知如何跟周宁开口的消息。

"刘局，我要离开警局了，感谢你一直以来的照顾，我人不在了，但我的心永远和局里的弟兄们在一起。"周宁真诚地说道。

"这……"刘局长有些诧异，自己还没通知的消息，怎么周宁就已经知道了？他一时不知如何作答。

"老朋友马上就到，我又得忙起来了。"周宁面带笑意，自言自语道。

话音未落，病房门被推开，闪进来一个圆滚滚的胖子，正是曾经帮周宁破过"血滴子"案的野生历史学家胡炎。

"你还能动弹不？"胡炎一脸戏谑地问道。

"老哥我好得很！"周宁答道。

"好，那今后你就是我们AIB[1]的人了。"

两人相视一笑，默契地击了下掌。

---

1. Abnormal Incident Bureau，异常事件局。

尽化塔

Fogong Temple Pagoda
2023年4月,发表于《科幻世界》2023年增刊

一

大巴驶入县城时，已近黄昏。

低矮的砖房，光秃秃的黄土丘，和无数深秋时节的北方小城一般，这里不见丁点儿绿色，透着萧瑟的气息。

直到它出现在视野中。千百年来，它屹立于此，一直是附近最庞大、最高耸的建筑，却毫无突兀之感。此时，它的绝大部分已经遁入晦暗之中，唯有因层层出跳[1]而灵动欲飞的塔檐被夕阳镀上了一层金边。单调乏味的景色立刻鲜活了起来，但又是那么沉静肃穆。陈雯知道，这是来自灵魂深处的洗涤与共鸣。

到达宾馆时，天已经完全黑透了。陈雯彻夜未眠，第二天一早便赶往目的地。陈雯是故宫书画修复技艺的传承人，但其实故宫中的书画修复工作早在她师父那辈就基本完成了，而此次能受邀参与到应县木塔文化抢救计划中来，也算是弥补了她身怀屠龙之技的些许遗憾吧。

寺院坐北朝南，它就位于山门与大殿之间的南北中轴线上。陈雯仰头眺望，似朝圣般一步步向前走去。只见无数斗拱和立柱层叠环绕，从外观上看，它除第一层设有重檐之外，以上诸层均为单檐，合计五层六檐。但陈雯清楚，在仅以梁、柱搭接起的明层之间还建有由斗拱、梁栿组成的铺作层和满布斜撑的暗层，五明四暗，实为九层。一暗一明，刚柔相济，正是这样的结构既保证了整体的强度，又使得它具备了极佳的抗震性能，方能于辽代留存至今。

---

[1]. 出跳是对宋代建筑的斗拱组合和挑出距离的称呼，是一种常见的挑出屋檐的方式。出跳越多，整座建筑的檐下深度就越大，出檐也就更深远。

清晨的微光中，天蓝得连一片云也没有，历经千年风雨，它表面的油饰彩绘已全部脱落，显出内里纯润的木色，雄浑而厚重，恍然与空灵的天空融为一体。而那顶部的铁刹则在晨光下熠熠生辉，沟通着天与地，人与佛，过去与未来。

微风拂过，风铃摆动，禅音悠扬，早起的群鸟自它顶端盘旋而下。陈雯的目光被这些飞鸟牵引着，越过"峻极神工"和"天下奇观"，最后落在第三块牌匾上———释迦塔。

陈雯深吸一口气，双手合十。怀着因极度震撼而虔诚的心，她终于明白，先辈大师为何会将那句"Overwhelming"[1]脱口而出。

然而，这座世界现存最古老、最高大的纯木结构楼阁式建筑，如今正处于生死存亡的边缘。

释迦塔地处大同盆地地震带，据史书记载，早在1022年4月（辽太平二年三月），大同、应县间就曾发生大地震，据推测，当时震级超过6级，震中烈度达到8度："云(大同)、应(应县)二州屋摧地陷，鬼白山裂数百步，泉涌成流。"几乎在同一时期，位于山西应县南部的北宋属地忻定盆地也进入了一个地震活跃期：1038年1月9日（宋景祐四年十二月初二），"忻、代、并三州地震，坏城堞庐舍，地裂涌水，十年内余震不止。定襄坏城郭覆庐舍，人畜死伤十之有六。太原西南悬瓮山，巨石摧坠，悬瓮寺因地震而废。"1043年6月18日（宋庆历三年五月初九），"忻州地大震。"1044年6月7日（宋庆历四年五月初九），"忻州地震，西北有声如雷。"

彼时辽国国力正盛，或许是为了祈求国泰民安，镇压地震；又或许是出生应州、尊崇佛教的皇太后萧挞里为了彰显"一门三后、一家三王"的家族荣耀，下令在应州修建佛塔。在将附近林木参天的黄花

---

1. 佛宫寺释迦塔，位于山西省朔州市应县城西北佛宫寺内，俗称应县木塔。1933年，梁思成曾对木塔进行了考察和测绘，在写给妻子林徽因的信中，他提到："绝对的Overwhelming（势不可当）……不见此塔，不知木构的可能性到了什么程度。"

梁采伐一空后，1056年（辽清宁二年），释迦塔终于建成。

历史总是充满了巧合，无论当初的建造者出于何种目的，但自应县木塔建成后，其所属州县发生地震的频率确实越来越低。即便如此，岁月的无情侵蚀还是让塔身的木材性质发生了变化，承载能力减弱，变形及结构损坏也日益严重。从最初可以登临塔顶，到仅开放地面一层参观，以至最后的全面封闭，人们尽心尽力地将它保护起来，却对愈发严重的倾斜束手无策。

木塔庇佑一方已逾千年，见证王朝更迭，斗转星移。传说佛陀弟子阿难出家前，遇过一心爱的女子，他曾说甘愿化身石桥，受五百年风吹，五百年日晒，五百年雨淋，只求她从桥上走过。不知木塔是否也经历过如此动人的故事？但无论如何，回归尘土恐怕已是它无法避免的结局。

二

陈雯早早做好了工作准备，却迟迟没有等到当地文物保护部门的对接人员。好在她已然磨砺出了云淡风轻的性格，既然一时半会儿进不了塔，便索性随意游览了寺内的其他建筑，不过它们多为明清两代重修，规模不大，远不及木塔恢宏壮观。在参观塔后的大雄宝殿时，一位工作人员建议她去距此地不远的应县木塔工作站看看，负责接待的人多半就在那儿。

"专家来了一拨又一拨，可几十年了也没弄出个可行的修复方案来。工作站现在没几个人了，反正也没什么区别……"

指明方向后，工作人员低声嘟囔着，陈雯不以为意，礼貌地笑笑便转身走出了大殿。

沿着小路走了不一会儿，陈雯来到了一座空荡荡的小院。

"请问有人在吗？"她底气不足地喊了一声，又用手拂过写有"中国文化遗产研究院应县木塔工作站"几个醒目大字的标牌，上面已经落满了灰尘。

院内有两排平房，第一排是办公室，都拉上了厚厚的窗帘。陈雯一间间地敲门，直到最后一间仍然无人应答。于是她绕到了第二排平房前，它们看起来像库房，似乎更不可能有人在里面。就在陈雯准备放弃时，最大的那间库房窗户上，透出了一丝微弱的亮光。

陈雯心里咯噔一下，光天化日的，这儿莫非进贼了？那亮光不停闪动并且变换颜色，明显不是正常的照明灯光。正犹豫着要不要报警，一不小心，陈雯被地面的坑洼绊了下，下意识地把身体往一侧靠去。

哐当！陈雯怎么也没料到库房的大铁门压根没锁，被她推开后撞到墙面，发出一声震耳欲聋的巨响。

"你是谁？来这儿干什么？"室内一个身穿全套VR游戏装备的年轻人被吓了一跳，扯下头盔，带着一脸恍惚的表情问陈雯。而在他放下操作手柄的同时，从这个偌大库房的虚空中不断掉落的各式各样、五光十色的多面体，也渐渐分解破碎，直至彻底消失，没有留下一丝痕迹。刚刚窗外的亮光，就是它们发出的。

"北京故宫博物院，文保科技部，书画临摹组研究员陈雯。"陈雯倚在门口，警惕地看着他。

"故宫的人？啊，是有这么回事儿！不过你不是明天才到吗？等等，现在几点了？"年轻人头发蓬乱，顶着两个硕大的黑眼圈，VR头盔一般都带有电子钟，但他的脑子显然还沉浸在VR幻境里没转过弯来。

陈雯无可奈何，摁亮了手机，把屏幕朝向他，"刚好中午十二点整。"

年轻人眯着眼睛看清了数字，猛一激灵："啊，都过了一夜了！"

他胡乱揉了把脸,伸出右手又知趣地放下,"你好,陈研究员。我叫袁野,站里只有我和老王两人常驻,他前阵子休假回家了,临走前有跟我交代过你的事。不过昨晚我玩起游戏来就忘了时间,抱歉啊。等我收拾收拾,马上就带你去木塔。"

在陈雯错愕的眼神中,仅仅过了几分钟,袁野就在库房内一个小休息室里完成了洗漱。这时的他穿着白衬衣,戴上眼镜,整个人精神多了,总算有了点文保工作者的样子。

"你就住在这儿?"陈雯指了指休息室,问道。

"没错,我父母走得早,我又不想离木塔太远,工作站就是我的家。"袁野轻快地答道,完全没有常人在艰苦环境下惯有的焦虑和愤懑。

两人一起走到室外,陈雯发现袁野皮肤黝黑,穿的是双运动鞋。看起来,和他的名字一样,他有着丰富的野外考察经验,并不是一个窝在办公室里得过且过的人。对他的印象有所改观,陈雯决定不再去计较袁野因为通宵玩游戏而爽约的事情。

注意到陈雯态度的变化,袁野的眼中流露出些许笑意,也没再解释什么,只是点了点头,说道:"走吧,木塔已经很久没有新客人了。"

三

来到木塔下,袁野掏出一串钥匙,麻利地打开了木门上的铜锁,领着陈雯进入了塔的第一层。斑驳的阳光透入塔内,照亮了凝固空气中的微尘,一尊巨大的释迦牟尼像映入眼帘,无比肃穆。陈雯在佛像座下向上看去,只见上层的穹窿藻井在大佛头顶渐渐收拢,仿佛生成了一个旋涡,要将世间万物尽数吸入。她轻轻叹了口气,在大佛穿越时空的目光笼罩下,一切都是那么的高深莫测,只这一层,就是一个宇宙。

最后，陈雯将注意力停留在了南北门楣所装的六方迎风板上。每块板上各有一幅供养人画像，南面是女，北面是男。细细端详下，只见人物体态端庄而不失生动，服饰华丽却又飘扬洒脱。立于画前，一股浓郁的唐风扑面而来，但其线条构造又颇为古朴大方，明显融入了辽代绘画的技法特点。

"应州在辽代属西京大同所辖，与宋廷交界，为辽国南部边防重地。辽国上下崇尚佛教，皇太后萧挞里一脉出自于此，因此木塔既可作朝拜礼佛、登高御敌之用，同时也是萧氏家庙。据专家考证，这六幅供养人画像，南面三女像分别为圣宗皇后萧耨斤、兴宗皇后萧挞里、道宗皇后萧观音；北面三男像则是晋国王萧孝穆及其长子陈王萧知足，次子齐王萧无曲。"

袁野走到跟前，耐心地讲解起来。经他指点，陈雯走至南面居中，在缔造了木塔传奇的萧挞里的画像前支好画板，开始了自己的工作。如果木塔注定无法在下一个千年的轮回中幸存，那么人们至少要尽可能全面地将它的一切复制下来。在陈雯还不算长的职业生涯里，无数行将消亡的文明遗产正是通过这种方式流传于后。

她几乎在拿起画笔的瞬间就进入了入定忘我的状态。起初只是简单的几条长直线，将画像轮廓起切出形，白纸宛如微缩的东方禅境，处处留白。但随着羚羊挂角的寥寥数笔，结构线浮现出来，这个新生的宇宙也被赋予了规则和常数。它们简洁而缄默，却又涟漪不绝，单调的时空自此生机勃勃。

袁野知趣地收声，退到一旁，以免挡住光线。等了一个多小时，日头偏转，袁野才小心翼翼地凑近观看。

只见在陈雯笔下，画像中已经褪色的花冠、步摇又重新明艳了起来。再仔细一瞧，不仅仅是色彩，人物气度的临摹更是细致入微。萧太后薄鬓，素妆，披制彩缕，组绶璎珞，连袍袖上若隐若现的羽翼状物也被一一还原,极是雍容华贵。没想到陈雯年纪轻轻,技艺竟已如此高超,故宫果然名不虚传。

相比而言,虽然在上一辈守塔人,也就是自己父亲的坚持下,袁野大学报考了文物保护技术专业,但他更擅长的却是数据编程。只需不多的原始参数,他就能用几行代码搭建起一个世界。他享受这种创造的感觉,可这恰恰与文物保护的理念背道而驰。

直到今天,在陈雯身上,袁野终于看到了将两者融合的可能。只几笔,古画中的关键节点就被陈雯悉数洞察,后续的临摹就如同程序运行一般水到渠成。袁野心中蓦然升起一丝希望。

"哎呀。"夕阳斜照,陈雯活动了下酸痛的颈肩。不知不觉半天的时间就过去了,想到把袁野晾在一边,陈雯有些不好意思,连忙起身,却发现木塔第一层除了自己外再无他人。她以为袁野有工作需要上到高层处理,便一面等他,一面舒展四肢,在塔内随意走动。谁知走到门口,陈雯发现了一串钥匙,钥匙下压着张纸条,捡起一看,上书:"忙完记得锁好门,到工作站找我,请你吃晚饭。袁野。"

原来他早就走了,陈雯有些哭笑不得,这人真是心大,连声招呼也不打。他就不怕自己一时好奇,偷偷登上木塔倾斜严重的二、三层,对它造成不可逆的损伤吗?

等回到工作站,更令陈雯大跌眼镜的是,袁野居然又在库房里玩他的游戏!就他这点责任心,木塔怎么可能得到妥善的保护?陈雯心中对他刚刚建立的一点儿好感顿时荡然无存。

"喂!袁野,木塔在你眼里是不是连游戏都比不上?"陈雯走入库房,在正戴着VR头盔,浑若无人的袁野耳边用力抖了抖被他随意丢下的钥匙,不客气地问道。

"等等,先不要打扰我,马上就要成功了。"袁野显然料到了陈雯的反应,不像上一次那么慌乱,他的回答里反而带着一丝笃定和兴奋。

在袁野的操纵下,投影仪再次在空中投射出一个个缓缓下坠的立体彩块。

还是之前那个游戏啊，够无聊的。陈雯有些鄙夷地哼了一声。也难怪她这么想，虽然她不怎么玩游戏，但经典的俄罗斯方块又有谁不知道呢？袁野玩的看起来是最新迭代的3D版，下落的彩块中不仅有正多面体，还有半正多面体、不规则多面体甚至是球体。难度是提升了不少，但陈雯无论如何也无法理解，现在竟然还有人对这款古董级游戏如此痴迷。

刚开始，袁野双手上下翻飞，活像一个不着调的乐队指挥，彩块很快越堆越高。陈雯起初还有点幸灾乐祸，巴不得他早点"Game Over"，但稍一留意便发现，即使袁野将它们严丝合缝地组合在一起，彩块也不会消除。那这个游戏的目的是什么？陈雯有些疑惑。当彩块组成的构造越来越清晰和精巧时，她终于醒悟了过来，在来应县前的准备工作中，自己曾数次将它绘制出来——它就是应县木塔独有的双层套筒框架结构！

渐渐地，袁野手上的动作越来越慢。他弓着腰，绕着已经搭建好的框架反复揣摩、度量，紧绷的双臂许久才极谨慎地挪动一点儿。悬停的彩块在他的控制下缓缓移动，最终嵌入整体结构中，位置总是出乎意料而又恰到好处。

在下层正方形、上层八边形，对应"天圆地方"的厚实塔基上，袁野竖起了三圈立柱，靠内的两层又砌起了土墙，双层套筒大致成形。接下来，他开始组装木塔驰名天下的斗拱，每一立柱的受力节点对应一朵斗拱。再将作为暗层的环状框架置于其上，暗层之上再继续铺设梁、柱、枋以及斗拱，便为明层。明暗交替，一层，两层，三层……这座拔地而起的虚拟木塔不禁让陈雯叹为观止。可眼看着到了最后两层的紧要关头，不知是哪里出了问题，"木塔"开始晃动起来。虽然袁野勉力坚持，但随着晃动幅度的加大，好不容易搭建起的结构最终散架，化为满地碎片。

"既然这样都失败的话……更证明木塔是以一个确定的常数作为基础模数的,模糊取值根本行不通。"袁野取下VR头盔,一面卸下满身的装备,一面自言自语道。

"我不太明白你说的是什么意思,能跟我讲讲吗?"虽然不了解细节,但陈雯已经可以肯定袁野所玩的游戏一定与修复木塔有关。她怨气全消,饶有兴致地请教道。

"其实这不算什么新技术了。几年前就有人用VR建模的方式为修复巴黎圣母院提供过帮助。当时我就想,这个办法一定也能运用到木塔上来。但一经操作才发现,二者在修复上还是有所不同。木塔是在千年风雨、地震,乃至人为破坏等诸多因素的综合作用下缓慢毁损的,如果说巴黎圣母院毁于火灾是急症,那么木塔更像是一个被慢性病折磨了多年的老人,久积沉疴,病情要复杂得多。而且全木构建、无钉无铆的佛塔,比石材搭建的教堂更像一个紧密的整体。一个极不起眼的部件都会对修复效果产生巨大的影响,是真正的差之毫厘谬以千里。"

原来这款游戏是袁野为修复木塔所进行的数字建模实验!他显然已经操作过无数次了,一说起来便滔滔不绝。

"五代十国的混乱和无序被终结后,新生的各个政权开始大兴土木。宫殿、衙署、庙宇的建造兴盛,造型豪华铺张,负责工程的大小官吏贪污成风,以致国家不堪重负。因此,建筑的各种设计标准、规范和有关材料、施工定额亟待制定,以明确房屋建筑的等级、形式及料例功限,从源头上杜绝亏空。北宋崇宁二年颁布了通行全国的《营造法式》,明确了'凡构屋之制,皆以材为祖;屋宇之高深,名物之短长,皆以所用材之分'的模数制度[1]。这一套标准显然是在长期实践

---

1. 《营造法式》由北宋将作监李诫奉旨编修,是世界历史上最早公开发行的建筑书籍,提出了以材为祖的模数制度。其中,"屋宇之高深"指整体的模数化,"名物之短长"指构件的模数化,成为建筑标准化思想的鼻祖。

中积累出来的,而木塔修建于《法式》颁行前四十余年,工匠中也必定不乏宋人,如果不运用标准化的模数制,很难想象缺乏精密机器的古代如何能搭建起如此庞大复杂的建筑。"

"那么修复和还原木塔的关键即找到它设计之初便已确定的材和分,也就是它的基础模数!"陈雯兴奋地接话,但随即又迟疑道,"在梁思成先生所处的时代,要找出它确实力有未逮。但现在运用大型计算机,通过结果进行反推,要算出这个数应该不难,怎么会到今天依然悬而未决呢?"

袁野脸色一暗,再次为陈雯敏锐的洞察力所折服,语气中一反常态地流露出了自我怀疑:"这个方法我不但想过,还做过。工作站经费不多,但在我的推动下,当时几乎是孤注一掷地全部投入租用大型计算机上了。可得到的结果却完全不合常理,无论冠以哪种单位,作为一座大型建筑的基本参数,它都错得离谱。我们顶着压力又重新计算了几次,可结果却没有任何变化。上头失望至极,削减了预算,人也就慢慢散了。我知道,如果不是因为我,木塔和工作站都不至于沦落到今天的地步……"袁野埋下头,声音渐渐哽咽。

"可你至少努力尝试过了。而且,直到现在你也没有放弃,不是吗?"陈雯拍了拍他的肩膀,轻声劝慰道。

"谢谢,我永远也不会放弃的!"不知为什么,这位来自故宫的年轻女性总能为袁野带来力量,令他很快振作了起来。

四

隔阂消除后,陈雯和袁野发现,虽然选择的道路不同,但他们保护木塔的初心是一样的。共同的愿景下,两人的关系拉近了许多。在木塔文化抢救计划这段忙碌而充实的日子里,陈雯小心翼翼地走遍了木塔的每一个楼层、每一个角落，将自己所见、所思的一切都临摹在了画纸上。而袁野也总是寸步不离地陪在她身边。他不会单枪匹马地在那个永远无法通关的游戏中虚耗时光了。

不过，这几年失败的实验也不是全无成果。在高强度的游戏中，袁野开放了脑域，通过脑机接口，将一台小型机与自己的大脑相连。这样，他就可以在拼接木塔部件时同步完成运算了。他发现，在将木塔拆分成不同的单元时，模数制的倾向是非常明显的。以最基本的长、宽、高为出发点，对应面阔、进深、柱高，将木塔逐层导入，呈现出简洁的递变规律。袁野进一步想到，由于这三者都是较大尺度的单位，它们可能是一种扩大模数，即这种比例关系是基础模数控制的结果。之前工作站租用的大型机是基于木塔整体进行计算的，结合它的成果，袁野将木塔面阔、进深、柱高的基础模数调整为22.1厘米。木塔兴建于《营造法式》颁行之前的辽国，采用的材分必然与北宋有所不同，若换算成辽代单位，则为0.75辽尺，不正是一材四分取其三嘛！

然而，取得这次突破后，袁野的实验就陷入了瓶颈，他始终无法将这个基础模数在木塔其他部分中完成统一。袁野一度怀疑木塔只是在设计中体现了模数制的基本思想，而在具体施工中又稍有变通，于是他试图用模糊取数的方法在游戏中先将木塔还原，但最终的结果还是功亏一篑。

正如父亲所期望的，袁野准备用一生去守护木塔。大学毕业后，他考入了工作站，在父亲去世后更是把家安到了这里。每天从休息室前往木塔，无论空间是狭窄还是开阔，袁野都能在这一方天地中自得其乐。日复一日地巡视、计算，乃至冥想……于他而言，不过是一条从现实通向理想的路。因此，在摒弃对世俗喧嚣的追求后，和曾经枯坐于木塔中的僧侣一样，他拥有了近乎无尽的时间。与之相反的，跟陈雯相处的日子却如此短暂。袁野感觉自己心里有些什么留在这个将要离去的女孩身上了。现在，他就静静站在陈雯身后，看着阳光下她专注的侧脸。干净的轮廓留下清寂的剪影，明暗之间，那双眼睛如秋日的湖水，神秘动人。

恰如陈雯临摹那些绝美的古画，他拼命想要记住这一切，以便在今后的漫长岁月里去追忆，去思念。

"唉！"陈雯叹了口气，打断了袁野被炽热和内敛煎熬着的复杂情绪。她缓缓站起身来，捶了捶有些发麻的腿，袁野连忙绅士地伸出手臂。嗯，木塔可没有地方供人扶靠。

"这张释迦牟尼的画像草图被我搞砸了。"陈雯摇摇头。

"问题出在哪里呢？"袁野看了眼陈雯画纸上的底稿，竟然罕见地有一丝不协调的感觉。

"都怪我，为了一览佛像全貌，选择从高处俯视。这种方法能获得更好的透视效果，却容易积累误差，绘制时需要依据一定比例换算修正。可我没想到的是，木塔内部递进收紧的套筒结构在视觉上又放大了这一效应，程度也不均匀。换句话说，我使用的修正比例既不准确也不统一。"

"连比例都不统一啊……"袁野若有所思。

片刻后，陈雯感到扶着的手臂猛地一震，刚刚似乎还有些出神的袁野，此刻目光陡然聚集——那个百折不挠的学者又回来了。

"陈雯，你觉得在辽代要建成木塔这样巨大而精密的建筑，最大的难点是什么？"半响过后，袁野才哑着嗓子开口问道。

"木塔高达67.31米，使用木材3000余吨，即使以现代建筑的标准来看，也绝对称得上是一个大工程。除整体的双层套筒框架结构外，还有铺作、斗拱、斜撑等复杂构造，使用的零部件数以万计。更绝的是，它们之间拼接咬合的稳定状态完全是靠自身重力和相互作用力实现的。原理与搭积木类似，虽不复杂，但随着体量的增大，其难度是呈几何式增长的。我认为它的所有部件在主体工程开始前就已经按规定数值制造完毕了，之后再依照严格的工序进行组装，一次搭建成形。只有这样，才能达到局部构件和整体框架在力学上的平衡……"

"没错，没错！但这些还只是表象，再想想看，它们最终都指向了什么？"不待陈雯说完，袁野就急切地追问道。

"难道是……"陈雯果然一点就通，只低头思索了几秒便抬起头来，正对上袁野热切的目光，两人心有灵犀地脱口而出，"是计算！"

"正确！对于一个逐鹿中原、雄心勃勃的政权来说，人力、物力、财力都不是问题，它有足够的资源可以堆砌。但在文盲率极高、工具受限的古代，使木塔上万个部件彼此和谐统一的海量算力又从何而来呢？这已经超越了个体智慧的极限，但在由无数微小单元组成的集群中却可能产生！"

袁野灵感有如泉涌，连陈雯都一时没跟上他的思路，下意识地质疑道："集群？你是指有大量精通算术的人参与了木塔的修建？这恐怕不太现实吧？"

"不，我所指的算术并不是古代用于推演历法和星象，为皇家所垄断的所谓天学。历史，是由广大劳动人民创造的。"

"我还是不明白这和木塔有什么关系。"陈雯被袁野跳跃式的思维绕得愈发糊涂。

"嘿，你想不到也正常，毕竟如今这里不过是个平平无奇的小县城。但在辽代，它可是农耕文明与游牧文明的交汇点，贸易兴盛，最不缺的就是南来北往的商贾。因为生存的需要，这些人是具备基本的计算能力的。而且，他们还携带了那个时代最先进的计算工具。说来也巧，仅以形制和用法而言，这种世俗化的工具竟然和重要的佛教法器如出一辙。我们不妨大胆猜想一下，为木塔汇聚算力的方法，说不定就出自某个头脑灵活的僧人。"

"计算工具，佛教法器，还有锱铢必较的商人……你说的莫非是——算盘？"在袁野的引导下，陈雯眼界为之一开。现在，他们距离找到那个神秘的基础模数，就只隔一层薄薄的窗户纸了。

看出陈雯还有最后一丝疑惑，袁野自嘲地笑道："这个问题其实简单得超乎想象，惯性思维将我们带入了死胡同。在使用大型机时，我一味将计算的数值推向极致，却忽视了数学本身就是极简的。大道至简，文明的发展在某种程度上就是'进化'走向'尽化'的过程。进化之路上的无数分岔在我们脚下一点点穷尽，而最终它们都将指向同一个出口，正如最复杂的大型机本质上也是基于简单的二进制算法。流传于世的几种算盘中，一四珠算盘进行的是十进制运算，一五珠算盘则可表现十二进制或以下任何数进制。而在重视度量衡的商人手中，因为一斤十六两的关系，代表十六进制的二五珠算盘又大行其道……虽然从现有记载上看，依托商品经济的发展，这种算盘直到明末才出现。但在千年前风云际会的宋辽边境，它或许曾被大规模使用也未可知啊。"

"我们可以一起来验证它。"沉默了片刻，陈雯开口道，转头望向袁野。看着她的眼睛，袁野觉得，哪怕再次失败，也不是什么大不了的事了。

暂停已久的游戏再次重启了。

袁野按照早已重复无数次的顺序将木塔的绝大部分一一组装起来，而陈雯则负责在不同节点完成进制换算。袁野感受到了前所未有的畅快，再也不必首鼠两端，顾此失彼了。原来，数学与力的联结从来都不是修修补补，而是浑然天成的。

又经过了几次练习，两人的配合愈发默契。终于，在陈雯将要返回北京的前一晚，他们离开了逼仄的库房，在工作站的大院中成功搭建起了一座"光塔"。虽然缩小了几倍，但它完美地复刻了木塔的一切。夜空中，它的光芒照亮了不远处的本尊，两者相映成趣，古老的木塔仿佛被注入了新的活力。

第二天,袁野来送陈雯,工作中无话不谈的两人顿时相顾无言。在各自的研究领域,他们见惯了诡谲历史中的悲欢离合,此刻却无法面对自己的感情,好好道别。临行前,陈雯抢过袁野随身携带的公文包,在他那份连夜赶制出来的《关于应县木塔"大落架"维修方案的论证》[1]联署上了自己的名字。几年前在大型机使用上的失误对袁野的学术声誉打击不小,希望这能对方案的审核有所帮助吧。

接着,陈雯头也不回地上了车。但在后视镜中,她看到袁野一直愣愣地站在原地,直到视线模糊也不见离去。

尾　声

五年的时光一晃而过。树欲静而风不止,即便是在故宫这样纯粹而单调的环境中,陈雯的心态也一点点地发生了变化。此时,她正握着一封邀请函出神。随着在学术界崭露头角,近来她收到了越来越多研讨会之类的邀请,颇有些不堪其扰。但这次不同,手上这封函件上,印着应县木塔的图案。

这是一个未了的约定,陈雯在心中对自己说。

已经是工作站站长的袁野亲自来汽车站接她。和五年前乘坐大巴进入县城一样,这也是一个黄昏,但令陈雯惊慌的是,目之所及,已经不见木塔巍峨的身影了!

"不用担心,很快,你就会见证木塔的重生。"几年的时间让袁野稳重了不少,陈雯那颗被攥紧的心渐渐放松了下来。

---

1. 关于应县木塔的修复方案,长期存在"大落架"法与"不落架"法的争论。后者是一种将木塔分层托举,重点维修倾斜严重的二、三层后复位归安的方法。而前者则是一种将木塔自顶层起逐层拆卸,再从底层逐步向上维修的方法。"大落架"法可从根源上解决木塔的倾斜问题,但因其部件众多,重新组装难度极大而迟迟未能落实。

工作站内几乎没有任何变化。但跟随袁野进入那间曾经无数次模拟木塔的库房后，陈雯才知道这里已经别有洞天。地下挖掘出了一个巨大的空间，无数投影仪正将一处工地的影像实时投射过来。影像四周则环绕着数个由五人或七人为一组而成的方队。与当年的袁野一样，他们都穿戴着全套VR设备。

一四珠，二五珠……陈雯心有所悟。与此同时，投影中，工地上一件件编好号，用防水布包裹的部件，也在机械臂的剥离下显露了出来。

方队动了，他们时而如交响乐一般水银泻地，时而又如军队一般严丝合缝，在他们目眩神迷的操作下，木塔仿佛通天之树，蓬勃飞速地生长起来。

"走！历史性的一刻马上就要到来了！"袁野拉起陈雯的手，冲入电梯。

他们上到地面，正赶上木塔顶部的塔刹被缓缓安放上去。四周爆发出阵阵欢呼，木塔，终于重现于人间了！

回头看看袁野，他已是泪流满面，岁月也无法磨灭一颗赤子之心。陈雯笑了，她也一样，要去追寻自己的梦想了。

"木塔修复成功了，你应该是有史以来最出色的守塔人了吧？"陈雯拉了拉他的衣角。

"那可不！"袁野乐不可支，笑得像个孩子。

"我也该走了……"陈雯轻声说道。

"回北京吗？"袁野突然泄了气。

"不。我想清楚了，像木塔这样的文化遗产，在全国乃至全世界还有很多，它们有些已经得到了妥善的保护，但更多的却仍然无人问津。我应该在更广阔的天地下，去走访，去见证，去记录。"

"你知道我的，从小就在塔下长大，天天研究的也是它……"袁野的回答理所当然。

"嗯，每个人都在孤独地生活啊。"陈雯有些感慨。

"我是说，木塔教会了我很多。古人在千年前建造它时，将海量的运算简化到了极致。现在，为了修复它，我从全国选拔了最出色的电竞选手，把时光积累的所有变量都纳入了这局终极游戏里。人生的选择，也许正如建筑的演变，在进化，或是尽化的道路上走到头吧。"

"什么意思？"袁野的话满是禅机，陈雯不解道。

"咳咳，我的意思是，人啊，简单随心就好了。"仿佛变回了当年初遇时的那个拘谨青年，袁野涨红了脸，鼓起勇气说道，"在路上，你需要一个助手吗？"

极北之地

The Far North
2023年11月,发表于《银河边缘016:极北之地》

功勋专家

"瞧你那愁眉苦脸的倒霉样儿!"肩膀被重重拍了下,周宁从恍惚的走神状态中回到了现实。面前站着的人正是将自己领入AIB(异常事件局)的野生历史学家胡炎。这两年胡炎愈发胖了,一笑起来,脸上只剩三条缝。

"我说老胡,咱就不能找点儿正事儿干吗?"周宁忍不住抗议道。

"你这话说得就不对了。我可告诉过你,咱们这个部门,三年不开张,开张忙三年。仅仅是智能手机的普及就几乎让UFO无处遁形了,你指望有多少异常事件能通过层层审查到达我们手中?"胡炎不屑道,似乎早已习惯了这种状态。

"不过,最近倒有件小事儿,兄弟单位不方便出面,兜兜转转,交给我们了。"胡炎好像突然想起了什么,漫不经心地嘟囔着。

"还能这样?"周宁的好奇心被成功地勾了起来。

"那可先说好了,这活儿就交给你了!"胡炎乐不可支地从办公桌下抽出一个档案袋,塞给周宁。

只翻了几页,周宁就明白这事儿棘手在哪里了。说起来,超级计算机虽然曾属军事机密,但随着相关技术的发展,近年来已经逐渐转为民用了。更何况,被调查者楚北星本就是最早在国内推动超算发展的先驱之一。实际上,令他招致怀疑的新一代超算"圆周",正是在他当年研究的基础上迭代而来的。若不是他最近使用和推算的数据时段过于敏感,谁也不会往机密安全的方面多想。二十世纪六十年代,"651"任务[1]隐秘下达,在那段奉献与燃烧的岁月里,他参与其中并做

---

[1] 我国研制并发射第一颗人造卫星的计划。

出了不可磨灭的贡献。但他为何要在功成身退几十年后追根溯源呢?像他这样的人,会做出窃取机密、威胁国家安全的事吗?那些已经淹没在历史中的秘密,放到今天还能有什么价值呢?

了解完基本情况后,周宁驱车前往本地一所知名大学的老校区。他找到一栋典型的赫鲁晓夫楼,轻轻叩响了301的房门。在这四处渗透着干涸水渍的黯淡楼梯间,周宁没有看到常见的视频门禁,甚至连门铃也没找到。

难道是晚年生活的窘迫令他铤而走险?周宁暗自揣测。

正当周宁心神不宁之际,老旧的铁门吱呀一声开了,一位面容清癯的老人站在门口,疑惑道:"请问你找谁?"

一阵悠扬而富有年代感的旋律从老人身后的房间中传来,难怪刚刚敲了这么久的门。周宁亮出准备好的证件,彬彬有礼地问道:"您是楚北星教授吗?我是科技部超算中心的安全员周宁。打扰您,有些事想跟您简单聊两句。"

"是我,进来说吧。"老人扶了扶老花镜,看了眼周宁的证件,淡定地点点头,没表现出什么异常。

"小周啊,你先坐,我给你倒杯水。"显然,周宁的造访让楚北星颇为意外,从他在厨房中翻找的动静看,这里已经很久没招待过客人了。

"楚教授,您慢点!"周宁一面说着,一面扫视了一圈楚北星的家。

与门外那股因遗忘而破败的气息形成鲜明对比的是,这间两居室显得朴素而宁静。客厅里除了一套可折叠的简易桌椅和周宁所坐的沙发外,再无其他家具。墙上的老式玻璃相框里有不少照片,周宁凑近端详:有楚北星站在破冰船上,身后是混合着浮冰的茫茫大海;有他放置测量设备,遭遇北极熊的惊险一幕;还有一张被撕碎过,又重新粘贴好的,是两男一女三个年轻人,其中的中国人应该就是楚北星。

他们都穿着列宁装，脸上洋溢着那个时代特有的光辉神采。

阳台和其中一间卧室打通，改造成了书房，明亮通透。一把竹制躺椅正伴着旁边老式留声机的旋律一摇一晃，仿佛在诉说一段尘封的往事……

"不好意思，小周，家里没什么好茶叶。"楚北星端来两杯茶，顺手拨开了留声机的唱头，音乐戛然而止。

"楚教授，您近期在运行'圆周'时，有没有发现什么故障或异常呢？作为它早期版本的设计者之一，我想您应该清楚，它曾经参与了不少国防项目的计算。虽然现在它已经转为民用了，但定期的回检还是有必要的。"周宁笑着说明了此行的来意。

"哦，原来如此。我说怎么会有学生之外的人来看我呢。我完全理解和配合你的工作。稍等一下，我这就把'圆周'最近的使用记录和数据整理给你。"说着，楚北星就走到书房忙活起来。周宁注意到，房门敞开着，似乎他并未回避什么。

过了大概半小时，楚北星将一叠资料递给周宁，同时解释道："最近，我主要运用'圆周'模拟北极海冰完全融化后的洋流状况，以及由此引发的气候变化。"

"这是很有价值的课题啊！但据我所知，北极海冰融化与海水盐度、海平面反射率、表层海水热交换等都存在着相互作用的关系，不是一句全球变暖就能简单概括的。如果要弄清其中具体的作用机制，所需纳入的计算量恐怕是一个天文数字。"

"你说得很对。"楚北星眼睛一亮，"所以，我才需要借助'圆周'的力量。现在大致的模型已经建立好了，相关参数也在根据运算情况不断完善中。"

"可我看您模拟的数据时间，大部分集中在1960年到1970年这十年。这段时间有什么特殊意义吗？"周宁继续翻看着资料，貌似不经意地问道。

"这倒没有，只是气候变化的趋势往往要在较长的时间尺度上才能体现出来，所以我先选取了一些过去的点位，之后才会着重对未来进行测算。"楚北星也轻轻抿了口茶，回答道。

要问的已经差不多了，但为了不引起楚北星的怀疑，周宁又东拉西扯地请教了几个问题，楚北星都热情地一一解答。又过了半个多小时，周宁将资料收起来，结束了此次调查。

"今天麻烦您了，楚教授，今后我可能还会来叨扰您。"

"没关系，随时欢迎。"楚北星一直将周宁送到了楼梯口，才在他的一再劝说下停住了脚步。

正当梨花开遍了天涯，河上飘着柔曼的轻纱；
喀秋莎站在峻峭的岸上，歌声好像明媚的春光。

回去的路上，周宁脑海中总是回荡着在楚北星家听到的这首《喀秋莎》。或许是下意识想掩饰什么，楚北星拨开了唱头，但周宁已经窥到了他的一丝不同寻常之处。

楚北星，1938年生，江苏扬州人。1955年自镇江中学高中部毕业后，被选入高教部留苏预备部进修，1956年10月赴苏联留学，进入列宁格勒工学院，1962年转入苏联科学院计算中心攻读博士，1965年回国。1968年经组织介绍，与N大教务处赵琳结婚，1971年离婚，无子女。回国后，楚北星的主要工作包括筹建N大计算机系，以及对气象预报和气候演化的研究，退休后曾多次参与北极科考。

这是胡炎提供的资料里对楚北星的介绍。无论是过去还是现在，他身上都散发着强烈的理想主义情怀。但周宁敢肯定，在最后一个问题上他撒了谎。进入AIB前，周宁是一名刑警，楚北星老而弥坚，但说到底还是个在象牙塔中待了一辈子的知识分子。即便他把那一瞬间的慌乱隐藏得极好，也依然逃不过周宁的眼睛。

这位功勋卓著的老专家，真的会为了一己之私而出卖国家利益吗？

动荡的青春

这是一场艰苦而浪漫的远征。

历经数次换乘，十余个昼夜，楚北星横跨亚欧大陆，终于来到了这座被赋予革命导师之名的英雄城市。旅途中，列车先后穿过中蒙和苏蒙边境，苍莽的雪域和林海纷至沓来，那无垠的白与黑，冷硬地冲击着他的感官，掀起一浪高过一浪的强烈陌生感。神奇的是，尽管就地理位置而言距祖国更加遥远了，但当楚北星走下列车，他竟嗅到了一丝久违的亲切。微风吹拂着氤氲的水雾，吸入肺中的空气也变得柔和。楚北星坐上一艘小船，穿行于古老的建筑和桥梁之间。原来，它是故乡之外的另一座水城。

晨曦尚未降临，夜色朦胧中的城市仍在沉睡。须发虬结，看不出年纪的船夫有节奏地摇着船橹，沉默不语，天地间似乎只有哗哗的单调水响。楚北星感到一阵凉意，便裹紧大衣坐了下来，却见船夫举起一个偌大的皮囊，仰头豪饮后递了过来。船夫裸露在外的遒劲手臂散发着热力，而这能量的源头就在眼前，楚北星心中一动，接过来有样学样地猛灌一口。瞬间，喉咙中仿佛涌入了熔融的玻璃，烧灼中带着刺痛。楚北星剧烈地咳着，是伏特加！接着便感觉四肢百骸渐渐暖和了起来。

呛出的眼泪模糊了视野，他依稀记得几年前，也是这样一个雾气弥漫的清冷冬夜，父亲将自己送上了前往学堂的乌篷船。如果说，离开故乡外出求学是从亘古不变的田园牧歌式的生活中脱离，那么现在，一个更加波澜壮阔的新世界正等着他去发现和创造。楚北星抬起头,正对上船夫的眼神,那绝对是一双属于青年人的眼睛,因为它深邃得就像天空,却又透出孩子般纯真的笑意。

"你好,欢迎来到列宁格勒工学院,我是计算机系助教阿列克谢。"小船缓缓驶入码头,船夫一跃上岸,回身友好地向楚北星伸出手。

"你好,阿列克谢。现在,我们是同志了。"楚北星也报以微笑,两只手紧紧握在了一起。

楚北星的留苏之行,始于1956年全国科学规划委员会制定的《1956—1967年科学技术发展远景规划纲要(草案)》。彼时的新中国百废待兴,在一众聚焦生产和应用的项目中,计算技术显得尤为另类。它不仅与急需的工农业生产无关,而且在苏联也是极为超前的技术,但不知为何,它被保留了下来。同年,中国科学院成立了计算技术研究所筹备委员会,开始仿制苏联计算机。

原本,楚北星已凭借优秀的学习能力和过硬的思想品质获得了留学资格,预备前往列宁格勒水电设计院学习建设水电站的知识,但或许是因为从小在作为米店账房的父亲身边耳濡目染的关系,对于数字和计算,他有着一种天生的敏锐。这样的天赋,即使放在万里挑一的预备留学生中,也是出类拔萃的。于是,前往苏联的列车出发之际,楚北星的人生道路被无声地改变了。但历史正如蜿蜒至远方的铁轨,并不会因为这小小的扰动而偏离方向,人们往往还来不及反应,便被它裹挟其中,滚滚向前。

对于组织安排的临时变动,楚北星毫无怨言,入学后便立刻投入紧张的学习中去了。在"宿舍—图书馆—教室"这单调的三点一线中,阿列克谢是他为数不多的朋友之一。作为负责帮扶中国留学生的生活委员,阿列克谢有一次认真地对他们说:"各位怀抱着雄心勃勃的宏伟目标,但来日方长,你们太过刻苦,让我都不敢给学习任务加码,要多注意休息才是。"

"特别是你，北星。你是个骄傲的家伙，但也不必事事都想着靠自己解决。作为友谊的见证，你们来到这里，我当然会给予应有的帮助，正如我们祖国那牢不可破的关系一样。"说完，阿列克谢大笑着揽住了楚北星的肩膀。

那时的楚北星还太年轻，直到十年后，他身怀的屠龙之技终于派上用场，他才明白阿列克谢话中的深意。

为了让这群绷得过紧的中国留学生放松放松，每到这时，阿列克谢都会邀请自己在青年文工团的妹妹玛莎为大家高歌一曲：

> 姑娘唱着美妙的歌曲，她在歌唱草原的雄鹰。
> ……
> 驻守边疆年轻的战士，心中怀念遥远的姑娘。
> ……
> 勇敢战斗保卫祖国，喀秋莎爱情永远属于他。

轻歌曼舞中，拘谨的留学生们聚在一起，昏黄的灯光照在他们脸上，或明或暗，映出了一幅生动的群像。他们是那样的严肃而含蓄，但在一颗颗年轻跳动的心中，有些东西被永远地铭记了。

光阴似箭，日月如梭，更令人难以捉摸的却是国与国之间的关系。在列宁格勒的几年里，楚北星慢慢融入这里的生活，学习之余也收获了理想和友谊，但随着局势的变化，他能明显地感觉到身边涌动着的紧张和戒备的气氛。同学们接二连三地回国，但自己肩负的使命还未完成，他只得埋头苦学，同时刻意与昔日亲如手足的同志们保持着距离。

楚北星不知道自己是怎么一个人坚持下来的。曾经，他以为孤独只是暂时的，黑暗的冬夜中，总有那么一两个人会为他点亮一盏微灯，他们不离不弃，只是碍于情势无法靠近罢了。但现实很快给了他一记响亮的耳光。

那是1961年底的一天。空荡荡的校园里,楚北星夹着借来的几本书,独自一人快步向宿舍走去。刚刚离开温暖的图书馆,裸露在外的肌肤被冻得生疼,他不由得紧了紧大衣的领口。可相比凛冽的寒风,更让他难以忍受的是图书馆里其他人的眼神。那是一种对叛徒和窃贼才会有的浓浓敌意,令他如芒在背,完全无法静心钻研。此前,已经有不少同学分批回国,而留下来的人则接到了面对刁难时"注意策略,不与其纠缠"的指示。

"嘿,那个小偷溜得真快!"身后传来刺耳的嬉笑。

楚北星脚步一顿,但很快又恢复如常,他不想惹事。

"站住!让大家瞧瞧他又想带走什么!"事与愿违,那帮人得寸进尺,很快便追上了楚北星。

尽管一再忍让,但那多少有顾全大局的考虑。楚北星外表儒雅,内里却是个极有原则、绝不妥协服软的人。他索性转过身来,坦然直面那些挑衅者。

安德烈、谢尔盖、米哈伊尔……都是其他院系有过数面之缘的同学。此外,还有一个熟悉的身影跟着人群,若即若离。看到他,楚北星心安了不少,他相信,有阿列克谢在,这帮人还不至于太过火。

"《水工建筑物下地下水流动的理论》《水力学手册》?[1]贪心的中国人,你不是计算机系的吗?怎么,还想要自己修大坝?做梦去吧!"趁楚北星不备,一人劈手抢过了他的书。

在留学专业发生调整之前,楚北星已经在预备部进修了近一年的水利工程。进入工学院后,抱着不负所学、多做贡献的心态,他时时温习,在新专业取得优异成绩的同时,旧底子也没落下。但他没有意识到,或许这样的勤奋和自强,才是令身边师友感到恐惧的根源。

---

1. 苏联水利专家H.H.巴甫洛夫斯基(1884—1937)的著作。

"事实上,你们能做的,我们一样能做,甚至做得更好。例如,你们在水利建设中极少考虑泥沙淤积的影响,这在东欧和北亚的河流中当然不成问题,但在中国肯定是行不通的。我相信,通过计算机前期的模拟调研,这类隐患完全可以提前排除。"

"北星,这真的是你自己的想法吗?前几天我放在办公桌上的几页手稿刚巧不见了。"万万没想到,率先向楚北星掷出石块的恰恰是他最信任的人——阿列克谢。

"你是什么意思?"楚北星难以置信地看着他。

"即使你想获取成功,也不该用这种方式。"阿列克谢难掩失望,愤愤地回应道。

"跟小偷有什么好说的?他们还没认清自己的位置,就妄图来挑战我们!"人群叫嚣着,开始推推搡搡……

阵阵嘲讽和谩骂中,人群渐渐散去。楚北星站起来,捡起地上已经被扯散的书,拍了拍尘土,脸上却看不出一丝喜怒哀乐。

往事如烟,许多年后,为了赔偿书籍挨的饿、被误解的冤屈都已不再真切了,连冲突的具体日期也在记忆中变得模糊。但楚北星永远无法忘怀的,是他彻夜通读破损书籍,拼命汲取知识,想要改变一切的执念。

从此,楚北星与阿列克谢渐行渐远,连带着心中对玛莎那份朦胧的情愫也被轻而易举地扼杀了。她偶尔还会来学院,但有时候咫尺之遥,就是永不可及。覆巢之下焉有完卵,相较于国家立场的纷争,个人之间的感情实在太渺小,也太脆弱了。或许连他们自己,对于失去这些无比美好的东西,也并不在乎。

不过当楚北星顶着巨大的压力,准备前往莫斯科,去科学院计算中心报到时,坚冰短暂地融化了。他早就得知了阿列克谢也将调往科学院计算中心,成为最年轻的副教授的消息,却没想到两人竟会乘坐同一列火车。他拎着行李,和阿列克谢只相隔了几人,对方茂盛的胡子被刮得干干净净，头发也梳理得一丝不苟，难得的清爽大方。肯定是玛莎干的好事！楚北星不禁愤愤。

"北星！阿列克谢！"身后突然传来一声呼喊，是那样的熟悉，楚北星心中掀起一阵波澜，和前方的阿列克谢同时回过头去，一起注视着那个有着明媚笑容的姑娘。

"我是来送你们的！你俩去了莫斯科后，我们三个人见面的机会就很少了。"明明是分别，玛莎的到来却驱散了楚北星和阿列克谢脸上的阴霾。

"你们要记住，我们永远是最好的朋友。"玛莎分别拥抱了两人，眼中闪现出了泪花。

几个月后，楚北星在莫斯科收到了他和玛莎、阿列克谢的合影，这是当时在车站玛莎找人拍摄的。而照片之所以这么久才送到，想必是遭受了重重审查。但愿这不会给玛莎带来什么麻烦吧。他深深地叹了口气。

此情可待成追忆，只是当时已惘然。

历史的尘埃

尽管周宁确信楚北星在使用"圆周"的过程中另有所图，但苦于没有确凿的证据，调查一时无从下手。好在身为AIB的资深探员，周宁从不缺乏耐心，一刻也未放松对楚北星和"圆周"动态的关注。不过正如楚北星之前所说的那样，"圆周"模拟的数据正逐渐向现在靠拢，单从时间点位的选择上看，已经没有任何侧重了。也许只是遵循了实验的正常进度，但周宁感觉，楚北星离他想要得到的东西已经越来越近了。

既然线索中断，周宁索性将思路拨回原点。归根结底，一切还得从楚北星的动机查起。此前，周宁曾因楚北星的住处怀疑他的生活是否遇到了困难，但这一先入为主的假设显然是站不住脚的。从后续摸排的结果看，那栋宿舍楼虽然是 N 大里最便宜的，但住着的人可不"廉价"。想来，楚北星并非负担不起置办新居的开销，但他孑然一身，又全身心扑在学术上，自然就懒得折腾了。而这也恰恰说明，他对于物质生活没有太高的要求。

等等！周宁莫名地联想到了资料中一直被自己忽略的一个细节——自 1971 年离婚后，楚北星就再未步入过婚姻的殿堂。算起来，那时他不过三十来岁，正当壮年。虽说如今人们对不婚不育已司空见惯，但在那个年代并不多见。更令人起疑的是，就在那之后不久，第一代"圆周"超算诞生，楚北星却突然将自己的研究领域从计算机转向了气象气候！这中间会不会有什么隐情呢？

一念及此，周宁立刻赶回办公室，把自己的发现和想法跟胡炎进行了沟通。胡炎没想到这份不讨好的差事竟真查出了些许眉目，当即严肃了起来，几个电话交代下去，已经为周宁安排得妥妥当当。

接过胡炎整理的协助调查名单，周宁陷入了沉思。时过境迁，物是人非，楚北星早年离乡，双亲也在他滞留苏联期间病故。因此，这份名单很短，且都是他当年在 N 大的老同事。等到这些人相继逝去后，有些秘密恐怕就要永远尘封了。原本，有个人理应是突破口，那便是楚北星的前妻赵琳。可一番查找后，胡炎发现她已于 1974 年远嫁北京，从此官运亨通，与楚北星再无瓜葛。经过商议，周宁和胡炎认为暂时不宜弄出太大动静，决定分头行动。一方面，由周宁继续出面，查访名单上的对象，寻找蛛丝马迹；另一方面，由胡炎协调局里的资源，对楚北星过去几十年的活动进行深挖，分析是否有异常之处。

说干就干。名单上的人，除了健康状况堪忧的几位外，大部分依然秉持着学者特有的严谨。对于几十年前的往事，他们记忆清晰，叙述有条不紊，加上胡炎已经通过单位提前打好了招呼，态度上也非常配合。谁知,当被问及楚北星离婚之事时,他们竟不约而同地选择了回避,要么闪烁其词,要么顾左右而言他,更有甚者,一口咬定自己根本就不认识赵琳。

一连碰了几个软钉子,周宁大感意外。明明是楚北星身上的秘密,却好似其他人做了什么见不得光的事,他们到底在隐瞒什么?

就这样,名单上待查访的人越来越少,最后只剩下了老张。对于其中的每一个人,胡炎都做了细致的背景调查,之所以把老张放到最后也是有讲究的。老张曾是N大的一名普通门卫,虽说当年负责的区域恰好是楚北星工作的实验楼,但与那些和楚北星朝夕相处的同事相比,无论是见识还是志趣都隔了一层,远谈不上相熟。不过,胡炎又提到,门卫的工作特性让他们很多时候形同一个置身事外的观察者,偶尔用来转换下调查角度倒也无妨。谁承想,正是这最后一位受访者,让困扰周宁许久的问题迎刃而解。

"小伙子,你是想问楚老师离婚的事儿?这都多少年前的陈芝麻烂谷子了,还提它干吗?"身材干瘦、嗓门却很洪亮的老者不耐烦地挥挥手,打断了周宁循序渐进的铺垫。周宁一愣,胡炎和AIB的专业度毋庸置疑,各个被询问人之间绝不存在串通的可能,但这老张心里却跟明镜似的,不简单啊。

也好,周宁索性敞开天窗说亮话:"是的,张师傅。这可能是一宗重大案件的线索,还请您如实告知。不瞒您说,在您之前,我们也找过其他人,但他们的抵触情绪很大。"

"哎,这事儿啊……"老张点了根烟,烟气缭绕间,他的神色有些黯淡。

"他们当然不肯说,因为他们对不起楚老师啊!"

最后一支烟燃尽了,只余半截虚散的烟灰,老张轻轻弹落,一脚踏上去碾了碾,自始至终也没抽上几口。大多数人的一生又和这支烟有什么区别呢?忽明忽暗间一晃而过,最后什么也没留下。

到此为止吧,周宁向陷入回忆中的老人道了谢,心中已经有了答案。

见到老张之前,周宁设想过很多种可能,却偏偏漏掉了最直接、最不可抗的因素——时代。他们这代新青年,人生中还不曾经历那些过于沉重的东西。

这一切的原因再简单不过了。六十年代,中苏关系破裂,曾经的兄弟剑拔弩张,分别选择了属于自己的道路。在亢奋的浪潮中,楚北星处境艰难,不断有人就他的留苏背景大做文章,其中不乏N大的同事和朋友。更可悲的是,连身边最亲近的人也背叛了他。曾经温婉的妻子带人闯进家里,翻箱倒柜,搜出了那张合影,指认他"里通外国",是所谓的"苏修特务"。当照片被撕碎时,楚北星想到了列宁格勒的那个冬天,同样歇斯底里的人群将他吞没,撕碎了他视若珍宝的书本。楚北星躺倒在地,路面上的薄冰传来阵阵寒意,但那时,他的心至少还是热的。

好在楚北星负责的大型计算机项目承担了"651"任务中的一部分工作,他最终未受到太大冲击。

宽和但孤独,坚忍却颓丧……一体多面的楚北星被一点点勾勒出来。不过,心灰意冷之下,他改变研究方向也就说得过去了吧?正当他的形象就要在周宁心中尘埃落定之际,电话突然响了,是胡炎。

"喂,周宁,猜我查到了什么?楚北星还真干过件挺离谱的事儿,差点引发了一场外交风波!"胡炎压低嗓门说道。

"什么?"周宁瞠目结舌,瞬间,楚北星身上又重新笼罩上了层层迷雾。

时空之桥

　　楚北星默默地收拾着柜子，把只剩最后一页的1998年日历也扔进垃圾桶。办理退休的报告已经整理好了，他准备今天就递上去，以后，他不再需要掐着时间过日子了。尽管校领导再三挽留，可这么多年坚持下来，他意识到自己执着的那个问题太过艰深，也许有生之年都不会有答案。更何况，再去计较当年的对错又有什么意义？他真的有些累了。

　　推开校长办公室的门，看见校长正在打电话，楚北星本想退出去，却被校长一把拉住，在一旁的沙发上坐了下来。

　　"好，还有半年左右的时间可以准备。能参与国家首次北极科考，对我们学校来说是莫大的荣誉，我们一定挑选最精干的力量，保证完成任务！"挂断电话，校长连忙给楚北星泡了杯茶。他当然明白楚北星来找自己是干什么的，心里正飞快地盘算着推托的说辞。毕竟，楚北星可是国内气象科学领域的权威，他还指望这位老人在学科建设上继续发光发热呢！

　　但校长不知道的是，此刻面如平湖的楚北星，心中已响起了惊雷，他突然问道："校长，你刚刚说的北极科考，主要作业区在哪里？"

　　"白令海、楚科奇海，还有加拿大海盆。"校长不明所以，似学生样老实回答道。

　　"那么肯定要经过白令海峡了。"楚北星深吸一口气。

　　"没错。"校长愈发糊涂了，却见楚北星把办理退休的材料放到自己的办公桌上，心中顿时一紧。

　　"校长，我改变主意了，暂不退休，但我有一个要求。"楚北星目光炯炯，蓬勃的朝气好像又回到了他身上。

"您老早说嘛！学校肯定会尽力满足的。"

"这次北极科考，我要参加。"

"啊？可是……您身体吃得消吗？"

"没问题。"楚北星抽走材料，头也不回地离开了办公室。

就在他即将放弃时，命运为他打开了一扇窗。第二年七月，楚北星如愿踏上了前往北极的科考船。至此，他的人生在六十一岁这个本该开始安享晚年的年纪再次迎来了转折。

科考船速度很快，赶在夏末，他们已经逼近了白令海峡。站在船头向远方眺望，隐约可见两座小岛，越过它们，就算是进入北冰洋了。

几十年了，他终于靠近了这个让自己魂牵梦萦的地方。强忍着心中澎湃的热血，楚北星若无其事地问船长："前面那儿就是代奥米德群岛吗？"

"是的，国际日期变更线从它们中间穿过，短短三点八公里的距离，相隔两天，分属两国，真是个神奇的地方啊。"船长颇为浪漫地感怀道。

"听说归属俄罗斯的大代奥米德岛上建有一座气象站，咱们不妨上岛看看？"楚北星提议。

"恐怕不行。早在冷战时期，苏联就把岛上的居民迁到西伯利亚了，上岛的官方途径也随之关闭。要我说，那里没准儿是什么军事禁区。"船长随口答道。

你的直觉倒是很准。楚北星心想，嘴上却辩驳道："据我所知，岛上的气象站已经在无人干扰的环境中运转多年了。这里正位于太平洋与北冰洋分界的狭窄海域，积累的观测数据具有很高的科研价值，我们怎么能轻易放弃？"

"这不是简单的科研问题。"船长摇头，顿了顿，又说道，"这样吧，咱们马上就要面对北冰洋的极端天气了，大代奥米德岛一侧可以避风，明天我们在那儿停靠一天，稍作休整。您可以利用这段时间来收集观测数据，但登岛就算了吧，不要惹麻烦。"

"好。"楚北星明白这已经是船长所能做的最大让步了，便不再纠缠。接下来的事，都要靠他自己了。

第二天清晨，科考船如期抵达大代奥米德岛海岸。远远望去，岛上虽无高大树木，却也绿草如茵。平缓的山坡上，烂漫的野花点缀其间，如同撒在绒毯上的糖果。阳光普照，风平浪静，连空气中咸涩的海腥味似乎也被泥土的清香冲淡了。这一派生机勃勃的风光令已在单调海面上颠簸了近一周的队员们心旷神怡，他们三三两两聚在一起，享受着这难得的休闲时光。

没有人注意到楚北星。

借着投放和校准浮标的机会，楚北星不动声色地释放了一艘小艇，独自坐了上去。然后，这个年逾六十的老人，仿佛鸟儿拥抱天空一般，用尽全身力量，义无反顾地向岸边划去。自从1965年回国后，楚北星一直密切关注着北方邻居和它曾经对手的动态。表面上看，那个疯狂的计划早已被扫入了历史的角落，无果而终。楚北星从未听说它真正实施的消息，但多年来，它一直如达摩克斯之剑一般高悬于头顶。谁知道呢？也许它最大的障碍已经被利益交换所打通，也许它一直在暗中推进着……即使这种可能性极小，被苦难刻入骨髓的危机感支配着的楚北星，也一定要亲自登岛，亲眼见过后才敢放心。或许，这也是他对自己的一个交代吧。

虽然年纪大了，但楚北星的研究让他也不乏野外工作的经验，身体素质保持得很好。不一会儿，他顺利登上了小岛，将小艇简单隐蔽后，向山顶快步跑去。那是当年阿列克谢与他争吵时无意间透露的铀矿位置。估计不用多久，科考船就会发现他失踪了，他必须抓紧时间，这是唯一的机会。

整整一天后,楚北星才被找到并被带离了大代奥米德岛。这一过程中,不仅整个科考队大为紧张,甚至还惊动了俄罗斯的边防部队。要知道,1987年琳·考克斯[1]就曾用两个多小时,从小代奥米德岛游到了大代奥米德岛,谁敢保证楚北星不会效仿呢?

幸运的是,楚北星被找到时,只是守在大代奥米德岛的制高点上,并未做什么出格的举动。饶是如此,楚北星的行为还是引起了俄罗斯方面的担忧,科考队不得不反复解释这是个意外——楚北星只是不慎被近岸的乱流卷上了小岛,才勉强过关。

明日复明日,明日何其多。在这座明日之岛上,楚北星遥望着远方的昨日之岛,却再也不可能回到过去了。

这些都逃不过周宁和胡炎的调查。又费了一番功夫,他们找到了当时将楚北星从岛上带回科考船的两名队员。

据这两人说,当时楚北星倚靠在山坡上,俯瞰海面,那淡定洒脱的样子就好像是在自家阳台上乘凉一样。

"他有说过些什么吗?"周宁皱眉问道。

"嗯,楚教授当时说的话挺奇怪的,我们记得很清楚。"两名队员对视了一眼,笃定地说道。

"他告诉我们,在冬季,代奥米德群岛间的水道会结冰封冻,人们可以从大代奥米德岛走到小代奥米德岛,也就是从'明天'前往'昨天'。而在数万年前,人类也是沿着这条路线,经白令陆桥到达美洲的,这是一座时空之桥。"

"代奥米德群岛的时间差异源于时区划分,其实是个很主观的问题。至于白令陆桥,相关研究已经很多了,它们似乎没什么特别之处

---

[1] 美国游泳健将,游泳穿越白令海峡第一人,这一行为在当时象征性地缓和了美苏关系。

啊。"胡炎忍不住打断道。

"可后来，他还说，幸好岛上没有大规模开采矿物的痕迹。否则，这里真会出现一座巍峨如不周山，屹立于海天之间的巨桥！而我们的国家也将面临前所未有的灾难。"这人说完，看了看队友。另一人随即点点头，对这段离奇的叙述表示肯定。

这下，轮到周宁和胡炎面面相觑了。楚北星的行动显然与其留苏生涯密不可分，为此，他俩早已查阅了海量的相关资料，其中不乏一些解密档案。经那两名队员提醒，周宁和胡炎很快便反应了过来——那项疯狂的工程，难道真的存在？它为何会带来灾难？而这与楚北星现在从事的研究又有何关联？

超级工程

这边周宁和胡炎正紧锣密鼓进行着调查，另一边楚北星使用"圆周"的频次也在沉寂一段时间后陡然剧增。

"周宁，我看楚北星的研究已经到了最后关头了，保险起见，我们不如先切断'圆周'的运行，提前收网吧！"不久前，胡炎通过局里的技术力量在"圆周"内植入了一段木马程序，用以实时监控楚北星的动态。此刻，盯着飞速飙升的数据，胡炎已失去了往日的冷静。

"不，再等等！突然切断'圆周'运行，很可能会让楚北星一生的心血前功尽弃，这不仅仅对他，也许对我们，对全人类都是无法弥补的损失！"

"但如果有什么机密因此泄露，我们就罪无可恕了。"胡炎颓然落座。

"立刻安排网警布控！即使楚北星想传送什么出去，我们也还来得及拦截。但请给他一个机会吧，我相信，他从未背叛过自己的信仰!"周宁咬牙做出了决定。

紧跟着"圆周"渐入高潮的运算,周宁和胡炎度过了不眠不休的两天。他们的神经紧绷到了极点,如同两个盲人一般,靠着模糊的听觉紧跟着领跑者,拼命向未知的终点冲刺。两天后,毫无征兆地,奔腾的数据流戛然而止。看来,楚北星抢先撞线了,最终的结果已经生成。

又过了一周,严阵以待的网警仍未发现任何敏感数据外泄的迹象。胡炎默不作声,继续做着最坏的打算。周宁却如释重负,他想,是时候与楚北星坦诚相见了。

"走,一起去揭开最后的谜底吧,那会是一个很长很长的故事。"周宁拉起胡炎,步履轻快地走出了办公室。

两人来到楚北星住处时,已临近日落。夕阳西下,给那栋赫鲁晓夫楼投下了长长的剪影。它老了,沉默而粗粝,却日复一日地等待着,向新生的朝阳敞开胸怀。

周宁打开对讲机,简单交代了几句,将附近的便衣撤走。近段时间,楚北星的生活就和普通的退休老人没什么两样,无非是早晨出来买菜,晚上锻炼一下身体,其余时间都待在家里。这会儿,他应该刚刚做好晚餐。

果然,再次敲开楚北星家门时,他已经端菜上桌了。三菜一汤,还有一杯酒,按一个独居老人的标准来说,算是很丰盛了。对周宁和胡炎的突然造访,楚北星好像并不意外,热情地邀请他俩落座,又拿出两个玻璃杯满上。

"楚教授这是要庆祝什么吗?"胡炎冷着脸问道。

"不好意思,还没给您介绍,这是我的同事胡炎。上次他没过来,但关于'圆周'超算的使用情况,他也有很多见解想跟您好好交流。"周宁扯了扯胡炎的袖子,使了个眼色。

"哈哈,年轻人,别光顾着盯我这个老头子了,我测算的模型和数据你们有没有拿回去好好分析?"楚北星饶有兴致地问道。

"您知道我们在监控'圆周'?"周宁愕然。

"虽然我这大半辈子都在研究气象气候,可也是国内最早搞计算机的那批人之一。你们那点技术还瞒不过我。"楚北星像一个成功捉弄了晚辈的老顽童,得意扬扬地笑了。

"这个嘛……"胡炎有些尴尬地挠了挠头,不知不觉间也换了语气,"我们进行了初步的逆向推导,也联络了一些气象学家,他们的看法是,您似乎在模拟北冰洋解冻的影响。但是,您设置的许多参数都过于极端,几乎不可能自然形成。与此同时,引入这种创世参数也导致您的运算量提升了不止一个数量级。"

"所以我们想知道,您这么做,难道只是为了实验建造白令海峡洲际大桥的可能吗?"周宁抛出了最后的疑问。

"创世参数?这名字很好。"楚北星举杯一饮而尽,面不改色,目光却像利剑一样刺来,"但你们颠倒了因果。不是我为了造桥而测算北冰洋解冻的影响,而是这座桥解冻了北冰洋。"

"一座跨海大桥能造成这么大的影响?"胡炎不假思索地质疑道。

"一般的桥当然不行,但如果它是一座坝上桥呢?"

"坝——上?!"周宁和胡炎齐声惊呼。

"没错。我模拟的,是阻断北冰洋和太平洋的白令大坝!"

随着酒精一点点地融入血液,流向大脑,楚北星记忆的闸门轰然打开,那段恍如隔世却无比真实的岁月顷刻间席卷而来……

两人的最后一次重逢是在医院,楚北星没有想到,阿列克谢居然会来看望自己。

1965年3月4日下午,在莫斯科举行的反对美国侵略越南的游行中,留学生和监视队伍的苏联军警爆发了冲突,许多人被逮捕和打伤。楚北星为了保护同学免遭践踏，也受到了波及。此刻的留学生们已不再是祖国精心栽培的花朵，而是战士，他终于不再孤独了。

"北星，你还好吗？伤得严不严重？"突然在病房出现的阿列克谢引来了楚北星身边同学异样的眼光。

"阿列克谢老师……我很好，只是些皮外伤，很快就可以出院了。"

"你们慢慢聊吧。"同学询问地看了看楚北星，在得到他"放心"的示意后便离开了。

"北星，你没事就好。而且，我得为之前的事向你道歉。我后来才发现，那几页演算稿是被我混到其他文件中去了。"阿列克谢罕见地涨红了脸，声音也小了。

"算了，我已经不在乎了。"这时候再澄清已经没有意义了，楚北星说的是实话。

"但是，北星，你关于计算技术应用的论断有着惊人的预见性，因为我马上就要被调入一项工程中，承担前期模拟运算的工作了。"

"那么恭喜你了。但也许你不该向我透露太多。"楚北星意兴阑珊地提醒道。

"这会是一个比连通五海[1]更为宏伟的工程，一旦成功必将载入人类文明的史册！"果然，阿列克谢压低了声音，但他似乎想当然地认为楚北星应该与有荣焉，仍自顾自地说了下去。

在列宁格勒的那六年，楚北星对周围狂热的人群早已习惯，却没想到连阿列克谢也受到了感染，他轻声笑道："怎么，你们打算重启土库曼运河[2]？"

"哪怕是不切实际的大运河计划，也不过为土库曼斯坦增加五十

---
1. 指通过一系列运河、水库连通白海、波罗的海、黑海、亚速海、里海的工程。
2. 斯大林推动的一项由阿姆河取水到土库曼斯坦大片沙漠地带的灌溉供水工程，于1954年开工，赫鲁晓夫时期尚未完工即遭废止。

万公顷棉田，七百万公顷牧场。但我们的计划足以解冻北冰洋，令整个西伯利亚变为温暖的沃土！"

"你们到底想干什么？"楚北星心底升起一丝不安。

"很简单，我们准备建一座大坝来堵截白令海峡。今后，北冰洋将与太平洋隔绝，只连接大西洋。"阿列克谢豪情万丈地说道。

"这个计划比土库曼运河还要荒谬！"楚北星像看疯子一样盯着阿列克谢，"白令海峡最宽处仅有八十六千米，平均深度不到一百米，再以海峡中部的代奥米德群岛为中转分段筑坝，我相信以你们的能力确实可以完成。但这些因素同样使北冰洋与太平洋的水体交换极为有限，恐怕发不了多少电。"

"谁告诉你大坝是用来发电的？恰恰相反，我们会在大代奥米德岛上建一座核电站，为大坝上的数万台巨型水泵供电！"

"你们要把太平洋的温暖海水抽到北冰洋？但这只怕是杯水车薪，更何况太平洋的水位还比北冰洋略低，搞不好会形成倒灌……"

"北星，我们是一个地跨欧亚的超级大国，目光绝不会局限于一洲一洋。"阿列克谢不客气地打断楚北星，"在西方，有一股现成的暖水，我们只要稍加利用就好了。"

"你是指北大西洋暖流？天啊，我明白了！"楚北星猛然惊觉，"大坝夜以继日地把北冰洋的海水排向太平洋，那么它丧失的水体就只能通过大西洋来补充，在势能的作用下，北大西洋暖流必将深入北冰洋沿岸！"

"据我们估算，这股暖流每年带来的热量至少是全球石油发热量的数倍。迪克森[1]将成为北极圈内的伦敦。"阿列克谢扬起头，目光投向远方。

---

1. 位于泰梅尔半岛西北端、叶尼塞湾口东岸的北冰洋港口，是世界最北的居民点之一，苏联时期曾建有北极无线电气象中心、地球物理天文台等设施，人口最多时超过三千人，如今已不足三百人。

震惊过后，楚北星很快发现了这个计划中两个显而易见的漏洞。他立即提出了质疑："首先，我认为气象气候是个庞大的混沌系统，其复杂程度远超我们的想象，简化推导的结果必然谬以千里。其次，我必须提醒你，一百年前，你们就把包含小代奥米德岛在内的阿拉斯加卖给美国人了。"

"北星，不要忘了，在计算科学方面，你只是个学生。我们得到的结果毫无疑问是正确的。"阿列克谢对楚北星的第一个问题不屑一顾，倒是在第二个问题上稍有迟疑，"大坝建成后，阿拉斯加和加拿大北部都将受益，我相信两个超级大国间是可以合作的。"

"合作？哈哈，不过是利益交换罢了，但显而易见，被牺牲掉的一定是盟友，你们向来如此。"想到导致自己和同学们住院的那场冲突，楚北星冷笑道。

"北星，够了。为什么我们总要陷入这种争执？你是个聪明人，应当清楚卷入游行对你没有任何好处！"阿列克谢的怒气也被点燃了。

"中国有句成语，叫'与虎谋皮'。虽然现在我们在技术上是落后的，但我们自己的路不需要他人来干涉，而你们一定会为自己的妥协而付出代价。"不知为何，楚北星说出这番话时出奇的笃定。

"我早说过，你太骄傲了，你们的国家也是如此。但世界的法则本就是强者领导，弱者跟随。咱们走着瞧吧！"阿列克谢气极反笑，摔门而去。

玛莎的愿望最终还是落空了，两人自此彻底决裂。

当天夜里，楚北星做了一个梦。在梦里，那座大坝由玄黑色的巨石砌成，向上则高耸入云，宛如垂天之幕；水平则连绵不绝，好似冻结的波涛。天空与大海都为它所禁锢。数万台核动力水泵隆隆作响，倾泻下一道道白柱，它们吞没了辽阔的黑土地。烟雨朦胧的水乡，是那么的冰冷刺骨……

尾　声

"你们是因为技术上的分歧和彼此关系的不平等而走向决裂的？"周宁斟酌着，总感觉漏掉了什么。

"没那么简单。要知道，科学没有国界，科学家却是有祖国的。"楚北星沉吟道，"当年那个计划的后果，阿列克谢只说了一半。其实不只是我，你俩这会儿也能猜到吧，如果他计算无误的话。"

"北冰洋冰冷的海水源源不断地涌入太平洋……"胡炎的声音微微发颤。

"呵，白令大坝引入北大西洋暖流的同时，却在另一端大大加强了千岛寒流。日本列岛首当其冲，而我国华北也将迎来又一个冰期。"楚北星摇头苦笑。

"幸好，当我登上大代奥米德岛时，那里的铀矿仍未被开采，北冰洋大坝自始至终只是个存在于设想中的空中楼阁。且不论技术上的难题，阿列克谢们对美国人抱有的幻想是靠不住的，这个教训直到今天也适用。

"本质上，我和阿列克谢的冲突恰如时局的缩影，不只是技术路线的分歧，更是未来发展路线的分歧。他们当时寄希望于与美国共享世界霸权，为此不惜牺牲盟友的利益，使其成为自己的附庸。但我们始终坚持自力更生，这多少让他们感到不满和恼怒。

"所以，我决定亲手证明谁对谁错。这种执念在完成国家重点任务后愈演愈烈，促使我转变了研究方向，也支撑了我的后半辈子。"

"您成功了吗？"周宁紧张地追问。

"如我最初所料，阿列克谢等人的计算实在太简略了。我努力了几十年，虽然完善了不少数据，但也一度怀疑是否耗尽一生也得不到结果。直到1999年我参加了第一次北极科考，发现北极海冰融化的速度变快了，从而获取了许多本该在未来才能得到的数据。再加上近几年超算的飞速发展，我终于在不久前得偿夙愿。"

"您把它留在'圆周'里了？"胡炎立即回过神来。

"对，它是一个异常庞杂的模型。我用它模拟了白令大坝建成并运行的情形。讽刺的是，除了个别沿岸地区，它所造成的影响与目前北冰洋实际的解冻情况相差无几。

"不过，虽然它表明气候在宏观上是相对稳定的，但在这个混沌系统中，一些关键节点的变化是可以被预测的。那么，暂时或迅速地改变局部气象就成了可能。这在预防和阻止气象灾害方面意义重大，算是我留给你们后辈的一点心意吧。"

楚北星一口气说完，爽朗地笑了，周宁知道，他终于卸下了背负一生的重担。

周宁和胡炎沉默着，慢慢消化着真相带来的冲击。最后，满腔热血都化为对眼前这位老人的无限敬仰。他毅然独行，无怨无悔，为后人们照亮了前方。未来的路要靠年轻人自己了。周宁和胡炎相视一笑，那条路，不但在他们脚下，更在他们心里。

"敬过去，敬未来！"三人一同举杯。

走 蛟

Walking The jiaolong
2021年12月，发表于第四届冷湖奖获奖作品集
《冷湖Ⅳ赛什腾之眼》，获第四届冷湖奖中篇二等奖

一、塞外孤军

许是因为年老，又或是明白自己时日无多，近来他总不自觉地追忆往昔。当年出发时长安城楼上徐徐落下的斜阳仿佛还历历在目，年轻的血液熊熊燃烧着，一颗心早已飞向了遥远的边疆，他随着悠扬的驼铃一路西行，只留下身后伯父殷切而坚忍的目光。时局动荡，前路茫茫，但那时的他，似乎从未想过有生之年也许再无缘回望故土一眼。

"敌袭，敌袭！"游弋于城外的斥候身中数箭，拼死冲至城下，未及接应便轰然坠马。失去主人的马儿嘶鸣着，迷茫地垂首打转。夯土城墙上，数点火苗从高处亮起，片刻间便如游龙般连成了一片。守军控弦以待，森然如山，火光映照下，竟是一群白发苍苍的老兵。与之对峙的敌军则以骑兵为主，皆持矛负弓，周身覆以锁子甲，仅露双目。两军显是沙场宿敌，不发一言，旋即列阵厮杀起来。

步弓劲大，守军初时尚可压制敌军。但敌军甲胄精良，虽有损失却未伤根本，待到冲入骑兵短弓射程内后，其张弓搭箭的速度优势便体现了出来。城头的白发军眼见不敌，却无一人后退。危急时刻，一手持横刀，身着明光铠的将军登高大呼，指挥亲兵一同将数十个铜制圆筒推上城墙。圆筒筒口焊一小笼，内置火炭，筒尾安有连杆。每筒以两人推杆，筒内喷出一股墨流。墨流经筒口火炭后，居高临下地化为一道火舌，如刈麦般扫过前仆后继的敌军。这火焰诡谲仿若活物，触之即附，水浇愈炽。原本劲弓利刃不能甚伤的锁子甲此时却因内着布衣，脱卸不便，成了扼杀士兵最后一线生机的枷锁。

一轮肆虐后，铜筒内墨流殆尽，火势渐弱。敌军前队皆死，后队方进，似乎等的就是这一刻。亏得将军调度如臂使指，弓手后撤，长戟手与刀盾手结成的方阵立即压上。戟手居中，以长戟或扫或刺，不待敌军近身便将其挑落；左右各列一刀盾手，护住戟手身侧及头顶，同时挥刀斩杀零星抵近的敌人。靠着方阵阻截赢得的时间，铜筒已被再度注满，又一轮喷射之后，攻城敌军器械尽毁，死伤惨重，终于退去。

横刀归鞘，力挽狂澜的将军幽幽地叹出一口白气，下雪了。方才惨烈的战场很快便消失无痕，连焦煳的黑烟也被北风吹散。举目望去，只见城外苍茫寂寥，大漠于天地间无限延伸。入冬之后，大雪封路，敌军的攻势也行将告一段落。留在他身边的人已经越来越少了，但不管怎么说，他们又撑过了一年。

安西大都护府治所龟兹城[1]，还守在他们手中。他，大都护郭昕，也还在这里。

郭昕淡淡地笑了，极目远眺。在大漠尽头，有一座不为敌人所知的神秘军镇。如果说龟兹是鼎盛大唐创下的赫赫武功，那么它就是荣光背后的阴影。它肩负着希望，隐忍着，置之死地而后生。

它的名字叫冷湖。

一切都要从震惊朝野的杨志烈之死说起。广德二年[2]，凉州陷于吐蕃，河西节度使兼河西副元帅杨志烈被迫移驻甘州。因兵源不足，无力反攻，志烈遂于次年向下属的沙陀部落征兵，不料却在行至长泉时遇害。杨志烈不仅主政河西，还兼管北庭、安西，他这一死，外有吐蕃虎视眈眈，内有各族暗流汹涌，西陲局势骤然崩坏。西陲乱则长安危，伯父随即上奏天子，请求遣使西行，巡抚各方，以安人心。天子对声威如日中天的伯父言听计从，当即派出三路人马。而他正是前往安西的使臣之一。

---

1. 安西大都护府，唐朝时设立的管辖西域的机构。初为安西都护府，后晋级为安西大都护府，建置级别时有升降。治所龟兹为西域名城，在今新疆库车一带。
2. 公元764年。

"此番西行,路途遥远。安西更是艰险荒芜之地,你若不愿,我可奏请圣上另觅他人。"出发前一晚,政务繁忙的伯父亲临府上,握着他的手说道。郭氏一族,历来家风严明,但伯父自小就待他如若亲子,格外疼爱。

"让我出使安西不是您的意思?"他不解道。

"自然不是。"伯父无奈苦笑。

他本以为这是伯父给自己安排的一次历练,但细细一想其中关节,顿时豁然开朗。克复长安,单骑退敌[1],伯父可谓功高震主,圣上钦定此次出使安西人选,大有试探之意。直到这时,他才理解父亲不事功名,痴迷金石之术的苦衷。但自己又如何能让伯父为难?更何况,远征边疆,建功立业,不正是自己所向往的吗?

"伯父,不必了。男儿当志在四方,岂有退缩之理。"他一字一顿地说道,就此做出了改变自己一生的选择。

二、安西四镇

此时河西已大半陷落,使团一路绕行,西出长安三千七百余里后至瓜州。瓜州之后,又经沙、伊二州至西州。此地原为高昌故城,自贞观十四年[2]设州县后,便成为东西往来的枢纽之地,使团在此稍作休整后便向西踏入了安西属地。再向西南跋涉七百二十里,即是安西四军镇之一的焉耆,继续西行八百里后,终至龟兹。

因连年战乱,沿途驿站大半荒废,走走停停间距离他们出发已近半年。顾不得鞍马劳顿,郭昕又花了数月时间造访了四镇中剩余的两

---

1. 指郭子仪于公元757年击败叛军收复长安和765年深入回纥大营说服其退兵的事迹。
2. 公元640年。

处——疏勒及于阗。尽管早有预料，可各地守备废弛的情形仍令他感到触目惊心。自长寿二年[1]三置安西都护府以来，四镇驻军人数基本维持在三万上下。但至德年间，安西军奉诏平乱，大部分军队组成行营内调，留守兵力仅余万人，且俱是老弱病残。此时扼守吐蕃北上要冲的疏勒和于阗，其外围据点皆已失守。龟兹及焉耆虽还安定，土地却日益贫瘠，终日黄沙漫天，屯田供军之策也越来越难以为继。好在当地残兵及民众仍然效忠于朝廷，使团初到安西便顺利接过了军政系统的权柄。随着河西重镇甘州、肃州相继失陷于吐蕃，来自中原的物资及消息逐渐断绝，使团无奈就地驻留，几年后，随团护军首领尔朱将军被众人拥立为都护。甫一上任，尔朱都护外连回纥，内修军纪，数次击败来犯的吐蕃军队。而郭昕则在其帐下参赞帷幄，负责屯田及军械督造。此时吐蕃已尽占河西，完成了对唐廷本土与安西的割裂。在其围困下，外援断绝的四镇军民唯有自谋生路，郭昕自觉身上的担子也愈加沉重。他一面指挥驻军垦荒，一面发动民众耕种。苦心经营下，龟兹营田二十屯[2]，焉耆七屯，疏勒和于阗虽战事频繁，亦有相当规模，基本满足了守军及部落民众对粮草的需求。

郭昕对屯田之事虽然尽心竭力，但他仍面临着土地缺水和沙化的双重考验。因父亲痴迷炼丹，他自幼便充当助手，故对万物的化生转变见解颇深。许久之前，他就曾观察到鼎炉散气之处多有水珠凝结的现象，几经模拟推演，终于想通了天公降水之理。江海湖泊，遇热蒸腾，水化为气，聚而成云，遇冷凝结，降之为雨。因此，越靠近海洋的地方，降水越是充足。而安西深入内陆，水气稀薄，仅有高山迎风处得以凝气为冰，待到夏季消融之时，这些水就成为当地的主要水源。只是周边山脉离田垄城镇尚有一段距离，沿着沟壑汹涌而下的

---

1. 公元693年。
2. 古时土地计量单位，一屯为五十顷，一顷为一百亩。

山洪，经过不断地下渗和蒸发，到达城外的引水渠时只剩下了涓涓细流。郭昕既已明了水气互化的原理，自有办法延缓这一过程，只是此法耗费颇大，他不得不再三权衡。等到冬天，他先是考察了四镇周边的山脉及冰川分布，又一一勘测了往年山洪流经的路径。将这些巨细无遗地绘成一幅水源图后，再结合沿线的地势土质，最终设计了一套完备的水利工程。当他把图纸和所需人力、材料列为清单一并呈给尔朱都护时，连这位沙场宿将也不由得勃然变色。

"郭昕，你难道不知四镇钱粮奇缺，民力匮乏的窘境？"他厉声问道。

"末将知道。"郭昕目光炯炯，坦然应答。

"既然知道，你竟还敢提此大兴土木之事？来人啊！"都护怒道，喝令左右士卒，就要将郭昕拿下。

"都护大人！听说河西动荡，您的家人正向此处逃亡，您已派人接应？"郭昕不为所动，转而问道。

"是又如何？"尔朱都护声音一沉，不明白郭昕为何不为自己辩解，却突然问及此事。

"吐蕃蚕食我朝边界，兵锋先东后西，为的就是将安西困死，以求不战而胜。河西已丧，您的家人尚可逃往安西，但安西之后呢？与其日夜消磨，死守待毙，不如倾尽全力。我等孤忠遗民，万余将士，或有一线生机！"郭昕语气激昂，愤然道。

这番话触动了尔朱都护心中的隐忧，他的脸色变幻不定，犹豫不决间，再看看坚毅挺拔的郭昕，终是下定了决心。

"好，不愧为郭令公之侄！当有此血性！"尔朱都护抚须大笑，"我又岂是贪生怕死之辈？家口已至，退无可退。从今日起，四镇兵力，粮草差役皆可由你随心调动。若我战死，当自邀旌节，为四镇节度留后。"

"末将定不负所托！"郭昕慨然领命。

获得尔朱都护全力支持后，郭昕再无顾虑，立即着手实施自己的计划。趁战事稍息的机会，他抽调了大部兵力，并发动民夫，沿先前所绘的水源图，在四镇周边山脉的冰川聚集处开凿了陡坡，人为地加大了冰川融化时水流的落差。又将汉时就有的井渠之法改进，于山脚处开挖暗渠。暗渠内壁敷以泥浆，引火烧结后，上覆石板。地面每隔数里便挖一井，与暗渠连通，方便日后疏浚。夏季山洪暴发时，水流被汇集起来灌入暗渠，极快的流速和烧结硬化的渠道延缓了下渗，厚重阴凉的石板则抵挡了曝晒，减少了蒸发。如此一来，到达军镇的水量便达到了以往的数倍。

水源问题已解，但土地沙化却极难逆转。据当地牧民所说，从前四镇所在的绿洲面积为如今数倍，自从四镇人口剧增，拓荒垦殖之后，绿洲便逐渐萎缩。昔日膏腴之地苦咸龟裂，无法耕种，只得荒废。原只在冬春出现的狂沙飞尘也开始肆虐全年。郭昕本以为以上皆为水量不足所致，但水利竣工、引入水源后这一局面不但未得缓解，还有愈演愈烈之势。郭昕百思不得其解，加之入秋之后，吐蕃军队凭着战马膘壮开始频繁扰边，他只得将这一问题暂时搁置。

近来战事频繁，军械消耗极大。这日，郭昕便亲临现场督造。众工匠受此鼓舞，更是卖力，一时间敲击锤打之声不绝于耳。谁知，眼看着到了锻造成形的紧要关头，炉中火力却陡然减弱。

"添炭，速速添炭！"赤裸上身，筋肉虬结的中年铁匠气喘如牛，大喊道。

"师傅，没炭了！"一旁的学徒匆忙离去，又带着哭腔赶回。

"唉！"一声长叹后，铁匠颓然落锤，一柄即将打造完成的斩马刀顿时化为废铁。

"让大人见笑了。"铁匠抹去满脸汗水，向郭昕拱手道。

"无妨，冶炼兵器，本就容不得丝毫马虎，一时失手也是常事。只是近日吐蕃来犯，镇外颇不安宁，采伐不易，还得一次多备些薪炭为好。"郭昕待下宽和,在四镇颇得人心,不但未加责难,思虑还甚是周全。

"大人所言极是,我这就多寻几人去镇外采薪。"

"我正欲巡视镇外道路,随从军士亦可帮手,便与你们同去吧。"

"好,那就有劳大人和各位军爷了!"安西孤悬,户数不足,士兵农忙时参与劳作,居民战时入伍充军乃是常事。军民一体之下不重等级,众人也就不与郭昕客气,欣然应允。

一行人带齐工具,浩浩荡荡地来到镇外,又沿河道上行了数里,便见到了一片胡杨林。此树乃本地特有树种,耐旱耐盐,树干高大遒劲,色作灰褐,下部多有条形裂纹,木质坚硬,是烧制木炭的绝佳原料。稍作准备后,众人便动手伐木,最初只拣已经倒伏枯死的树木,之后因人手充足,速度大增,索性连活树一齐锯倒。放倒大树后,将树皮、树枝削下,聚拢起来,充作薪柴。树干则分为几段运走,或作建筑之用,或劈碎制炭。将要满载而归之际,晴空之中突然响过一声闷雷,天色陡然变暗。狂风大作下,干旱异常的龟兹镇竟迎来了一场罕见的暴雨。不过片刻,只见天地间晦暗一片,雨幕密集,数丈[1]外便不能视物。众人狼狈不堪,纷纷挤到树下避雨,唯有郭昕仿若魔怔,呆立不动,任由雨水浇身。几名士兵冲上前去脱衣为其挡雨,却怎么也拉不动他。好在暴雨来得突然,去得也快,不过一炷香的工夫便已停息。

拨云见日,阳光直射到郭昕身上,他突然大喊一声:"我明白了!"众人不解其意,却不知郭昕为将,精于骑射,目力远胜常人。在刚刚的瓢泼大雨中,他分明瞧见,水流沿着光秃秃的树桩不断冲刷下渗,又于残根处分为数股,变得极为浑浊,显然带走了不少泥土。但这一现象在枝繁叶茂、长势良好的胡杨树下却不见发生。联想到胡杨树如

---

1. 一丈约为3.3333米。

经络一般细密分叉的根系，郭昕恍然大悟：活着的胡杨树，其根系好似触须，循水而进，延伸拓展的同时也将周围土壤牢牢锁住，土壤中的养分便得以留存蓄积；但若砍伐无度，树林渐次稀疏乃至荡然无存，水土自然也就极易流失了。想明此理，再看看遍地已被修整完毕的木料，郭昕不禁追悔莫及，恨不得返程之后便立即下令禁止四镇军民采伐林木。好在郭昕数年来统筹军政，已然褪去了初时的莽撞，深思熟虑之后便发觉此法不切实际。开锅造饭，御寒取暖尚可用芦苇、茅草等物代替，烧制陶瓷、冶炼兵器却对炉温要求极高，非木炭不可。犹记得天宝十五年[1]，叛军攻破潼关，兵临长安。时人多以为长安高城深池，足可据守，却不想随着叛军逼近，城外百姓流散，偌大的长安城竟无薪可燃，粮草兵器皆无可用，没几日便不战而溃。无可奈何之下，郭昕只得严禁百姓私伐滥采，由都护府设职专办采伐，集中所得之物后再按户调配。他深知，这一举措虽然延缓了林地萎缩的速度，但也加重了四镇军民的负担，绝非长久之计。归根结底，他需要找到一种新燃料来代替木炭。

　　思来想去，在这贫瘠的边荒之地，他唯一能大量利用的，就只有驻军和部落民众放牧时牲畜所产生的粪便了。为此郭昕还专门着人清点了四镇马匹及牛羊的数量，然而计算的结果却令他大失所望。当地牲畜产生的粪便，扣除农田堆肥的部分，剩余之数远不足以应付日常所需。更何况经他亲自试验，干粪引燃后的火头虽大，却不持久，这一缺陷也是冶炼兵器时无法容忍的。

　　虽然最后的结果不尽如人意，但在整个过程中，郭昕愈发意识到了，在广袤而又困苦的安西尽最大可能清查与调用一切资源的重要性。此后，他便开始花费大量精力来翻阅和整理有关安西的风物志、地理志。数月之后，终于被他发现了一条极有价值的线索。据《水经

---

[1] 公元756年。

注》引自释氏《西域记》所载："屈茨北二百里有山，夜则火光，昼日但烟，人取此山石炭，冶此山铁，恒充三十六国用。"其中"屈茨"即为安西治所龟兹。如此说来，早在数百年前，龟兹附近山中就发现了可以燃烧的"石炭"，数量之大以至于夜晚有火光闪现，白天则不断冒烟。用它冶炼山上的铁矿，常能供应西域三十六国所用。郭昕起初将信将疑，毕竟《水经注》成书已有两百余年，其引述的文献只会更早。经过代代传抄、增补、附会后，许多内容已与原意谬以千里。好在郭昕素来谨慎，还是派出一支人马按书中所载方向展开了搜索，不想还真就发现了一座荒山。山中遍布井巷，分明是被先民发掘和开采过。收到消息的郭昕立即快马加鞭赶去查看。到达现场后，他命矿工利用原有的坑道查探。经过一番焦急的等待，矿工果然从地下起出了许多漆黑如墨、质地脆硬的矿石。将矿石置于火中，竟愈燃愈旺，这正是《水经注》中提到的"石炭"。待到小小的一块石炭终于燃尽，插在其上的铁钎竟已被烧得通红，可见这石炭不仅耐烧，产生的火力更是极好。

谁承想，此行竟一举解决了困扰安西军民许久的燃料问题！郭昕大喜过望，当即决定留下少许军士镇守，自己则率领众人返回龟兹筹备开采事宜。

困境中的安西太需要这个振奋人心的消息了。

三、青海突围

然而，迎接郭昕一行人的却是一个天大的噩耗。在他们出城期间，一小队吐蕃骑兵化装为粟特族商人，以贩卖马匹为名混入龟兹，与镇内细作会合后竟直扑都护府。这场精心策划的偷袭虽很快被剿灭，但身先士卒的尔朱都护却不幸为流矢所伤，当晚便死于府内。其帐下亲兵连日来强忍悲痛，秘不发丧，为的就是避免吐蕃大军收到消息后乘虚而入。众将士皆知都护大人生前早已属意郭昕接任，待到郭昕归来，终可不再隐瞒，一时间都护府内尽是恸哭之声。

郭昕虽与尔朱都护早有约定，但也万万没能想到这一天来得如此突然。之前，在尔朱大人的全力支持下，郭昕行事从无后顾之忧。但从今往后，四镇的安危，万余将士及其眷属的性命，乃至大唐在西域最后的荣耀，都将由他一力承担了。当下，众军士群情激愤，纷纷请战，郭昕却只能不为所动。因他深知，即使四镇兵力倾巢而出，对上足有十万人马的吐蕃大军也无异于以卵击石。又过了月余，郭昕已于无声无息中将四镇要害之处尽数掌控，人心渐稳后，才将尔朱都护染病亡故的消息散布出去。围困四镇的吐蕃军队不知偷袭得手，见四镇士气高昂，疑心有诈，逡巡许久后终于退去。

度过这场危机后，枕戈待旦的安西总算迎来了一段安宁祥和的时光。郭昕组建了以土著向导和中原矿工为骨干的勘探营，继龟兹北面荒山之后，勘探营又在四镇辖区内接连发现了多处石炭矿。很快，石炭便取代薪柴木炭，大行于安西，这不但保住了屯田水土的生命线，还使得铜铁产量迎来了暴涨。以此为基础，四镇武备焕然一新，连寻常兵士也可穿戴玄铁重甲。同时，郭昕还命人铸大历元宝钱，通行安西，用以往来贸易，筹措军饷。唯一不足的是，不知为何，用石炭冶炼的兵器较为硬脆，不如木炭冶炼来得柔韧。石炭属石，性硬脆；木炭属木，性柔韧。莫非燃料之性也会融入所炼兵器之中？郭昕颇为好奇，有心钻研，但他自统领安西以来，事必躬亲，一时竟脱不开身。加之石炭大大提升了冶炼效率，质量上的小小瑕疵不足为虑，不几日郭昕就将此事忘诸脑后了。可惜，以他自幼接触金石之术练出的敏锐，也没有意识到，万物本源的奥妙正向他透露出些许线索。

在郭昕治下，安西上下军民一心，自给自足，面对十倍于己的吐蕃军队，仍然屹立不倒。但他明白，长此以往，四镇陷落只是时间问题。若想保全安西,唯有打通与中原的联系,争取援兵。彼时,安西与北庭都护府[1]南北相依,同悬塞外,北庭又与回纥接壤,常借助回纥势力抵御吐蕃入侵。尔朱都护生前便效法北庭,与回纥交好,郭昕延续了这一政策。他曾试图派遣使者出安西,经北庭,翻越金山,入回纥后南下中受降城而至长安。但面对他的要求,回纥却百般推托,不愿开放通道。于回纥而言,安西和北庭越是孤立无援,对他们的依赖就越强,借势染指西域也就指日可待了。对此,郭昕心知肚明。无奈之下,他只得将目光转向南方,那是一条更为凶险,但一旦成功也更为便捷的道路。

  这条通道,往东南指向大湖青海,或可称之为"青海道"。与北道不同的是,它的路程虽短,但所穿越的地带几乎全在吐蕃控制之下。郭昕何等聪明,当然不会自寻死路,他是看出了此道亦有绝处逢生的机会。其一,此道途经沙漠戈壁,地广人稀,只要小心行事,未尝不可乘隙而进。其二,此道周边乃吐谷浑故地,其国虽已灭,但原部族仍世居于此,不服吐蕃号令,心向大唐。

  为稳妥起见,郭昕先行派出了数支人马一探虚实。这些人马乔装为商人和牧民,化整为零,悄然突破了吐蕃的封锁。除个别因迷路折返外,大部抵达了青海之畔,并暗中与当地的吐谷浑部族取得了联系。接洽的结果令人欣喜,吐蕃吞并此地后,横征暴敛,早已惹得民怨沸腾。诸部都表示,愿助安西一臂之力,为其向中原求援提供掩护和支持。郭昕决意亲自前往吐谷浑,与诸部缔结盟约的同时还可考察沿途风貌,为出使引援之事早做准备。等到这年冬天,郭昕召集众人,将四镇城防交与副将暂领,其余诸事也一一分配下去,由数人分管。一切准备妥当后,他便将队伍分为几路出镇。也是他胆大心细,料定冬季草场荒芜,吐蕃大军补给不利必然回撤,他这一队仅有数名随从,

---

[1] 所辖地区原属安西,武则天于公元702年在庭州设立,自此与安西都护府分治天山南北。

极不显眼。就这样,他们一路未遇阻拦,加之不畏风雪,昼夜行军,只二十余日便与前来接应的吐谷浑部族汇合。又等了数日,其余人马也陆续到达。客随主便,会盟之地依吐谷浑诸部安排定在了青海湖心一石岛之上。

明月照积雪,朔风劲且衰。众人在封冻的湖面上如履平地,默然前行。距离长安又近了一分,但东归之日还要等到何时呢?郭昕等人相顾无言,随诸部首领登上了湖心小岛。行至该岛东北,前方峭壁之上陡然出现一石砌城堡,虽无人烟,想来已被废弃,但布局严整,依稀可见当年盛景。郭昕心中一动,隐约猜到了诸部首领选定此处会盟的用意。

"诸位首领有心了,此岛可名龙驹岛,此处可是应龙城?"入城落座后,郭昕开门见山。

"郭大人快人快语,倒打消了我等疑虑。不错,此岛正是龙驹岛,此城正是昔年哥舒翰大人见白龙而筑的应龙城。蒙天兵庇佑,吐蕃从此不敢犯我青海[1]。"遥想当年,众首领无不叹服。

"唉,国逢大难,斯人已逝,生者如斯。我辈困于安西,不通音讯,唯忠心可昭日月,不想茫茫青海竟还有同道中人。"提及这场让大唐内外交困的动乱,郭昕与众首领不由得感慨安西与吐谷浑的命运也因此急转而下,无不唏嘘怅惘。

是夜,双方相谈甚欢。郭昕为吐谷浑诸部带来了丝绸、铁器以及御寒取暖的石炭,诸部也献上了牛羊美酒。面对共同的敌人,他们很快同气连枝,订立了盟约。

在诸部的盛情挽留下,郭昕一行人直到春暖花开之际才动身返程。此时青海已经解冻,湖面涟漪不绝、湛蓝碧透,两岸水草丰美,

---

[1]. 哥舒翰,唐朝名将,据《旧唐书·哥舒翰传》记载,天宝七载(公元748年)哥舒翰"筑神威军于青海上,吐蕃至,攻破之,又筑城于青海中龙驹岛,有白龙见,遂名为应龙城,吐蕃屏迹不敢近青海"。后在平定安史之乱时兵败被杀。

隐有野花点缀其间，浑若仙境。郭昕心情大好，但也深知青海虽美，却不宜久留。按照盟约，郭昕将在吐谷浑诸部协助下，于安西至青海路线中点附近的荒漠上秘密建一据点，方便彼此互通有无，联络中转，是为安西第五军镇。搭载众人的木船扬帆破浪，直往对岸而去，新的征途就此开启。

许是上天有意考验众人，行至半途，疾风骤起，万里无云的碧空刹那间阴云密布。好在郭昕早已参透了降雨的原理，心知此地虽也远离海洋，但因有青海的存在，兼之开春升温，水的蒸发加速，使此地水汽极为充沛。翻腾上升的暖湿气流与尚未散尽的冬季寒流相遇，形成阵风大雨，实属常见。于是，郭昕镇定自若地命众人收起船帆，聚于一处，以此稳住船只重心，静待风暴来临。霎时，风雨如晦，天地为之变色，木船行于青海，宛若浮萍。不过随从军士都是郭昕精挑细选的可靠之人，并不慌乱，反而互为倚靠，饶有兴致地谈论起这在安西难得一见的景象来。

"这雨来得好大好快，别说安西了，就是在我洞庭老家，也未曾见过。"一黑瘦军士连连称奇。

"张三儿，常听你念叨洞庭浩渺，那与这青海相比，孰大孰小？"想来这军士平日常与同袍吹嘘家乡美景，此刻便引得众人起哄。

"那自然是洞庭要大些！"张三儿倒是不假思索，一口咬定道。见众人似是不信，又反问道："我家祖祖辈辈靠打鱼为生，拜的都是洞庭湖里的龙王爷。你们说，都有龙了，那洞庭该有多大？"

"哥舒翰大人筑应龙城时，据说出现了一条白龙，距今也不过二十余年。这青海无边无际，周边部落视之为神，轻易不敢下水捕鱼，说不定就与那白龙有关。"郭昕毫无架子，也参与了进来。

"难道普天之下的大湖巨泽里都各有龙王镇守？"

"可不是！从前听云游道士说，连一些老井里也会有龙呢。"

众人聊得兴起，浑然忘却了船舱外风雨交加的恶劣天气。突然，船身剧烈一震,水面仿佛一只巨手,将船猛地托起,又狠狠砸下。

"快看,快看!"众人被这突如其来的一下颠得晕头转向,唯有见惯了大风大浪的张三儿趴在船尾,惊恐万状地大喊道,"走蛟了!"

"走蛟?"郭昕不明就里,刚巧离张三儿不远,便顺着他所指的方向望去。

只一眼,郭昕就被远处的奇景彻底震撼了。在往后的几十年里,这场犹如宿命般的相遇始终在他的脑海中萦绕不去,清晰异常。

狂风暴雨下,青海激荡。阵阵巨浪让原本清澈的湖水化为泡沫,浑浊异常。天空黑中泛白,青海白里透黑,仿佛水天颠倒。连接两者的,是一条飞旋扭转的白线。

"这是龙吸水,只是被旋风卷起的水柱而已,不必惊慌……"郭昕宽慰的话还没说完,张三儿的声音却已经带上了哭腔,"大人,小的在洞庭也见过龙吸水,但听老人讲,遇上走蛟,就是九死一生了!"

眨眼之间,龙吸水离木船越来越近,渐渐由细弱的一条白线化为通天入海的巨柱。当飞旋的水流转到郭昕一侧后,他终于看清张三儿怕的是什么了。

一道长达数丈的白影,赫然出现在龙吸水中,它身若蟒,头似鳄,兼具鱼蛇之形。伴着如牛鸣般的长嚎,那怪物随水流席卷而上,似要直入云霄。初时气若长虹,但冲至半空,势穷力竭,勉强腾挪一阵后,还是坠入湖中,激起的波涛几乎令木船倾覆。怪物狂性大发,并不放弃,但一鼓作气,再而衰,三而竭,它的努力最终在风暴和龙吸水平息后宣告失败。

青海重复平静,但刚刚发生的一切委实虚妄,众人心神为之所摄,一时间呆若木鸡,任由木船随波逐流。

"快起帆!"还是张三儿最先反应过来,"再不走就来不及了!"

"什么?"郭昕已知张三儿深谙水性,善于操船,虽不解其意,仍按他说的照办。

"快，快！"张三儿急得跳脚，索性冲上前去帮忙起帆。郭昕满腹疑问，便立于船头静思，却瞟见那怪物最后坠落的地方冲起了老大一片水花。

"不好！"他心底一沉，忙令剩余士兵弯弓搭箭，注意水下。

另一边，张三儿与另几人已将船帆升起，木船稳住了方向，不再原地打转，眼看着船帆即将鼓满，木船一侧的湖面突然涌出一串气泡。

"放箭！"郭昕眼疾手快，却挡不住一蛇形白影猛地从水下窜出，重重撞在船身之上。

"大人小心！"在众人的惊呼之中，郭昕只感到一腥臭异常之物自身前横扫而过，其力万钧，虽未被击中，但带起的劲风也将他掀倒。在他身旁的数名弓箭手就没那么好运了，连声惨叫中，他们被卷入湖里，片刻后就没了声响。

是那条化龙失败的恶蛟！众军士追随自己多年，不想竟有人折在这畜生手中，郭昕目眦尽裂，喝令余众向它一阵攒射。谁知，那恶蛟十分狡猾，于水中或浮或沉，飘忽不定，射出的箭矢大多都落了空。且它身覆鳞甲，周身滑腻，偶有命中也未能伤它分毫。

"大人，船舱进水了，咱们快走，别让弟兄们白死！"张三儿跪在他跟前，痛哭流涕，苦苦劝道。

刚好这时一阵大风吹来，船帆终被鼓满。郭昕看了看聚拢在自己身旁虽然惊恐，但仍用身体将他保护起来的士卒们，长叹一声："罢了，走吧。"

众人见郭昕不再坚持，如蒙大赦，纷纷各归其位，木船便如离弦之箭一般向岸边疾驰而去。

不知为何，在人们已经妥协退让之后，那恶蛟竟不依不饶，跟在船后穷追不舍。为了赶上逐渐加快的船速，它甚至不惜一次次跃出水面。阳光下，恶蛟如奔腾的白练一般越来越近，它的铜铃巨眼、血盆大口和尖牙利齿都看得清清楚楚。在追至离木船仅有几丈远时，它从水中探出头来，颌下银光闪烁，身体反曲如弯弓，最后一击蓄势待发。

"取我弓来！"危急关头，郭昕急中生智，传说龙有逆鳞，触之必怒。这逆鳞定是龙的要害之处，那与龙相似的蛟是否也是如此呢？

接过士卒递来的二石硬弓，郭昕无暇多想，照着恶蛟颌下的反光处一箭射去。

"哞——"利箭虽被弹开，但腾空而起的恶蛟颌下也迸出一串血珠。它发出一声震耳欲聋的悲鸣，于半空中将躯干扭成一团，栽入水中。入水之前，它眼睛上眉部突起的肉块处竟有火光闪现，郭昕只觉脑中一阵嗡鸣，便不省人事了。

四、冷湖跌宕

"汝等竟敢扰我飞升！"郭昕大叫一声，猛然惊醒。

"大人说什么？可感觉好些了？"众人围了过来，关切地问道。

"我没事。"郭昕捂着额头缓缓站起，见大家已经安全上岸，也就放下心来。

问过众人，郭昕才知射伤恶蛟后，好几人都有头晕目眩、恶心欲吐之感，只是自己格外严重些，竟致昏迷。大家议论纷纷，多以为蛟乃神物，伤之不祥，故有此报。郭昕对此一笑了之，心中却忐忑难安，看来，那句话只有自己一人听到而已。所幸剩余伤者皆无大碍，他便不再深究，率众人急向西北而去。

行至中途，众人在距焉耆东南尚有一千三百余里的一处荒漠上安营扎寨。在前往青海的途中，郭昕饱览各处风貌，发现此地遍布沙丘怪石，大风穿梭其间，发出阵阵怪啸，宛若鬼城。与吐谷浑诸部会面后,又得知该处地泉有毒,寸草不生,被游牧的吐蕃人视为禁区,避之不及。郭昕心中留意,返回安西时便刻意在此停留。几日下来,果如吐谷浑所言,方圆百里荒无人烟,人畜不近,即使大兴土木也不会惊动吐蕃大军。此外,郭昕等人还在附近山脚低洼处找到了一个汇聚冰川融水而成的淡水小湖,小心尝试后发现确可饮用。难得此处占尽天时地利,郭昕断定,它正是建立第五军镇的理想所在!于是,他命张三儿等数十人携带干粮就地驻守,自己则带人兵分数路,潜回四镇。募集工匠,备好粮食、燃料、砖石,再率人前往新镇替换留守士卒。轮转数次之后,新镇的人马物料皆已充裕,郭昕便将自己在四镇的得意之作——暗渠水利移植了过来。也是上天眷顾,挖掘暗渠时其中一条碰巧截断了山中潜水,渠中水量骤然大增。郭昕因势利导,将所有暗渠的终点设在山脚小湖处。连日下来,小湖水位暴涨,湖面渐宽,扩大了数倍。待其水位稳定后,众人便环湖而居,兴建堡垒城墙。前来联络的吐谷浑部落见郭昕于荒漠之中从无到有地建起新镇,心悦诚服之余,大方供应粮草肉食,双方同盟更趋稳固。这第五军镇可说是因湖而起,加之水源来自冰川,湖水寒冷,郭昕便把它命名为"冷湖"。

眼看着冷湖初具规模,郭昕心中却越发不安,自青海射蛟昏迷之后,那个神秘的声音就不时在他脑中回响。最初他不以为意,只觉遇蛟之事太过惊险,心神难免受些刺激。又见当日在场的其余人等全无异常,他甚至暗中惭愧,自己堂堂将门之后,胆气竟如此不堪。

然而,接下来的日子里,不但怪声在白日里出现得愈发频繁,夜晚入睡后,他更感觉周身冰凉,四肢发窘,似被什么束缚困住。惊惧之下他奋力一挣,忽如游鱼一般窜射出去,身上似有水波涌动。定下神来,他观察四周,只见波光粼粼,暗青色的视野中,鱼群悠然而过。

天啊,自己竟到了湖里。

我要离开这儿！他只觉浑身憋屈，横冲直撞之下将鱼群惊得四散而逃。虽是怒火攻心，却又无路可走，只得一次次扭转身体，洄游湖岸，与自己斗气。

不对……我的身体？他蓦然惊觉，鱼身而蛇尾，分明就是一条蛟啊！

"啊！"郭昕跌下榻来，终于从梦境中逃离。

莫非青海遇蛟一事是上天向自己预示安西的未来？纵使拼尽全力，也无法突出重围，正如那恶蛟困于青海，飞升失败一般？郭昕本不是迷信之人，但到了这时也不免疑神疑鬼。不过他生性坚忍，断不会屈从于命运，心里虽有些惶恐，却不动声色，照常推进自青海道联系朝廷的计划。

正当他在南面苦心经营之时，本已放弃的绕北求援一事峰回路转。郭昕乐以忘忧，化蛟噩梦投下的阴霾也一度烟消云散。

事情还要从回纥汗位易主说起。建中元年[1]，骄横跋扈、反复不定的牟羽可汗被自己的从父兄顿莫贺击杀。尔后，顿莫贺自立为汗，与大唐重修旧好。郭昕忆及，此人正是他出使安西那年，曾与伯父有过一面之缘的回纥遣唐军统帅。既是故人，郭昕便修书一封，叙旧之余也一并试探其对北庭、安西以及吐蕃的政策。周旋于多方势力之间，郭昕心怀戒备，本未抱有希望。不承想，顿莫贺竟令驿卒八百里加急回复，除大表两国亲善、共抗吐蕃之意外，还承诺开放通道，配合北庭、安西遣使北上，返回长安。四镇之内，一直不乏反对在吐蕃眼皮底下兴建第五军镇，与吐谷浑结盟的势力，借此良机，他们的意见终于占了上风。几经权衡，两年后，郭昕与北庭节度观察使曹令忠[2]一同派出使者，借道回纥，向长安进发。

---

1. 公元780年。
2. 唐边防将领，后被赐名李元忠。

当这支使团克服艰难险阻，终于出现在长安城内时，他们立即引起了轰动。城守问明他们来意，浑若白日见鬼，急令人入皇城禀报。

不过半个时辰，一队骑兵飞驰而来。看他们人人居于高头大马之上，甲胄鲜明，军容严整，应是禁军无疑。就这样，衣衫褴褛，形如乞丐的使团便在他们的护送下，踏入了曾经辉煌，而今沧桑的皇宫。

"进殿者何人？"一个尖细绵长的声音传来。

穿越沙漠，跨过雪山，侥幸到达长安的安西、北庭使者不过寥寥数人。他们风餐露宿已久，乍入这富丽堂皇的大殿，面对内侍的问询，一时都有些发蒙，不知如何作答。

"尔等不必惊慌，照实说来便是。"高高在上的天子挥手制止了正欲逼问的内侍，波澜不惊地说道。

"臣等为安西、北庭使者，取道回纥，前来拜见陛下。"曾在郭昕麾下充当谋士，因满腹经纶而被选入使团的段文秀回过神来，颤声答道。从时间上看，眼前天子的年岁明显轻了些。毫无疑问，在这消息断绝的十几年里，新君已经即位。一个时代过去了，他还记得西域尚有孤忠苦苦相望吗？

"安西，北庭……还在诸卿手中？"天子语调一变，腾地站起。

"安西犹在，北庭犹在，我大唐西疆犹在！"段文秀昂首说道，从背囊中抽出一卷地图，用力一抖，万里山河，便在这图中徐徐展现。只见中原地区与从前一般无二，河西、陇右则已被吐蕃所占。再往西，隔着吐蕃，一块飞地正中赫然书一大字"唐"，正是十余年来音讯全无，被朝廷认为早已与河西、陇右一同陷于吐蕃的安西和北庭！

这一刻，刚刚还有些畏缩，面露饥寒之色的使者们身上仿佛发出了圣光，满朝文武，锦衣华服，在他们面前都黯然失色。只有他们，才是这个国家真正的风骨和柱石。

接着，以段文秀为首，使团将多年来安西、北庭外援断绝，困守西域的情形娓娓道来。在他们平静的叙述中，诸如尔朱都护战死等事都如日常一般，在场君臣却无不动容。或许，唯有这份近乎愚钝的坚忍，才能支撑着他们，不退半步，不让寸土吧。

看着新帝微微泛红的眼角和群情激愤的臣子们，段文秀不禁长吁了一口气。使团总算不辱使命，安西和北庭，有救了！可他没注意到的是，一个格格不入的身影，正在大殿不起眼的角落里冷静而疏离地观察着一切。

直到退朝之后，这人才徐徐走出，皇帝心领神会，低声问道："先生还有要事相商？"

"陛下打算如何处置安西与北庭？"那人问道。

"朕本欲西征，救两地于水火，复我大唐荣光……然朕即位时日尚短，各处军镇暗藏祸心，委实不敢轻举妄动。或只可宣郭昕、李元忠二人借道回纥，携众还朝了。"皇帝对这人显是极为信赖，坦诚道。

"安西、北庭控西域五十七国及十姓突厥，皆悍兵处，以分吐蕃势，使不得并兵东侵。陛下不吝嘉奖，结回纥助之足矣。[1]"那人更是直白，心如铁石地献上一计。

"便依先生所言。"堂堂天子，此刻竟目光闪烁，似在逃避什么。

"二庭四镇，统任西夏五十七蕃，十姓部落，国朝已来，相率奉职。自关陇失守，东西阻绝。忠义之徒，泣血相守，慎固封略。奉遵礼教，皆侯伯守将交修共理之所致也。其将士叙官可超七资。"[2]

日夜苦盼，安西和北庭终于等来了一纸诏书。将士们欢欣鼓舞，郭昕却隐觉不妙。他识得大体，不愿伤害士气，却力排众议，在与回纥日渐交好的情况下，仍然保留了冷湖的建制。除了谋求后路，以防

---

1. 此人乃中唐政治家李泌，因种种原因时而入朝，时而隐遁，但深受肃宗、代宗、德宗三代君王信任，实行借助安西，北庭拖延吐蕃东侵步伐，再拉拢周边势力分兵围攻的政策。事实上牺牲了安西和北庭。
2. （宋）宋敏求编：《唐大诏令集》，商务印书馆，1959年，第556页。

生变外,还因为他在冷湖有了新的发现。

自冷湖建镇伊始,郭昕就未单纯地将它视为一个联络点和贸易站。多年来他辗转腾挪,已将四镇潜力发挥到了极限,而冷湖则寄托着他求新求变,置之死地而后生的希望。因此,郭昕对冷湖完全是按照不亚于四镇的标准营造的,自然也要求它能在四镇之外自给自足。对当地来说,水源已不成问题,粮草则靠吐谷浑部落补给。因吐谷浑诸部对铁器需求甚大,郭昕便考虑在冷湖就地冶铸,用以贸易。于是,勘测周边是否存在铁和石炭矿藏就成为重中之重。也就是在这一过程中,郭昕所率的勘探营遇到了一件奇事。那日,他们在冷湖附近的山脉破碎处、山谷低洼地里奔忙了整整一天,却一无所获。酷热难耐下,众人只好寻个阴凉处稍事休息。不多时,太阳落山,夜幕开始一点点爬上被曝晒得滚烫的山坡。这时一个矿工出身的老兵凑到郭昕面前,禀报道:"都护大人,那片洼地之上似有异光,以我多年探矿的经验看,地下定有矿藏。"在夕阳最后一丝余晖中,顺着老兵手指的方向,郭昕果然看到了他所说的异光,其色蓝黄相间,缥缈不定。若不是刚好处于将暗未暗的日落时分,绝难发现。

"好,咱们这就前去查看,若有发现,定会重重赏你。"郭昕嘉许道。他知老兵所言有理,浮空荧光往往是地下矿藏映射之故。虽说未必就是急需的铁和石炭,但总该试采之后再行定夺。

很快,他们来到那片洼地,并在它底部如胡饼般交叠分层的岩缝中发现了一种黑褐色、有着刺鼻气味的液体。其状黏稠,隐隐透出似熟漆般的奇异光泽,正从地下缓慢渗出。这是何物?郭昕感觉依稀有些相熟,却记不起来在哪见过。又问及手下能辨各色矿物的矿工,也是无人认得。踌躇不定间,负责挖掘的士卒中有一人被其气味所激,剧烈地咳嗽起来。郭昕脑中灵光乍现,是了,此物与石炭色泽相若,且石炭燃烧时也常有刺鼻气味,莫非这液体亦可燃烧?心念一动,郭昕随即着手验证,以佩刀蘸取少量液体,用火烧灼。伴着一阵滋滋细响,刀尖果真燃起了火苗。

"且夫天地为炉兮,造化为工,阴阳为炭兮,万物为铜。合散消息兮,安有常则?"郭昕不禁想起这句从前父亲炼丹时常常吟诵的辞赋。那时他还年幼,在父亲的指导下满是新奇地捣鼓着那些瓶瓶罐罐。时隔多年,丹房中氤氲的白气,若有似无的苦味在记忆中竟是如此清晰。他一时失神,恍然觉得封疆拓土、光耀门楣也不过是幻梦一场,还不如留在父亲身边做个丹童,探求万物奥妙来得逍遥快活。

"都护大人,都护大人!"部下的呼唤将郭昕拉回了现实。

"既然这石液也可燃烧,那咱们不妨试试用它代替石炭。"他思索片刻,点头应道。在内心深处,他总感觉这次发现的液体与石炭有着说不清道不明的紧密联系。如今石炭已成为安西四镇的命脉,那么它是否会在冷湖创造新的传奇呢?

连续几日,勘探营的士卒们都遵照郭昕指示,沿地缝向下挖掘,但越往下,岩石越发坚硬,那液体的渗出量也始终不见增长。难道它和石炭不同,并不是集中贮藏在矿层中,而是游弋于地脉裂缝,无迹可寻?可那日出现的荧光又如何解释?当郭昕举棋不定时,勘探营的挖掘却不得不暂时中止了。地缝在一片坚硬密实的岩层上走到了尽头,石液亦被阻塞,不再渗出。几名身强体壮的矿工轮番上阵,抡锤狠砸一阵后也不奏见效。见众人筋劳力尽,郭昕决心另寻方法做最后一搏,倘若再无斩获,采集可燃液体的打算也只能暂且放弃了。为圈定实施范围,郭昕手持铁锹,不断地游走敲击,通过回声来估测岩层的厚薄。很快,他就画出了一个圆面,其中圆心就是岩层最为薄弱的部分。众人见都护大人亲力亲为,也就鼓起余勇,听从号令,将冷湖为过冬而储备的石炭分批运来,堆积在圆面内。此刻已近日中,正是一天之中热力最猛之时,随着郭昕一声令下,垒成小山一般的石炭被点燃,在冷湖终年不绝的大风中越烧越旺。郭昕领着众人避开灼人的热浪,耐心等到石炭燃尽,在撒尽炭灰后,将冰融之水泼洒在了岩面上。

"呲……"岩面只湿润了短短一瞬,便在腾起的白气下,由暗红转为灰白,生出无数裂纹。

"成了!"此前费尽全力也未得寸功的矿工们早已按捺不住,心急火燎地冲了上去,不待郭昕催促便沿着裂缝一通猛凿。眼看裂缝在他们的操作下不断延伸,越来越细密,郭昕心中陡然一凛,大喊道:"快停手,小心!"

话音未落,皲裂的岩层突然爆开,从地底蹿升的强劲气流裹挟着黑褐色液体喷涌而出。几名矿工猝不及防,全被这墨流喷溅得向后跌倒,其中一人铁锹脱手,不偏不倚正落在了岩层破裂处。

"轰!"铁锹刃口与碎石相撞,带起的火星没入气流,瞬间一道幽蓝火龙冲天而起。众人惊骇异常,踉跄着挣脱了黏重的黑液,活像一条条从污泥中跳出的泥鳅。好在黑液不似地下气体那般容易引燃,此刻已慢慢流淌开来。经郭昕清点,幸而未有士卒死伤。

荒漠石滩,地底墨泉,还有那宛如活物般永不熄灭的诡异火焰……这一切构成了一幅空灵而又分外真实的画面,郭昕等人聚在一起,怔怔地瘫坐了许久。过了半晌,黑液仍在汩汩冒出,风中飘摇摆动的火焰更是毫无停歇的迹象。郭昕猛地一激灵,反应过来,忙命人将砂石配水调成黏土和泥浆,费了好一番功夫才将岩层裂口封堵压住。经此一遭,他算是彻底明白了,地下矿藏种类繁多,其形态、构成远比想象复杂,可做燃料的也绝不止石炭一种。因那黑液产于石中,黏腻似油,故被众人称之为"石油"。自然而然地,与石油相伴而生的可燃气体就是"石气"了。

五、万物化生

经过潜心研制,郭昕设计完成了一整套用于开采和利用石油及石气的装置。在原先的岩层裂口处，差人就地筑炉，烧造了一个上、中部各有一处，下部则有两处开口的巨型陶瓮。又以之为模，加覆数层，层层相套，确保复合巨瓮密封性及抗压性无虞后，于上、中、下三处开口接以陶制导管，最后再经与岩层裂隙相连的下部开口，将封土重新掘开。

石油与石气虽一道涌出，但石油黏重，石气轻浮，无须处理便会自动分离。在陶瓮有限的空间内，石油泄入下部的陶管，受挤压抬升的石气则灌进上部陶管，分别被引回冷湖镇内。为储存石油，郭昕命工匠加紧赶制了一批大号铁桶，灌满后放入地窖，随取随用。至于石气，因目不可视，不便分装，郭昕索性在导管尽头将其直接引燃，作为长明之火，日夜熔炼矿砂、矿石。只在熔炉偶尔修缮时将其捂灭，套上革囊，待石气充满后扎紧取下，留待日后研究。在开采一段时日后，随着地压逐渐释放，油气喷涌的速度大不如前，郭昕适时启用了陶瓮下部的最后一处开口。他集全镇之力铸造了一根奇长无比、内部中空的铜管，将其插入地下后自地势高处通过水车向内注水。很快，冷湖的油气产量就恢复了正常。

因石炭、石油和石气的大规模应用，冶炼时炉温增高，安西的冶金效率实现了突飞猛进的提升，其中又以铁器最为显著。郭昕治理安西，历来重视实务。四镇及冷湖工匠上行下效，亦对自己的傍身之计精益求精。在无数次的试验后，他们改进了传自綦毋怀文的团钢法，借助石气地火将铁矿熔为铁水后直接浇淋在仅经过初煅的熟铁之上。两者相融后再反复锻打，去除杂质，方可获得性能极为优越的精钢，用来制造兵器最合适不过。

郭昕对此大加赞赏，心中甚是欣慰。他知道，此风一开，安西的未来便有了希望，自己也不必再事无巨细地介入这里的方方面面中去了。

离家那年，郭昕年纪尚轻，还未娶妻成家。但此刻，他竟有了一种身为父辈守护子女的豪迈之感。如今安西渐已成长自立，他终于可以将肩头的重担暂且放一放，开展属于自己的问道之旅了。

父亲一生痴迷丹药，既不出仕，也不从军。但与寻常钻研此道的人不同，他并不是为了成仙，对服药长生一说更是嗤之以鼻。

从前郭昕并不理解父亲这看似矛盾的作为。但当他于危如累卵之际被朝廷派往安西，他才终于意识到，郭氏一族已然树大招风。也许父亲也曾有过封狼居胥的豪情壮志，但伯父位高权重，退无可退，家族既要避嫌，就只能委屈他这个弟弟了。好在父亲为人冲淡谦和，寄情于硫黄、朱砂、水银等物之间，将它们按不同比例和配对逐一试炼，再根据经验推测最终产物，以此打发时间，倒也自得其乐。

郭昕记得父亲曾说过，世间本原不过"金、木、水、火、土"五行而已，万物皆是其相生相克的产物。这一朴素的认知在诸如"水—冰—气"之类的物质循环中确可得到印证。石油、石气与石炭同产于地下，均可燃烧，三者之间似有关联。郭昕最初便想当然地认为它们本系同源，只是与水类似，分为三种形态。作为燃料，它们各有所长，但到底还是固态的石炭最易使用和储存。若能将石油、石气尽数化为石炭，冶炼成本势必降低，岂不是一件美事？

然而，他稍加思索便发觉预想与事实有所偏差。水、冰、水气的转化显然是由温度决定的。常温为水，热而化气，冷凝结冰，它们之间必定存在一个温度的临界点。但石炭、石油、石气均在常温下存在，在冷湖镇内，人们也曾将它们储于一处，同样未有异常情况发生。

即便如此，郭昕仍不死心，非要试过之后才肯罢休。但无论他在铁桶外堆砌多少冰块，桶内的石油始终没有丝毫凝固的迹象。而同样的方法也在石气液化的尝试中宣告失败。也许石油、石气与石炭间的转化条件不是温度？郭昕想到了另一种可能。可任他用遍办法，几乎还原了石炭采掘时现场的一切条件，石油和石气都没有产生他所想要的变化。郭昕明白，再不能用水、冰、水气的关系来类比石油、石炭和石气了,它们根本就不是同一种物质。

虽说结论已经明了,但事先设计好的实验步骤仍需完成。郭昕最后将少许石炭装入了一个陶瓮中,密封后再点火炙烤。设计这个环节的目的本是在石油固化、石气液化完成后,通过将石炭加热液化成石油再汽化为石气这种反向验证的方式勾勒出这三者互相转化的整个过程。但随着前两个步骤的失败,这个设想就如无根之木一般,已经没有存在的意义了。

谁知,天地万物再次展示了它变化无穷的一面。在陶瓮封口被揭开时,郭昕分明感觉到有气体涌出,呼吸为之一窒。再看看罐内,石炭已经变为色作灰白、泛有光泽的多孔块状物。更令人难以置信的是,在陶罐底部竟浅浅地积上了一层黑褐色的黏稠液体[1]!

这液体会不会是石油?倘若如此,那瓮口涌出的气体就一定是石气了。郭昕又将这一过程重复了几遍,收集了更多的不明液体及气体。至少从外观上看,它们和石油、石气非常相似,并且也能燃烧。只不过,石气燃烧时几乎无味,但那种偶然生成的气体却会产生较为刺鼻的气味。郭昕猜测,可能是石炭在地下形成时混入了某些杂质,加热发散时被气体带出,再在燃烧中释放的缘故。至于为何石炭无论密封多好,加热多久都只会部分液化和气化的问题,他则归咎于陶瓮无法完全模拟地脉中的环境。

这些推测或许不无道理,却无法解释石炭可液化及气化,反之不可的现象。日子一天天过去,其间郭昕还指挥安西军民数次击退了来犯的吐蕃大军。不承想,在这紧张的间隙,一支远道而来的波斯商队居然令他的求索之路重现曙光。

波斯与中原早有往来,至贞观十三年、二十一年、二十二年[2]因大

---

1. 主人公在这里无意中发明了煤炭炼焦技术,得到了焦炭、煤气、煤焦油。关于真实历史中炼焦技术的发明年代,学界尚有争论,一般认为早至宋元,晚至明初。
2. 分别为公元639年、647年和公元648年。

食[1]步步紧逼，波斯帝国更是三度遣使朝贡，向大唐求援。可惜大唐先后与西突厥及吐蕃陷入了对西域旷日持久的拉锯争夺之中，国力虽盛却也鞭长莫及。待到波斯王伊嗣侯子孙相继流亡大唐后，其王裔与国内复国势力的联系就完全仰仗于穿梭西域的商队了。

这支波斯商队显然也肩负着这一不同寻常的使命。除丝绸、瓷器等常见货物外，他们还置办了不少盔甲兵器。途经龟兹时，因吐蕃来袭，商队一时滞留，城守便想征用其武备以解燃眉之急。谁知商队不但不予配合，还聚集在都护府外要求都护大人出面主持公道。

他们哪里知道，自油气开采和铁器冶炼渐成规模后，郭昕每年常有近半时间驻扎在冷湖，只是为防四镇生变，每次都是秘密出城。城守有苦难言，谁想区区几个波斯人竟这般棘手。若是因此走漏了大都护此刻不在城中的消息，岂不因小失大？

进退维谷之际，城外响起一阵厮杀声，片刻后又归于宁静。一队军士突入城中，兵不卸甲马不解鞍，正是从冷湖驰援而来的郭昕等人。

"何人在此喧哗？"郭昕策马跃出，横刀上血迹未干，煞气纵横，瞬间就将一众波斯豪客统统镇住。

"大都护好大的威风。"清悦的嬉笑声中，人群分开，一个包裹在雪白长袍中的婀娜身影缓缓走出。

寂寥单调的黄沙大漠下，身姿曼妙的美丽女子如冰山上的雪莲，却用面纱将脸遮住，仅露出一双眼睛和微卷的栗色发梢。顾盼之间，深碧色的眸子中仿佛有湖水荡漾。

"尔等因何在我府前聚集？"郭昕没想到穿行大漠的彪悍商队竟是以一名年轻女子为首，语气一时柔和了许多。

---

1. 唐时对阿拉伯帝国的称呼。

"大人来自大唐长安,可识得继忽婆[1]?"

"继忽婆?"这个名字唤起了郭昕已有些模糊的遥远记忆。不是那个永留长安,交游广泛的波斯王子吗?在自己出使安西的前几年,还听说那王子随从妃嫔中有人诞下一女,长安显贵纷纷祝贺的事呢。

"波斯王子的大名我自是听说过,但家中长辈不喜我外出结交,故而无缘得见。姑娘也是波斯人士,可与继忽婆王子有旧?"孤守安西多年,关于长安的一切,对郭昕而言都有一种难以抗拒的亲近之感。

"继忽婆王子正是家父。吾父虽仰慕大唐,身在长安,却仍心念故国。我亦遵循父命运送军资,接济尚在国内留守的义军,谁知路经贵地却被扣押。我非不愿支持安西抵御吐蕃,但大都护同是为国尽忠、矢志不渝之人,当能理解我的难处。"

白衣女子将事情原委不卑不亢地一一道来,郭昕心中也早有判断。须知安西贫瘠,大部分土地不宜耕种,开放道路,保护往来商旅实乃安身立命之本。不过城守事急从权,倒也不必苛责。于是郭昕命城守继续前往镇外布防,由他接手了所扣货物,盘查无误后便亲自送还。

自郭昕率军救援,在镇外大败吐蕃之后,城防已固。虽已破城无望,但吐蕃大军仍仗着人数优势在镇外啸聚不散。在这段被困于城中的日子里,他与自称帕蜜丝的波斯女子同病相怜,成了无所不谈的至交好友。

令郭昕惊奇的是,帕蜜丝虽为女子,但见识广博,还精通占星、炼金之术。她曾游历于大唐、吐火罗[2]、波斯、大食等国,诸番妙论总让郭昕有耳目一新之感。

---

1. 伊嗣侯玄孙,曾于公元730年、737年两次入唐朝贡,其中第二次似乎永留不返,很可能在之后终老长安了。他是波斯萨珊王朝见于我国史书中的最后王裔。
2. 中亚古国,大致位于今阿富汗北部地区。

一日，郭昕将自己在安西发现和使用石炭、石油、石气的经过颇为自得地介绍给她，却不想一下便被这狡黠如猫般的女子抓住了软肋。

"都护大人真是个固执的老学究！你怎么能断定石炭密封加热后生成的液体和气体就一定是石油和石气呢？明明已经有许多迹象表明它们压根就不是一类物质了。"郭昕仍然无缘得见她面纱下的容颜，但只要听到这青春明媚的声音，他的心情就会莫名地开朗起来。

"哦？那你认为它们是什么？"郭昕饶有兴致地问道。

"我也不知道。"帕蜜丝俏皮地耸耸肩。想了一会儿，她又说道："也许你的思路从一开始就错了。在大唐，僧侣们教给了我观察世界的方法。他们认为，三千世界，混沌未分。世间万物，本就是相互关联、相互融合、难分彼此的。千百年来，在波斯和大食，甚至是更为遥远的西方，炼金术士们一直致力于将水银变为黄金，却从未听说有人成功过。这些是不是能够说明，大人对石炭的炼制和我所研习的炼金术，从来都无法将一种物质转变为另一种物质，而只是将多种物质的聚合体不断分离或是重新融合的方法呢？"

"你说得有理……那么天地之本是什么？一尘中有尘数刹，万物真的都由'金、木、水、火、土'构成吗？"模模糊糊中，郭昕似乎领悟到了什么。

"大道至简，古老的玄学往往蕴含真知。相比西方文明，东方的哲人们在思想上的探索无疑更为深远。但你们同样也有缺点，你能想到是什么吗？"帕蜜丝抬起头，正对上郭昕专注的目光。如小鹿般，她倏地躲开了。

"你的意思是，我对石炭的炼制也受制于此？这么说来……我们总是依赖于模糊的直觉和祖辈积累的经验，却缺乏系统的分析和精密的论证。"郭昕直言不讳道。

"哈哈。"爽朗的波斯女子顽皮地拍了拍手，似乎对这个"学生"

的悟性很是满意。

"既然先贤已经为我们指明了方向,那接下来,就是用精确的手段来验证它了。帕蜜丝,你愿意帮助我吗?"郭昕喜形于色,多少年来,他从未感到自己像此刻这般清明透彻过。

"当然……"她低下头,声若细蚊,薄如蝉翼的面纱下似有红霞闪过。

多年之后,芳华已逝,当郭昕独自一人在龟兹孤城的漫漫长夜中徘徊时,他总会克制不住地想起这段如梦似幻的绮丽岁月,那是他一生之中最美好的时光。

在连续几天废寝忘食的讨论后,郭昕和帕蜜丝达成了共识。他们认为世间万物的构成和运行类似于阴阳五行。但组成这个世界的物质绝不止"金、木、水、火、土"这五种。在它们之下,还有着更微小、更初始的存在。斟酌再三,两人决定将它们称之为"元素":元,始也;素,本质也。相应地,由不同元素组成的复杂物质,可谓"化万物而合之",则被称为"化合物"。

不经意间,志同道合的两人在远离繁华的荒漠孤城中迸发出了超越这个时代的文明之光。他们使用炼金术中的分馏、干蒸、冷凝等方法,将化合物不断分解,反复提纯,以期获得各类纯净的元素。

除了独到新颖的视角外,帕蜜丝还为郭昕带来了西方的透明琉璃。还在家中时,郭昕也见过几件用于盛放丹药的琉璃盏,但均为杂色,且厚重易碎,远不及帕蜜丝手中的轻便耐用。据父亲说,琉璃早在商周就有,只是后来瓷器大兴于世,会烧制琉璃的工匠已经不多了。没想到,实用不比陶瓷、美丽不及珠玉的琉璃,却成了两人手中探索万物奥妙的利器。杯状的、瓶状的,还有管状的……借助形形色色的琉璃器皿和一些其他材料制成的容器,他们二人进行了不少旷古未有的实验,分离并提炼出了许多神奇的物质。

排除纷繁杂芜的表象之后,他们发现,有一些物质,已经达到了纯净的状态，无法再继续分离，足以视为元素。例如金、银、铜、铁、锡、铅和水银。还有一些物质，似乎无处不在而又无从萃取。比如让郭昕引以为傲的石炭、石油、石气，抑或是传统的木炭和竹炭，燃烧时总会有烟尘产生，这种灰黑色的物质是否存在于一切可以燃烧的化合物中呢？索性就叫它"炭"吧。

又比如，通过观察，郭昕否定了"气为场，不在五行之中，而火又为五行之一"的传统观念。古有燧人氏钻木取火，而今蒸煮冶炼，人们走出蒙昧的每一步，都离不开火。正如在他们实验中所体现的，本质上，火是物质融合、分离、转化时释放的一种能量。反之，它也能催化这一循环。

而在火焰燃烧时，倘若将它置于密闭的容器内，即使燃料未尽，它也会熄灭。这一现象让郭昕想起了两件事。其一，在某次挫败吐蕃攻城计划的战役中，敌军大部被阻于城外，不支退走，只有一只重甲步军突入城内，被守军困于一酒窖内。从装束上看，该支敌军系吐蕃自尼婆罗[1]征调而来的奴隶兵，极是悍勇。屡次劝降不成后，为免手下将士徒增死伤，郭昕下令引火逼之，不想敌军顽固，竟无人出逃。火灭之后，士兵冲入酒窖，发现其中敌军已尽数丧命。郭昕检视尸首，发现大多并无焚烧痕迹，观其口鼻，状似闷毙。其二，为摸索保养兵器的办法，郭昕曾将几柄刀剑投入油中，数年后起出擦净，果如新铸一般不见一丝锈迹。

综上郭昕认为，在天地之间充盈着"气"，气亦由元素构成，其中与吐息、助燃、起锈相关的是为"阳气"，其余无法与其他物质发生反应的是为"阴气"。

当越来越多的元素被不断发现，郭昕和帕蜜丝开始意识到它们之间似乎存在着某种规律。这些元素形态各异，但大致可分为三类。第

---

1. 今尼泊尔。

一类以黄金为代表，质稳固，几乎不与其他物质发生反应，即使不经提取，也天然有纯度颇高的矿藏富集。第二类以阳气为代表，质活跃，时刻都在参与其他物质的转化，无法被提取和保存。还有一类介于两者之间，种类也最为繁多，银、铜、铁皆在此列。

郭昕猜测，元素就如《张丘建算经》[1]中提及的数列一般，依活跃程度渐次排序。帕蜜丝深以为然，手绘图表，将元素逐一填入。可问题在于，他们无从知晓元素间的"公差"。现有元素有些相似，有些差异极大，显然在它们之间还存在许多尚未被发现的新元素。两人穷尽了所有的智慧，终于窥见了万物之元的一线曙光。至于那幅元素序列图，也只能留待后人补全了。

即使这样，郭昕和帕蜜丝依托阴阳五行，借助炼金术发展而来的"元素说"也称得上是海内无双。此前郭昕一直不明，为何以石炭为燃料冶炼的兵器质量不如用木炭冶炼的？现下反省，恐怕是因为石炭在地脉中形成时，不仅有可供燃烧的碳元素，还掺杂了许多其他元素，这些元素与铁融合得不甚牢靠，兵器自然脆硬。而通过密封加热石炭的方式得到的灰白精炭，杂质连同释出的炭气、炭液一并去除，也就不存在这个缺陷了[2]。受此启发，郭昕用类似的方法对石油加以冷凝，从中分馏出了不再黏稠滞重的轻油，将之灌入特制油柜中用以守城火攻，威力极大。

诸如此类的难题一个个迎刃而解，兵寡粮薄的安西再次为自己赢得了些许生机。

郭昕多想日子就这样永远过下去，但他与帕蜜丝都明白，离别的一天终会到来。快乐的时光总是如此短暂，两人都默契地回避着这个话题，但郭昕分明在帕蜜丝眼中看出了浓浓的忧伤。

---

1. 成书于公元5世纪左右的数学著作，研究了等差数列中公差、总和、项数的算法。
2. 实际是一种炼焦脱硫技术。

一转眼已是贞元三年[1]，北上回纥前往中原的道路虽还畅通，但来自朝廷的消息却是时断时续。这时一位故人的到来，不仅印证了郭昕对安西处境的判断，也坚定了他让帕蜜丝速速离开的决心。

六、坠蛟之困

来人正是朝廷的使者，亦是郭昕曾经的部下——段文秀。

"都护大人，一别数年，您与诸将可还无恙？"一见郭昕，段文秀声泪俱下，倒头便拜。

"段大人使不得！"郭昕连忙将他扶起，温言道，"安西虽然闭塞，但尚可维持，我等也一切安好。只是如今段兄在朝中深受陛下重用，切不可再依四镇旧规了。"

"大都护哪里的话。若要我选，我情愿永留安西，与诸君同生共死！"段文秀言辞恳切，令郭昕感怀之余也庆幸自己当初没有看错人。那么他此次代表朝廷重返安西，将要传达些什么呢？到底是好是坏，是福是祸？

既是信得过的人，倒省去了官场客套，郭昕索性直入主题。

段文秀熟知郭昕心性，加上皇命在身，纵然心中愧疚，也只得据实相告："今岁回纥可汗遣使请续和亲，圣上已经复信应允。下官送走回纥使臣后，自请重返故地，替圣上宣慰安西将士。只是大乱之后，中原藩镇林立，朝廷政令不通，钱粮不济，实无余力支援……"说到后面，他的声音越来越小，头也越埋越低。

"唉！段兄不必自责，近年来朝廷对安西多有赞许，却不见一兵一卒，我心中也早已有数。钱可自铸，粮可自耕，只是可怜我手下一

---

1. 公元787年。

众弟兄，青丝出塞，却连白发而归亦不可得。"郭昕叹道。

"朝廷已决意与回纥结盟，届时回纥可汗身为我大唐之婿，自当在西域全力相助。"段文秀心中不忍，急忙劝道。

"段兄不必多言。你我都知道，顿莫贺可汗年事已高，回纥国势也大不如前。还请段兄回去禀告陛下，大丈夫守土有责，我安西军民，理应不负天恩，唯死战到底而已。"

"大都护……"段文秀悲从中来，又思及自己竟是安西得归故土的少数几人之一，更是羞愧难当。

与段文秀的大悲大恸相比，郭昕却很平静，毕竟这一切早在他的预料之中。哪怕被朝廷抛弃，他和他手下的将士们仍可以安然接受为国赴难的命运。

但此时此刻，他心中放不下的，是另一个人。

段文秀还得赶回长安复命，为防吐蕃滋扰耽误行程，郭昕便率军护送其连夜出城。看着使团灯火渐行渐远，郭昕心中空落，明白自己和长安的唯一联系，恐怕就要自此斩断了。回城之时，夜色已深，但路过波斯行馆，其间尚有一屋油灯未熄。

窗纸之上，一袭倩影摇曳不定，不知它的主人在想些什么，是否正独自神伤呢？

"帕蜜丝，是我！"犹豫良久，郭昕终于敲响了薄薄的木门。

"郭大人请进。"出乎郭昕意料，仅过片刻，帕蜜丝便为他打开了房门。更让他手足无措的是，素不以真面目示人的帕蜜丝此时竟未戴面纱。

若非群玉山头见，会向瑶台月下逢。晦暗的烛光也无法掩盖帕蜜丝清丽绝伦的面容，郭昕惊为天人，一时竟有些痴了。

"郭大人今日深夜来访，常挂在嘴边的男女大防倒是忘了个干净。"帕蜜丝扑哧一乐，眼中满是欣喜。

"帕蜜丝……因我一再强留，你与商队已在龟兹盘桓许久。如今吐蕃已退,明日,我便送你们出城吧。"郭昕心中纷扰,明明有千言万语,最后却只说出这冷冰冰的一席话。

"这就是你想与我说的?你可知我等了你多久!"帕蜜丝身为胡人,天性率真,语带倔强,但晶莹的泪珠却止不住地从眼角滴落。

"我……"见此情形,郭昕心中更是不舍。慌乱中,这位在战场上运筹帷幄的统帅早已将预备好的说辞抛诸脑后,只想一吐衷肠。

"若非万不得已,我又如何忍心让你离开!"他痛呼道。

"哼,安西于内大兴水利、采矿、冶铸,粮草充足,刀兵锋锐。于外得回纥相助,与北庭互为倚靠。纵使吐蕃常年围困,又有何惧?"听得郭昕坦露心声,帕蜜丝转悲为喜。

"北庭都护李元忠已于去年病死。接任的杨袭古虽勇烈有余,却不知谋定而后动。况且顿莫贺可汗年迈,国事皆托付于大相白婆帝,其朝中多有不服,西域局势恐将生变。安西裹挟其间,如履薄冰,虽有牢甲利兵,但连年征战下,兵力早就捉襟见肘。"郭昕久经沙场,向来以精明强干自持,这是他唯一一次在外人面前直陈忧虑。

"这么说来,你倒是为了我好?"帕蜜丝惨笑一声,泫然欲泣。

忽明忽暗的烛火中,两人默然相顾,似要将对方永远记在心里。天色渐明,帕蜜丝终于鼓足勇气,灿若晨曦的眼睛直视郭昕,定定道:"咱们一同离开安西可好?从此海阔天高,我愿常伴君之左右。"

"安西需要我,将士们也需要我。"郭昕突然起身,径直往门外走去。正是九曲回肠处,他怕再多留一刻,自己死守安西的决心就会动摇。

"你和我的父亲都是一类人,执迷于早已逝去的繁华。泰西封被大食攻破时,数之不尽的珍宝风流云散。百年前长安城内万国来朝,如今朝不保夕。你们可曾想过,城市终将消亡,文明却能重生,抱残守缺又有何用!"帕蜜丝哭喊道。见郭昕不为所动,她终于死心,砰的一声关上了房门。

清晨，当郭昕再来送别时，波斯行馆已经空无一人。问过城守才知，就在自己走后不久，帕蜜丝便率商队出城远去了。

"大人，这是帕蜜丝托我给您的。"城守递来一部用丝绸精心包裹的书稿。细细翻来，字迹工整娟秀，全是帕蜜丝手书总结的炼金之术。书稿最后一页，是那张她和郭昕共同编制的元素序列图，其下写有一句王子安的五绝——海内存知己，天涯若比邻。句末墨迹晕染，当是泪水浸润之故。

"大都护，末将知你与帕蜜丝情谊深厚，因此昨夜未敢阻拦，实属失职，还望大人降罪。"见郭昕满面颓丧，城守自感闯下大祸，连忙跪地请罪。但好一会儿也不见发落，他抬起头来，却只看到郭昕孤寂落寞的背影。

几日后，又一个噩耗传来。据斥候传报，帕蜜丝所在的波斯商队遭到了一支吐蕃游骑的劫掠，危在旦夕。

将士们无法让他们一贯儒雅却又盛怒至极的大都护冷静下来。压抑已久的郭昕彻底爆发了，他跨上战马，披坚持锐，绝尘而去，将麾下的军队远远抛在了身后。

他策马狂奔，穿过荒漠，跃过沼泽，战马嘶鸣，蹄声密集如雨。终于，在一座沙丘后，他找到了已被屠戮殆尽的商队。遍地狼藉中，那抹熟悉的雪白直入人心，郭昕冲上前去，是帕蜜丝掉落的面纱。

"帕蜜丝！帕蜜丝！"他几近疯狂地呼喊着。

"快去救她……"一个微弱的声音传来。

"帕蜜丝在哪？"郭昕跳下马，将死尸丛中的幸存者拉了出来。

"郭大人？"此人正是帕蜜丝的侍卫之一，他认出了郭昕，将帕蜜丝逃走的方向交代清楚后便断了气。

郭昕飞身上马，按照侍卫所指的方向继续追踪。不一会儿，便与一支折返的吐蕃骑兵狭路相逢。

很快，单骑独行的郭昕就陷入了吐蕃人的包围之中。几经冲杀后，持刀的右臂已经发麻，但敌人越聚越多，眼看就突围无望了。唯一让他安心的是，吐蕃军中始终不见帕蜜丝的身影，她是不是已经逃出生天了？

一记重击打断了郭昕的思绪，他坠下马来，仰面朝天，等待着死亡的降临。

"轰，轰，轰！"接连不断地炸响突然从四周传来。战马受惊，纷纷人立而起，将骑兵抖落马下。一队头戴圆盔，身披锁甲的武士突入阵中，乘势掩杀，只几个回合就击散了吐蕃人。

"大都护！"他们将遭受重创的郭昕扶起，摘下圆盔，为首的赫然是龟兹城守。

"你们这是？"郭昕大惑道。

"大人，这些盔甲和将炭气封入酒坛内制成的震天雷，都是帕蜜丝送给您的礼物。临行前，她嘱咐我等他们走远之后再交给你。"

"帕蜜丝，你何至于此！"郭昕万万没想到，看似洒脱的她竟处处为自己考虑。顾不上伤势，他和部下又沿着吐蕃人的足迹搜寻了很久，可仍然难觅芳踪。

返回龟兹后，郭昕始终无法释怀，末了竟大病一场。为免触物伤情，在众人的劝说下，他便前往冷湖静养。

冷湖远离商路，除了与安西结盟的吐谷浑外，绝无生人靠近。郭昕在这个远离喧嚣的世外桃源里，钻研书稿，观测星象，心绪渐宽之余，身体也慢慢复原。

夜深了，郭昕牵着一头骆驼，爬上了一座小丘。冷湖的夜空极为纯净，星汉灿烂、摄人心魄，长久观之，可解世间万千苦恼。繁星如盖，靠在匍匐着的骆驼身边，帕蜜丝、段文秀、父亲、伯父，这些人一个个从脑中闪过，他沉沉睡去。

那个湮灭已久的梦境，又回来了。

与以往不同的是，化身为蛟的他这次却不在湖中。

周遭云气流转，他感到一阵兴奋，成功了！他终于脱困了！可是，自出生之日起，他就从未离开过大湖。母亲飞升后，他的身边再无同类，他又怎会知晓大海该往何处而去？他茫然无措，为了省力，只好顺着风力向西滑翔。

不知过了多久，期待中的浩瀚沧海仍未出现，风向却陡然一变。他心中一慌，偌大的身躯失去平衡，顿感沉重。直到这时他才发觉，云中水雾已在自己身上形成了一层薄冰。发育不全的鳞片被冻住，无法张开，他丧失了最后一点儿动力，绝望地向下坠去。穿过云层，地面急速放大，他猛地瞥见远方似有一处反光。再仔细一看，没错，那是一个湖泊！它是那样的小，连自己拼命逃离的大湖都胜过它百倍千倍。但为了活下去，他已经别无选择。

"哼哧，哼哧……"身后的骆驼不安地低鸣着，他醒了。

与以往模糊不定的感觉相比，这次的梦境格外真实。醒转之后，也不像之前那般头痛欲裂。也许在亦真亦幻间，自己已与那梦境完全融为一体了吧。郭昕心中淡然，兴致已尽便准备返回镇内。

温顺的骆驼今日有些异常，它瑟缩着不愿站立，被勉强拉起后又口咬缰绳，不停地甩头。郭昕用尽全力牵着它往丘下走去，一路上磕磕绊绊，几欲脱手。行至湖边，大风吹过，蓦地带来一股浓烈的腥味。闻得这气味，骆驼更是抖如筛糠，跪伏在地，再也不肯向前一步。

湖里有什么东西？一念及此，郭昕突然想起，梦境中，地面上那个小湖的轮廓，竟是那样熟悉。

是冷湖！

冥冥中似有所感，郭昕抛下缰绳，发足狂奔，向湖边冲去。远远地，他看见冷湖靠近山脚一侧有一道长长的拖痕，在拖痕尽头的湖岸边，已经围满了先行赶到的士卒。

"大人！"一黑瘦将军领着数名军士迎面走来，正是已被郭昕擢升为冷湖城守的张三儿。

"小人刚想向您禀报，没想到大人已经到了。"张三儿拱手道。

"发生什么事了？"郭昕不免忐忑，难道梦中幻象，真要应验？

"这个……今日所见，太过离奇，属下嘴拙，也不知如何阐明。大人还是随我来吧，一望便知。"张三儿摇摇头，神色惊惶。

分开人群，郭昕不禁倒吸一口凉气，一个庞然大物，真的就出现在了他眼前。

只见它通体洁白，色若鱼腹，趴在岸边，委顿不堪。甫一观之，其体态颇类鳄鱼，亦有长吻、四肢、圆尾。但细细看来，尾部无鳞，四肢羸弱，眼眉之上还有肉角凸起，又与龙相似。

此时冷湖正值夏季，日出之后，寒气散尽，很快便酷热难当。那怪物降落时似已失控，与冷湖差之毫厘，跌在山脚。一路蜿蜒挣扎后，遍地腥膻，招来成群蚊蝇。起初，怪物还能将鳞片翘起，待蚊蝇循腥而入时骤然一合，将其夹死。但时间一长，它身上的黏液已近干涸，鳞甲也不再翕张。

郭昕已经大半确信了梦中之事，正犹疑间，那怪物不堪蚊虫叮咬，勉强扭动了一下，露出了被压住的身体一侧。

"咱们在青海遇蛟的事，你还记得吗？"他向身边的张三儿问道。

"当然记得。那日若不是大人神勇，如今我们哪还能站在这儿说话……"张三儿还未说完，却听郭昕指点道："你看它颔下。"

定睛看去，只见怪物颔下鳞片破裂，明显是一处旧伤。

张三儿猛地睁大双眼，世间怎会有这么巧的事？他将信将疑地看向郭昕，只听郭昕低声道："是了，在青海，被我一箭射伤的就是它！"

郭昕心中最后一块石头也落地了。仿佛为了回应他，不知从哪里突然响起一个声音："救我！"

"谁！"郭昕惊道。一旁的张三儿却脸色大变，额上渗出豆大的汗珠，直呼头疼。

"水！"无迹可寻的声音再次传来，张三儿忽然浑身一震，晕厥了过去。

环视四周，郭昕发现，除张三儿之外，另有其他几名军士面色惨白。此等情形，与那次青海射蛟后发生的几无二致。

郭昕原不信鬼神之事，但当下却也不得不信。梦境中的一切全是真实的，而它和那个神秘的声音，都来自这条蛟！并且，所有人中，自己对它的感应最为敏感，张三儿次之。经过不断的刺激，他对梦境和怪声已经习以为常，而张三儿还处在他刚离开青海时的那个阶段。

当务之急，是按照吩咐将它引入湖内，郭昕很快做出了决定。安顿好张三儿等伤者后，他召集了剩余对蛟毫无感应的士卒。众人先是在坠蛟身边支起了草棚，暂且挡住毒辣的日头，再不断从湖中舀水，泼在它身上。受凉水一激，聚集成片的蚊蝇嗡地四散开来，蛟动了一动，神气略有好转。接着，郭昕命士卒在蛟身前方掘一浅沟，沟内倒入牛羊油脂，准备将其拖入湖中。这时，郭昕却犯了难，如何才能将绳索系在蛟身上呢？虽是气息奄奄，但其身长足有数丈，口内利齿森森。安西兵力本就不足，郭昕爱兵如子，更不可能轻易让手下士卒以身犯险。

思虑再三，郭昕叫来谙熟牧马之术的士卒，结好绳圈后抛出，看能否挂在蛟爪等处。没想到，那蛟极为通灵，竟主动张开大口将绳圈衔住。郭昕大喜，如此反复几次，被蛟咬紧的绳索已有数股，应该能拉动它庞大的身躯了。

被人类蓄养的家畜天生就对野外的凶兽抱有恐惧。骡马不肯靠近湖边，郭昕只好将士卒分为几队，以人力拉拽。那蛟亦知性命攸关，竭力刨动与硕大身躯并不相称的四肢。在阵阵号子声中，它动了，紧接着在挖好的浅沟内一路滑行，终于没入了湖水中。在浅水区舒缓片刻后，它蠕动身子，潜入湖底，消失不见了。

自见到蛟之后就一直莫名焦躁的郭昕感到心头骤然一松。不用说，自己又与那蛟心念相通了，它得救了。

返回冷湖镇内时，张三儿已经苏醒，郭昕放下心来，未曾留意到部下阴沉的脸色。可只是他这一时失察，张三儿就险些酿成大祸。

几日后，郭昕正参照帕蜜丝留下的书稿对多年来从安西各地搜集到的陨铁进行炼化。

以陨铁冶兵铸剑，自古有之，从古今记载来看，一旦铸成，即为当世名器。这其中有何玄机？若能探明并运用于普通兵器铸造，定能造就一支所向披靡的军队。抱着这样的想法，郭昕先用木炭，再用石炭、石油、石气，将炉温不断升高。陨铁每熔化一部分，就将溶液倒出，待其冷却凝固后再作比较。他注意到，在大部分铁和其他杂质之前，陨铁就有小部分熔化，它冷却后形成了银白色的颗粒。看这颜色，郭昕不禁想起一物，那便是产于中原、却风靡西域的白铜。

郭昕研习炼金已久，不但在那元素序列图上又新添了几种元素，更形成了万物形、色、质皆因元素而生的观念。那么熔炼陨铁产生的银白色颗粒和白铜是否含有相同的元素？他的猜测很快就得到了验证。取来白铜器物和陨铁共炼，倒出最先熔化的铜水，剩余的白铜和陨铁熔化的部分合二为一，正是那种银白色的物质！整个过程极难把控，火候不足，无法炼除铜水，稍一过头，铁也随之熔化，无法分离。郭昕尝试多次，这才凑出了一小块。详细记录其特征后，郭昕认为它是一种新元素，因浸染于铜铁之中，故名为"湼"[1]。

忽然，一名侍卫急忙来报："大都护，请速往湖边一趟！张将军已领了几人驾船去了，说要斩蛟除魔。"

"胡闹！"郭昕大怒，只得放下手上的实验。

冷湖不大，水也不深，等郭昕赶到时，张三儿等人已用数张渔网将巨蛟团团围住。张三儿立在船头，正欲引弓射之。

---

1. 古代"湼"有染黑、文身的意思，主人公发现的这种元素就是现代意义上的镍。

"不好!"郭昕不及阻止,只见巨蛟加速一冲,已将渔网撞破,掉头潜入水下后又把船只打翻,船上之人纷纷落水。

离湖边越近,郭昕对那巨蛟的感应就越强,好在它虽愤怒,却无杀戮之意。

果然,众人都有惊无险地游回了岸上。它在报恩啊!

张三儿却不领情,他仍握紧弓箭,只要有水波划过便射出一箭。

"小心!"郭昕大喝一声,正在张三儿蒙然间,巨蛟突然从水面探出头来,冲他吐出一道幽蓝色的火舌。

"啊!"张三儿吓得瘫倒在地,一摸身上,却毫发无伤,火焰未及他身便已熄灭。再看那湖面,连巨蛟也不见了踪影。

"巨蛟有灵,不愿伤人。你再执迷不悟,来日悔之晚矣!"郭昕斥责道。

"大人,当年在青海,数名弟兄被恶蛟所害,为何如今要以德报怨?"张三儿愤恨难平,一张黑脸涨得通红。

"张三儿,我问你,除了死于巨蛟袭击的那几人外,当年随我共赴青海誓盟的弟兄们,如今可还在否?"

"他们……他们……"张三儿猛地呆住。他发现,历经多年围困,那群人中就只剩下自己和郭昕尚在人世了。

"大人……弟兄们都死了。我们,怕也是回不去了!"张三儿痛哭失声。

"安西孤悬二十余年,便没那蛟兴风作浪,能苟活至今的人也是少数。巨蛟被困于青海,化龙不成,又坠入冷湖,境遇与我等何其相似?是我把大家带上了这条不归路,你要怪便怪我吧。如今,我只盼你们能好好活下去。"郭昕仰天长叹道。

之后,郭昕又把自己能与巨蛟感应之事告诉了张三儿。很快,张三儿也度过了与蛟心神相斥的阶段。他出身渔民,本就对水中灵兽敬若神明,放下仇恨后,一人一兽也达成了和解。冷湖无鱼,张三儿就每隔一段时间往湖中投入些许牛羊，甚至是将士们的残羹剩饭。那巨蛟倒不嫌弃，每每饱食后便慵懒地浮于水面，也算是冷湖一景。

就这样，人们和巨蛟相安无事地在冷湖共处了下来。

七、浮空之气

与张三儿不求甚解的态度相反，在最初的震惊过后，郭昕开始用严谨的态度来审视巨蛟身上的种种神异之处。好在巨蛟聪慧类人，与寻常灵智未开的野兽全然不同。借与其心念相通的便利，郭昕大致知晓了它被困于青海，又坠于冷湖的前因后果。

原来，蛟与龙实为同族。母龙产卵，孵化后的幼体即为蛟，若能顺利长成直至飞升，蛟便可化身为龙，如同虫豸化蝶一般。而蛟龙一族，并无抚育后代的习性，巨蛟之母因伤落入青海，产下它后便飞升离去。从时间上看，极有可能就是哥舒翰在湖心岛筑城时所见到的那条白龙。

青海虽大，偏偏无通道入海。巨蛟囿于湖中，活动范围及食量均得不到满足。可怜它岁岁蹉跎，体态却不见变化，飞升亦无可能。但它又怎会甘心？无数次失败的尝试后，它终于挟风暴之威冲入云端，顺风西行，却不幸在飞抵冷湖时力竭坠落。

这或许就是天意吧，郭昕不禁黯然。他和巨蛟，都是从一开始便选错了前进的方向。

巨蛟口不能言，但郭昕与它神交日久，自能将其心念所指一一对应。不仅如此，他还发现每到这时，巨蛟额前凸起处就会有细碎火花闪现。人与人之间以声会意，巨蛟额前闪光，会不会与之同理，只是形式有别呢？这莫非就是人与蛟能够直接通灵的关键？于是，郭昕照其额前火花之形，在脑中逐一想象产生类似的火与光的现象。巨蛟肯定了额前火花便是它们一族言谈的方式，郭昕脑中随即出现了大雨震电的景象。他不解其意，巨蛟额前火花再闪，郭昕脑中又划过一幅雷击大树的画面。

是雷电！郭昕终于明白了。一念一动，皆为体内电之所化，人感知微弱，因此心意难测；蛟龙一族心电强劲，感知灵敏，当可意念相通。人与人之间亦有区别，自己和张三儿应是少数敏锐之人。夏商之际，尚有豢龙氏、御龙氏，后世却未有流传，个中原因恐怕也是如此。

至此，郭昕与巨蛟之间的感应已是全无障碍，但他仍有一事不明。于巨蛟而言，飞升化龙是其一生中最为紧要的关口，但它们身无羽翼，又是如何飞起来的呢？

面对他的疑问，巨蛟做出了演示。它浮于水面，张开鳞甲，其内"咻——咻"吸气，身围胀大数倍后再蹿出水面，将气喷出，以推力跃进。但是，它亦告知郭昕，仅有推力还无法飞行，更重要的是有足够的浮力。这种浮力，只能从它们日夜积存的另一种"气"中获得。它之所以在冷湖坠落，正是因为体内缺少这种"气"。眼见飞升无望，它已将仅有的一点在恫吓张三儿的那次冲突中喷出引燃了。

对于这种能使重物凌空浮升的气体，郭昕闻所未闻。它绝不是之前发现的阴阳二气。此外，石气、炭气虽也可燃烧，但就算充于轻薄的革囊之内也无法飘浮。万物元素以气、液、固三种形式存在，气最轻，而这种神秘的气体又是气中最轻，郭昕便以"轻气"称之。

在自己的推行下，冷湖冶炼已大规模使用石气。而从石炭中分馏出的炭气，也被帕蜜丝利用其易燃易爆的特性灌入酒坛，制成了威力惊人的震天雷。珠玉在前，郭昕突发奇想，若能将轻气收集，运用于战场之上，又可收到何种奇效？他取来纸笔，逸兴遄飞，只寥寥数笔就绘成了一幅草图。

参考蛟龙飞升原理，郭昕设计了一个双层气囊。气囊上层充满轻气，提供浮力；下层装有改进自风箱的活塞连杆，一推一拉之间便可将阴阳二气吸入后再加压喷出，提供推力。最后，再以绳索悬挂可容纳数人的竹筐，"飞舟"便大功告成。这一构想若能实现，在陆乘车马、遇水行船之外，人们将于空中开辟一条畅通无阻的新通道。安西困局可解，只需领兵驾驭飞舟，进可从天而降，直扑吐蕃王城逻些；退亦可跳出重围，东归故土。

然而，这终归只是美好的幻想。在编制元素序列图，不断引入新元素的过程中，郭昕早有所察，气态元素虽无处不在，却无影无形，想要制备收集又谈何容易。即使如炭气、石气一般偶有所得，但如何将其分离提纯又是一道几乎无法逾越的障碍。

万物化生，玄奥难测。文明之光薪火相传，往往历经数代才能结出果实，郭昕也知无法强求。可树欲静而风不止，西域变局，本在他意料之内，却不想来得竟是如此之快。

就在段文秀离开安西之后的第二年末，咸安公主出塞和亲，回纥与大唐正式结盟。次年公主到达回纥牙帐，大唐亦应回纥之请，将回纥国名改为回鹘。可好景不长，当年十二月，天亲可汗顿莫贺卒。吐蕃趁回鹘汗位易主，无暇他顾之际，绕过安西，挥师北上，围攻北庭。辅佐顿莫贺登上汗位的前朝旧臣白婆帝率兵救援，被吐蕃击败。至贞元六年，庭州终告失守，北庭都护杨袭古等两千余人东奔西州。而白婆帝收拢残兵败将狼狈返国，惊闻朝中已有废立。顿莫贺之子忠贞可汗被其弟伙同他人毒死，其弟自立为汗，旋即又被次相阿跌氏所杀，忠贞可汗年仅十六岁的幼子被扶上汗位。白婆帝新败，又被次相独占拥立之功，至此已然失势。

同年，吐蕃大军携大胜之威，南北夹击，猛攻安西南大门，也是四镇之一的于阗。郭昕亲自领兵驰援，可行至半路便收到于阗城破，镇守使郑据战死的消息，只好饮恨而还。

郭昕抗击吐蕃多年，虽胜多负少，但也明白敌众我寡之势已经无法改变。经此一役，他更深知安西之所以能坚持至今，与石炭、石油、石气的开采和运用密不可分。正是因为它们的兴起，安西守军才能获得大量优质的盔甲和刀剑，甚至可以使用震天雷、火柜等神兵利器。

但是，在吐蕃严密的围堵下，安西商路渐断，马匹数量大为不足。且安西士卒久未轮换，年老体衰，又怎能做到兵贵神速？因此野战不利，唯有据城死守，节节抵抗方为上策。

为此，郭昕多次致信败走西州的杨袭古，痛陈利害，邀其率余部士卒，与安西合兵一处，以免为吐蕃各个击破。但杨袭古其人，远不及与郭昕合作甚笃的前任北庭都护李元忠隐忍老辣。对郭昕的意见充耳不闻便罢，反将希望全盘寄于白婆帝一人。

贞元七年，白婆帝悉发本部壮丁五万余人出兵北庭，试图以军功重振其朝中声威。杨袭古欲一战而竟全功，北上与之联兵。因轻兵冒进，未至庭州，联军便遭吐蕃大军伏击，复又大败。杨袭古与白婆帝仅以只身突围。为推卸战败之责，返回牙帐后，白婆帝竟将杨袭古杀害。

时值危局，郭昕不得不将安西仅剩的野战兵力投入救援之中。多番混战后，吐蕃大军偃旗息鼓，安西除于阗失陷外，其余三镇得以保全。但从此之后，北庭为吐蕃所占，安西军民北上归国之路亦被彻底堵死。

绝境之中，郭昕开始将原本只存在于推演想象中的轻气制取实验付诸实施。虽然希望渺茫，但哪怕耗尽心力，他也要为大唐，为安西争得这逆天改命的唯一机会！

纵观郭昕多年来钻研万物化生的心得，气体制备，难在无迹可寻、不易区分这两点。但对于轻气，这第二点却很好办，其可燃且极轻的特性一试便知。再者，它又被那巨蛟视作命门，只需将所得气体充入囊革，巨蛟吞下后焉能不识？

那么，郭昕剩下要做的就是将轻气制备出来了。最初，他似乎找到了一条捷径,再次把目光放在了巨蛟身上。它体内的轻气是如何产生的呢?这一过程能否通过炼金术来重演?但当这一想法被巨蛟感知后,巨蛟给出的答复却令人大感不解。因为巨蛟只需将水吸入体内,心念一至,轻气就会缓慢生成。若不是自幼被困于青海,生长缓慢,体虚力弱,它早就储好用于飞升化龙的轻气了。

尽管巨蛟与寻常所见的生物大相径庭,但连郭昕都没想到轻气竟能在它体内无中生有。这完全违背了他"万物总量恒定,只不过相化相生"的观点。会不会有什么细节被自己遗漏了?会不会是巨蛟体内有什么特殊物质?他反复思量着。可巨蛟的栖息、进食又不见任何特别之处。按说巨蛟化龙后即可飞升,以其巨大的体型,所需的轻气绝不会少,生成轻气的物质应该用量颇大,极易发现才是啊。

等等……郭昕突然意识到自己忽略了一个再明显不过的事实。在巨蛟生活的环境中,能随时大量获取的物质,就只有水啊!与此同时,他又想起,巨蛟每次与人心电相通时,额前凸起处都会闪出火花。很显然,电与火一样,也是天地间能量释放的一种形式,并且它们都可以促成物质的分解和转化!区别于火炙、蒸馏,电可直接作用于水,将其分解为轻气和其他物质。而之前郭昕一直将水视为由单一元素构成的纯净物。

屈子曾言:"路漫漫其修远兮,吾将上下而求索。"郭昕不禁感慨,恐怕终己一生,万物化生的奥妙也无法穷尽了。但"电解"这种炼化之法,必将在日后大行于世,正如从前燧人氏钻木取火,人们自此不再茹毛饮血一般。

想明巨蛟获取轻气的方法后,郭昕在冷湖附近一处开阔的山坡上挖掘了一座蓄水池,池中还立起了一根长长的木杆。在野外,常有古木巨树遭到天雷轰击的见闻,池中木杆起到的就是模拟它们的作用。郭昕对雷电所知有限,这已经是他能想到的唯一办法了。

也是天公作美,几日之后,冷湖就迎来了一场雷暴。兵士们纷纷返回室内躲避,广阔荒凉的大漠上漆黑一片,唯有冷湖小镇亮起点点烛光,令人于孤寂中又有些许温暖。它是这群老兵的避风港,也是安西最后的希望所在了。

青白色的电光在窗外交织闪过,雷声阵阵下,冷湖中也不时响起水浪拍打的声音。巨蛟在雷暴中极为亢奋,听动静似乎在不停地跃出湖面。也难怪了,这是根植于它本能内,对轻气、对飞升的狂热执念。

雷暴持续的时间并不长,雷声刚开始稀落,郭昕就往那山坡赶去,到达时已是月明星稀。雷击过后,天地之气格外清新,但眼前景象却是一片狼藉。蓄水池一侧已塌,池水仅余尺许。立于池中的木杆化为焦炭,碎成几段,散落各处。池底更是被击出了个大坑。郭昕心中一凉,瞬时明白,在这狂暴的天地伟力下,莫谈控制利用,即便如愿产生了轻气,自己也不可能将它们收集起来。

这次失败后,张三儿向郭昕建言道:"大都护,我在洞庭时见过不少大鱼,它们在湖中浮沉不定,全靠体内鱼胶[1]。胶内充气则上浮,瘪缩即下沉。看那巨蛟鱼性未泯,说不定就是由某种大鱼变化而来。大人何不在其他鱼类身上试试,没准也能寻得轻气呢?"

细细一想,张三儿说的倒不失为一个办法。巨蛟被困于青海,飞升不成,亦有可能是湖内鱼群数量不及大海,无法从食物中补充轻气的缘故。只是安西干旱,水域稀少,又去哪里捕获活鱼?郭昕只得将验证轻气的火烧、浮空二法教给负责联络冷湖的吐谷浑,托他们在青海捕鱼相试。该部落与冷湖军镇相交日久,对此地发生的种种奇闻趣事早已习惯,也不多问,便领命而去了。

过了月余,他们终于传回了消息。青海之中,大鱼不少,种类却有限,多是无鳞鲤鱼。然将鱼胶完整剥下,掷入火中焚烧,除散发焦

---

[1] 即鱼鳔。

臭味外，火焰并无其他变化。这只能说明，至少在青海的鱼类中，没有哪种能和蛟一样在体内产生轻气。

鱼类不成，郭昕又转而对鸟类展开了研究，毕竟它们是少数会飞的生物之一。他将捕获到的各种鸟儿悉数解剖，发现它们体内也有气囊存在，一部分甚至生长于中空的骨骼之中。但经过试验，这些气囊和鱼胶一样，里面也只是寻常气体而已。看来鸟类之所以能飞，靠的是扑腾双翅产生的升力，气囊提供不了浮力，仅仅只是起到减轻体重的作用罢了。

多番努力均告无果，郭昕没有别的办法，只能回到自己最熟悉的炼金术上来。但如同西方炼金术士苦苦追寻黄金一般，他也只能使用多种原料不断配比尝试，成功与否全看天命。好在他还有两条线索，一是他已从巨蛟身上获知，水能电解为轻气，说明水中含有构成轻气的元素。二是轻气可燃，它是否与石气、炭气存在关联呢？这让他选择试炼轻气的原料范围一下子就缩小了许多。

在这之后，郭昕就开始了长达数年的实验。这是一段让人从期待到焦躁，又从焦躁转为绝望，仿佛在无边黑夜中徒劳摸索的日子。他驯服不了天雷，也不知道电是怎么产生的，只能用另一种他可以控制的能量——火，来激发物质间的反应。为保证反应的发生和进行，炼化室内的炉火终年不灭，蒸腾的水气弥漫其间，既不通风，也不透光，郭昕却时常在其中连待数日。他将能搜集到的几乎所有矿物磨成粉末后与水混合加热，有时是单独的一种，有时又是同时好几种。其间也产生了许多奇妙的变化，却与他的目标日渐偏离。

一日，在长久地煅烧后，炼炉不堪重负，现出了几道裂纹。炉内因此不再密闭，热力也就无法聚集。郭昕迫不得已，决定熄灭炉火，稍作修缮。这本是一次自省实验手法的良机，但经年累月的挫折已让他变得有些执拗。炉匠刚用火泥将裂缝补好，他就重新引燃了炉火，想要将未了的实验继续下去。

"轰!"突如其来的爆炸中止了郭昕无望的努力。

郭昕眼前透来一道亮光。虽然身子被牢牢压住,但好在双手还能活动。他使劲推了推,缝隙略有扩大,抖落大片尘土。

"快看,那下面有人!"

一阵嘈杂的脚步声传来,众人呼喊间,为他挡住瓦砾砖石冲击的门板被掀开,他得救了。举目四顾,炼化室已在方才的爆炸中被夷为了平地。

事后,郭昕认为这场意外是炉火熄灭后,充当燃料的炭气未被及时掐断,滞积在炉内所导致的。

有了这次的教训,他潜心改进了冷湖独有的联合冶炼系统。冷湖石气已经燃烧多年,如同帕蜜丝提到过的在波斯代表光明和力量的圣火一般,为冷湖注入着仿佛永不枯竭的动力。郭昕不知地脉中的石气何时耗尽,但他始终觉得,仅仅将它用于冶炼未免暴殄天物。于是他将石炭置于炼炉中,借石气之火将其干炼为精炭和炭气。精炭专用于冶炼兵器,炭气则被引入下一个炼炉烧制金、银、铜、涅等其他金属。冶铸的各色器物又在与全镇水渠相连的冷却池中淬火,多余的热力经水网传递发散,使得冷湖即便在冬季也温暖如春。从前,他只看到了其中的便利,却忽视了可能存在的危险。在这之后,他开始对各个炼炉和连接它们的管道、活门进行定期的检查,主要是在接口处涂抹泥浆,观察是否有气泡泛出,一旦发现就立即进行密封和加固。而在每次重启炉火前,也必须使用风箱先行鼓风,以吹散其中可能留存的易燃气体。郭昕不会想到,他创设的这一整套安全流程,将在后世代代相传,直至千百年后仍被人们广泛运用。

当然,比起已经形成固定工艺的开采和冶炼,郭昕明白自己所进行的实验无法完全杜绝风险。为在突发意外时加快救援,减少损失,他在冷湖岸边远离军镇营地的一处浅滩上筑起了高台,新的炼化室就坐落于此。高台临近深水区的一侧又砌成陡坡,可以非常方便地将充气革囊直接从炼化室推入湖中。因为实验中产生的各类气体互相混杂，仅凭它们无法浮升，郭昕不能断定其中就一定不包含轻气。所以，他选择让巨蛟来做出判断。

在新的炼化室建成后，郭昕制备轻气的计划也终于迎来了转机。他将重心放回了原点，在几个相互独立的炼炉中反复试验石炭、石油、石气和水的反应，并不断提高它们的反应温度。反应后，炉中热气被分别充入已编好号的中空革囊，投入湖中待巨蛟检验。这样枯燥的劳作，郭昕每天都要重复多次，但这日，在毫无准备的情况下，他心中突然一阵悸动，好似阴凉的枯井瞬间沸腾。恍惚间，巨蛟猛地冲出水面，直扑高台，衔住革囊中的一个就囫囵吞下。

待巨蛟重新落入湖中后，被溅起的水花淋了个激灵的郭昕这才反应过来，自己已在不知不觉间被它的心念所左右了。此刻，他能清晰地感受到巨蛟无比的兴奋和畅快，它发现了它梦寐以求的东西——轻气。

对应编号，郭昕很快就确认了轻气是在以石气和水为原料的那个炼炉中产生的。数年之功，绕了一大圈，原来最后的配方就在他身边。

但离奇的是，当郭昕信心满满地将其他几个炼炉清空，也加入石气和水后，在相差无几的火力下，其中的炉气却丝毫无法引起巨蛟的兴趣。并且，根据巨蛟的感应，连最初那个炼炉产生的轻气也在逐渐减少。这又是何故？郭昕看着大小形制、所用原料完全一致的几个炼炉陷入了沉思。他联想到，石炭、石油、石气均潜藏于地脉之中，从现有的开采情况看，石油与石气常常相伴而生，却极少与石炭共存。那么在相似的环境中，产生该现象的原因就只有构成它们元素的差异了。这是不是也可以解释眼下轻气制取所遇到的问题呢？

假使郭昕的推测成立，那么他必然在炼制时遗漏了一种或多种元素。它们可能含量极低，但在轻气生成中起到了至关重要的作用。如同将石炭密封加热获得精炭，杂质随炭气、炭液去除，使冶炼的兵器质量大获提升一般，不起眼的废渣才是关键所在。

果然，当郭昕将几个炼炉的炉渣收集起来，分别筛洗后，产生轻气的炼炉炉渣中泛出了点点异样的银白。经过过滤和检验，他发现，这并不是某种新元素，而是早被发现的涅。这时郭昕才想起，虽然最初制得涅的炼炉已在炭气爆炸中不复存在，但为了研究它的特性，熔炼陨铁和白铜的实验却从未中断过。现下这口炼炉正是最常使用的，其中必定残留有少量废料！距离真相已经越来越近了，郭昕强忍兴奋，将所有炼炉彻底清理干净，重复了刚刚的实验，仅有的变动是，与石气一并充入炼炉中的，还有涅粉。

当郭昕将各个炼炉中的热气收集起来后，巨蛟毫不犹豫地将它们一一吞下，孜孜不倦的努力最终获得了回报，无一例外的，它们都饱含着轻气！

将炼金术锤炼得日渐精纯的郭昕没有止步于此。巨蛟既可用电解之法在体内直接生成轻气，那便说明水中已包含了构成轻气的全部元素，自然不可能有涅的存在。再次重制轻气时，他留意了涅粉的用量，待制备完成后再将炉渣中的涅回收，其分量仅有细微损耗。显然，这说明涅可以促成石气与水加热制得轻气，但涅本身却不参与这一反应，其效用与酿酒时添加酒曲绝类[1]。

至此，郭昕距离大功告成只有一步之遥了。他已经掌握了炼制轻气的办法，但如何把它从炉气中分离出来呢？炉气仍无法使革囊浮空，可见其中除轻气之外还有杂气。郭昕别无他法，暂且将混合气体存入革囊中以待后用。但他在操作时稍有疏忽，其中一个未能完全密封。初时，他只感头晕乏力，还以为是过度劳累所致。直到头痛越发

---

1. 主人公制取氢气的过程，实际为天然气（甲烷）与水在高温下反应生成一氧化碳和氢气，镍在这一反应中起到的是催化剂的作用。而酿酒时添加的酒曲（酵母），也是一种生物催化剂。

剧烈，视物开始模糊时，郭昕才发现革囊泄漏并将其与自己的不适联系起来。所幸他还有一丝气力，挣扎着爬出炼化室后，症状很快就得到了缓解。

这次意外不比此前炭气爆炸来得猛烈，隐蔽程度却有过之而无不及。轻气之外的杂气虽无色无味，不料竟含有剧毒，险些令自己命丧当场！郭昕不寒而栗之余，却也想到若能将这毒性化解，是否就意味着杂气被去除干净了？

有了使用涅的成功经验，此后的几年，郭昕不断在炼化时添加各种金属粉末，以期上天垂青，重获惊喜。如此一来，充满混合气体的革囊越积越多，他便将多余的投入湖中，交给巨蛟清理。巨蛟来者不拒，大口吞下却浑若无事，想来区区小毒不但奈何不了这等巨兽，它还自有办法将其排出。郭昕不是没动过从巨蛟体内取气的心思，但被浮上湖面的巨蛟喷了满身涎水，这与虎谋皮之计便就此作罢。不过，他也注意到，随着吞下的轻气越来越多，巨蛟也有了显著的变化。它的鳞甲，无论是大小还是数量都得到了增长，孱弱的四肢开始变得遒劲，口鼻处的触须越来越长，越来越密……看来，轻气确实是巨蛟化龙的关键，不但为其提供了飞升的浮力，还能促进它的生长和成熟。

冷凝、加热、过水……郭昕尽施平生所学。日复一日，终见曙光，他发现，只要将含有轻气和毒气的混合气体继续与水反应，并添入铁粉加热，便可去除毒性。再让其通过石灰水，形成沉淀后，剩余的就是含水轻气，最后用铁胆将水气冷凝，纯净的轻气，到底还是被他制取出来了[1]。

将轻气充满革囊，郭昕轻轻地松开了手，微风拂过，它慢慢飘浮起来，越飞越高，化作一个黑点，消失在天际东方。

---

1. 铁粉氧化为氧化铁，在高温下作为催化剂，使一氧化碳与水生成二氧化碳和氢气，二氧化碳又与石灰水反应生成碳酸钙和水。

八、未了终局

　　日思夜想的成果摆在眼前，郭昕心中却无从前幻想时的兴奋。他将轻气制备之法和轻气飞舟的图稿细细地教与了张三儿，并严令其不得私自离开冷湖。时间已经不多了，他选择将归家的希望留给别人，而他自己，注定要重返龟兹。在那座铭刻大唐无限荣光的城池，他将迎来属于自己的终局。

　　距离北庭失陷又过去了十余年。安西处于四郊多垒之中，疏勒、焉耆也相继陷落。将士们或死于沙场，或垂垂老矣。早在龟兹被完全围困之前，郭昕已暗中将年岁较轻、家中亲人尚在的士卒遴选了出来，分批调往冷湖。这绝不公平，但他计算过制备轻气的速度，明白无论如何都赶不及将所有人带回中原了。他必须做出抉择。

　　这一年，吐蕃的攻势尤为猛烈，大军直至入冬仍不见退却。他们的旌旗在寒风中猎猎作响，一眼看不到尽头；被包围在其中的龟兹显得如此渺小，如同对抗海浪的礁石一般，时隐时现。面对倾举国之力来攻的敌人，郭昕意识到，最后的决战马上就要到来了。

　　终于，伴随着排山倒海的号角声，在一个寒冷彻骨的冬夜里，他们迎来了最后，也是最荣耀的时刻。

　　龟兹巍峨而又残破的城墙像一堵长堤，抵挡着势如洪水的兵锋。可那密如蚁群的人潮不断地涌动叠高，一次次被打散，又重新聚起，虽然缓慢，却仿佛拥有可以吞噬天地的力量。

　　"杀！"郭昕押上了龟兹最后的生力军。亲兵营在他的带领下视死如归，又一次杀退了攀上城头的敌军。横刀拄地，背靠城垛，郭昕缓缓坐下，不住地喘着粗气。不多的亲兵聚在他身边，互相包扎伤口，擦拭已满是缺口的兵器。其余士兵三三两两地散在城墙各处，因持续操作火柜，他们沾上满身油污，油污又与伤口血迹混为一体，慢慢凝固，显得格外骇人。

这些人是被朝廷，也是被郭昕悄悄放弃的人。调动部分人马前往冷湖的事虽未张扬，但士兵间自会议论，郭昕相信他们早已猜透了个中玄机，只是未向自己挑明罢了。他出身将门，自然知道一旦激起兵变，将帅的下场会是什么。但如今，他们却陪着自己，无怨无悔地坚守到了最后。

"呜——呜——"夺命的号角再度响起。吐蕃大军畏惧自城头倾泻而下的烈焰，不再试图攀越，改用攻城槌撞击城门。接连几声巨响过后，城门轰然倒塌，而郭昕麾下仅余千人，即使以肉身为墙也无法堵上这偌大的缺口。此时，行伍被完全打乱，任何号令和谋略都已无从施展。劈砍、缠抱、撕咬……这群垂暮的战士肆意挥洒着磅礴的生命，至死方休。

正拼着，敌军露出破绽，郭昕欺身向前，一刀贯穿了与之交手的敌军胸膛。余光中又见身侧闪出一条黑影，横刀不及抽回，他下意识地抬手一挡。

一阵奇异的酥麻传至肋下，并不感觉太疼，但喷涌的鲜血却明白无误地表明，他的左臂已被斩断了。

结束了吗？他如释重负地想。

然而，生命并未如郭昕所期待的那样终结。面前高举弯刀的敌人突然晃了晃，接着缓缓跪倒。在他后背上，一支羽箭兀自颤抖不休。

"弟兄们，快快聚拢一处，我们杀出城去！"一个熟悉的声音高喊道。

"混账！"郭昕惊怒交加，挣扎着冲到那援军将领身旁，戳脸便骂。

"大都护！"来人看清是他，喜形于色，又见他断了一臂，懊悔道，"属下来迟了！"

"张三儿,你竟敢违抗军令!你要断送安西军最后的血脉吗!"郭昕脸色煞白,牙关打战,眼中尽是绝望。

"大都护,您说得不错,咱们冷湖也是安西军的血脉,理应同生共死。弟兄们被你诓走,一经醒悟便没打算造那轻气飞舟。我们都老了,能酣畅痛快地再战一场,虽死无憾!"张三儿豪气干云,将已经脱力的郭昕拽上战马,一声呼哨后,点齐残余人马,向东南方向突围。

围攻龟兹的吐蕃大军对这突然出现的一彪人马毫无防备,慌乱中被杀出一条道来。但他们元气未伤,很快便稳住阵脚,派出大队骑兵紧追不舍。

此后便是郭昕这一生中最漫长的奔袭与逃亡了。他左臂已失,无法骑马,只得与张三儿共乘一骑。他们星夜兼程,兵行诡道,几次三番绕到吐蕃骑兵身后反击,杀将夺马。可每当他们以为甩脱了敌人,想稍作喘息之际,对方就会从四面涌出,逼得他们连进食饮水都只能在马背上解决。郭昕不愿累及他人,但几次欲跳下马去都被张三儿死命按住。

兜兜转转,在不知狂奔多少个日夜后,远方的戈壁上出现了一座城池,阳光普照下,城池中央泛出点点波光。该来的总会来的,这是冷湖作为大唐疆土早已注定的命运。

围攻安西多年的吐蕃人显然没料到在他们的控制区内竟还有这样一座军镇存在,不明底细前也不敢轻举妄动。眼看着郭昕等人就要冲入城内,一名追踪他们多日的吐蕃将领勃然大怒,猛地用匕首扎刺马臀,手持长矛,从斜刺里杀来。

"哼!"二马相交,他们的坐骑周身剧震,险些跪倒,只听张三儿暴喝一声,反手将那吐蕃将领斩落马下。两人再也无人可挡,偕同少量兵马,退入冷湖镇中。

"将军,您的背甲被那吐蕃人撞裂了!"有人说道。

"无妨,为我卸甲。"黑瘦的张三儿此时宛如铁塔一般挺立,声音渐渐低沉。

"啊!"郭昕和那士卒同时发出一声惊呼。

只见铁甲之下的内衬已被鲜血濡湿,一道可怖的伤口冒着热气,白森森的断骨横亘其间。

"大都护,保重。"他露出苦涩而又解脱的微笑,身体软倒在郭昕怀中,慢慢冷却。

冷湖城门紧闭,处处弥漫着肃杀之气。城外,除先行抵达的骑兵外,源源不断的步军也正在汇集。看这情形,不止安西与北庭,连河西、陇右的吐蕃势力皆已被这荒凉戈壁上的小小冷湖所扰动。

吐蕃人绝不会想到,如今的冷湖并无伏兵,而只是一座空城。这几日,郭昕发起了高烧,草草包扎的断臂伤口处已是乌黑一片,但他终于可以放下心来。他的目的达到了,在西域穷兵黩武的吐蕃再也无力对中原产生威胁。拖着病体,他操作机栝,暗渠水利中的闸门随之关闭。

流向冷湖的活水被切断了,用不了多久,它也将陷入沉睡。但一条生路同时也被打开了,郭昕召集剩余士卒,将一幅地图交给了他们。图上绘有全部暗渠的走向线路,其中一条被朱砂标红,那是他在建镇之初就预留好的通道。水流枯竭后,通道将翻越大山,出口处会有吐谷浑的人接应。

在这逼仄的通道前,追随郭昕多年的士兵们抱头痛哭,向他们的大都护叩首道别。

他决意留下,现在,这是只属于他的小镇了。

哦,不,他差点忘了冷湖中的巨蛟。

郭昕蹒跚着来到了冷湖边的炼化室。不远处,传来阵阵喊杀声,敌人终于发现了异常,攻入镇内了。

一个巨大的铁锭出现在他眼前,其上铸有铁角,每只铁角上都绑着绳索,拉住无数个悬浮着的革囊。

张三儿到底不敢完全违抗自己的命令，他笑了。但这些对他已经没有意义了。巨蛟啊巨蛟，这些轻气就送给你吧，他心想，何必让它与自己一起困死在这呢？

由于轻气的拉拽，沉重的铁锭竟如此轻。在滑轮拉索的帮助下，只用一只手臂，郭昕也轻而易举地将它连同轻气革囊推了出去。脱离了炼化室的束缚，铁锭也无法压制轻气的浮升之力了。在它行将飘走之际，巨蛟从湖中一跃而出，缠在上面，硬生生将它拉了下来，然后急切地将轻气革囊一个个吞入腹中。

很快，它的身体就发生了巨变。额上的凸起终于顶开了皮肉，变成了和鹿一样的角。它的身躯愈发庞大，鳞片翕张变得强劲有力，同时冷湖的水位也以肉眼可见的速度降低，不多时就变得与当初建城时一般大了。

攻入城中的吐蕃大军搜寻一番，却没发现一个人影，很快便注意到了冷湖边的炼化室。郭昕走出室外，仰天长笑，高呼道："大唐安西都护府大都护、武威郡王郭昕在此！尔等速来取我性命！"

狂傲的语气更刺激了一无所获的吐蕃大军。这个老人，就是与他们周旋了四十多年的对手！磨牙吮血，他们疯狂地向湖边的高台冲去。

就在这时，异变陡生。冷湖中突然翻起了水柱，接着越涌越高，变成一股股激流，将岸上的人群成片冲倒。一声雄浑悠扬的长鸣后，化身为龙的巨蛟将吸入体内用于压住身形的水全部喷出，冲天而起。在半空中盘旋一阵后，它折了回来，将颈部凑近了郭昕。

"上来！"他脑中响起一个威严的声音，是龙在对自己说话。

郭昕这一生，历经风雨，却也不曾有过此等奇遇。不由得感慨天地造化，竟孕育出龙这般神奇的生物来。他攀上龙颈，用右手紧紧拽住其须发，随它直入云霄。

远远望去，地面上的冷湖燃起了数点火光，想是吐蕃大军为泄愤而纵火焚城。但郭昕坚信,无论大唐是否行将覆灭,千百年后的人们必会重返这片荒漠,在这里再造辉煌。因为曾有一个聪慧玲珑的奇女子告诉他,城市终将消亡,文明却可重生。

头部的高烧和身体的寒冷交织着,让他一阵阵战栗。居高临下,广袤的土地徐徐展开。这里,燃尽了他的年华,埋葬了他的弟兄,也送别了他的挚爱。郭昕明白,自己已经与这片土地融为一体,也许连龙的伟力也无法将他带走了。

"我们往哪儿去?"巨龙虽已长成,但说到底还是一个未有母亲教导的懵懂少年。对未来的路,它还有些迷茫。

在外漂泊的游子啊,回家吧。郭昕用最后一丝意识告诉它:"东归,东归!"

后记

或然世界的角落

不算小学时在书店看的《海底两万里》《珊瑚岛上的死光》《美洲来的哥伦布》，仅仅从意识到自己喜欢的是一类被称作"科幻小说"的故事起，我入坑也已经有整整二十年了。

从少年到青年，直至无可奈何地走向中年，在好奇心最旺盛、最适合阅读的年纪，我邂逅了它，不得不说是一种缘分。而更幸运的是，早在开始阅读时，我就是自由的，在那个从未被圈定范围的世界里，我流连忘返，看历史、悬疑、恐怖、武侠，最终却在某个角落停下了脚步。那是2002年和2003年，那里有《吞食者》，有《饿塔》，它们分别是硬科幻与软科幻的巅峰之作。这两个在日后很长一段时间内被反复讨论和区分的概念，在我的世界混沌初开时便是彼此交融的。

几乎与此同时，《天意》的部分章节被选登在杂志上。事后看来，这正是它成功的起点。依托当时《科幻世界》超过二十万册的月发行量，那段极富历史质感而又将悬念拿捏得恰到好处的文字，一下子就抓住了无数读者的心。我也第一次认识到，原来科幻还可以这样写。可能从那时起，种子便已种下。

之后，我沿着既有轨迹前行着，像许多科幻迷一样自顾自地讲述自己的故事，也遵循着"公交车定理"，在某个时间点"下车"，奔向生活的下一个路口。当我在2016年重拾对科幻的热情后，新的平台已经宛如雨后春笋般冒了出来，尽管它们大多数并没能生存多久。我找到一个平台的投稿群,加入,发现管理员居然是多年前认识的一名幻迷。再往后,他成了我的责编。"宇宙很大,生活更大,也许以后还有缘相见。"这是《三体》中智子离开前对程心和罗辑说的,每每想起这句话,看着我们脚下忙碌的生活和头顶璀璨的星空,我都会不自觉地微笑。

作为一个重新上车的老科幻迷,对于星际大战、机器人叛乱、外星人入侵等等题材,我已经有了些许审美疲劳。早年间播下的种子至此终于发芽,我希望自己能走上一条不一样的路。在许多人看来,科幻代表的是未来,而历史代表的却是过去,它们天然对立,科幻并不需要从故纸堆中寻找养料。但事实上,历史的发展虽然沉重迟缓,却永不停歇。无论是过去发生的,现在经历的,乃至未来可能降临的一切都终将成为历史。无论是传统文化中以史为鉴的思想,还是科幻巨著《基地》中的心理史学,它们无不揭示着现在和过去对未来的预测和指导。

历史是缓慢的,史书却是高度浓缩的,风谲云诡中自带故事性。我尝试发掘它之于科幻的价值,渐渐沉迷其中。当仰望星空时,我们感慨寄蜉蝣于天地,对宏大宇宙发自灵魂深处的战栗和好奇,构成了科幻最本源的审美。同样,个体在恢宏的历史中也是极为渺小的,即使帝王将相,在悲剧化的命运前亦是无力的。但这不妨碍一代代英雄、一个个平民百姓在洪流中闪烁出独属于自己的光芒。人类面对未知和不可为的勇气,这便是文明存在的意义。凝视宇宙,回望历史,我们竟可以收获相似的震撼。

正如我们在科幻小说中遵循的原则:不违反已知的科学原理。历史同样是一门严肃科学——当然是人文类的。尽管科幻小说已不再承担科普的职能,但对科学的敬畏仍必不可少。因此,我始终坚持两个原则:其一,历史科幻小说中,无论是情节还是人物,都不能违反当前公认的史实;其二,涉及历史背景的细节,力求还原真实。

对于非历史专业出身的我而言，这既是一种保护，也是一重挑战，唯有在动笔前和写作中不停查阅各类资料才能有所交代。在这个过程中，间或有惊喜出现，某些线索竟神奇地嵌入到故事中，发展出全新的脉络，最终构筑成一个整体。

"美妙的人生在于你能迷上什么东西。"这是《球状闪电》中陈博士的父亲留下的遗言。陈父不过是一个平庸的业余画家，但直到化为灰烬的最后一刻，他仍然是幸福的。原本，我也应该这样默默走下去，但在2023年10月21日的夜晚，那道闪电出现了，这意味着幸运还是灾厄？它照亮了我有些迷茫的脸，也激起了不少愤怒的火花。强光过后，一切如故。比起童年时走入书店，少年时读到入坑神作，成年后偶遇故知，我相信它在属于我自己的或然史中不会是一个分岔点。明代徐霞客曾在游黄山时写道："初四日，兀坐听雪溜竟日。"山下攘攘皆在追逐中忘却自我，他却独居山间整日静听大雪融化。这只是无数个或然世界中不起眼的一角，往后也许会有更多人注意到它，与我同行。也愿我们都能用自己喜欢的方式度过此生。

2023.11.19凌晨